LES SEIGNEURS DE LA HAUTE LANDE

DU MÊME AUTEUR
CHEZ POCKET

LES SEIGNEURS DE LA HAUTE LANDE
LA PALOMBE NOIRE
LA SÈVE ET LA CENDRE
RETOUR EN ACADIE
LA PLANTATION DE BOIS-JOLI
LA BAIE DES MAUDITS
CONSTANCE ET LA VILLE D'HIVER

Alain Dubos

LES SEIGNEURS DE LA HAUTE LANDE

Presses de la Cité

Le papier de cet ouvrage est composé de fibres naturelles, renouvelables, recyclables et fabriquées à partir de bois provenant de forêts plantées et cultivées durablement pour la fabrication du papier.

ISBN : 978-2-266-12104-0

Pour ma mère,
cette histoire de fils.

PREMIÈRE PARTIE
Linon

1

Fernand Lataste s'épongea le front, qu'il avait, à soixante-cinq ans, largement dégarni. Il soupira bruyamment, se redressa. L'enfant que Jeanne-Marie Peyrelongue tentait depuis le début de la nuit d'expulser de son ventre venait mal. Bloqué au détroit inférieur, l'occiput, visible, fermant la filière comme une bonde, le premier-né de la fileuse de La Croix Ancienne stagnait aux limbes de la vie, et menaçait maintenant celle de sa mère.

Le médecin éprouvait le besoin de respirer. Les yeux fermés, il cherchait au fond de lui-même la sérénité qu'imposait l'urgence de la situation. Autour de lui, le cercle des femmes faisait silence. Tout juste pouvait-on lire, dans les yeux de celles qui avaient déjà enfanté, l'inquiétude des naissances difficiles, du travail qui s'éternise, et leurs lèvres remuaient doucement des mots des prières.

Il y avait là une bonne demi-douzaine d'assistantes et la grand-mère, Catherine, une Escource, mariée à Arnaud Lancouade, qui n'avait plus que cette fille, ses autres enfants étant morts avant terme ou en très bas âge. Assise, la tête dodelinant en syntonie avec les efforts de la parturiente, elle geignait aussi, vieillarde inutile, et sa plainte venait faire écho à celle de l'accouchée.

Lataste cherchait le regard de sa patiente,

qu'habitait la folie née de souffrances prolongées. Jeanne-Marie Peyrelongue balayait le plafond de ses yeux vagues et sa tête roulait d'un bord à l'autre de l'oreiller. A près de quarante ans, cette épouse tardive aurait pu se contenter de materner ses neveux, au lieu de quoi elle avait choisi, lucide et résolue, de se faire engrosser par un bouvier chalossais transhumant vers Bazas.

Lataste gonfla les joues et souffla. L'affaire de ce couple avait été rondement menée !

– Les fers, maugréa-t-il pour lui-même.

Il ouvrit sa grosse sacoche de cuir noir, en tira deux cuillères de métal, ordonna que l'on finisse d'ouvrir les volets de la chambre, afin d'y faire entrer le jour, puis se rassit sur sa chaise paillée.

Un frisson parcourut l'assistance. Des linges propres avaient été disposés à portée de la main accoucheuse. Lataste les fit installer sous le siège de la femme, puis il se pencha, lui saisit le menton et lui dit à l'oreille :

– Pardieu, ma belle, tu es une Escource ou je ne sais plus mon métier. Il va falloir que tu nous montres que tu en as la *sanquette* ! Alors, tu vas pousser encore un peu, mère de Dieu, et nous sortir ce *bastàr* béarnais avant le jour qui vient.

Ayant reçu en réponse une beuglée de bête à l'agonie, il se remit à l'œuvre, piégeant la tête entre les forceps.

Une giclée de sang vint souiller les linges tandis que le médecin, par de larges mouvements, pesait sur les fers comme sur une barre de navire.

– Viens, petit, fais-moi ce plaisir de vieil homme, dit-il, et, à la mère, il répéta de forcer encore.

– *Mal basènce*, grinça une femme, dans son dos. Mauvaise naissance...

– Taisez-vous, stupides femelles ! ordonna Lataste qui soudain se raidit, encouragea plus fort la mère et entreprit de tirer vers lui les fers.

– Viens, *mounàc*, petit Gascon, c'est maintenant...

Il se dressa, repoussa la chaise du pied. La femme hurlait. Agrippée aux bras qui se tendaient vers elle, se mordant la langue à en saigner, la maîtresse de La Croix Ancienne, de ses terres, de ses pinèdes et de ses troupeaux, prenait la couleur de l'apoplexie. Entre ses cuisses, Lataste poursuivait son effort. Il sentait dans la concavité des cuillères la tête se déformer comme une balle d'étoffe.

– La mère doit vivre, avait dit Peyrelongue, d'un avis contraire à celui du curé de Commensacq, mais que partageait le médecin.

Jeanne-Marie perdait conscience. Les quelques forces qui lui restaient avant cette épreuve inhumaine avaient fondu comme chandelle de résine. Faire une césarienne à ce stade d'épuisement et finir de saigner la femme signifiait pour elle la mort. Lataste décida de poursuivre.

Prenant appui des genoux contre le montant du lit, il s'arc-bouta et tira de toutes ses forces, priant à haute voix pour qu'enfin cette foutue tête daignât sortir. A l'instant où Jeanne-Marie s'évanouissait, il sentit enfin ses instruments glisser vers lui.

Brusquement, dans un jaillissement d'eau rosie, l'enfant montra au monde son visage, une lune violacée, grimaçante, bouffie d'avoir en vain cherché à respirer. Un cordon lui serrait le cou. Lataste lâcha les forceps et libéra de l'index la boucle qui asphyxiait le nouveau-né.

– Il est gros, le bougre, *barricoutèt*, va. Nom de Dieu, il fait au moins neuf livres, et la tête, oh, *pouta* ! Un boulet !

Il dégagea les épaules, puis les hanches. Les choses devenaient maintenant faciles.

– Té, la *pichouse* ! lança une femme.

A peine chue sur les linges trempés, la fille d'Augustin et de Jeanne-Marie Peyrelongue ouvrit la bouche pour en laisser s'échapper un petit cri, suivi de quelques autres, à peine plus vigoureux. Les femmes se saisirent de l'enfant, attendries. Lataste lui jeta un rapide coup d'œil : les cuillères avaient rapproché les tempes, en les creusant. La pisseuse aurait la tête en pain de sucre pour quelques mois. Mais elle vivait, et son cri prenait au fil des secondes un volume convenable.

La mère revenait à elle, baignée par ses payses. Jeanne-Marie, anéantie, montrait un masque de douleur que tempérait pourtant déjà, derrière les gémissements, une ébauche de sourire. Avoir mené à bien ce projet, quand tant d'autres, de dix ou vingt ans ses cadettes, mouraient en couches dans la Grande Lande de 1895, il y avait là de quoi se réjouir, et se féliciter.

– C'est bien, ma belle poule, lui chuchota le médecin à l'oreille, tu nous as pondu une *maynade* bien grasse et qui couine tout ce qu'elle sait. Maintenant, tu vas te reposer. Je te délivrerai dans un moment.

Il laissa les femmes œuvrer. Elles étaient quatre, deux anciennes en jupe et veste de coutil noir, les manches retroussées jusqu'aux coudes ; les autres, plus jeunes, portaient des couleurs vives, des foulards noués sur la poitrine, les cheveux lisses pareillement bien séparés au milieu du crâne et liés en austère chignon.

Toutes quatre petites, mates de cuir, la taille serrée sous des tabliers à carreaux, elles se détendaient, portant aux lèvres un sourire de soulagement. En quelques minutes, les linges rougis furent remplacés par du lin propre et la femme lavée, tandis que l'on lui susurrait des mots de réconfort et d'apaisement.

Sans un regard pour l'enfant vagissant sur une pile de serviettes, Lataste quitta la chambre qu'une douce pénombre baignait encore, traversa la pièce commune de la ferme et sortit dans la lumière naissante de septembre.

Lorsqu'il découvrit le groupe d'hommes que l'affaire avait éloignés vers les dépendances, le vieux médecin ne put s'empêcher de sourire. D'un grand geste du bras, il fit signe que l'on pouvait désormais s'approcher. Augustin Peyrelongue vint vers lui à grands pas, le visage inquiet.

– Tu as une fille, mon bon, le rassura tout de suite Lataste ; bien née, et tu as aussi une femme sacrément résistante du cœur, du ventre et de tout le reste.

Le fermier lui prit les mains et les pressa avec chaleur. L'enfantement à venir à La Croix Ancienne avait suscité à travers la lande bien des discussions, quelques ragots et des paris, même, sur la viabilité de l'enfant.

– Et comment vas-tu prénommer cette *droulette* ? demanda le médecin.

Le père eut un bref sourire. Il était long, massif de thorax et de cou, sous une tête aux traits cependant fins qu'assombrissait une épaisse moustache. A cause du béret enfoncé bas, son nez faisait proéminence.

– Margot, je pense, pour ma mère, dit-il, et puis Linon. Jeanne-Marie le voulait en premier mais vous comprenez, même si le temps a passé...

Lataste sursauta. Cela faisait bien une trentaine d'années que plus personne dans le pays, jusqu'aux bordes les plus reculées de Lannegrande, n'avait prénommé ainsi une fille.

– Té, Linon ! laissa-t-il échapper. Et après tout, pourquoi pas, c'est un joli nom de ce pays-ci.

Peyrelongue était impatient de découvrir sa descendance. Lataste l'autorisa à attendre à la cuisine et à y vider quelques verres avec ses amis. La nuit avait été rude et les sommeils légers. On se restaurerait et on visiterait la crèche après la délivrance. Les hommes se déchaussèrent, laissant leurs sabots sous l'auvent de la maison. Puis ils investirent en silence la pièce commune tandis que l'accoucheur regagnait la chambre.

Jeanne-Marie récupérait ses forces au fond d'une pièce carrée, meublée d'un lit de planches que couvrait un gros édredon rouge, d'une chaise, d'une commode massive et d'un crucifix paré d'un rameau d'olivier. Par les volets presque clos de nouveau passaient quelques rais d'une lumière adoucie. Il faisait frais autour de l'enfant que la mère couvait, pâle, les joues creusées, les yeux marqués par la douleur, éperdue de bonheur.

« Elle survit », pensa Lataste.

Il souhaitait que Jeanne-Marie Peyrelongue pût vivre suffisamment longtemps pour regarder grandir sa fille, et l'appeler Linon. Tandis qu'il délivrait la matrice, il ne pouvait s'empêcher de répéter mentalement ce prénom. Quelle idée étrange, après tant d'années de silence, et de cette œuvre obstinée des hommes à enfouir au plus profond ce qui les dérange !...

– Linon, hé ? J'ai bien entendu ce que m'a dit ton mari ?...

Jeanne-Marie sourit.

– Ta tante, mais surtout ta grande amie d'enfance, hein ? poursuivit-il. Tu sais qu'une telle nouvelle fera jaser jusqu'en Chalosse, au moins ?...

Elle haussa les épaules, soupira, ferma doucement les yeux.

– On s'y fera, murmura-t-elle.

Lataste lui caressa le front. Ainsi apaisée, la fille de Catherine Escource retrouvait les traits des femmes de cette famille, les lèvres minces au pli un peu moqueur, les yeux, petits morceaux de charbon vifs, rapprochés autour du nez fin et retroussé. Sous la chemise de toile trempée de sueur, sa poitrine opulente palpitait encore, à grands coups visibles dans la lumière frisante. Lataste se pencha, écouta longuement les battements du cœur puis se redressa, admiratif.

– C'est miracle, vrai miracle, dit-il, tu le malmenais à tel point, celui-là, tout à l'heure, que j'ai bien cru qu'il t'éclaterait à l'intérieur, comme une grenade. Je te conseille, ma *pitchou*, de faire en sorte de ne plus te retrouver enceinte, si tu veux que cette enfant fasse ton bonheur pour longtemps.

– Ce sera la volonté de Dieu, murmura-t-elle.

Lataste protesta mollement. En vérité, ce qu'il venait de vivre le troublait. Il y avait peut-être bien eu quelque sollicitude supérieure au-dessus de ce lit et de cette femme que la mort avait frôlée.

Les hommes entrèrent en silence : amis, voisins étaient venus féliciter le père et boire le vin des événements heureux. Peyrelongue rayonnait. Des enfants, il n'y en avait guère du côté de sa femme, et lui, à quarante-cinq ans, n'y croyait plus trop. Celui-là était vraiment un don du ciel. On l'admira donc, avant de refluer vers le tonnelet de claverie que le fermier déboucha dans la cuisine.

Lataste se souvint des pauvres soupes qui se servaient autrefois, là même, des ombres qui flottaient par moments autour de lui. La maison avait changé d'aspect, son maquis d'herbes sauvages et d'arbustes était devenu jardin, potager, sillons et silos ; pourtant, la mémoire des ciels de géhenne et de liberté pastorale perdurait, impalpable, à travers son espace.

La conversation s'installa, où il était question des sénatoriales et du risque qu'il y avait encore dans les Landes de voir de vieux bonapartistes y tenter leur chance.

– A la République ! cria quelqu'un.

On but donc aussi à la République, même si le souci qu'avait eu Napoléon III pour son département préféré éveillait encore, ici ou là, la nostalgie de l'Eldorado créé par l'Empereur.

Lataste observait. Il connaissait bien ses patients, pour la plupart des socialistes avérés ou à venir, grognant de plus en plus ouvertement contre les baux de métayage, les salaires de résiniers, les « deux cents familles » qui se partageaient déjà la forêt, et l'obligation faite à tant d'entre eux de quitter la terre pour les usines et les fonderies de la région. Aux cols, les jours d'élections, apparaissait le rouge de la révolte encore murmurante, tandis qu'à la Chambre des députés l'accent de Gascogne résonnait haut et fort, pour contester l'ordre des choses établi par le progrès.

Peyrelongue affichait une prudente neutralité. Souhaitant simplement qu'il plût à temps sur les maïs, il se souvenait sans doute d'avoir quitté son statut de métayer en Chalosse pour épouser une propriétaire de la Grande Lande. Il se mit à parler résine, l'avenir, malgré les vicissitudes des cours, opinion que ne partageaient pas tous ceux qui, par manque d'argent, resteraient métayers leur vie durant, trois cinquièmes pour eux, le reste pour le propriétaire.

– Ou alors, on redeviendra bergers, ricana l'un d'eux.

La réflexion déclencha quelques rires, vite éteints. Cela faisait des lustres que, chez les Escource, ou ce qu'il en restait, on ne menait plus de troupeaux d'une bergerie à l'autre.

– Ces pâtres... murmura un homme, en haussant les épaules, ils ne se sont pas beaucoup plaints du sort qu'on leur a fait par ici...

Que deviendraient les derniers d'entre eux, montés sur leurs échasses, et que finissait d'engloutir la forêt ? L'industrie du bois fabriquait les nouveaux prolétaires de la lande, il y aurait bien assez de révolte à venir, pour ceux-là.

– Boh, té, ricana l'homme, les bergers, ils vont amuser les enfants des baigneurs, à Arcachon, ça leur suffira, à ces feignants !

Un ange passa, qu'un voisin chassa en parlant palombière. Lataste prit congé, résistant à l'invitation à souper qui lui était faite. Le temps était loin où il partageait la garbure et le pastis avec ses patients jusque tard dans la nuit, à écouter chanter le parler gascon. Avec les années, le besoin de retrouver la fraîcheur silencieuse de sa maison s'était imposé à lui.

Le fermier l'accompagna jusqu'à son attelage. De l'écurie, Lataste distinguait, comme un décor tendu tout autour de la maison, le faîte des pinèdes de Jeanne-Marie Peyrelongue. Le temps était pourtant encore proche où, aussi loin que pouvait porter le regard, la steppe à moutons s'étendait de toutes parts, jusqu'au-delà de l'horizon.

Lataste soupira. La Croix Ancienne était vraiment une belle maison, altière et massive en même temps. Une toiture de tuiles, à trois eaux, la surmontait, d'où partaient, obliques, des colombages, jusqu'à l'énorme poutre de chêne qui, sous le grenier, marquait le sommet de l'*estantad*, l'auvent ouvert à l'est.

La maison avait grandi au fil des ans, se perçant de fenêtres, de part et d'autre de l'aire d'accueil, s'entourant d'un *airial* planté de chênes et semé d'herbe fine. De la masure qu'avait connue Jeanne-Marie enfant, il ne subsistait rien d'extérieur, si ce n'était le poulailler perché sur un vieux tauzin, où de tout temps les poules grimpaient, le soir venu, pour se mettre hors de portée du renard.

– Vous avez peut-être raison, toi et les autres, dit le médecin en prenant place dans son coupé, la forêt, pour remplacer tout le reste... irréversible, n'est-ce pas ? Avec le risque que tout s'effondre, les cours, le commerce, au gré des spéculations parisiennes ou bordelaises. Réfléchissez bien. Le grain est encore le plus sûr enfantement de la terre, même si celle de ce pays est dure et ingrate. Raison de plus pour ne pas la laisser périr, tu ne crois pas ?

– Pourtant, docteur, éluda Peyrelongue, poliment malicieux, il se dit qu'en dehors de vos métairies, vous avez acheté récemment quelques ares du côté de Commensacq. A planter en pins.

Lataste éclata de rire, puis se coiffa de son haut-de-forme noir.

– Eh, tu vois, je sacrifie moi aussi à la mode ! Et puis, tu n'imagines tout de même pas que je m'en vais constituer pour mes enfants une rente en moutons, à l'aube du XXe siècle, et sur la Haute Lande de Sabres !

Il en riait encore lorsque le coupé quitta l'airial de la ferme et s'engagea entre les premières parcelles de pins. Le jour était venu. Lataste jeta un dernier regard vers la ferme où s'accomplissait, par une naissance, le destin jusque-là contraire des Escource.

La Croix Ancienne – ainsi nommait-on la propriété de Jeanne-Marie Peyrelongue depuis que l'autre, la « Nouvelle », était entrée trente années auparavant dans le patrimoine des Escource – étalait ses champs et ses bois sur la commune de Commensacq. Calée entre de modestes affluents de la Grande Leyre, cernée de plus en plus près par les avancées de la forêt, la ferme avait longtemps marqué la frontière entre le val de Leyre, un serpent de verdure au milieu du désert, et ce dernier, que les bergers qui le traversaient en tous sens appelaient aussi la « rase », figure géométrique toute de platitude, d'immensité, de silence et de solitude, leur univers commun millénaire.

C'est en pensant à ces hommes d'une autre époque que le médecin, délaissant le chemin qui bordait l'alternance ininterrompue des fermes et des pinèdes, s'engagea sur les vastes étendues de lande encore vierges de tout semis. Bientôt, les tuiles des toitures, le chaume des dépendances, fours, poulaillers perchés, étables et porcheries, et, dans les trouées de verdure, les brasseries, minuscules demeures à auvent dans lesquelles les propriétaires et métayers hébergeaient leurs ouvriers, ne furent plus qu'un lointain décor.

La lande prenait possession de l'espace. Sur quelques centaines de mètres, la fougère allait déclinant, remplacée par une terre sableuse peuplée d'arbustes épineux, de bruyère et de genêts. Des touffes d'herbe grise livraient passage à une piste étroite, blanche et rectiligne, semée de caillasse et de crottes de moutons. Le sol était d'une absolue platitude, luisant par endroits de flaques sous le soleil.

C'était le vide, jusqu'à la ligne virtuelle, inaccessible, où le ciel rejoignait, peut-être, la terre. « Une chimère », pensa Lataste. Il cherchait, par jeu, un point auquel accrocher son regard, une solution de continuité, quelque part au fond du néant gris pastel qu'épousait à l'infini la pâleur bleutée du ciel, en vain ; ce pays respectait encore la valeur des mots.

Le soleil déjà tiède de septembre se leva, libérant des hordes d'insectes qui vinrent taquiner le cheval. Des taons, vigiles obstinés parcourant la lande, cauchemar familier des pèlerins en route vers Compostelle. Lataste avait sa méthode de défense. Il les laissait se poser sur lui et les estourbissait d'un prompt mouvement de la paume.

Il encouragea son cheval. Cette route lui épargnait deux bonnes heures du voyage vers Sabres, au prix de ce désagrément. Il convenait aussi de ne pas s'arrêter, car alors la moiteur qu'exhalaient les marécages tout proches, mêlée à celle des chevaux, excitait un peu plus les insectes. Le médecin fixait l'horizon, guettant l'apparition, tel un mirage tremblotant, de la ligne d'un bois, et finit par apercevoir deux points noirs, plein sud.

Il ralentit un peu et se laissa rejoindre. Deux bergers montaient droit des marais du Platiet, le béret enfoncé sur le front, les jambes prolongées par des échasses.

Lataste les salua. C'étaient de très jeunes garçons. L'un portait le long manteau de laine des pâtres de la lande, l'autre une cape de couleur claire laissant apparaître les chaussons bouclés. Chevilles et genoux fixés au bois par des lanières, ils dominaient l'attelage.

Ils avaient des voix enfantines, un parler mystérieux aux accents rugueux, presque aboyants, le *nègue*, véhiculé par les *lanusquets* du Sud. Les reins appuyés sur leur long bâton de marche, ils se montrèrent loquaces, indiquant au médecin un itinéraire à travers la rase, pour une nouvelle visite.

– C'est à Sitton, dit l'un d'eux, le vieil André Delpeix y est bien souffrant. Mais les marais ont reçu de fortes pluies, au début de ce mois. Il vous faudra faire un détour par l'ouest.

Celui-là jouait au *franciscayre*, à mâtiner son gascon de tournures françaises, une manière de montrer qu'il avait touché de l'ouïe le monde extérieur.

Lataste grimaça. L'idée d'avoir à se détourner pour une grande partie de la journée réveillait, autour de ses reins, les courbatures apparues au chevet de l'accouchée.

– Delpeix, le cadet... murmura-t-il, pauvre bougre, je vais aller le voir, oui... Et qu'est-ce qu'il a, cette fois ?

– Il suffoque et ne peut plus trop bouger, expliqua le second pâtre. On l'a laissé près de la borde. Il s'en foutait d'être soigné, il voulait qu'on aille chercher des bêtes au parc d'Argeleyre, mais nous, on lui a désobéi, et on est partis à votre recherche. C'est un de Commensacq, un résinier, qui nous a dit où vous étiez cette nuit ; alors, on montait vers La Croix vous chercher.

Delpeix... Un cardiaque, au bout de ses forces, ralenti au point de devoir séjourner des semaines entières au même endroit, et que la chaleur humide portée par le vent d'Espagne devait oppresser un peu plus ce matin-là... Lataste le tenait à peu près, par la digitale, depuis des années, mais comment soigner avec efficacité ces bougres de pasteurs, entr'aperçus entre sable et nuages, et qui filaient comme des risées à la surface de leurs marais.

– Toi, tu es Pierrot Artigues, de Lüe, dit Lataste, le doigt pointé vers le jeune berger. Tu vas venir avec moi jusqu'à Sitton, j'aurai peut-être besoin de quelqu'un...

Dans la lumière déjà crue du matin, il mit son cheval au trot, accompagné par le grand compas de l'échassier. Au bout d'une heure de cette balade, ayant longé, à peine visibles au bord du ciel, des pinèdes et de lointaines bergeries, les deux hommes retrouvèrent, à une rencontre de chemins, un repère en forme de croix, grossièrement taillé, à demi couché par les vents.

A gauche, c'était la direction de Sabres, et, pour

le médecin, une certaine odeur de garbure s'échappant d'une cuisine. A droite, la Grande Lande se prolongeait jusqu'à Sitton et, plus loin encore, trois bonnes heures à rouler sur les cailloux du chemin...

Lataste soupira.

– Trop d'insectes, cria-t-il au berger, j'accélère ! A tantôt !...

Accablé par les mouches, le cheval avait envie de galoper et ne se fit pas prier. Lataste se sentit soulagé. Autour de lui, la steppe étalait une démesure soudain tolérable et les taons, pris de vitesse, devraient suivre à distance.

Trois lieues plus au sud, la tache rouge d'une toiture apparut enfin sous le soleil. En vérité, il y avait là deux bâtiments émergeant de la rase comme des îlots, la bergerie, un *parc* trapu, bas sous ses tuiles creuses, rivé au sol par ses poteaux d'angle, et fait tout entier de planches assemblées, avec, à une trentaine de mètres, une borde abritant paille et fourrage. Entre les deux bâtisses poussait un jeune chêne, près du tronc noirci d'un aîné foudroyé.

Lataste mit pied à terre. Les bêtes avaient été rentrées sous le parc. Un griffon vint renifler l'arrivant, puis courut vers l'arrière de la bergerie. « Son maître est là-bas », se dit Lataste.

Un homme se tenait assis, une main sur la poitrine, l'autre, inerte, posée à terre, le dos contre le mur de bois.

– Oh, foutre, il est mal ! grogna le médecin en se penchant vers lui.

Le berger semblait sans âge. Le visage émacié et sillonné de rides profondes, le cou tout en angles, semblable à celui d'un poulet, le corps pris dans un épais manteau de laine, il gémissait doucement. Lataste écarta les pans du vêtement, déboutonna la chemise de lin, puis il desserra la large ceinture qui retenait à la taille le pantalon de toile épaisse et soutint le buste de son bras.

Asphyxié, le pâtre cherchait de l'air. A chaque inspiration, ses joues se creusaient, ses lèvres s'entrouvraient, sèches, craquelées, grises de perlèche aux commissures. Le médecin lui parla doucement, puis il le saisit sous les aisselles et le traîna jusqu'à l'entrée de l'*oustalet*.

C'était une minuscule chaumière au sol de terre, encombrée d'outils, meublée d'un bat-flanc couvert de paille, d'une chaise et de caisses en guise de commode. Contre le mur de brique collé aux planches de la bergerie, une cheminée vide, quelques rondins et branchages en tas, pour la cuisine, attendaient les flambées de l'hiver.

Ainsi pouvait-on vivre là des mois durant, dans le manteau de laine, à regarder passer les nuages en tricotant, et à compter les bêtes, chaque soir que Dieu faisait, avant de quitter l'endroit pour un autre, identique, et de l'herbe à peine mieux engraissée par les pluies.

Le jeune Artigues rejoignit Lataste devant l'abri. Le médecin auscultait son malade.

– Œdème pulmonaire, diagnostiqua-t-il, il va falloir que je le saigne.

De sa sacoche, il extirpa une grosse seringue métallique et un trocart.

– Remonte sa manche, ordonna-t-il au berger.

Delpeix respirait de plus en plus mal, son thorax grésillait, audible à plusieurs mètres. Lataste lui garrotta le bras, chercha une veine et, l'ayant trouvée, torsade bleue sur la peau parcheminée, il y planta le dard d'acier. Un sang noirâtre, épais, s'écoula aussitôt de la blessure.

– Soutiens-le, veux-tu, demanda le médecin, ce pauvre diable respire à peine.

Le pâtre s'exécuta. Le soleil lui brûlait la nuque ; devant lui, le sang coulait au sol, en manne sombre que le sable pompait sans délai, tandis que le crépitement produit par les poumons noyés de Delpeix lui soulevait l'estomac.

Le mourant posait de temps à autre son regard

sur son cadet, comme s'il attendait de lui un secours particulier. Delpeix essayait de parler, des syllabes indistinctes s'échappaient de ses lèvres. Lataste lui épongea le front, tenta de lui faire avaler un peu de digitaline, mais le tonique cardiaque ressortit aussitôt en filet de bave, coulant jusqu'au menton. Le médecin arrêta la saignée et se releva.

– Que comptez-vous faire, maintenant ? s'inquiéta Artigues.

– Rien d'autre, mon pauvre petit, rien d'autre.

L'adolescent se figea, conservant sa position de berceur, la tête de l'ancien contre son torse. Delpeix parut respirer un peu mieux, remua les doigts. La congestion extrême de son visage laissait place à une pâleur cireuse, et ses poumons ne faisaient plus leur bruit de soie froissée.

Lataste s'agenouilla devant le vieillard, prit sa main, qu'il conserva longtemps entre les siennes. Cela faisait bien deux ou trois ans que les deux hommes ne s'étaient pas croisés. D'ordinaire, c'était au hasard d'un chemin de la Grande Lande, pour quelques mots rapides, une auscultation à l'ombre du cheval, un coup de vin à la gourde, et au revoir. Cette fois, il y aurait entre eux comme une très longue séparation.

Lataste était troublé, et il se releva. Il demeurait ainsi rêveur, les bras ballants, non parce qu'il assistait, impuissant, à l'agonie d'un très ancien patient mais, au souvenir de la naissance toute proche de la petite Peyrelongue se mêlait tout à coup dans son esprit le vertige du temps passé, irrémédiable. Devant lui, la lande étalée à perte de vue aurait pu le rassurer, en d'autres temps. Mais elle aussi était mortelle, et blessée de toutes parts, son achèvement n'était plus qu'une question d'années.

– Je lui ai désobéi, regretta le cadet, il doit m'en vouloir de n'être pas allé chercher les bêtes...

– Boh ! As-tu fini de raconter des âneries ? s'emporta le médecin. Je sais bien que par ici, perdre des peaux de mouton ou une vache à lait est aussi fâcheux que perdre la vie, mais il faut tout de même prendre un peu le temps de mourir, tu ne crois pas, *drolle* ?

Le berger se tut. Contre lui, Delpeix râlait, ses paupières se soulevaient à demi sur ses yeux.

– Il faut l'allonger, décida le médecin.

Delpeix voulait parler. Lataste colla son oreille contre ses lèvres, écouta, patiemment, murmurant en écho ce que lui disait en gascon l'agonisant. A la fin, il s'agenouilla et assit à nouveau le berger.

– Il passe, dit-il.

Pierrot Artigues s'était relevé. Incrédule, il ne pouvait détacher son regard de la tache sombre sur le sable. Le grésillement avait cessé.

– C'est fini, constata Lataste en fermant les paupières du vieux pâtre.

– Il vous a parlé...

– Rien, dit le médecin, une vieille histoire... Il est mort chez lui.

Il répéta : « Il est mort chez lui, sur sa rase », puis se tourna vers l'adolescent.

– Regarde bien ce paysage, fixe-le pour toujours dans ta mémoire, lui dit-il d'une voix douce, dans quelques années, il n'existera plus. Du toit de ce parc, au lieu d'apercevoir, certains jours, la dune côtière, on ne verra plus que les cimes des arbres. Le vieux redoutait de voir arriver les semeurs de pins. Ils lui rendaient le voyage difficile, de plus en plus contourné. Ceux-là seront là bientôt, et la lande aura vécu. Tu vois, le désert que nous avons traversé pour arriver jusqu'ici n'est déjà plus qu'une illusion d'optique.

Il y avait dans sa voix autant de nostalgie que de fatalisme. Le berger, lui, restait comme hypnotisé par le cadavre sommeillant, la tête légèrement inclinée sur le côté, contre les planches de la bergerie. Mourir ainsi, si loin des siens, et dans une telle solitude ?...

– Cet homme très fatigué est parti heureux, dit Lataste en guise d'épitaphe. Nous allons maintenant l'étendre à l'intérieur de la cabane, prendre un peu de repos, puis il nous faudra passer par la ferme de la Théoulère, afin de le ramener chez lui. Dure journée, mon petit, dure journée.

– Il a passé sans le prêtre, murmura le berger.

Lataste hocha la tête. Les ombres de la Grande Lande n'étaient pas vraiment des piliers de chapelle, mais il semblait pourtant au médecin que quelque chose les rapprochait naturellement de leur Créateur. Un Dieu de désert les veillait, dans le souffle du vent, dans l'incessant mouvement de l'herbe rase, et jusqu'aux pastels des quatre horizons crucifiant leur univers. Lui reconnaîtrait son passager du néant.

– Qu'est-ce qu'il vous a dit, les derniers mots, à l'oreille ? redemanda le garçon.

Lataste sourit.

– Il m'a demandé de le tourner vers ça, répondit-il, montrant la ligne où se confondaient terre et ciel.

Il fallut à l'attelage et à l'échassier une demi-journée d'un voyage rendu pénible par les assauts des taons, la chaleur qui noyait hommes et bêtes, et les douleurs lombaires pour quitter la Grande Lande, retrouver la forêt en gestation, le damier des pinèdes et des champs, et pénétrer sur l'airial de la Théoulère, commune de Trensacq.

Entre les troncs de l'airial aux chênes centenaires, les deux hommes longèrent les dépendances d'une ferme, des cabanes à outils, des clapiers, une basse-cour, une remise pour le gros matériel, avant de déboucher sur un espace de terre nue malaxée par les pluies, au fond duquel s'élevait la métairie.

Celle-ci tranchait sur la moyenne. Haute et fière, la façade blanc de sable qu'enjolivaient, verticaux, des colombages clairs, l'estantad fermé à hauteur de hanches par deux murets de brique, elle présentait à l'est, au-dessus de l'auvent, une poutraison pleine de puissance et de finesse : deux pièces de bois, séparées par des jambages arrondis, et, au-dessus, soutenant la pointe du toit de tuiles rouges, une poutre moins imposante pareillement charpentée. De part et d'autre de l'abri-auvent, sous une treille coupant en deux la façade, des fenêtres assuraient la parfaite symétrie de l'ensemble.

Des femmes revenaient d'une pièce d'eau. Les chemises aux manches relevées ouvertes bas sur la gorge, elles tenaient au creux de leurs tabliers, par-dessus leurs jupes aux couleurs vives, une lessive encore humide. Lataste pensa qu'à l'annonce du trépas de l'ancien elles manifesteraient un grand chagrin, mais la découverte du corps recroquevillé au fond de la calèche ne fut saluée que par quelques hâtifs signes de croix, un sanglot vite étouffé et le silence qui semblait convenir à ce genre d'annonce.

– Le cœur, dit le médecin.

Puis il s'enquit des hommes, mais ceux-ci étaient dispersés entre champs et forêt, à finir de gemmer ou à labourer, et les plus jeunes sur la lande avec les chiens et les troupeaux. Seul demeurait à la Théoulère un neveu du mort : Juste Delpeix, fils de Charles, la quarantaine voûtée, les jambes torses, des yeux minuscules sous des paupières de batracien, qui s'exprimait en français, ôta son béret et hocha longuement la tête.

– Eh, té, docteur, c'est la vieille lande qui est passée aujourd'hui, lâcha-t-il.

Puis il aida le médecin à décharger le corps.

Lataste avait soif. Lorsque André Delpeix eut été installé sur un lit et que les femmes se furent réparti les tâches mortuaires, il se fit apporter du vin et s'assit sur une chaise, devant l'estantad.

Des gamins déboulèrent de l'airial, piaillant, dénicheurs armés de frondes, les garçons en bure grise, les filles pareillement vêtues, la taille serrée par une ceinture d'étoffe. On les fit taire et s'égailler plus loin, tandis que se préparait déjà la liste des familles conviées au repas de funérailles. Le nez dans son verre de vin de Tursan, Lataste en écoutait la litanie. Il y aurait des Delpeix, de Commensacq et de Lüe, des Laluque, Capdebat, Estigarde, des Escource aussi, de Pontenx-les-Forges, et même de Biscarosse.

– Et ceux de La Croix Ancienne ? hasarda une petite noiraude à nez puissant, la tresse nouée en pointe, haut sur le crâne.

Il se fit parmi les femmes un silence pesant. On réfléchissait. Quelqu'un pouffa. Lataste leva la tête, grogna.

– La mort doit réunir tout le monde, lâcha-t-il, irrité, et faire taire les médiocrités. Et puis, voyez comme la vie est faite, une petite est arrivée, là-bas, cette nuit, c'est joli, non, ces deux âmes qui se croisent quelque part dans le ciel, une qui s'en va, l'autre qui nous vient, quand ceux d'ici et ceux de La Croix, tous leurs parents, se sont tant déchirés de leur vivant ?...

Le silence durait. Tête basse, les femmes s'abîmaient dans leurs pensées. Jeunes pour la plupart, elles avaient entendu les récits, écouté ce qui se disait et, surtout, tenté de deviner ce qui avait été tu, de ces événements lointains. Maintenant, l'un des derniers survivants s'en était allé, et la mémoire de ce temps avec lui.

– Les familles sont comme les bois de cette maison, reprit le médecin, rêveur, liées à n'en plus pouvoir, mais affectant de ne pas s'en souvenir... Que de temps perdu, Seigneur !

D'un mouvement du menton, il désigna la poutraison de la ferme.

– Comment dit-on, par ici : le faîtage, la *biscle*, avec la *soumère*, sa poutre faîtière, c'est ça ? demanda-t-il, comme pour lui-même. Et près de la *charpentière*, les maîtresses, les *saumès*, reliées par les *cadènes* et ces petits morceaux qui s'appellent des *entre-pèts*. Amusant : comme des gendres ou des brus !

Il rit, poursuivit sa curieuse métaphore que l'on écoutait poliment, à défaut de bien en comprendre le sens.

– Angles de poutres, *bries*, bouts de poutre ? *Capsaus* et *boulades* qui dépassent du mur. Ont-elles une utilité, ces étranges esquilles ? Et partout, des points d'éclatement... *eschascladures*, et le *sarralhet*, qui lie vos grosses poutres à celles du plancher, et la *guimberle*, aussi, une jumelle pour renforcer les autres. La famille, je vous dis, ou tout comme.

Il se leva, triste soudain. Cette fois, il prendrait la route de Sabres, deux lieues pleines au bout desquelles il aurait droit, comme le cheval, à son picotin.

– Et j'espère que vous tolérerez tout le monde au cimetière, lâcha-t-il, bougon, avant de s'éloigner.

2

Sur le chemin de terre qui le ramenait vers Sabres, à une huitaine de kilomètres vers le sud-est, le médecin cherchait, dans la pénombre grandissante, une perspective qui lui rappelât le paysage qu'il avait découvert, tout jeune médecin, dans les années 1850; mais la chose était devenue impossible. Partout, la pinède avait rétréci l'horizon autrefois infini de la lande. Des pins, il y en avait désormais de tous côtés, des plus anciens, dont les cimes se fondaient loin au-dessus des troncs, aux derniers-nés, lilliputiens rangés en colonnes par des jardiniers rigoureux, méthodiques et dénués de fantaisie. Entre ces extrêmes, le *pinhadar* étalait ses générations successives de conifères, des arbres de toutes tailles et de tous calibres, capital phénoménal au pied duquel la fougère remplaçait, inexorable, la bruyère de la lande et l'ajonc des marais.

Lataste longea des fermes cernées de maïs et le repère feuillu de leurs *airiaus*, puis des bordes, des parcs, leurs moutons égaillés que surveillaient les chiens. Plus loin, le médecin croisa, sur le chemin rectiligne, quelques *bros* attelés de bœufs, un chasseur de lapins, des bergers jouant de leurs fifres, tout un petit peuple, rare mais visible à bonne distance.

Puis il lui fallut traverser des semis de pins vieux

d'une dizaine d'années, mangeurs de lumière, entre des parcelles plus anciennes que quadrillaient buttes et *crastes* d'irrigation à ciel ouvert. C'était là le pays des grands propriétaires et de leurs résiniers, vertige cadastral aligné jusqu'à plus soif par des géomètres maniaques de la ligne droite. Lataste y possédait quelques milliers de fûts bientôt prêts à la coupe. Le médecin avouait n'avoir pu résister à sa part de la curée – le patrimoine ! – transmissible et subventionnée, une aubaine pour tous ceux qui pouvaient y mettre de l'argent.

La nuit venait, d'une grande douceur, chassant guêpes et taons. Bercé par le trot léger de son cheval et le bruit sourd des sabots foulant le sable du chemin, Lataste sentait son corps protester contre le régime qu'il lui imposait.

Cela faisait maintenant près de deux jours qu'il avait quitté sa maison pour un périple autrefois ordinaire, et souvent bien plus prolongé. L'âge, qui avançait, lui faisait craindre un peu, désormais, ce genre de promenade, mais la fascination qu'il éprouvait à voir disparaître sous la pinède les lieux et les gens qui avaient été si longtemps son quotidien et ses horizons le maintenait en garde, témoin et veilleur d'un monde englouti.

Il pensait à La Croix et à ses habitants. Si la fièvre puerpérale, le cataclysme subit qui emportait en quelques heures les jeunes mères, ne se déclarait pas, cette naissance sous le toit originel des Escource serait l'une des choses les plus heureuses survenues depuis des années entre Trensacq et Commensacq. Lataste fouetta son cheval. Du bonheur, il y en aurait aussi chez lui. C'était jeudi, jour de la garbure, une merveille aux quatre viandes que la vieille Madeleine mâtinait d'un morceau de jarret rassis de peu et que Gabrielle Lataste servait à son mari avec du pain au froment, un luxe en ce pays de seigle et de maïs.

Pénombre et silence baignaient le village de Sabres lorsque l'attelage longea les maisons basses aux murs de torchis qui en constituaient le centre. Vers les extrémités du bourg, au milieu de parcs et de jardins, s'élevaient les demeures plus imposantes de la petite bourgeoisie locale, comme celle que les Lataste avaient fait construire sur la route de Mont-de-Marsan. Là, aux marches de la profonde et épaisse forêt, on voisinait entre propriétaires, marchands de biens ou riches fermiers, sylviculteurs et industriels du bois ou du charbon, toute une classe née de la prodigieuse mutation du département et que servait le petit peuple des ouvriers, résiniers, métayers, groupés, eux, en quartiers aux abords du village.

Les métairies des quartiers de Lannegrande s'étaient ordonnées, au cours des siècles, autour de vastes demeures seigneuriales. La lubie napoléonienne créait depuis une quarantaine d'années, autour des clochers-murs à balcons de bois de Pissos, Trensacq ou Sabres, le calque bourgeois de cette architecture. Pour tous ceux qui continuaient de vivre sous les toits à trois eaux, le chaume des oustalets ou des cabanes de résiniers, c'était bien la ville, comme à Bordeaux ou à Dax, que l'on construisait ainsi à portée de leurs pauvres demeures.

La maison du médecin, élégante, était de facture classique, en pierre de taille. Sa façade rectangulaire s'orientait à l'ouest, cherchant la lumière. Autour d'une large porte à deux battants garnie de vitraux, les fenêtres du rez-de-chaussée et de l'étage offraient à la vue leur symétrie et leur alignement sage, derrière des volets de bois, sous un toit à faible pente.

Lataste en fit le tour. Parvenu à l'arrière de la maison, il s'arrêta devant un bâtiment annexe abritant l'orangerie, un fruitier et un abri pour attelage, dételа le cheval et le ramena à sa stalle. Fourbu, il s'étira et entra chez lui par la porte de la cuisine.

L'endroit fleurait bon le chou et le potiron. Audessus du grand fourneau de fonte s'élevaient des vapeurs laiteuses tandis que, penchée sur l'ouvrage, une cuillère en bois dans la main, Madeleine Darrasque, qui servait là depuis une bonne trentaine d'années, goûtait sa sauce.

Elle sursauta. Elle avait la corpulence d'un muid de Bordeaux que l'ampleur de sa jupe arrondissait encore, des bras en proportion et un visage pareillement rond qu'éclairaient, sous une tresse blanche entourant le sommet du crâne, des yeux au regard étonnamment vif et perçant.

– Eh bé, monsieur Fernand ! s'exclama-t-elle, vous aviez disparu sur Lannegrande ! Seigneur, j'ai pensé que le sabbat de Cornalis vous avait emporté...

– Foutaises, grogna-t-il, ces histoires de sorcières et autres *becuts*, c'est bon pour les métayères de Morcenx. Ici, on raisonne...

La Grande Lande était marquée d'invisibles frontières au-delà desquelles régnait le désordre inquiétant des grands mystères. Malgré les recommandations pasteuriennes et le matérialisme rassurant de son maître, Madeleine Darrasque conservait, intacte, jusqu'à la moindre de ses superstitions gasconnes, vrai capital de créatures lucifériennes, de lieux maudits et de victimes envoûtées qui lui tenaient en permanence compagnie.

– Et tu te fous pas mal de savoir ce que j'ai fait durant ces heures ! s'indigna Lataste.

– Boh, té, comme d'habitude, je suppose, le cavalier, à courir d'une ferme à l'autre ! A votre âge, tout de même...

Elle souffrait d'asthme, sa respiration sifflait quasiment en permanence, avec des crises violentes aux saisons humides. Lataste lui prescrivait depuis une vingtaine d'années des traitements qu'elle ignorait pour la plupart, préférant les ordonnances des guérisseuses cantonales.

– J'ai fermé les yeux d'André Delpeix, ce matin... dit le médecin.

– Oh, pauvre ! Je l'avais encore vu en juin, à l'assemblade de Pontenx. Il était livide, un suaire.

Elle se signa, hocha la tête puis se remit vite à sa garbure.

– Et la nuit d'avant, entière, à accoucher Jeanne-Marie Peyrelongue... poursuivit le maître, d'une voix neutre.

Il n'avait pas besoin de regarder sa servante pour constater le trouble qui tout à coup l'envahissait.

– Alors ? demanda-t-elle, excitée, les yeux ronds.

– Une droullète, ma bonne, grasse comme une oie de décembre ! J'ai bien cru que la femme allait y passer ; quelle race, ces Escource, enfanter à quarante ans, tout de même !

Il se tut, préparant un effet. Madeleine le contemplait comme s'il lui annonçait l'arrivée d'un nouveau Messie.

– Tu veux savoir comment s'appellera la *nina* ? s'enquit-il, soudain malicieux.

– Dites, pour voir...

– Linon.

La vieille servante manqua s'étrangler, le sifflement de ses bronches s'accentua, annonçant une crise. Madeleine se signa au moins deux fois. Un loup-garou, de ceux qui peuplaient encore ses cauchemars, se fût dressé devant elle qu'elle n'en eût pas eu l'air moins sidéré.

– Calme-toi, la rassura son maître, Linon, elle l'a en second prénom seulement. Respire donc ton eucalyptus, et ne lésine pas sur le jarret de porc, je te prie.

Il s'assit près de la haute cheminée de la cuisine, se débotta en grognant, puis se chaussa de pantoufles de laine. Il avait faim et claqua des mains, joyeux.

– A la garbure ! lança-t-il, satisfait de l'effet que le prénom de la petite Peyrelongue provoquait sur sa cuisinière.

Dans le salon qu'une abondance de meubles nobles transformait en une sorte de musée du cuir, du bois verni et de la tapisserie, Gabrielle Lataste achevait un ouvrage de broderie, à la lumière d'une lampe à pétrole.

– Hé, monsieur Fernand ! De retour de sa chère vieille lande, dit-elle en tendant distraitement son front aux lèvres de son époux.

Elle avait la voix haut perchée, comme son chignon grisonnant. Grande, un peu sèche, l'œil sévère, en perpétuel mouvement, elle ressemblait à une duègne de peintures espagnoles, avec les mêmes traits anguleux, dignes en vérité, mais sans grâce ni charme particuliers.

Lataste se laissa tomber dans un de ces profonds fauteuils de cuir qui donnent aux salons de province leur inimitable chaleur. Aux murs et au plafond, du bois, en lambris et en caissons, luisait, sombre, dans le halo des lampes, accentuant le côté cossu et intime de la pièce. Rasséréné, le médecin ferma les yeux et se détendit.

– Vous avez finalement raison, Gabrielle, dit-il au bout d'une demi-douzaine de bruyants soupirs, cette vieille lande est bien encore par endroits le « désert français » qu'admirait tant M. Gautier. Son *Fracasse* est vraiment né de cette désespérance, dont il devient de plus en plus difficile de faire le tour. Tenez, j'ai découvert des semis tout récents, loin vers le Platiet, une coulée de pins de quelques kilomètres, sous Trensacq. Bientôt, le triangle de rase dont nous sommes ici une pointe sera coupé en deux... avant d'être verdi tout entier par la pinède.

Il se tut, pensif. Sa femme l'observait par-dessus ses lunettes. Paloise de naissance et d'éducation, Gabrielle Lataste, née Bernade, avait mis trente-cinq ans plus tôt le pied sur la terre landaise, comme on trempe un orteil dans une mer hostile. A l'orée du XXe siècle, la Haute Lande lui paraissait encore être aux confins extrêmes, l'antichambre de ce que les Brazza, Marchand et Dodds étaient en train de découvrir en Afrique, une colonie du *finis terrae* peuplée de gens bizarres, évanescentes apparitions qu'engloutissait aussitôt l'extrême platitude des lieux.

– Je retiens votre aveu, mon cher, qui vient bien tard, releva-t-elle en appuyant sur son dé. Avez-vous trouvé à votre tour, après tant de recherches, le bipède de 1830 ?...

Lataste rit. Jeune médecin à peine installé, au début de Second Empire, il avait trouvé, à l'Académie des sciences, un mémoire parfaitement sérieux datant de Charles X. Un voyageur y décrivait, parcourant la lande dans des brumes vespérales, un hybride d'homme et d'animal, fugitive apparition prouvant l'existence de formes évolutives de la vie, une étape capitale de l'Évolution.

– Le chaînon manquant ! s'exclama-t-il, l'être-mouton aux membres de bois, pâtre dans la journée, ovin le soir, un peu oiseau, aussi, pour le vol de nuit au-dessus des marécages... Non, ma chère, je ne l'ai toujours pas croisé ; en revanche, il est né une petite Linon à La Croix ; eh oui ! vous avez bien entendu...

La dame suspendit son geste. Grande et plate de poitrine, *planche-pâ*, disait-on d'elle, Gabrielle Lataste avait d'ordinaire au coin des lèvres une moue de désenchantement, quelque chose comme le regret inavoué de n'avoir pas tout à fait passé sa vie comme elle l'aurait souhaité. Mais, à cette annonce, elle se fendit d'un large sourire, et ses yeux reflétèrent, l'espace de quelques secondes, une heureuse et vraie surprise.

– Par Dieu ! bien sûr, dit-elle, je savais Jeanne-Marie Peyrelongue près du terme, mais ce prénom...

Sifflant de toutes ses bronches malades, la grosse Madeleine entra dans la pièce, portant sur un plateau d'argent une carafe de vin et des verres de cristal. Du pauillac, la faiblesse avouée du médecin. Celui-ci lui était adressé directement de la propriété du banquier Rothschild, sur sa vendange de 1887.

– M. Fernand m'a dit, pour La Croix, prévint la

servante entre deux essoufflements. Si je m'étais pensé une chose pareille, *diou biban*...

– Boh, té, la vieille, tu nous bassines avec tes peurs rétrospectives, l'interrompit vivement son maître, ce pays est bien comme tous les autres, sans histoires, je te le dis. Des pinèdes, des champs, des scieurs de bois, des laboureurs et une odeur de résine. Enfin, soyons honnêtes, mes bonnes dames, cette lande est rude aux hommes comme aux bêtes, on y meurt sans se plaindre. Tout y change, au fil des jours, c'est vrai, mais *bast*, les choses vont leur train. Certains en ont du chagrin, d'autres s'en réjouissent. C'est le progrès, et je doute qu'il y ait avant longtemps un quelconque retour en arrière. La lande s'efface, avec ses marécages et leurs maléfices. Et même le grand vent d'Atlantique n'est plus le même. Les arbres sont en train de le dompter. Il s'épuise, se diminue et s'éteint là où autrefois il courait encore librement, à courber l'herbe rase et à siffler entre les cailloux.

Le vin était délicieux, encore plein d'une vigueur parfumée, et pourtant déjà soyeux, fondu. Une merveille. Lataste fit miroiter son verre dans la lumière. Ainsi les bontés de la nature le réconciliaient-elles avec les fantômes et les brûlures du passé.

Lorsqu'il fut las du silence songeur des deux femmes, le médecin se leva, empoigna la bouteille de vin et déclara qu'il était temps de passer à table. Tenant à la main le tissu de sa longue robe noire, hiératique, ayant repris la mine vaguement courroucée qui paraissait faire l'essentiel de son abord, dame Lataste rejoignit son époux à la salle à manger, devant la garbure du jeudi.

3

André Delpeix fut mis en terre le samedi suivant, dans le petit cimetière de Commensacq. On y vint nombreux, de tout le pays et même de plus loin, pour écouter le latin du curé et l'hommage du maire – il était forestier – à l'obstination des derniers pasteurs de la Grande Lande. Puis les proches regagnèrent la Théoulère pour y évoquer jusqu'au dimanche soir le souvenir du défunt.

Dès la fin de la cérémonie, le docteur Lataste se mit en selle et prit la direction de la Grande Leyre. Lorsqu'il eut atteint la rivière qui tranche la lande jusqu'au bassin d'Arcachon, il suivit son cours tranquille vers le nord, retrouvant des lieux qu'il n'avait plus hantés depuis près de trente ans.

La Grande Leyre était bien telle qu'il en gardait le souvenir, une Amazone en plein désert, au cours sans cesse changeant, aux rives noires d'une végétation de tropiques, entrelacs de broussailles et d'arbustes moussus sous le front des fresnes, aulnes, charmes et chênes sans âge.

Il régnait le long de cette oasis une fraîcheur de cellier. Le cavalier se concentra sur les ornières du chemin. Maintes fois, il dut quitter la rive pour contourner la jungle qui en interdisait l'accès, à quelques foulées seulement de la lande. C'était un contraste stupéfiant, ce fil de verdure entre deux plateaux d'herbe sans limites.

Au bout d'une heure de cette navigation à vue entre fleuve et rase, le médecin déboucha sur une clairière vallonnée qu'occupaient de hautes herbacées, entre des traces de chemins ravinés par les pluies. Il y avait eu un parc, à cet endroit, que peuplaient encore quelques tauzins épars. Un peu plus loin, une pinède faite d'arbres grêles, encombrée d'herbes hautes et de fougères, poussait, livrée à elle-même. Lataste laissa son cheval suivre une piste, au cœur de cette savane, jusqu'à ce qu'enfin, derrière un talus couvert de sauge et de ronces, lui apparaissent les restes d'une maison : La Croix Nouvelle.

Il ne s'agissait pas d'une ferme, mais bel et bien d'une maison de maître. La Croix Nouvelle avait été érigée sur un puissant soubassement de garluche, la pierre ferreuse née de la lande, que tranchait par le milieu un escalier aux rampes tournées vers l'extérieur. Le perron ainsi créé donnait sur une haute porte surmontée d'un chapiteau. De part et d'autre de cette entrée, derrière laquelle on devinait un hall d'accueil, deux fenêtres béantes, dominées par le même chapiteau de pierre, donnaient à l'ensemble sa symétrie, soulignée par leur exacte reproduction à l'étage.

Lataste chercha du regard les dépendances de la demeure. Il y avait eu autrefois, autour, une écurie, des fruitiers, une grange, au cœur d'une vaste parcelle de pins. De tout cela ne surgissaient de la terre herbeuse que des moignons de bois noirci, des tas de pierres informes, des ébauches de murs. Lataste gravit les marches, parvint sur le perron aux dalles disjointes et contempla la maison.

La façade de La Croix Nouvelle n'était plus qu'un décor de théâtre dévoré par le feu, jusqu'aux gouttières que dominaient encore, çà et là, quelques poutres. La toiture avait cédé. Seuls subsistaient, autour des vestiges de deux cheminées, des éléments de charpente en décomposition.

Le visiteur franchit la porte, découvrant derrière elle un sol saccagé, des monceaux de gravats, de bois et de tuiles, de part et d'autre d'un mur porteur préservé sur toute sa longueur et qui donnait, inutile, sur la steppe. La maison avait brûlé, mais aussi la forêt qui la cernait, faite de pins et de chênes, dont des troncs moussus émergeaient par endroits, comme des allumettes tordues, aussi loin que pût porter le regard, jusqu'à la pinède épargnée dont la frondaison bleutée barrait l'horizon.

Une force prodigieuse, surgie des profondeurs de la forêt, avait balayé cet endroit. Lataste sentit son cœur battre un peu plus fort. Était-ce la chaleur du front incandescent avançant vers la demeure ? Quel bruit cela faisait-il ? Un souffle ou le rugissement d'un fauve ? Ému, le médecin fit quelques pas vers les tumuli que remblayaient, avec la patience et l'obstination de ceux qui ont pour eux le temps, les vents et les pluies courant sur la lande. Entre les bras rampants de la végétation, il apercevait, fichés dans le sol, des morceaux de carrelage, de ferraille rouillée, du verre accrochant par éclairs le soleil, les vestiges épars d'une histoire partie en fumée : un cimetière.

Des souvenirs de cette époque révolue lui revenaient. Il retrouva une date : 1863, et les premières émeutes ouvrières, autour des tonneaux de résine. Une flambée des cours avait mis les résiniers en position de force. On exigeait de meilleurs salaires, on affrontait à coups de bâton les bourgeois possédants et leurs gendarmes, tout en se gaussant des bergers réduits à la portion congrue. Des feux étaient alors montés de la forêt, des troupeaux avaient saccagé par milliers les jeunes arbres en semis, une sorte de guerre civile s'était déclenchée, sournoise, tandis que le pays tout entier, déjà, changeait d'âme.

Lataste s'arracha à cet assaut de sa mémoire. En observant bien, il voyait encore, près du mur porteur, la base carrée d'un départ d'escalier. Prenant pour repère la façade, il dessina du doigt, dans le vide, l'ascension des marches vers le couloir desservant l'étage. Plus haut, il y avait des greniers et des lucarnes ouvertes à l'ouest.

Lataste allait à pas lents, cherchant, derrière les fenêtres béantes, la présence des êtres et des objets évanouis. Peu à peu, il sentait une sorte de mélancolie l'envahir. Il décida de se retirer.

Au moment où il regagnait le perron, enjambant pour cela des tas de pierres, son attention fut attirée par un éclat de bois fiché dans la terre, entre deux moellons. Il se baissa, fouilla de la pointe de son canif, finit par dégager un cadre, ou plutôt, un médaillon.

A mesure qu'il en nettoyait le verre, il vit se révéler sur un papier jauni, mangé tout autour par les moisissures, le visage d'une femme. Lataste retint sa respiration. Le dessin était fait à l'encre. La femme était jeune et très belle, avec des yeux clairs, aux coins relevés, et des pommettes marquées. Les sages macarons de sa chevelure contrastaient avec les mèches folles, bouclées, qui s'en échappaient sur le front et les tempes. Elle souriait et, chose rare, sa bouche s'entrouvrait sur des dents saines et blanches.

Bouleversé, Lataste passa la main sur le médaillon. Il restait donc de la vie dans ce sépulcre, et quelle vie ! Ce regard posé sur lui, pénétrant, apaisé, ce sourire comme une flèche solaire qui le touchait au cœur le firent frissonner.

Ce visage s'accompagnait du vacarme, des gémissements, du souffle d'un incendie occupant l'espace, des hennissements de chevaux affolés. La lande avait toujours brûlé, même lorsque la forêt n'y était encore que boqueteaux, à l'horizon des troupeaux. Mais ce feu-là n'était pas semblable aux autres, sa fumée avait emporté bien autre chose que des poutres, des parquets et quelques meubles dérisoires. Lataste sentit tout à coup la proximité des gens qui avaient vécu là, leur souffle ténu sur lui.

Soudain, il eut froid. Il empocha sa trouvaille et regagna le perron.

Gabrielle Lataste ouvrit les volets, laissant entrer dans la chambre de sa servante un flot de lumière blonde. Madeleine Darrasque tenta de s'asseoir sur son lit, mais dut bien vite y renoncer.

– Surtout, ne bougez pas, s'insurgea sa maîtresse, le docteur vous interdit de mettre le pied par terre.

La grosse femme fit la grimace. Clouée au lit par une méchante fièvre, sifflant comme une locomotive, elle s'en voulait, comme de coutume, d'être ainsi terrassée et incapable de servir. A peine éveillée, respirer lui donnait l'impression d'héberger du verre pilé et lui demandait un effort proprement surhumain.

– Cessez de vous torturer l'esprit, ma bonne, lui dit Gabrielle en découvrant son trouble, nous nous débrouillerons bien seuls, monsieur Fernand et moi. Diable, ce n'est pas la première fois que vous prenez cette sorte de grippe.

– Oh, té... lâcha-t-elle, pitoyable.

Lataste entra. Il avait l'air de bonne humeur. La tête prise dans un étau d'acier, Madeleine hasarda un sourire vite transformé en grimace et en quintes douloureuses. Le médecin posa quelques flacons sur la table de nuit, bien en vue de sa patiente.

– Thérapeutique locale que tu connais bien, ma pauvre, annonça-t-il, triomphant. Voilà donc un sirop de bourgeons de pin, des capsules d'eucalyptol et de l'essence de térébenthine que je te ferai inhaler moi-même dans un instant.

La servante appréhendait le pire, qui ne manqua pas de venir.

– Il y a eu cueillette de sangsues dans les étangs de Sainte-Eulalie, pas plus tard que la semaine dernière, renchérit le médecin, d'humeur décidément joviale. On y a fait tourner pour moi un cheval dans la vase, avant de débarrasser ses jambes de ces utiles bestioles. Vois par toi-même ce que les *tchintchayres* de là-bas m'ont rapporté.

Les bestioles flottaient dans l'eau jaunâtre d'un bocal de verre.

– Oh, Seigneur tout-puissant, certes pas ça ! protesta la malade.

– Ce n'est pas pour tout de suite. Tourne-toi, veux-tu ?

Il souleva la chemise de sa servante, passa un gobelet de verre sur la flamme de la lampe et l'appliqua sur le large dos de la femme. Il répéta l'opération une dizaine de fois. Profitant d'un instant où, le visage de côté, Madeleine cherchait sa respiration, il sortit de sa poche le médaillon et le lui présenta.

– Regarde ce que j'ai trouvé ce matin, près de la Grande Leyre, tu sais, en haut... dit-il, malicieux.

– Diou biban, comment avez-vous... ? murmura-t-elle, avant de plonger la tête dans son oreiller.

Gabrielle s'approcha, se pencha et découvrit à son tour la petite gravure piquée de points ocre. Madeleine secouait la tête, ses doigts cherchaient en vain quelque chose sous l'oreiller. Lataste rit et lui claqua gentiment l'épaule.

– Remets-toi, fille, ordonna-t-il, ou je te colle les sangsues dans l'instant !

– Vous êtes retourné là-bas ? demanda Gabrielle, étonnée.

– Eh, vous voyez, ma chère... En vérité, il y a eu en quelques heures comme un raccourci de ces choses anciennes : des voisins qui s'ignorent depuis plus d'un quart de siècle, réunis malgré eux par deux événements aussi importants l'un que l'autre. Étrange, oui...

La chambre de Madeleine était monacale ; une commode sans style, un prie-Dieu garni de velours et une armoire basse en constituaient le mobilier, autour du crucifix cloué en tête de lit. Lataste s'assit au bord de celui-ci et se passa les doigts sur les tempes, comme pour remettre en ordre des cheveux qu'il n'avait plus.

– C'est du malheur, tout ça, siffla Madeleine de sous l'oreiller, vous n'auriez pas dû...

– Tais-toi donc ! la tança son maître.

Gabrielle contemplait sans mot dire le médaillon. Lataste posa la main sur l'oreiller et se mit à en estimer le contenu ; puis il s'inclina vers sa patiente et lui dit, taquin, à l'oreille :

– Té, Darrasque, je trouve des choses, dans ta couette, là, je les ai sous le doigt, des boules...

– Cessez donc d'asticoter ainsi cette pauvre fille, dit Gabrielle en s'asseyant à son tour près de son mari, il suffit bien qu'elle croie à ces sornettes...

Ils demeurèrent un long moment silencieux à écouter la respiration de leur domestique. En apercevant le visage du médaillon, celle-ci, qui s'obstinait, trente années après, à vouloir encore trouver du drame sous les tas de pierres de La Croix Nouvelle, avait cru voir le malheur sourire à son chevet, et son esprit serait hanté, pour des nuits, par cette visite.

Lataste posa la main sur le front de sa malade. Madeleine eut un frisson. Les doigts crispés sur l'oreiller, les lèvres livides contrastant avec la congestion du visage, elle allait livrer bataille à la fièvre qui à nouveau la submergeait. Lataste lui fit avaler de la quinine et la couvrit jusqu'à la nuque. Puis il s'approcha de la fenêtre de la chambre, qui, au premier étage, donnait sur la forêt.

Il connaissait de cet horizon familier les plus

infimes détails, les courbes des chemins, le vert plus intense signalant, enfouis sous leurs rives, paresseux, les rus formant la Grande Leyre. Il devinait les fermes dans leurs clairières, les pigeonniers, et jusqu'aux *bros* qui s'y rendaient, lentes charrettes attelées de mules ou de bœufs – selon la richesse du propriétaire.

Un horizon paisible et monotone. Il fallait, à le contempler, un réel effort pour imaginer ce qui l'avait précédé, la rase lande qui couvrait le pays, des faubourgs de Bordeaux aux premières collines de Chalosse, cent cinquante kilomètres plus bas.

Et les gens qui y vivaient alors...

Lataste se tourna vers sa femme. Gabrielle passait et repassait les mains sur les plis de sa robe noire. Comme lui, elle cherchait un repère dans le temps, pour se raconter l'histoire d'Escource et de sa Linon.

– Ce n'est pourtant pas bien compliqué, marmonna Lataste, comme pour lui-même.

Il était installé depuis deux ou trois ans. Sabres n'était qu'un bourg de la Grande Lande, quelques maisons d'artisans, une église et des quartiers où vivaient les métayers. Il y avait eu la loi de 1857 qui obligeait les communes à planter en pins, et, très vite, les premières ventes de terre aux particuliers. Mais les vrais seigneurs de ce pays étaient encore les bergers. La lande couvrait tout ou presque, de Royan à Bayonne, de la côte atlantique au Gers ; un immense désert, avec ces hommes maîtres des troupeaux, libres comme le vent de mer, et pauvres, pour la plupart.

L'un de ces bergers se nommait Gilles Escource. Sa famille était venue se fixer à Commensacq, en apportant le nom de son hameau d'origine. Ainsi faisait-on, dans les temps très reculés. Ceux-là n'étaient pas riches, vraiment. Mais leur garçon dominait ceux de son âge ; plus fort, plus malin, plus endurant. Un bagarreur gascon, qui savait lire et écrire et capable de disparaître plusieurs mois sur la rase, de coucher dans son manteau sous le ciel de juillet comme dans les bourrasques du plein hiver. Un jeune seigneur, oui, avec au visage l'insolence que donne l'acceptation du dénuement. Et puis, cela devait être pendant l'été 1858, l'Empereur avait fait savoir qu'il mettrait en pinède ses dix mille hectares de Solferino. Le vent portait jusqu'en Albret, et plus loin encore, le souffle des grandes marées de septembre...

4

Le cœur battant la chamade, ruisselant de sueur et de pluie mêlées, Gilles Escource se demandait s'il parviendrait avant la nuit à la bergerie de Sanglet. Depuis six heures maintenant qu'il avait quitté la ferme de Naoûtot, après y avoir dormi dans le grenier, il affrontait l'une des plus belles tempêtes qu'il ait jamais vues souffler sur la lande. Devant lui, sautant par-dessus les flaques, d'un banc de sable à l'autre, le chien Duc, un bâtard d'épagneul et de pyrénéen, ouvrait la route, indifférent à la rigueur du temps.

Dès l'aube, le vent s'était levé, venu tout droit de l'océan, fermant le ciel d'énormes nuées grises qui roulaient, pressées, d'un bord à l'autre de l'horizon. Des ondes de pluie accompagnaient ce déferlement, brouillant les pistes, giflant la bruyère et jusqu'aux cailloux qui parsemaient ces vastes étendues de sable boueux.

Arc-bouté face à la colère océane, tremblant de fièvre, Gilles gardait, du haut de ses quatre pieds d'échasses, les yeux rivés sur le chemin. Il avait depuis un bon moment traversé la route de Sabres à Mont-de-Marsan, un cloaque où s'embourbait un coche qu'il avait fallu sortir de la glu. Un peu plus loin, en plein désert, il avait tiré et manqué un lapin. Fatigué, la tête en feu, le jeune berger se remémorait, histoire d'oublier le temps qui tardait à passer, les histoires de son enfance, où se faisaient une guerre incessante bergers, loups et sorcières ; mais, de loup, il n'aurait ce jour-là guère de chance d'en rencontrer. Seul un pâtre de sa trempe, obstiné à gagner ses deux francs et la peau d'une dizaine de bêtes, hasarderait son nez dans une telle bourrasque. Même le roi Artus et toute sa suite de piqueux et de chiens traversant les airs pour expier leurs péchés ne seraient pas partis en chasse par un temps pareil. Seules les *candèles* de Commensacq, farfadant autour du fantôme de l'abbé Ducasse, se montreraient, peut-être, à son retour à La Croix...

Il fallait faire vite. A l'abri du parc de Sanglet, André Delpeix attendait son ami d'enfance pour aller affronter à son tour la tempête, vers le sud. Là-bas, il rassemblerait deux cents bêtes, ce qui en ferait, au total, plus de six cents, que les deux jeunes gens avaient reçu pour mission d'emmener ensuite à la vente dans l'Albret.

Gilles sentait la fièvre l'envahir. Il s'arrêta, ouvrit sa longue veste de laine, son gilet et sa chemise de lin, et vida le contenu d'un des petits sachets de quinine que le docteur Lataste le forçait à avaler dès que les premiers symptômes de la malaria se manifestaient.

– Fièvre quarte bénigne, avait diagnostiqué le médecin, vous buvez ça et vous vous couchez en attendant que ça passe...

Gilles grimaça. Se coucher ! Certes, la chose serait possible, mais avec la sanquette qui le fuyait, là, profuse, inondant sa chemise, et jusqu'à l'intérieur de son manteau, c'était le sort assuré, l'*adroumeilhoun*, charme sournois jeté par les sorcières des marais, qui plongeait ses victimes dans un sommeil sans fin.

Gilles pressa le pas. Les lanières de tissu qui serraient ses mollets lui faisaient mal. Ruisselant, le jeune berger de Commensacq supportait de plus en plus mal le poids de ses vêtements, et jusqu'au béret qui lui ceignait le front. Il serra les dents.

Des orages se formaient dans l'épaisseur des nuées. La foudre ne tombait pas encore mais déjà résonnait, tout proche, le tonnerre. Ingambe, Escource eût aimé s'asseoir, face à l'occident, pour le seul plaisir d'affronter, la peur au ventre, la colère de Dieu. Mais cette *gascounade* de jeune homme en pleine santé serait pour plus tard. Cette fois, il en aurait pour trois jours à frissonner, des orteils au sommet du crâne, la tête emplie de vacarme, pour finir anéanti, les jambes molles, l'esprit lavé.

Une main serrant sa poitrine, pesant de l'autre sur la longue perche d'acacia qui l'aidait à avancer, le berger allongea le compas de ses échasses. Pour rien au monde il n'eût renoncé à retrouver son cadet. Le troc de Labrit serait le plus important de l'année. Henri Delpeix, l'aîné, le maître de la Théoulère, l'avait dit et répété : six cents bêtes à céder, contre quatre cents de meilleure qualité, à tondre dès la sortie de l'hiver. La laine épaisse et les agneaux, que l'on vendrait à l'assemblade de Labouheyre, nourriraient les Delpeix et les Escource pour l'an suivant au moins.

Gilles rentra la tête dans les épaules. De l'eau froide s'insinuait sous ses vêtements, jusqu'à la ceinture qui lui serrait la taille. Serrées par les *garramatches* de laine, ses chevilles lui faisaient mal, comme le fusil dont la bretelle lui tailladait l'épaule. Jusqu'à ses plantes de pieds, pesant sur les *pause-pé* des échasses, qui lui donnaient la sensation de brûler.

Le jeune homme jura. A La Croix, on vivrait quelque temps, oui, de cette campagne-là. Et après ? Il faudrait en trouver une autre. De bêtes, les Escource de Commensacq en possédaient une cinquantaine, que le frère aîné de Gilles, Jean-Baptiste, gardait au large de Sabres, sur la Grande Lande de Trensacq. Les Delpeix, eux, en promenaient près de mille, d'un parc à l'autre. De plus, ils cultivaient en métayage près de cent hectares de seigle et de maïs, plumaient des dizaines de volailles par an et se dotaient même, depuis la loi de 1857, de communaux à semer en pins.

Les chiffres dansaient dans la tête de Gilles. Pendant ce temps, à La Croix, Justine, la mère, et sa fille Catherine continueraient à filer la laine des autres, tandis que la petite Jeanne-Marie, à peine âgée de sept ans, s'en irait sarcler sur les métairies Bonnefoy ou mettre la résine en barriques pour le marchand de Bazas, qui faisait gemmer, pour un franc par jour, ses pinèdes de Trensacq.

Au bout d'une huitaine d'heures de cette marche forcée à travers des espaces sans propriétaire, Gilles fut soulagé d'apercevoir enfin, derrière un rideau de pluie, le chaume de Sanglet et le grand chêne qui, par temps clair, signalait de loin la bergerie. Duc galopait déjà, loin devant, à la rencontre de ses compagnons. A bout de forces, Gilles parcourut les derniers mètres qui le séparaient de la bergerie, descendit de ses *tchanques* et, à peine la porte de la cabane poussée, se laissa tomber sur la paille d'un grabat, devant la cheminée.

– Hé, *cadet* ! En voilà, une arrivée !

En chemise et caleçon de laine, le coude négligemment appuyé contre le chambranle de la cheminée, André Delpeix avait pris ses aises près de l'âtre. Gilles rampa vers les flammes et s'immobilisa. Un frisson plus intense que les autres le maintint ainsi, de la salive au coin des lèvres.

Delpeix le contemplait, surpris. Les deux garçons se ressemblaient. A dix-neuf ans, transitant souvent ensemble à travers la rase, ils passaient volontiers pour frères, pareillement râblés, l'œil rieur et insolent, noirs de cuir comme de poil, le muscle sec et dur, et les cheveux coulant du béret en flots bouclés. Ils étaient redoutables, tous deux, à la danse comme à la *pignade* des nuits de vin.

– Tu as la fièvre, pauvre, il te faut boire, dit Delpeix en aidant l'arrivant à retirer ses chaussons de laine.

Gilles gémit, soudain frigorifié, et se recroquevilla un peu plus au creux de son manteau. Il entendait les assauts du vent contre le parc, et le tonnerre qui leur tenait compagnie. La cabane de Sanglet était le plus précaire des abris. Les bergers qui gîtaient là, tout contre leurs bêtes, étaient à peine mieux lotis que celles-ci, dans la même paille, les mêmes parois de planches disjointes laissant passer l'air. Delpeix y était resté contre son gré, coincé par la tempête.

– J'ai dû égarer vingt têtes, dit ce dernier en allumant une pipe de tabac noir. Enfin, je ne sais trop, je n'ai pas compté avec précision. Il faudra que tu voies, du côté des étangs, si les loups ne leur ont pas fait leur affaire, et te méfier ; la pluie a raviné tout autour, et même avec les tchanques, on enfonce à près d'un mètre.

Il avait un accent très prononcé, chantant et joyeux, et s'amusait à mélanger l'oc et l'oï. Gilles s'assit à demi, l'épaule contre la cheminée. Les tremblements l'empêchaient de parler. Delpeix l'aida à quitter sa pelisse et sa chemise trempée de sueur, lui frictionna le dos, puis il lui fit avaler un sachet de quinine, de l'eau en quantité, et le couvrit de linge sec.

– Où est Linon ? demanda Gilles.

– Sur Escourçolles. Elle garde avec Jeannot. Tu es bien fiévreux, tout de même, s'inquiéta André.

Gilles haussa les épaules. Sa *gouyate* gardait loin au nord et il s'en trouvait triste, un peu plus malade encore.

Linon était la seule fille de la tribu Delpeix, qu'une fièvre cérébrale avait laissée sourde alors qu'elle entrait dans sa dixième année. Elle ne parlait qu'à lui et à Quitterie, sa mère. Des mots criards que Gilles s'efforçait de discipliner, un langage de détresse à entretenir chaque jour, sous peine de le voir disparaître, complété par les gestes des doigts et des lèvres qu'ils s'inventaient, tous deux, en cheminant derrière les bêtes, une langue dont ils détenaient, seuls, les secrets.

– Comme elle doit s'ennuyer ! murmura-t-il.

– Boh, lâcha André, il y a le Jeannot, là-bas, ça suffira bien pour la distraire.

Gilles n'insista pas. Chez les Delpeix, Jean, le benjamin, était en vérité le seul des frères à ne point considérer sa sœur comme une sorte de demi-miraculée, sur qui un *mau dat*, sort contraire, avait dû être jeté. Ce mal prolongé des jours et des nuits, cette absence, les yeux ouverts qui ne regardaient que le plafond de la chambre avaient impressionné tout le monde... « *Qu'y a coucarrey aci* », avait dit quelqu'un, il y avait sûrement quelque chose là-dessous, une rouerie du diable, un mal pervers surgi du fond vaseux de quelque marais, et même la mère avait fini par s'en convaincre.

– Je te prendrai Duc, avertit André, je n'aurai pas trop de deux *cas* pour ramener ces bêtes.

Gilles se laissa aller sur le côté. Il souhaitait que la tempête perdurât, assez en tout cas pour qu'il n'ait pas à sortir les moutons. Il préférait mariner encore quelque temps dans ses sueurs. C'était une sensation étrange, plutôt douce, l'esprit s'évadait, le corps flottait comme dans les *baïnes* chaudes de l'océan, près des grands lacs du Born. Canicule...

Gilles entendait les recommandations d'André, une musique qui l'aidait à s'endormir. La quinine faisait son effet, libérant ses muscles brisés. Il se lova sous la laine sèche et se laissa glisser dans le sommeil.

Il faisait jour. Une lumière de plomb entrait dans la cabane, par les trous du chaume. Gilles perçut tout d'abord le hurlement sauvage du vent ratissant la lande, puis la voix de Delpeix.

– Je dois aller, maintenant, le prévint son *lanescot*. Réveille-toi, Gilles, les bêtes sont dans le parc, attention à ne pas les laisser libres tant que ça souffle et, si le vent tombe, sors-les.

Gilles s'appuya sur un coude. La fièvre l'avait laissé dormir. Ses forces évanouies, il lui semblait occuper une carcasse inutile pour laquelle le moindre geste était une insurmontable épreuve.

Il essaya de se lever, retomba, inerte, la joue dans la paille. Les planches des murs tanguaient devant ses yeux. Sous son front, derrière ses tempes, une vrille douloureuse perçait l'os, résonnant dans son corps tout entier.

– Tu pourras ? l'interrogea son ami, inquiet.

– Il faudra bien. Donne-moi de l'eau.

Ainsi couché, il apercevait les boucles de laine, autour des pieds d'André, et les lanières protégeant ses chevilles. Delpeix l'aida à boire. Au prix d'un effort démesuré, Gilles parvint à s'asseoir, tandis que son compagnon achevait de s'équiper : la gourde à la taille, la besace pleine de fromage et de pain de seigle, le fusil dans le dos. Delpeix empoigna son long bâton de marche, bourra ses poches de l'indispensable : de quoi fumer, son fifre, bien sûr, et des grains de maïs. Par ces temps, il valait mieux prévoir la survie pour quelques nuits, en rase lande, s'il n'était plus possible d'arriver à un abri.

Gilles esquissa un sourire. Mille fois ils avaient séjourné ensemble à l'abri des grands vents, à parler le jour durant, à chasser le lièvre, aussi, dès que la bourrasque se calmait un peu. Linon était souvent avec eux, silencieuse, à couver son Gilles du regard des enfants aimants, maynade filiforme, tout d'abord, que le vent semblait pouvoir emporter comme brin de paille, puis *hilhète* diaphane que la maladie avait abandonnée sur ses rives incertaines, avant de la laisser éclore un peu, maigrelette et sauvage, entre Leyre et lande.

– Je te laisse un pain de méture, dit Delpeix. Pour la viande, il faudra que tu te la cherches devant quelque terrier. Après, sur le chemin d'Albret, on ira tirer la bécasse.

Gilles opina de la tête. Delpeix lui frappa affectueusement l'épaule, ouvrit la porte, laissant entrer une rafale qui fit voler la paille. Il dut s'arc-bouter pour refermer la porte derrière lui, laissant son ami abruti et vautré, dans la pénombre murmurante de la cabane.

Au troisième matin de son séjour à Sanglet, Gilles parvint à se lever et à faire quelques pas dans la cabane, appuyé sur le dossier de la chaise. La quinine ne passait pas plus que la méture. Gilles avait l'impression que son visage avait doublé de volume, et sa langue aussi, qu'il peinait à remuer dans sa bouche desséchée. Tout dans son corps n'était que miasmes et courbatures, de quoi lui donner le dégoût de lui-même. Il prit appui sur le mur de bois et progressa, tel un vieillard, vers la porte qu'il ouvrit.

Le ciel avait changé, le vent y était remonté, dispersant les nuages qui se télescopaient et s'écartaient avant de disparaître, chassés par d'autres, encore plus pressés, encore plus rapides. La pluie tombait par intermittence, entre des draps de ciel bleu, eau tiède que l'Atlantique refoulait vers les terres, en ondées horizontales. En bas, la lande se remettait vaguement de l'assaut, luisante de flaques, éponge que le premier soleil sécherait en quelques heures.

Gilles décida d'aller ouvrir le parc, à l'est. Longeant le grand mur de la bergerie, il s'étonna du silence qui régnait à l'intérieur. Soudain inquiet, il pressa le pas et, parvenu de l'autre côté du parc, découvrit ce que jamais, dans le pire des cauchemars, il n'aurait osé imaginer.

La porte à deux battants avait volé en éclats. De la laine restait accrochée aux écailles de bois des planches brisées. A l'intérieur de la bergerie, la foudre, qui avait frappé plusieurs fois par les déhiscences du chaume, avait mis le feu aux litières de paille partout répandues, et les moutons, par dizaines, avaient flambé comme des torches. Des monceaux de chairs noircies, montaient des fumerolles aux remugles de graisse fondue. Éventrées, décapitées, leurs membres dispersés par le vent de l'incendie, les bêtes les plus éloignées de la sortie avaient crevé au fond du parc, tandis que les autres, plus chanceuses, avaient dans la panique défoncé la porte, avant de fuir sous l'orage.

Les bêlements, la lumière blanche... Il aurait fallu ouvrir, tout de suite après les impacts, puis laisser s'égailler le troupeau à bonne distance du feu, avant d'envoyer les chiens pour les rassembler. Gilles tomba à genoux. Le fil chuintant des nuées lui indiquait le chemin que les moutons avaient pris, plein est, le sol boueux portait la trace de leur fuite éperdue, des centaines d'empreintes confondues.

Le pâtre parcourut quelques dizaines de mètres. Des cadavres achevaient de se consumer le long du chemin, comme des signaux indiens. La main devant la bouche, Gilles ne put contenir un sanglot, puis, presque aussitôt, un chagrin d'enfant, des pleurs de rage et de détresse qui le secouèrent brièvement. Lorsqu'il reprit ses esprits, la charpente du parc achevait de s'effondrer. Oubliant la fatigue et la douleur, il retourna à l'oustalet, s'équipa aussi vite qu'il le put et, sous le vent tiédi par un renfort d'Espagne, se mit en route.

A une demi-lieue de la bergerie, Gilles dut quitter le chemin que l'eau des marais recouvrait trop profondément. Les pluies avaient gonflé les lacs dont la vase venait coloniser le sable, par endroits, et la terre ameublie se dérobait sous la carre des échasses, obligeant le berger à un supplément d'efforts. Devant lui, il ne distinguait plus que l'eau grise, qui semblait avoir gommé toute trace de passage animal. Le cœur battant, le cadet de La Croix parcourut les quelques dizaines de mètres qui le séparaient du désastre.

Des cadavres de moutons gisaient, isolés ou en groupes de cinq ou six, les membres enchevêtrés. A vouloir survivre, les bêtes s'étaient entre-étouffées. A moins de trente pieds de l'entrée de ce champ de mort, Gilles vit deux formes grises qui filaient loin vers le couchant, dans des gerbes d'eau. Des loups.

Gilles se mit à hurler. Il y aurait sabbat sur la lande pour des nuits et des nuits, toutes les créatures de l'eau et du sable pourraient se retrouver là, à festoyer de cette aubaine, le temps que toute cette pourriture fût liquidée, et du charnier à ciel ouvert monterait alors la légende du berger assassin.

Du haut de son observatoire, Gilles se laissa tomber en avant, les mains à plat. La boue le recouvrit ; comme il devait être bon de se fondre là-dedans, tout entier, de ne plus voir la ruine qui tombait sur lui et sur La Croix ! Plus de voyage pour les bergers, plus d'ouvrage pour les femmes, la honte, partout où il irait, et cette dette à payer, dont il n'envisageait même pas la somme, une fortune naufragée en quelques minutes, une apocalypse.

Il se libéra des échasses. Il n'avait plus rien à faire à Sanglet. D'autres viendraient récupérer un peu de laine, tuer un ou deux loups, pour les primes. Et il faudrait alors faire les comptes. La Croix était à près de vingt kilomètres. Gilles y ferait étape, pour dormir et se reposer un peu avant d'aller affronter les Delpeix. Il récupéra son fusil et prit, humant bien malgré lui les noires fumerolles que le vent apportait jusque-là, le chemin du nord.

Située en bordure de lande, au cœur d'un maquis d'arbustes et d'herbes hautes, La Croix n'avait pas grand-chose à voir avec les métairies qui, à quelques centaines de mètres, alignaient leurs sillons, leurs vergers et la pierre de leurs dépendances.

La maison était de bois et de torchis, sans estandad. A l'est, elle alternait le gris de ses planches avec les verticales marron de grossiers colombages. Sous la poutre maîtresse qui courait d'un bout à l'autre de la façade, soutenant le mur du grenier, deux portes étroites, l'une pour les hommes, l'autre pour les bêtes, délimitaient l'espace de vie. Entre elles, des menuisiers pressés avaient percé des fenêtres basses, asymétriques, penchées comme celle du grenier, dans l'angle du toit de tuiles.

Gilles y parvint alors que la nuit venait. Il pénétra dans la pièce commune.

Il y régnait une pénombre qu'éclairaient à peine les reflets du feu, dans la haute cheminée de pierre. Trois personnes étaient assises. Deux d'entre elles filaient la laine devant l'âtre ; l'autre, une enfant, occupée à écrire sur la table, près d'une chandelle, sauta au cou de l'arrivant.

– Té, mon pastoureau, celui d'avril.

Ainsi Justine Escource saluait-elle son cadet par le mois de sa naissance, l'autre fils, Jean-Baptiste, étant celui de novembre, et leur sœur, qui se leva pour embrasser l'arrivant, Catherine, simplement.

– Deux mois sans te voir, c'est bien long, dit celle-ci. Et d'où viens-tu, maintenant ?

Elle était petite, mate de peau, généreuse de formes. Les yeux malicieux, le nez étroit et fin et la bouche rieuse donnaient à son visage un tour juvénile et gai. Gilles lui rendit son baiser. Dès l'âge de cinq ans elle avait secondé leur mère, lorsque, après la mort subite de Joseph Escource, le père, il avait fallu s'organiser autour du dernier-né. Jean-Baptiste, alors âgé de dix ans, avait pris la conduite du maigre troupeau et, par la force des choses, celle de la famille.

– De Sanglet, dit Gilles d'une voix rauque. Je vous raconterai quelque chose, tout à l'heure.

Il reposa sa nièce Jeanne-Marie sur le carrelage, puis se pencha vers sa mère et embrassa son front.

A cinquante ans, Justine Escource en paraissait vingt de plus. Toute vêtue de noir, jusqu'à la coiffe qui serrait ses cheveux, les joues creuses, les yeux profondément enfoncés dans les orbites, fatiguée tant par les deuils que par la pauvreté qui la tenait à travailler depuis toujours pour les autres, elle se desséchait peu à peu devant ses tas de laine et de plumes. Gilles s'assit près d'elle et lui prit la main, qu'il baisa longuement.

– Vous n'avez pas assez de lumière, pour ce travail de l'étoffe, dit-il.

La vieille femme haussa les épaules.

– Boh, té, il faut bien finir cet ouvrage, pourtant... lâcha-t-elle d'une petite voix.

Catherine s'était rassise et avait repris son patient travail, tandis que l'enfant réclamait à Gilles de vérifier la justesse de ses calculs.

Gilles laissa errer son regard à travers la pièce, d'un meuble à l'autre. Outre la table et six chaises rempaillées de frais, la cuisine offrait, sous la cloison qui la séparait d'une ancienne étable aménagée en chambre pour Catherine et les siens, un banc de bois brut pour tout confort.

Des étagères couraient le long des murs, portant de grosses miches de pain de seigle. Au plafond pendaient, comme des cèpes sur une cordelette, des épis de maïs vidés de leur grain. Une haute armoire occupait un coin de la pièce, et c'était tout. Sur le drap qui pendait au-dessus de la cheminée s'étalaient quelques objets rituels, des chandeliers de cuivre, des bougies de résine, des gobelets, une gravure de Vierge à l'Enfant et de minuscules pots d'argile, pour quelques fleurs séchées.

Gilles soupira. Sa sœur s'était déjà levée, confuse de ne rien lui avoir proposé à manger. Il n'avait pas faim. Ses trois jours de fièvre, l'anéantissement du troupeau d'Henri Delpeix et la marche solitaire, sous le déluge d'automne, le laissaient vidé.

– Tu as l'air si fatigué, mon petit...

Catherine lui tendait un bol d'escauton, une bouillie de farine de maïs.

– J'y ai mis un œuf, dit-elle, fière.

Un repas de fête. Gilles saisit le bol, se leva et s'approcha de la table.

Jeanne-Marie terminait ses additions. Gilles prit

le papier qu'elle lui tendait. La feuille était piquée de dizaines de petits impacts noirs, jusque sur les chiffres alignés par l'enfant. C'était la résine de la chandelle, combustible médiocre, qui crépitait ainsi tout autour. Gilles hocha la tête. L'enfant travaillait bien. Lire et écrire, c'était pour une famille de simples bergers un luxe qu'il fallait payer sur le sommeil, loin des collèges de Dax ou de Bordeaux que hantait la progéniture bourgeoise de la lande.

Mais, à La Croix, il en allait ainsi de toute éternité, quand la province marinait dans son illettrisme. On savait, pour transmettre.

– C'est bien, dit Gilles.

Il retourna s'asseoir, enfouit son nez dans le bol et goûta la bouillie parfumée à l'anis. C'était bon, mais le garçon avait du mal à avaler, comme si sa gorge brûlait de quelque angine.

– Té, voilà Arnaud qui rentre, et il ramène le docteur avec lui, annonça Catherine.

La mère sursauta. « Le docteur, bonté divine ! » Elle jeta un regard angoissé sur son intérieur, craignant le désordre qu'on y aurait laissé, mais il n'y avait là que dénuement et l'eau du ciel qui glissait le long des murs, comme si La Croix pleurait quelque indicible chagrin.

Catherine alla ouvrir. Deux hommes s'engouffrèrent dans la cuisine.

– Mon Dieu, ils sont trempés ! s'exclama la jeune femme.

Lataste était luisant de pluie. Son haut-de-forme ruisselait, ainsi que les manches de sa redingote.

– Mon coupé s'est embourbé à cinq cents mètres d'ici, sur Gaillarde, s'excusa-t-il. Par bonheur, M. Lancouade rentrait de son travail. Il m'a sorti de là et proposé d'attendre ici la fin de ce déluge. Ainsi pourrai-je écouter un peu le cœur de votre mère.

Arnaud Lancouade ôta son béret. Il était anguleux de corps comme de visage, les oreilles décollées, le front dégarni. Moustachu, le nez camus, il figurait assez bien une de ces gargouilles accrochées aux vieux clochers du Born ou du Marensin. Sa femme l'aida à quitter sa veste.

– Il faut vous déchausser, ordonna Gilles au médecin.

Lataste s'exécuta sans discuter. Ses bottes dégorgeaient le trop-plein d'une eau boueuse.

– Il est né un petit drolle à Caillebet, annonça-t-il tandis que l'on alignait vêtements et chaussures devant la cheminée. J'y ai passé la soirée. Tout va bien, là-bas.

Catherine se signa. Il y avait, à naître sur la Haute Lande dans ces années-là, suffisamment d'aléatoire pour que l'on remerciât Dieu des issues heureuses.

– Et vous, monsieur Escource ? demanda Lataste, ces fièvres intermittentes, dites-moi ?...

Gilles répondit, évasif, que cela allait. Près de lui, Lancouade avait extrait de l'armoire une petite bonbonne de vin qu'il ouvrit pour une tournée d'accueil.

– Très peu, se défendit le médecin.

C'était du claverie, un suc au parfum de muscat, que l'on réservait en général pour les pâtisseries. Le silence s'installa dans la cuisine. Fourbus pour des raisons fort diverses, les hommes récupéraient. Quant aux femmes, elles s'activaient déjà à la garbure dans le frou-frou de leurs jupons.

Arnaud Lancouade était brassier, un ouvrier bon pour toutes les tâches difficiles, qui se louait à la journée ou à la semaine dans les fermes ou les forges de la région.

Ces hommes-là réclamaient peu, couchant dans les granges, les bordes ou les cabanes de résiniers. Avatar napoléonien d'un esclavage qui ne disait plus son nom, souvent sans foyer, ils allaient d'une embauche à l'autre, pour des salaires minimes. Celui-là s'était fixé près de sa femme. La Croix avait abrité des bœufs dont le museau passait à travers les planches de la cloison. Elle le ferait bien d'une famille, et peu nombreuse de surcroît.

Du faitout pendant au milieu de la cheminée

montait une odeur de chou que le médecin laissa, les yeux mi-clos, envahir ses narines.

– J'ai ajouté une cuisse de canard, dit Catherine.

L'enfant mit la table. Lataste s'extasia devant le linge qui l'ornait, des serviettes de lin aux couleurs vives, brodées si finement que l'on eût dit de la dentelle. C'était l'œuvre de Justine, que sa fille allait vendre aux assemblades de Sore ou de Pissos.

– En feriez-vous pour ma femme ? demanda le médecin.

– Eh, diable, oui ! promit la mère, pour l'hiver prochain, si madame Gabrielle le désire.

Gilles contemplait le spectacle : Lataste massait ses pieds endoloris, la fillette, dans sa blouse grise, achevant d'installer les assiettes sous l'œil pacifique et las de son père, et les femmes, excitées par la présence d'un invité, qui touillaient à grands coups de cuillère en bois la soupe fumante.

Il eut soudain envie de pleurer, comme s'il assistait à la fin d'un monde. Le cœur gros, il revoyait les moutons carbonisés, et les autres, plus loin, prenant leur bain obscène sous les trombes d'eau. Lorsque l'on frappa à la porte, il ne put s'empêcher de sursauter. Un Delpeix, ou plusieurs, même, déjà alertés ?

Il ouvrit, reçut contre lui le corps mouillé de Linon.

– Gilles !

Elle avait crié son nom, comme chaque fois qu'elle l'apercevait, après que les périples pastoraux les avaient séparés, pour un jour ou pour un mois. Gilles la laissa sautiller. Lorsqu'il put enfin la détacher de lui, il la gronda des yeux. Une jupe de lin détrempée, une simple veste de berger, ouverte au vent et à la pluie, et les pieds nus dans ses sabots ! Elle rit, de sa manière si particulière, de petits cris inspirés qui s'échappaient de ses lèvres charnues, rondes comme des fruits rouges. Gilles l'interrogea des mains et du regard. Elle savait que les troupeaux de Sanglet et de Cornalis allaient remonter vers l'Albret. Des bords de la Grande Leyre, où pacageaient les vaches de son frère Henri, elle avait couru, à tchanques, jusqu'à La Croix, espérant y trouver son Gilles.

– Pauvrette, murmura Justine, la belle petite sauvage que voilà, et qui va attraper la mort.

Lataste découvrait la jeune fille qu'il avait entr'aperçue deux ou trois fois, à la remorque d'un troupeau, enfermée dans son silence, et que l'on disait retardée, comme tant d'autres touchées par ces fièvres terribles, et qui montraient leur déraison à l'entrée des villages. Linon Delpeix avait dix-huit ans, les épaules graciles des *serènes* du Marensin, le corps des candèles voletant au-dessus des marais. Elle était liane, oui, les cheveux noirs, libres jusqu'à la ceinture, la peau d'une extrême blancheur. Elle n'en avait que pour le garçon qu'elle accablait de ses élans. Lorsque son regard, pourtant, quitta Gilles un instant pour se poser sur lui, le médecin ressentit un choc, un frisson qui le parcourut, empourprant ses joues.

Encadrant un nez rectiligne et court, au-dessus de pommettes saillantes, légèrement tirés vers le haut, verts comme l'eau des grands lacs océans sous la pluie, les yeux de Linon Delpeix étaient des émeraudes, des gemmes d'une telle profondeur et d'une telle pureté que Lataste se surprit à y plonger, le cœur battant soudain plus vite.

Puis la jeune fille lui sourit, et ce fut dans l'ombre de la pauvre cuisine de La Croix un soleil qui l'éclairait, et lui passait au travers. Il se leva, salua l'arrivante qui, déjà loin, prenait les mains de Gilles et les posait sur ses joues. Le berger se laissait faire, l'air absent. Machinalement, il enfouit ses doigts dans la chevelure de Linon et la secoua, faisant voler tout autour d'elle un nuage de gouttes d'eau.

– Oh, l'*escargoulhade*, plaisanta-t-il, la souillon, et trempée de surcroît ! Avez-vous déjà vu une chose pareille ?

Lataste observait, fasciné. D'instinct, il sut que

Linon aimait son Gilles d'une passion d'animal, et aussi que la fièvre et le coma lui avaient laissé sa raison. Il se rassit, cherchant une contenance, mais cela n'était pas très important. Ses hôtes accueillaient Linon comme si elle faisait partie de la famille, ses effusions mettaient un peu de joie dans cet endroit qui n'en regorgeait pas. A découvrir le regard que l'on portait ici sur elle, Linon était encore l'enfant des bergeries, le ludion maigrelet courant avec les chiens, la petite chose délaissée qui trouvait refuge dans les bras de son grand frère Escource et s'y blottissait, ravie.

« Une femme », pensa Lataste.

Étranger, il en recevait l'aura, comme une onde troublante et, à une question pressante de Catherine Lancouade, répondit que oui, il resterait là, à partager la soupe.

Lataste ne se lassait pas des odeurs qui flottaient dans la pièce commune, de la douce clarté des chandelles. Des insectes tournaient autour de ces sources de lumière et, dans l'âtre, la soupe clapotait doucement dans la marmite, pendue à son filin annelé.

L'intensité de la pluie avait diminué. C'est au moment où il se levait pour partir, vaguement gris de tursan et de claverie, que le médecin entendit clairement Gilles Escource :

– J'ai laissé quatre cents bêtes crever au parc de Sanglet, et maintenant, il va falloir que je paie.

Arnaud Lancouade faillit en laisser tomber sa pipe de bruyère.

– Voilà donc, murmura Catherine, tes airs fatigués...

– Les moutons d'Henri Delpeix, s'inquiéta le brassier, ceux que tu devais conduire en Albret ?

Gilles décrivit la nuit d'orage, la fièvre qui le tenait, l'adroumeilhoun dans lequel il était tombé, incapable de la moindre décision.

– Quatre cents bêtes, pouta, cela fait beaucoup d'argent, souffla Lancouade, sidéré.

Il arrivait que des bêtes s'égarent et se fassent dévorer par les loups, entre deux parcs. En perdre une dizaine était déjà saumâtre, car l'annonce de difficultés à joindre les bouts après la tonte de printemps, mais quatre cents !... Linon avait compris. En quelques gestes, elle tenta de rassurer Gilles. Son frère avait du bien, plusieurs cochons, d'autres troupeaux de moutons et des vaches que gardaient les cadets. Les terres qu'il cultivait pour le marchand Bonnefoy et les volailles suffiraient à nourrir son monde de pâtés et de confits, l'hiver durant.

– Que vas-tu faire ? s'alarma Catherine.

Elle aussi voyait les nuages s'amonceler soudain sur La Croix. Gilles n'avait pas de réponse. Il faudrait qu'il aille à la Théoulère et qu'il s'explique. Lataste observait tout cela. Moins que quiconque, il se sentait capable de proposer une solution. Quatre cents bêtes, c'était de quoi faire vivre une demi-douzaine de pasteurs et leurs familles, anciens compris, pendant des années.

– Seigneur, dit Catherine d'une voix blanche, nous voilà bien embarqués.

– Monsieur Escource, ne me laissez pas sans nouvelles, dit le médecin en enfilant ses bottes, j'aime bien votre foyer.

Gilles le fixait sans trop y croire. C'étaient là paroles de politesse. Lataste courait la lande d'un malade à l'autre, bravant les rigueurs du climat et les pièges du sol, accouchant les femmes jusqu'à dix lieues de sa maison, écoutant la langue, pour l'apprendre, comme s'il désirait devenir plus métayer que les métayers, plus berger que les bergers eux-mêmes. Pourtant, il était de la ville, un bourgeois de Mont-de-Marsan qu'attiraient pour des raisons mystérieuses le bourdonnement des taons et l'odeur du soutrage, un mystère, oui, vraiment, que Gilles ne comprenait pas bien.

Il raccompagna le médecin à son attelage.

– Allons, les bergers landais sont une seule et même famille, lâcha le médecin en se hissant sur son siège, on a connu d'autres histoires semblables, n'est-ce pas, qui se sont terminées heureusement...

– Certes, monsieur le docteur, lui rétorqua Gilles, mais, voyez-vous, Henri Delpeix n'est pas berger. En vérité, ce troupeau était partagé entre un métayer et son propriétaire, ce qui complique les choses.

Il répéta métayer, propriétaire, puis donna une petite claque sur la croupe du cheval qui s'éloigna dans la nuit noire.

Lancouade était fatigué. Sa journée à faire des litières neuves pour les vaches de leur voisin Larrègue et du soutrage avec les anciennes avait été assez dure et il lui faudrait retourner dès l'aube au « château » de monsieur Louis, le maître.

– Mon pauvre Gilles, dit-il, machinal, en se frottant les paupières.

Gilles aurait aimé un conseil. Lancouade était son aîné de presque dix ans et avait bourlingué à travers la province et même plus loin.

– Il faut que tu t'expliques avec eux, lui dit l'ancien. Ce ne sera pas une chose facile, ces gens sont peu commodes. Hélas, je ne peux pas grand-chose pour toi. Dors, Gilles, demain sera un autre jour...

Arnaud Lancouade n'était pas berger. Il ne possédait rien, que cette femme douce et leur enfant. Aussi ne descendrait-il pas plus bas sur l'échelle de la société grand-landaise, fût-ce par la mort de mille moutons, ou de cent mille, ou du million qui constituait, au dire des ingénieurs, la manne du plat pays.

Et puis la Grande Lande avait longtemps été pour lui, Chalossais, *terra incognita*, un mystère peuplé de sortilèges et de malédictions, jusqu'à ce que Catherine l'eût conduit à La Croix pour le présenter à sa mère. Dix ans plus tard, la rase, ses bêtes et ses ombres portées par leurs pieux de bois demeuraient pour lui un monde à part, qu'il n'avait pas envie de pénétrer davantage.

– Il est dur, le Delpeix aîné, tu devras te battre, lâcha-t-il avant de se retirer.

Catherine le suivit, navrée. On lui prendrait sa maison, peut-être.

– Et pour en faire quoi ? ricana son frère, du bois pour le feu ?

– Et Jean-Baptiste ? s'inquiéta-t-elle.

– Il sera bien temps de le prévenir, va, la rassura Gilles.

Il pensait à ses voisins de Gaillarde, Louis Larrègue et ses fils, qui employaient temporairement Lancouade. Ceux-là tenaient la plus grosse demeure du val de Leyre, cernée de métairies, où travaillait une domesticité nombreuse. Gaillarde élevait ses cheminées, ses granges, ses silos et son pigeonnier à moins d'une lieue de là, et il n'était de chemin le long de la rivière qui ne traversât à un moment ou à un autre le domaine de cette famille bordelaise, dont les ancêtres n'avaient jamais eu besoin, pour vivre, de pousser des troupeaux devant eux...

Justine s'était retirée la première. On lui avait dit, sans plus de précision, que des bêtes s'étaient perdues vers Cornalis, ce qui ne l'avait guère étonnée, tant la région avait mauvaise réputation. Gilles demeura seul avec Linon. Il avait du mal, dans le silence qui baignait la maison, à imaginer le lendemain et son tumulte. Pourtant, il lui faudrait bien l'affronter. Linon le força à s'asseoir devant le feu mourant, puis elle posa sa tête sur ses genoux et le regarda fixement, à l'envers.

– Le-train-à-la-bouheyre, l'a-lios-de-fer qui-court dans le... sable, récita-t-elle, appliquée.

Ainsi avait-elle appris sa leçon du mois précédent et, par l'exercice que lui imposait son précepteur, conservait-elle la faculté de parler.

– Tu cries trop fort, la gronda Gilles.

Elle répéta, à voix basse, mangeant des syllabes, mais Gilles n'était plus là. Elle s'en rendit compte, se redressa, lui caressa le visage. Agacé, il se dégagea.

– Il faut que tu rentres à la Théoulère, dit-il en la poussant vers la porte.

Elle refusait de la tête, furieuse et véhémente. Gilles se laissa fléchir. Elle dormirait sur le banc, comme souvent.

Linon le remercia d'un baiser. Elle venait à lui, souple, frottant son genou contre sa cuisse, son visage, comme une tache de lune, dans la lumière jaune des chandelles. Gilles la maintint à distance, la tança du regard. Linon était sa *nobi* de comptines, sa petite fiancée des escapades au fil de la Leyre et des longues marches dans le désert. Sa sœur.

Il lui tint les bras, fermement, tandis qu'elle abandonnait sa tête sur le sien. Il la secoua. Elle se laissait faire, souriait derrière le rideau de ses cheveux. A la fin, il la saisit sous les aisselles, la porta jusqu'au banc sur lequel il la força à s'allonger. Puis il lui baisa bruyamment le nez et la planta là, pressé d'aller dormir un peu.

5

Malgré l'insistance de la jeune fille à vouloir l'accompagner jusqu'au bout, Gilles abandonna Linon à l'entrée de la Théoulène, le long de sillons où, à une centaine de mètres du chemin menant à la métairie, des femmes sarclaient. Puis le berger parcourut, seul, ses échasses sur l'épaule, le reste de la piste de sable blanc.

Devant l'estantad bruissant des guêpes agrippées aux raisins de la treille se tenaient, les mains dans les poches de leurs vestes de laine, Jeannot Delpeix, le benjamin de la tribu, et Jean-Baptiste Escource, venu directement de quelque parc de la Grande Lande, et qui salua son frère d'un simple « tu nous as tous mis dans la merde » résumant assez bien la situation.

– Les autres sont là ? s'inquiéta Gilles.

– Ils nous rejoignent, dit Jeannot.

Maigre de visage et de corps, les traits taillés à la serpette, le regard mobile et doux sous d'épais sourcils, le jeune homme – il avait à peine seize ans – considérait l'arrivant en souriant, l'air vaguement ennuyé, sans plus, comme si l'on allait discuter de quelque problème routinier, de loups un peu trop nombreux aux lisières d'un bois, d'une toiture à ravauder sur une borde, ou des bêtes parasitées qu'il faudrait abattre...

– J'avais la fièvre, dit Gilles.

Son frère le regardait sans le voir. De cinq ans son aîné, Jean-Baptiste était un peu plus grand que Gilles, mais il n'avait pas hérité de leur père le muscle et l'énergie de son cadet. Il avait le thorax creux, les membres grêles, ses paupières tombantes donnaient à son visage un air perpétuellement soucieux et fatigué, presque grave.

– Tu as laissé partir André Delpeix alors que tu étais malade, quelle faute ! lâcha-t-il comme une oraison funèbre.

Puis il se détourna, fit quelques pas vers le poulailler perché dans un marronnier et se perdit dans la contemplation des volailles qui en descendaient, l'une derrière l'autre, en procession, vers le grain jeté au sol.

– Laisse, Gilles, dit Jeannot, fataliste. Tu as ramené Linon ? s'inquiéta-t-il.

– Je l'ai laissée avec les femmes, à sarcler.

Jeannot Delpeix sourit. Linon courait la lande et les bords de la Grande Leyre, à cheval, parfois. Quant à sarcler... Elle s'y ennuyait ferme. La terre brune de la Théoulère chantait moins dans sa tête que les frondaisons de la rivière, ou le vertige des grands déserts de la rase.

– Je m'en vais la voir, décida Jeannot, mes frères arrivent, regarde, par Caylac.

Gilles eut le temps de voir s'approcher les deux aînés Delpeix, Charles, le bouvier, un grand échalas taciturne, la faux sur l'épaule, les jambes torses serrées dans un pantalon de toile, et Henri – en vérité le chef de famille depuis que leur père avait fait une apoplexie –, un beau type grisonnant, le front haut, fin de visage, l'œil perçant, la démarche assurée. Il refusa la main que lui tendait Gilles et lâcha un sec : « On aura à parler, tout à l'heure », avant de quitter ses sabots sous l'auvent et d'entrer dans la maison.

– Voilà donc, se lamenta Jean-Baptiste. Une belle connerie, oui.

Gilles découvrait son frère, différent de l'homme

rêveur et d'humeur égale qu'il connaissait. Jean-Baptiste avait peur, soudain : de la réprimande, du prix à payer, du plus fort que lui qui surgissait, glacial, sur son chemin de sable et ne lui accordait même pas l'aumône d'un regard.

– Nous n'avons rien, nous, dit-il, comme pour s'excuser par avance de ne pouvoir payer.

– Alors, on ne nous le prendra pas ! s'énerva Gilles.

André Delpeix arrivait à son tour, précédé de Duc qui aperçut son maître et courut, joyeux, vers lui. André descendit de ses tchanques et se précipita vers Gilles.

– Pourquoi ne m'as-tu pas dit que c'était à ce point, ta fièvre, pourquoi ? s'écria-t-il, furieux. Je serais resté. J'aurais entendu la foudre s'abattre sur le parc. *Pouta dios !* Si j'avais pu penser...

Il fulminait, se mordait les lèvres, prêt à lancer son poing sur Gilles. Celui-ci soutenait son regard sans sourciller. Cela devait bien faire une dizaine d'années que les deux garçons ne s'étaient plus défiés ainsi, à se jeter l'un sur l'autre. C'était alors pour des histoires de cabanes et d'ortolans, ou pour quelque hâblerie de petits gascouns et tout rentrait dans l'ordre dès qu'il fallait reconstruire, ou reprendre l'affût sous la palombière. Le bien commun...

Gilles rompit le premier, cette fois. Les biens n'étaient plus communs, ni les intérêts, et ce par quoi Henri Delpeix commencerait son réquisitoire n'était pas un grand mystère.

– Nous, on est des métayers, on possède peu. Alors, ce peu qu'on a, on y tient.

Gilles baissa les yeux. Il se tenait en bout de table, près de Jean-Baptiste, face à son juge. De l'autre côté, autour de l'aîné, les Delpeix faisaient bloc. Le père, Augustin, muet comme sa fille, mais de l'attaque cérébrale qui l'avait foudroyé derrière son soc, bavait, bouche bée, les yeux dans les limbes, près de sa femme Quitterie.

Elle, bien présente, vigile en drap noir, la mine austère et fermée, ses yeux de charbon navrés, pinçait la bouche. Ses fils fermaient le demi-cercle, sauf le plus jeune, qui n'était pas revenu des champs où travaillaient les femmes.

– Quatre cents têtes de bétail, et brûlées pour la plupart. Quelle perte, Gilles Escource, quelle perte !

Henri levait la main, biblique, image vivante de la colère et de l'indignation.

– Bien, dit Gilles, que va-t-on faire, alors ? Les bêtes ont péri, ma fièvre a disparu, et je dois payer maintenant.

– Et comment ferais-tu ? *Capihou*, insolent !

Henri Delpeix avait hurlé et se leva, furieux, les mains ouvertes tendues vers les bergers.

– Regardez, regardez ça ! poursuivit-il, haineux, j'ai quarante ans, et ces mains, diou biban ! Dures comme de la caillasse, à trimer dans les champs, au soutrage, au lisier. Mes doigts, il y a des nuits où ils me tiennent en éveil jusqu'à l'aube tant ils me font mal. Et vous, les seigneurs de la Haute Lande, les poètes, joueurs de tambourin, qui volez au-dessus des marécages quand les autres crèvent, collés à leur sillon, elles sont comment, vos mains, faites voir ! Faites voir, salauds !

Jean-Baptiste baissait la tête, humilié, vaincu. Silencieux, Gilles réalisait soudain qu'il était en face d'un fermier, d'un terrien possédant des troupeaux, certes, mais avant tout paysan, amarré, comme il le criait, à sa glu chiche et veinée de fer.

– Payer, ah, oui, comment ? s'emportait Henri, avec les cinquante animaux de ton frère, les plus malingres de tout le pays ? Toi, tu n'as rien, que tes mains pour travailler, maintenant. Moi, je vais devoir bientôt payer mon propriétaire, pauvre Delpeix, pauvre *bourdiley*, colon de malheur, la moitié du seigle, tu sais cela, et la moitié du millet, plus de vingt quintaux au moins de maïs, douze canards, et des quartiers de cochon, pour ce gros monsieur qui achète et qui vend des maisons et des jolis meubles à Bazas, sans bouger le cul de sa chaise, le maître ! Tu crois qu'il va payer mes brassiers, lui ? Tu crois cela, dis donc, *chabraque* ? Le *tinel* de la Théoulère est rompu, il y en a ici qui attendront quelques années avant de toucher leur *sarcle.*

La sentence tombait, constat de la rupture des équilibres familiaux et de la déchéance des fautifs.

Delpeix se rassit, coudes écartés, les mains posées à plat sur la table. Ses frères ne bronchaient pas ; André regardait à la dérobée son compagnon. Il était berger, lui, avec un tiers de troupeau encore debout, regroupé loin de l'incendie et de ses restes puants. On rebâtirait, à partir de ça, en se privant, lui surtout. Adieu la sarcle, la part du gâteau, et, pour quelques années, Henri tiendrait sa promesse.

Gilles guettait de la part d'André, son lanescot, une connivence, un signe de ralliement à leur commune insouciance, mais le cadet de la Théoulère demeurait impénétrable. En parlant des bénéfices collectifs ainsi annihilés, son frère l'accusait, lui aussi, et le mettait par avance au travail de la terre. Le berger se ferait laboureur et ses doigts gonfleraient à leur tour. De cela, André remerciait Gilles, par son silence et par la distance qu'il mettait désormais entre eux.

– Je veux récupérer ce que j'ai perdu, dit le chef de famille d'une voix plus calme. En juin, à Roquefort, le mouton se payait six francs la tête. Je ne sais pas écrire, mais je sais compter.

Il se tut, approuvé par sa mère.

Gilles Escource se leva : deux mille quatre cents francs ! Il lui faudrait trois ou quatre vies de berger, et longues, pour réussir à épargner une somme pareille.

– Et tu me donnes quel délai, pour cela ? demanda-t-il d'une voix neutre.

Delpeix haussa les épaules et se détourna.

– Tu restes souper avec eux ? lança Gilles, mauvais, à son frère.

Jean-Baptiste hocha la tête, effondré.

– Boh, té, fais-leur la lessive, pour commencer à rembourser, lui lança son cadet avant de sortir.

Linon attendait Gilles et se mit à tourner autour de lui, l'interrogeant des yeux, le prenant par la chemise pour le forcer à s'arrêter.

– Je suis là, je suis là, répétait-elle.

Agacé, Gilles la repoussa contre le mur au moment de récupérer ses échasses. La fille ne comprenait pas. Les larmes aux yeux, elle demeura pétrifiée, à le regarder grimper sur ses bois.

– Laisse-moi, j'ai besoin de rester seul, murmura Gilles.

Ses yeux parlaient éloquemment, pleins de frustration et de colère. Linon n'insista pas.

– Tu vas partir ! cria-t-elle alors que Gilles s'éloignait déjà.

Elle ramassa des cailloux qu'elle lui lança, rageuse, mais il était hors de portée. Alors, jalouse du chien qui gambadait au bas des échasses, elle se laissa tomber à terre et pleura.

Cultivée depuis deux générations par les Delpeix, dont la souche s'enracinait en Albret, la Théoulère, propriété des Bonnefoy, de Bazas, jouxtait par ses champs, vers le sud, les terres de Mme de Caylac. Celles-ci s'étendaient le long de la Grande Leyre jusqu'au chemin qui reliait Commensacq à Trensacq.

Une maison s'élevait au centre d'une chênaie, tout près d'une pinède immense de cinquante bonnes années d'âge plantée d'arbres que la vieille femme, en deuil des hommes de sa maison, laissait indemnes de tout gemmage. Des métairies cernaient le domaine, toutes abandonnées, sur lesquelles les voisins louchaient depuis des années, mais qui n'étaient ni à vendre ni même à louer. Ainsi, avec les possessions de Louis Larrègue au sud, ce morceau de rive de la Grande Leyre se trouvait-il assez exactement partagé entre les trois familles.

Gilles traversa la pinède que sa propriétaire laissait libre d'accès et de passage. Bergers et chasseurs ne se privaient guère de cette tolérance qui tranchait avec les manières bien moins civiles des gens de Gaillarde. Louis Larrègue et ses fils avaient clôturé l'essentiel de leurs terres. Là, sur ces marches que d'anciens bornages délimitaient sans grande précision, il convenait de se méfier des gardes de Gaillarde, deux braconniers repentis qui se louaient au hobereau pour faire la police et n'hésitaient pas à faire parler la poudre si des imprudents en empruntaient les chemins.

Gilles mit pied à terre et se hâta vers la maison de la vieille dame. Tout en marchant, il essayait de mettre un peu d'ordre dans ses idées. Rêve ou cauchemar, la dette était faramineuse, et le pays résonnait déjà de l'affaire. Il y avait là un point d'honneur, doublé d'une fameuse impossibilité. Il pénétra dans le parc de Caylac et reconnut bien vite la silhouette de la maîtresse du lieu.

Longue et maigre, marchant, très raide, appuyée sur une canne, la vieille dame faisait, comme pour l'éternité, le tour des pelouses.

Pauvre Mme de Caylac ! Elle avait dans la même année perdu son mari, noyé en mer au large de Bayonne, et ses deux fils, officiers, à la bataille de Sébastopol. Depuis, elle vivait recluse, à marmonner le jour durant, veillée par une servante qu'elle renvoyait chaque soir à sa ferme, avant de s'abîmer en prières.

Gilles lui rendait souvent visite avec sa petite compagne. Lorsqu'elle apercevait Linon, Mme de Caylac sortait brusquement de ses songeries et semblait revivre un peu, le temps d'une promenade.

– C'est un petit animal, et tellement gracieux, disait-elle de l'adolescente.

Gilles riait. Quelle grâce pouvait-on trouver à

cette *esflancat* noyée dans ses cheveux, et dont les jambes ressemblaient à des troncs de jeunes pins ? On parlait des saisons, de l'activité des fermes, dont l'inconsolable douairière s'était totalement détachée. Puis il arrivait que Gilles travaillât quelques heures pour elle, à refaire une clôture ou à faucher l'herbe folle assaillant les pelouses, contre le droit d'agrandir la palombière de Caylac, et celui de transiter librement vers la rivière, son royaume de ténèbres et de murmures.

– Mon petit...

Elle souriait comme les aveugles, le regard perdu. Elle devait parler à l'un de ses fils. Gilles sentit sa détermination fondre comme une fin de chandelle. Les mots refusaient de sortir. Il venait lui demander un travail rémunéré et eut honte, soudain, d'y avoir seulement songé.

Quel trouble la diatribe d'Henri Delpeix éveillait-elle donc en lui ? Il se prit à souhaiter que la fièvre le reprît, pour le sortir du cercle étroit où il se trouvait.

– Voulez-vous que je fasse quelque chose, madame ? demanda-t-il piteusement.

– Décidez, mon petit, dit-elle, vous savez bien que vous êtes le maître de mes herbes et de mes arbres. Votre gentille fée n'est pas avec vous ?

Gilles sentit sa gorge se nouer. Il saisit les mains de son hôtesse et les porta à ses lèvres.

– Madame... sanglota-t-il.

La vieille dame se laissait faire, surprise.

– Vous êtes tellement bonne et douce, et votre chagrin est si profond.

Elle haussa légèrement les sourcils et se mit à sourire.

– Vous êtes différent des autres, dit-elle en effleurant la joue de Gilles du bout de ses doigts. Je le sais, je vous connais depuis toujours. Vous avez le vent de mer dans la tête, pour vous porter au loin et vous faire voyager. Comme mes fils, n'est-ce pas ? Alors, vous aurez comme eux de grands chagrins et de grands bonheurs, et je penserai souvent à vous.

Elle se détourna et s'éloigna de son pas égal. Gilles eut le pressentiment qu'il la voyait ainsi, droite et pourtant brisée, pour la dernière fois. Une rage impuissante le saisit. Des bêtes, on ne lui en confierait plus guère, désormais. Il ne pouvait plus rester dans ce quartier du village et irait donc se louer à quelque prochaine assemblade, histoire de goûter à son tour à la domesticité.

6

Assis contre un chêne dont le tronc béait sur une noire caverne couverte de mousse, Gilles attendait que les chalands veuillent bien s'arrêter devant lui. C'était à quelque distance du clocher-mur de l'église Saint-Jean-Baptiste, au croisement de quatre routes, sur le grand airial du village de Suzan.

A la « louée » du 29 septembre, ils étaient ainsi venus, une quinzaine de gars, autant de filles, et des familles aussi, en couple ou avec des enfants qui jouaient sur l'herbe. Tous avaient l'espoir de se placer comme domestiques chez quelque famille de la ville ou de la terre, assez aisée en tout cas pour leur garantir un an d'emploi et de salaire.

« Valets », pensait Gilles en observant ses compagnons. Des planches limitaient l'enclos, le long desquelles les loueurs potentiels se déplaçaient, lentement, examinant, questionnant, s'éloignant pour réfléchir, faire quelques calculs, prendre un avis, avant de revenir conclure.

A l'intérieur de la louée, une corde séparait les filles des garçons. D'un côté, l'espérance des cuisines, des buanderies, du linge à laver pour des bourgeois ou des propriétaires ; de l'autre, la quête d'un travail de brassier ou de résinier, dans les champs ou les pinèdes.

La place ne manquait pas de bergers. Gilles avait

reconnu là quelques-uns de ses compagnons de marche, de Pontenx et de Garein, coureurs de lande que la laine et l'agneau de Pâques ne suffisaient plus à nourrir ou qui, comme lui, avaient un jour perdu un troupeau.

Il leur avait fallu choisir entre errer sans but sur la rase et se proposer ainsi en public. Les filles venaient de pauvres métairies. Lasses de filer la laine dans le crépitement de la résine, devant des bouillies de maïs, elles se faisaient souriantes et modestes, pour un emploi sous les solives et les caissons des belles maisons bourgeoises de Dax ou de Montfort.

Gilles bouillait de quitter cet enclos, libre de préférence. L'idée d'abandonner le voyage pastoral lui trottait dans la tête. Il était bon cavalier, savait s'occuper des chevaux. Ses doigts étaient habiles sur le bois comme sur le métal. Contre son chêne, les yeux mi-clos, il volait au-dessus de la lande, quittait ce pays de mornes solitudes pour des villes où l'embauche devait être tellement plus facile, et la vie autre.

Un bourgeois le pria de se lever. L'homme était rond, comme son chapeau de paille. Il avait fait un repas trop copieux qui lui remontait à la gorge en longs et pénibles hoquets.

– Il me faut un charbonnier, dit-il en préambule.

Gilles connaissait les meules édifiées près des pinèdes. Une fois montées autour de leur cheminée, on y mettait le feu, que les hommes restaient à entretenir, jour et nuit, pendant une ou deux semaines.

– Combien payez-vous ? demanda le berger.

– Quatre francs le char de charbon, trié.

– Avec le transport vers la forge ?

– Bien sûr, fit l'homme.

C'était peu. Gilles fit la grimace. Le loueur le considérait d'un œil glauque mais intéressé.

– Vous semblez robuste, pour un berger, apprécia-t-il, et vous n'avez pas la pellagre.

Gilles éclata de rire. Il mangeait ordinairement assez de viande pour éviter cette vilaine maladie de peau, héritée des repas exclusifs de maïs ou de seigle.

– J'ai les fièvres intermittentes, avoua-t-il.

L'homme se raidit un peu, lissa sa moustache, se gratta l'occiput.

– On peut s'arranger pour cinq francs le char, laissa-t-il tomber, l'air de s'en moquer, puis il croisa les mains derrière son dos et attendit.

Gilles hocha la tête. Le brasier sournois des tas de pins ne l'attirait guère. Il fallait touiller dedans, des heures durant, pour le prix de quelques peaux. Pas assez d'air, trop peu d'espace.

– Réfléchissez, dit le loueur.

– C'est non, rompit Gilles.

L'homme s'éloigna, dépité. Au passage, il toisa les filles, comme s'il remontait une rue chaude de Bordeaux ou de Bayonne, et disparut dans la foule.

Gilles repartit dans ses rêveries. Ses compagnons avaient essayé d'en savoir plus sur l'affaire de Sanglet. Rogue, il les en avait dissuadés et, depuis, restait seul sous son arbre.

– Té, un berger de Commensacq !

Gilles ouvrit un œil. C'était bien lui que l'on apostrophait ainsi. La main posée sur l'épaule de son frère Antoine, Lucien Larrègue l'observait, hilare, de l'autre côté de la corde. À cette heure de l'après-midi, les promeneurs sortaient volontiers de table, gavés de volaille et de vin de Bordeaux. Les voix portaient alors plus loin et les affaires se faisaient plus faciles. Le jeune hobereau avait-il une proposition à lui faire ?

– Vous cherchez un emploi, monsieur de La Croix ?

Il avait appuyé, narquois, sur ces derniers mots. Mince, le visage racé, le regard bleu sous des cheveux châtains coupés court, il était l'exact inverse de son frère, un gros garçon lippu, aux joues écarlates, qui faisait en respirant un bruit de soufflet. Tous deux avaient dénoué leurs cravates et remonté les manches de leurs chemises. La veste à l'épaule, les bas de pantalon serrés dans des chaussures vernies, ils avaient l'air de noceurs cherchant un sous-bois pour cuver.

– Peut-être, dit Gilles, mais pas dans la fanfreluche en dentelle.

Larrègue cessa de sourire. De la Grande Leyre au fin fond des métairies qui la bordaient, ils avaient fait ensemble, enfants, les mêmes parcours, emprunté les mêmes chemins, tailladé les mêmes troncs d'arbres et plongé dans la même eau, les uns en futurs propriétaires, l'autre en apprenti braconnier. Bien vite, pourtant, ces différences essentielles avaient parlé, les séparant comme elles font parfois, par contraste, le ciment des amitiés adultes. Les prétentions du père Larrègue à agrandir son domaine en y incluant le périmètre de La Croix n'avaient rien arrangé, ni l'argent proposé pour cela. L'amitié d'enfance, puis la distance, et l'hostilité pour finir, tel avait été le destin de ce compagnonnage.

« Il n'est plus temps de revenir en arrière », pensa Gilles, qui guettait une réaction de ses anciens camarades de jeux.

Lucien Larrègue interrogea son frère.

– De quoi avons-nous besoin, mon bon Antoine ? D'un palefrenier, pour l'écurie de Marquèze ? Ou d'un bon tueur pour le cochon de notre métayer Poyanne, à Loubette ?

Du coin de l'œil, il observait Gilles. Pour certains grands propriétaires qui régnaient sur des dizaines de métairies entre Sabres et Labouheyre, les bergers représentaient une caste de nomades, d'analphabètes enfermés dans leur patois, toujours capables de laisser leurs bêtes dévaster à l'occasion les cultures et les semis. Une bizarre engeance...

– Si toutefois vous tuez le cochon aussi bien que vous flambez le mouton, poursuivit le jeune homme, avant l'estouffade, c'est bien ça, à la mode de Sanglet ?...

Gilles s'accroupit, les coudes sur les genoux, leva les yeux vers les deux frères et leur sourit. Dans leur prime enfance, ils se tutoyaient. Puis les Larrègue avaient été mis en pension à Dax avant de partir étudier à Bordeaux, et le vouvoiement leur était venu.

– On a des pins à gemmer, du côté de Morcenx, proposa Antoine. Si vous avez vraiment besoin de trouver du travail...

Son frère lui expédia une bourrade dans les côtes au moment où leur père les rejoignait. Louis Larrègue avait cinquante ans, un visage buriné, volontaire, des manières abruptes. Chez lui, on travaillait sans se plaindre, pour des partages réglés au centime près, précis comme les bornages de ses possessions. Le maître de Gaillarde passait pour juste et sévère, connaissant bien les choses de la terre. Proche de ses métayers, il affichait un réel mépris pour les bergers, « ces désertifieurs, brouteurs de vase et de caillasse », comme il les désignait plaisamment.

– Escource, de La Croix, lui indiqua son aîné.

– Ah ! oui, lâcha-t-il, les cinq ou six cents bêtes du métayer de Bonnefoy...

– Quatre cents, rectifia Gilles qui, dans le même instant, regretta cette remarque inutile.

Le rappel de ce qui lui avait été narré sembla détendre un peu Louis Larrègue. Il planta ses yeux gris dans ceux de Gilles.

– Votre frère, ou quelqu'un de chez vous, a fait traverser des moutons par chez moi, à Trensacq, poursuivit-il. Des labours ont été aplatis, un semis de jeunes pins à demi dévoré. Que cela ne se reproduise pas !

Son domaine était voué au grain, au gros bétail et aux volailles. La forêt l'intéressait moins, trop long à attendre, quarante ans pour une coupe, la moitié pour commencer à gemmer. Il laissait cela à d'autres et semait un peu, ici ou là, des bouts de lande hérités par sa femme.

– Ce serait le préalable à une embauche. Mais je ne crois pas qu'il y ait du travail chez moi ces temps-ci, dit-il.

Il s'abstint d'évoquer l'achat des quelques hectares de lande entourant La Croix. C'était là un ancien projet, pas tant pour la qualité de la terre, médiocre, que pour son emplacement, en bordure de métairies lui appartenant et des chemins partant vers le sud.

– Merci, lui rétorqua Gilles dans un sourire, mais je ne vous ai rien demandé, si ce n'est, maintenant, de passer votre chemin.

Larrègue sursauta.

– Vous et vos deux *merdousets* ! lui lança le berger.

Il se leva d'un coup, fit un pas vers les trois hommes. Lucien venait à sa rencontre, son père l'arrêta net.

– On ne se commet pas !

– A vous revoir, monsieur de La Croix, grimaça le jeune hobereau.

– Le jour n'en est qu'à son milieu, dit Gilles.

Puis il les regarda s'éloigner et, vaguement en colère, décida de passer de l'autre côté de la corde.

De toutes les foires de la lande, celle de Suzan était sans nul doute la plus importante. Les peuples s'y mélangeaient, Basques, Pyrénéens, Occitans, et jusqu'aux lointains Poitevins descendus jusque-là pour vendre leurs mules aux fermiers d'Aquitaine.

Par tous les sentiers et les chemins convergeant vers cette frontière entre la Grande Lande et la Chalosse affluaient chalands et marchands ; des étals se succédaient par dizaines, jusqu'à la longue galerie à arcades de l'église. D'un bout à l'autre du village, et bien au-delà, jusqu'à Ousse, le bourg voisin, ce n'étaient qu'appels à l'achat, apostrophes, bêlements et meuglées, dans le tintement des sonnailles que l'on essayait, longuement, avant de les passer au cou des bêtes. Joyeuse ripaille, aussi, à goûter le vin de dunes ou le madiran, à s'empiffrer de saucisses, de jambons, de crèpes et de pastis devant les tavernes et les cuisines roulantes, en attendant les musiques et les danses, pour la nuit.

Il faisait chaud. Les grandes bourrasques de la mi-septembre s'étaient calmées, laissant derrière elles une fin d'été un peu humide, propice aux champignons. Gilles pensa qu'il se vendrait un peu plus tard. Assoiffé, la gorge sèche de poussière, il se laissa tomber sur une chaise, en vue de l'église et des pénitents qui s'y pressaient. Près de lui, un tonnelet de vin de dunes laissait perler son suc. Gilles se pencha, la bouche grande ouverte, ouvrit le robinet et but, à grandes goulées, la fraîche liqueur de Capbreton.

– Eh bé, cadet ! J'appelle ça de la *bébide*, urgente et calibrée. Quelle jolie cataracte, jusqu'à votre gosier !

Gilles trouva vite d'où venait l'apostrophe. L'uniforme en désordre, la veste ouverte en grand comme la chemise, laissant voir une poitrine velue, l'homme portait des galons de sous-officier, des bretelles arrimées à un pantalon de coton blanc et n'en était pas à sa première pinte.

A demi couché dans un fauteuil d'osier, il finissait d'en vider une, qu'il leva haut, tanguant des yeux comme du bras.

– Que vendez-vous par ici, ami ? demanda-t-il.

– Moi.

– Hé ! Loué, c'est bien cela ?

Bedonnant, épais de bras, il rotait son vin, ce qui faisait luire la couperose de ses joues. Une mèche rebelle lui tombait sur le front, qu'il s'efforçait de repousser d'un geste vague. Fin saoul.

– C'est cela, dit Gilles.

L'homme approcha son fauteuil et se mit à l'observer, soudain bien présent et presque lucide.

– Pensez-vous sincèrement que je sois ivre, à cette heure du jour ? s'inquiéta-t-il.

– Ça en a l'air, répondit le berger en riant.

– On s'en fout ! Vous vous louez, donc. Que va-t-il advenir de vous, maintenant ? Palefrenier à Mont-de-Marsan ? Cireur de bottes pour un notaire de Dax, un médecin de Bazas ; forgeron, à deux francs par semaine, et la poitrine brûlée de l'intérieur ? Ouvrier de la résine, à faire des petits trous dans l'écorce de pin, dans le vent d'hiver ? Dites-moi, ami, allez-vous pour de bon vous laisser aller ainsi, un homme de votre qualité ?

Il s'esclaffa, pointa un doigt moqueur vers Gilles.

– Vous êtes un de ces foutus bergers de la Haute Lande, et vous fuyez. Dommage. Votre liberté vous allait pourtant bien. Mais bast, chaque homme a ses raisons...

Gilles se leva. La conversation ne l'intéressait plus. Mais l'autre, pesant tout à coup de la main sur son épaule, le fit se rasseoir. De près, il avait l'air de quelque bête marine, l'œil exorbité, les lèvres écarlates.

– Libre, et à vendre ; je vais faire une enchère sur vous, reprit-il, la voix rauque. Je vous loue, moi, et à meilleur prix que ces bourgeois et ces fermiers, qui vous tondront comme vous le faites de vos moutons.

Gilles le regarda, éberlué. L'homme était laid, presque repoussant, mais dégageait une force humaine, fraternelle.

– Et à quoi donc se loue-t-on avec vous ? demanda Gilles.

– Au désert, *hilh de pute*, le même que le tien, ou pire encore ! s'écria l'homme.

Ses yeux se mirent à voyager derrière ses paupières à demi closes.

– L'Afrique, petit, l'Afrique. Je connais là-bas des endroits comme tu n'en as jamais vu, des villes qui surgissent de la caillasse, avec à l'intérieur des trésors qui dorment sous la pierre. Pauvre mangeur d'escauton ! Tu ne peux pas imaginer des choses pareilles. Comment le pourrais-tu ?

Gilles se servit du vin. Il était à Suzan, un bourg du Marsan gonflé par la foire comme une rivière par les pluies, au seuil d'un désert qu'enfant il avait longtemps cru infranchissable, et quelqu'un lui parlait de l'Afrique.

– L'Empereur paye bien ses soldats, mon garçon, mieux que ses ouvriers de Solferino !

L'homme éclata de rire et conclut, péremptoire :

– Et nous irons bien plus loin que l'Algérie, je te le dis. Alors ?

Gilles ne répondait pas. Le recruteur se laissa doucement retomber dans son fauteuil, observant le jeune homme du coin de l'œil.

– Tu sais monter à cheval, tenir un fusil, crever sans te plaindre, le ventre plein de plomb ? Je plaisante, bien sûr, s'inquiéta-t-il, radouci.

Gilles sourit. La perspective de devoir retourner vers le nord, pour y essuyer le lugubre et permanent reproche de son frère, la considération navrée de ses cadets et, comme une chape, le contrôle des Delpeix sur le moindre de ses gestes, l'accablait.

– Je verrai, dit-il en se levant, la tête bourdonnante, les jambes molles.

– Demain matin, à quatre heures, je quitterai cet endroit avec ma moisson de viande saoule, et nous irons à Bordeaux, dit le sous-officier. Je serai là-bas.

Il indiquait une sortie du bourg, derrière l'église. Gilles s'éloignait.

– A quatre heures, n'oublie pas ! cria l'homme.

Désœuvré, Gilles passa l'après-midi à boire du jurançon et des pintes de claverie qui lui mirent peu à peu la tête en léthargie.

La fête se préparait. Des musiciens prenaient position entre les maisons du bourg, sur les placettes et jusqu'à l'orée des champs. Fifres, tambourins et violons faisaient entendre ici et là leur musique dans l'odeur du grain et des humeurs animales qui baignaient l'assemblade. Partout le commerce continuait, pour les dernières affaires du jour, du bétail que l'on aurait à prix cassé, des étoffes bradées avant le remballage, une paire de domestiques suffisamment patients pour avoir attendu jusque-là leur possible maître.

Lorsque Linon et son frère Jeannot s'avancèrent vers lui, Gilles eut du mal à les reconnaître. Il s'était affalé devant les cordes de la louée, près des candidats qui n'avaient pas trouvé de place et qui rêvassaient, quand ils ne s'étaient pas endormis.

Linon se pencha vers lui. Elle avait insisté auprès de son frère jusqu'à ce qu'il consentît à faire avec elle le long voyage de Commensacq à Suzan, cinq lieues de rase qu'ils avaient avalées en un demi-jour, à grands pas de tchanques.

– Bé, constata Jeannot Delpeix, il est dans un bel état, ton fiancé.

Linon se pencha vers Gilles dont les yeux naviguaient dans des contrées lointaines. Elle ne comprenait pas. Depuis la réunion à la Théoulère, il avait disparu, tout comme Jean-Baptiste. Justine les avait vus passer à La Croix séparément ; l'aîné partait vers le Born et l'Océan, avec son maigre cheptel, l'autre avait erré quelques jours le long de la rivière, avant de quitter à son tour la maison, prévenant les siens qu'il serait à Suzan.

– Gilles...

Elle l'appelait doucement. Il lui sourit, béat. Il avait de l'étoupe dans le crâne, cherchait des mots qui lui dégoulinaient de la bouche, en bouillie.

– Dans un chai, peut-être. C'est cela. A la cave de Gaillarde. Berger, nous avons un emploi pour vous, à occuper dès cette nuit.

Les frères Larrègue se tenaient à nouveau devant lui, hilares. La trogne illuminée par le vin, Antoine semblait avoir doublé de volume ; son frère gardait meilleure contenance, son regard s'était fait plus dur.

– Et la cabrette de la Théoulère pour l'aider à se

soulager. Biblique. Eh ! Bien faite, la petite endormie des oreilles, lâcha-t-il.

Gilles s'assit, la tête entre les bras. Linon, près de lui, découvrait les arrivants et, ne comprenant pas, interrogeait en vain, du regard, son ami.

Louis Larrègue rejoignit ses fils. Il était accompagné d'un couple qui s'en retournait avec lui à Gaillarde, des métayers, plus très jeunes. L'homme, voûté, sec de peau et de muscle, regardait la pointe de ses sabots et la femme, en robe noire sous un tablier à carreaux, les mains gonflées de cals, gardait l'air grave.

– Ce seront de bons jardiniers, demain, plaisanta Gilles.

Il revenait à lui, intrigué par le groupe hétéroclite constitué devant lui, et les deux domestiques qui s'en tenaient un peu à l'écart, leurs valises posées à terre.

– Un peu vieux, peut-être, ménagez-les, le vent pourrait vous les emporter, poursuivit le berger en essayant de se lever.

Nauséeux, il sentait remonter en lui une ancienne colère, et cette envie de pleurer qui le prenait sans prévenir, le jour comme la nuit, depuis qu'il errait sans but à travers la lande.

– Passez votre chemin, implora-t-il, vous n'aurez jamais une are de La Croix, ni un caillou, ni même une *cagade* de mouton, rien.

– Partons, ordonna Larrègue à ses fils.

Gilles se mit debout, titubant, et manqua s'affaler.

– N'oubliez pas vos esclaves, dit-il, rigolard.

Il se sentit aussitôt poussé de côté, entendit le cri de Linon, vit la canne qui se levait sur lui et esquissa un vague geste de défense.

– Je vais te bastonner, mon cochon, gronda Lucien.

Retourné à la poussière du chemin, Gilles tendit pieds et mains vers son agresseur. Il était incapable de se battre, trop ivre.

– Suffit ! tonna Louis Larrègue.

Linon s'était jetée sur Gilles qu'elle couvrait de son corps ; son frère s'interposait aussi. Figés, les domestiques observaient la scène sans paraître s'en émouvoir. Il y eut un instant de flottement.

– Trop de vin, conclut le hobereau en tirant son fils par la manche.

Gilles s'agenouilla. Il était gris de poussière, les joues livides, et se mit soudain à vomir, tandis que les autres s'éloignaient.

– La belle *bourratchade*, apprécia Jeannot.

Linon le chassa. Elle voulait rester seule avec Gilles.

– Eh, té, tu te le gardes, ton mort-de-soif ! lui lança son frère avant de s'éloigner à son tour.

Des gens passaient, amusés ou choqués à la vue du bambocheur foudroyé qu'une sorte de gitane tentait de ranimer. « C'est l'Escource, le jeune, de La Croix... » « Celui de Sanglet, aussi, et de l'incendie du parc, et des quatre cents moutons... »

Gilles se mit à arpenter le chemin, bavant de rage, la fille à ses basques, qui le suppliait de se calmer. Elle réussit à entraîner le garçon vers le ruisseau qui coulait au bas de l'église, devant la source de Saint-Jean.

La nuit tombait. A demi inconscient, le berger s'allongea dans l'eau. Linon le regardait, abasourdie. Jamais elle n'avait vu son Gilles dans un tel état, même au matin de quelque fête d'été, à Sabres ou à Labouheyre, lorsqu'il fallait rentrer, la tête pleine de chants et de musique.

Lorsqu'il sortit de l'eau, Gilles ressemblait à un de ces moutons découverts dans les marais, filasse trempée sentant la vase. Linon voulait qu'il quittât son manteau ruisselant, mais il la repoussa sans ménagement. Elle l'ennuyait, à la fin, à le coller ainsi depuis trop longtemps. Rageur, il se mit à marcher sur la rive et s'enfonça dans un bois. Elle le suivait, essayait en vain de lui parler.

Elle courut vers lui, agrippa les bords de sa pelisse, le suppliant du regard.

– Tu vas t'en aller, gémit-elle, je le sais.

Il lui prit les mains, l'écarta encore. Elle résistait. Alors il la força à s'asseoir, voulut se dégager et, encore saoul, chuta près d'elle.

– Il ne faut pas t'en aller, Gilles...

Il la considérait, hébété. La chemise de Linon s'était ouverte sur sa gorge et sur ses seins. C'était comme une vallée douce et blanche. Gilles découvrait un visage de femme près du sien, une expression qu'il ne lui connaissait pas, un drôle d'éclat dans les yeux, et un sourire qui l'inondait de chaleur.

Linon lui caressa le front, les joues, puis elle noua ses doigts derrière son cou et se pressa contre lui. Ce n'était plus du jeu, les lutins qui menaient la sarabande dans la tête de Gilles s'éloignaient, le laissant seul, les mains la caressant à leur tour. Il se laissa tomber en arrière, saisit la jeune fille par les épaules, l'écarta de lui. Ainsi, stupéfait, faisait-il connaissance avec une étrangère qui, liant ses jambes aux siennes, pesait sur lui de toute sa grâce.

Il la laissa retomber lentement contre lui, chercha encore une fois à se dégager, mais avec difficulté, parce que du fond de son ventre naissait un désir qui lui accélérait le souffle.

– Il ne faut pas, murmura-t-il, mais ses mains disaient le contraire, un vertige terrifiant l'occupait en même temps qu'il sentait contre son ventre bouger celui de Linon, et que, éperdu, il répondait à cet appel.

– Il ne faut pas, répéta-t-il.

Linon s'ouvrait sur lui. Il caressa ses cuisses, ses fesses rondes et dures comme des fruits, se dévêtit d'un geste, glissa en elle pour s'y répandre bientôt, les larmes aux yeux.

Il n'avait rien senti, qu'une défaillance en lui, comme le creux d'une vague. Elle gémissait, lui griffait le visage, puis se calma très vite.

– Il ne fallait pas, il ne fallait pas ! s'écria-t-il.

Il se leva d'un bond, chercha sa ceinture qu'il noua à la hâte autour de son pantalon.

– Qu'avons-nous fait ? répétait-il, tandis qu'agenouillée, la tête basse, Linon sanglotait.

Il s'inclina vers elle, la saisit par les cheveux, la forçant à le regarder. Elle s'était mordu la lèvre et saignait.

– Je t'aime, moi, dit-elle d'une voix aiguë, j'ai mal de t'aimer.

Il la lâcha. Elle enfouit son visage dans ses mains et se recroquevilla.

– Va-t'en, murmura-t-elle, puis, devinant qu'il n'entendait pas, elle le lui cria.

Il s'éloigna, chancelant, transpercé. Lorsqu'elle se fut épuisée à hurler ainsi, Linon glissa à terre, pantelante, la main sur son ventre.

C'est la tête emplie de vapeurs de vin que Gilles émergea du sommeil. Il s'était endormi sous les arcades de l'église, en compagnie de quelques autres, comme lui occupés à cuver. Il eut l'impression de sortir d'une de ses fièvres mais la nausée l'obligea bien vite à économiser ses mouvements. Il faisait encore nuit. Le bourg était plongé dans le silence, sous un ciel constellé. Gilles s'assit.

Il était épuisé, courbatu, ses vêtements humides lui collaient à la peau, imprégnés de vin : de quoi se dégoûter soi-même. Il murmura « Linon », se leva et quitta l'abri des voûtes de pierre. Il avait traîné d'un tonneau à l'autre tandis que résonnait la fête. Maintenant, il avait le souvenir aigu, douloureux, de sa petite sœur de lande l'acceptant en elle, pour ces quelques secondes d'inconscience.

Il eut honte, soudain. Il entreprit de la chercher, mais c'était peine perdue. Elle avait dû s'en retourner vers le nord avec son frère, ou avec des parents rencontrés là. Gilles appuya son front contre la pierre froide de l'église. Il avait envie de mourir. La main qui s'abattit brusquement sur son épaule le fit à peine sursauter.

– Eh, cadet ! Vous n'êtes pas rentré dans vos bergeries ?

Le sous-officier avait remis de l'ordre dans sa tenue. Contre son bras pendait un candidat au voyage, une loque dont la tête dodelinait.

– Alors ? s'inquiéta l'homme, vous avez eu le temps de réfléchir ?

Dans l'obscurité presque totale, les yeux brouillés de larmes, Gilles n'apercevait du militaire que ses dents, ouvertes sur un sourire carnassier. Y avait-il, loin de ce village, et jusqu'à l'autre extrémité de la planète, un gâchis aussi complet que celui qu'il avait accompli en quelques jours ?

Le berger se détacha du mur.

– C'est oui, dit-il.

– Belle recrue ! se réjouit l'homme, la meilleure de cette campagne à Suzan, j'en suis sûr.

Il se mit à marcher, soutenant son fardeau. Gilles le suivait, le pas machinal, les dents serrées.

– Ne soyez pas triste, lui dit l'homme, la vraie vie vous attend.

Ils parvinrent à l'orée du village. Là commençait un chemin que Gilles connaissait, filant plein nord, vers Ygos, puis Sabres, tranchant la lande comme une lame. Devant le fossé, deux chevaux attendaient, attelés à une carriole bâchée au fond de laquelle le recruteur posa son volontaire.

– Il faut partir, maintenant, dit-il. Nous changerons d'attelage à Moustey, en fin de matinée.

Gilles se hissa sur les planches. Une demidouzaine de dormeurs se partageaient l'espace. Le sous-officier s'installa sur la banquette du cocher, saisit les rênes et, d'un coup de fouet, lança les chevaux dans la nuit. A l'arrière, penché vers l'extérieur, hoquetant, Gilles finissait d'en découdre avec son estomac.

7

Le buste droit, agenouillée sur des sacs formant coussin, un chapeau de paille rond et cerclé de noir sur la tête, Jeanne-Marie Peyrelongue gavait une oie à l'abri d'un chêne, sur l'airial de La Croix Ancienne.

Allongé entre les jambes de sa nourrice, le cou tendu vers elle, le bec serré autour de l'entonnoir par une poigne de fer, l'animal ingurgitait la potion que la fermière prélevait par poignées devant elle, dans un récipient de bois.

Fasciné, Fernand Lataste observait la manœuvre de la fermière et les goulées dont le relief arrondi descendait lentement le long du boyau de plume.

Le palmipède avalait un infernal biberon de maïs et de millet. Lorsque la coupelle fut vidée de son contenu, Jeanne-Marie se mit debout, aida l'oie à se retourner et, intéressée, suivit sa difficile remise en marche.

– Allez, petite, l'encouragea-t-elle.

L'animal demeura quelques secondes immobile, son ventre énorme ballottant d'une patte à l'autre, comme une outre, puis fit quelques pas avant de s'arrêter à nouveau.

– Encore un gavage, peut-être, estima le médecin.

Il fallait, pour la sacrifier, que la bête ne puisse

plus bouger du tout. Lataste se frotta le menton. Il supputait un foie de taille à remplir une poêle, du genre de ceux que son épouse cuisinait avec des raisins, ou avec des figues bien mûres, dans leur propre graisse. Un délice.

– Té, ma mère, annonça la fermière.

Lataste aperçut, quittant l'estantad, la silhouette cassée de la vieille femme, couverte du sommet de la tête à la pointe des sabots d'une capule grise, sombre vêtement de deuil que la veuve portait depuis la mort de son mari, Arnaud Lancouade, sept ans plus tôt.

C'était Catherine Lancouade, la sœur de Gilles et de Jean-Baptiste... Rhumatisante, le cœur fatigué, la parole, comme les promenades, devenue rare...

Cette fois, Lataste la considérait d'un œil différent. Elle était née Escource, du même sang que les fantômes, ses frères, dont il tentait, comme un journaliste, de reconstituer les cheminements.

Lataste ne put s'empêcher d'être ému en voyant la vieillarde s'arrêter à quelques mètres de lui et le regarder en souriant, la tête inclinée sur le côté. Elle avait le visage parcheminé, les lèvres closes, mais ses yeux brillaient, lucides et interrogateurs.

– Eh té, docteur, comme ça, vous venez voir vos vieilleries ? plaisanta-t-elle.

– Si vous voulez, dame Catherine, et la jeunesse, aussi...

– Le docteur est passé pour le sevrage de la petite Margot, précisa Jeanne-Marie.

Catherine Lancouade haussa les épaules, s'assit près du chêne et resta un long moment sans bouger. Puis sa respiration s'accéléra, devint bruyante, presque heurtée, sifflant d'une profonde colère.

Lataste la regardait sans intervenir. Sans doute le second prénom de l'enfant occupait-il soudain l'esprit de la vieillarde. Le médecin se pencha et posa la main sur son épaule, ce qui eut pour effet de la calmer un peu.

– Quel besoin de réveiller ainsi les morts ?... dit-elle d'une voix sourde. Des ruines, que tout cela, comme les murs de Caylac, là-bas. On devrait bien finir de mettre tout ça par terre et planter dessus du maïs, des pins ou des haricots.

Elle aspirait fort les « h » et chantait un peu plus. Fatiguée, elle s'abîma dans une sorte de somnolence, bercée par les lents mouvements de sa tête.

– On vous laisse vous reposer, ma mère, lui dit Jeanne-Marie.

Elle ne protesta pas. La demeure brûlée, abandonnée à une demi-lieue à peine de là, ne devait pas faire partie des conversations quotidiennes, à La Croix Ancienne.

– C'est toujours difficile pour elle, dit Jeanne-Marie en précédant Lataste vers sa maison. Et pour nous aussi, quand on se souvient de son bonheur à vivre... Trente années ont pourtant passé depuis ces temps-là, mais le pauvre Jean-Baptiste est toujours à l'asile, à Mont-de-Marsan, que le Seigneur nous pardonne de le laisser là-bas, mais que voulez-vous, nous n'y pouvons pas grand-chose.

– Je sais, je sais, la rassura Lataste.

Il s'était arrêté devant la maison et la contemplait.

– Je revois la grosse cabane au sortir de la pleine rase, se souvint-il, la pauvre borde où l'on vivait, bêtes et hommes tout contre. Mon Dieu ! Ce que c'était, avant ! La plus pauvre maison de bergers de tout le canton de Sabres !

Ils pénétrèrent dans la fraîcheur de la pièce commune. La table était couverte d'une lessive propre qui fleurait bon le savon de Marseille. La fermière s'activa, s'excusant du désordre, tandis que le visiteur prenait place derrière la table.

La pièce était vaste, organisée autour de la cheminée où ronronnait, au bout de la crémaillère, une marmite. Une cuisinière en fonte, massive et noire, témoignait, contre le mur voisin, d'une certaine aisance des habitants. Sur de larges étagères séparant deux hautes armoires en pin s'alignait le cuivre rutilant de bassines.

Pour le reste, il y avait là une bonne dizaine de chaises briquées à neuf, deux bancs le long de la table, et une foule d'outils accrochés à hauteur d'homme, des boîtes à épices et à sel, un fusil près d'une broche, un almanach, des chapeaux de paille et, tout autour de la pièce, des porte-chandelle de résine.

Jeanne-Marie quitta un instant la pièce pour aller chercher son bébé, qui criait, au fond de la maison. Elle le mit au sein et s'assit à son tour, près du médecin. Lataste caressa le crâne duveteux du nourrisson et sortit de sa poche le médaillon.

– Regarde, ma petite, ce que j'ai trouvé là-bas.

Dans la pénombre, il sentit l'émotion qui envahissait soudain son hôtesse.

– Tu connais ce portrait ? demanda-t-il.

– Oh, oui ! Un artiste était venu de Mont-de-Marsan, un sculpteur célèbre, je crois. En automne, pour la palombe. Il avait fait plusieurs dessins de Linon. Je pensais que tout avait disparu dans l'incendie...

– Une pareille beauté, ce n'est pas très courant, n'est-ce pas ?

– Seigneur ! Ma tante était bien la plus jolie femme de ce pays, et de bien d'autres alentour, une créature de Dieu, malgré sa maladie, ou à cause d'elle, je ne sais pas. Elle avait dans son malheur reçu la grâce ; vous le savez, le Seigneur a de ces bontés, parfois.

Elle soupira et se tut. Lataste la laissa quelques instants aux bouffées de nostalgie qui attristaient son visage ingrat. Contre elle, le nourrisson se repaissait avec des petits bruits de bouche. Puis le médecin rompit le silence, se pencha vers son hôtesse.

– Tu l'aimais bien, n'est-ce pas, cette femme qui savait tout entendre à sa façon ? lui chuchota-t-il à l'oreille.

– Ma pauvre Linon, pardieu oui, je l'aimais. Vous croyez qu'on pouvait ne pas chérir une créature comme celle-là ?

Elle avait dans sa voix le chagrin d'une blessure qui ne s'était jamais refermée. Lataste se leva, alla entrouvrir une fenêtre, inondant la cuisine de la lumière du couchant. De là, il apercevait des enfants courant aux lisières d'un champ et des femmes penchées entre les sillons. Tout près de là, derrière une grange, des hommes battaient du grain, leurs fléaux retombaient au sol avec un bruit sourd, régulier.

– C'est curieux, tout de même, ce souci que vous avez toujours eu pour notre famille, demanda l'hôtesse.

Lataste expliqua l'apparence des choses, comme en cette fin de journée pacifique et douce, et ce qu'il y avait derrière, le pays d'autrefois qui lui manquait et lui manquerait de plus en plus.

– Et les gens qui s'aiment ou se déchirent, ici comme partout, cela m'intéresse, dit-il. C'est comme cette maison. Aujourd'hui, elle vit avec des enfants, des familles, le bruit du travail de la terre. Je me souviens que ton oncle Gilles, un jour, s'en est éloigné, et qu'à l'époque elle faillit être cédée à des voisins.

– Oh, ceux-là...

Elle eut une moue de mépris et hocha la tête plusieurs fois. L'enfant avait terminé ses agapes et ronronnait sur le sein, une main en l'air, repu.

– Et Linon Delpeix est restée seule, poursuivit Lataste.

Jeanne-Marie referma son corsage.

– Cela te chagrine peut-être, de parler de ce temps ? s'inquiéta le médecin.

– Eh non, pourquoi ? s'exclama la jeune femme. Je ne suis pas comme ma mère, qui a enfermé tout ça dans sa mémoire. Linon, d'en parler avec vous, ça me la fait revivre un peu, et peut-être qu'à elle aussi, où qu'elle soit, cela fait quelque chose.

Elle se mit à bercer son petit.

– Il y eut cette année-là d'autres tempêtes, dit-elle, songeuse. Un hiver de pluies et de vents, vous vous souvenez ? Linon, plus personne ne savait très bien ce qu'elle faisait. On la voyait de temps à autre avec son frère Jeannot, le plus jeune, derrière un troupeau. Parfois, elle partait à cheval, pour des jours et des jours. On me disait qu'elle allait ainsi de parc en parc, jusqu'à l'océan, et que c'était de la folie de la laisser faire, parce qu'elle finirait sûrement par faire une mauvaise rencontre ou par se noyer, là-bas ou dans quelque marécage. Je l'ai croisée deux ou trois fois, entre ici et la Théoulère. Elle ne parlait plus et s'enfuyait dès que l'on s'approchait d'elle. Certains disaient qu'elle était possédée et qu'autrefois on l'aurait sans doute chassée, ou même brûlée. Moi, je pensais qu'elle avait de la peine. Ma mère priait pour elle et pour Gilles. Ce fut une fin d'année très triste, il n'y avait plus d'argent à La Croix, et mon père était tout seul pour travailler chez les autres. Une année passa comme cela pour nous, à manger comme les animaux, du maïs et du seigle. Les femmes pleuraient souvent, parce que personne ne venait plus filer la laine avec elles. Moi, le soir, je pensais à mon oncle, bien sûr, mais aussi à Linon. Qu'allait-elle devenir ?

8

La *recommandaire* de Trensacq avait une cinquantaine d'années, des difficultés à se mouvoir, la peau d'un vieux batracien, mais une mémoire en parfait état.

– Linon... Linon Delpeix, de la Théoulère. Je te reconnais, pauvrette, tes oreilles sont parties avec la fièvre cérébrale. Et qu'est-ce que tu me veux ?

Elle s'exprimait avec un fort accent « nègue », du sud de la lande, une langue abrupte, volontiers autoritaire, faite, dans la bouche des femmes, pour commander et être obéie.

– Gilles est parti ! cria la jeune fille.

– Je le sais, pardi, l'Escource. En Algérie, à ce qu'on raconte, ou même plus loin. Mais ça va faire un an bientôt.

– Il faut... le protéger, articula Linon, avec les fontaines.

La femme ouvrit grands les yeux. Elle officiait dans la cuisine de sa maison du bourg, recevant de tout le pays ceux qu'attirait sa science de l'hydrologie. Mais c'était bien la première fois qu'on lui demandait de guérir à une aussi longue distance. Et quelle maladie ?

– Il est malade, ton *omi d'espérance* ? demanda-t-elle, s'aidant de gestes. Il a les fièvres des marais ? Le zona ? De la mélancolie ?

Linon souriait. Elle savait seulement que si Gilles existait encore quelque part, il fallait le protéger.

– Mais c'est au Seigneur qu'il faut demander ça, suggéra la guérisseuse, ou à son Père, à l'église. Les saints, pauvre, ils ne peuvent pas t'en donner autant.

Elle affichait son impuissance mais, devant la beauté de sa visiteuse et son sourire de soleil, elle se ravisa, réfléchit un instant, et dit :

– Tu vas prendre les eaux pour lui, alors.

On se comprenait. L'Amélie – ainsi l'appelait-on – se leva péniblement de sa chaise, ouvrit un tiroir de la table, et en sortit des bouts de chandelle qu'elle posa devant Linon. Puis elle les alluma et attendit.

La conversation n'était pas facile. L'Amélie se mit à observer la jeune fille.

– Tu es belle, toi, murmura-t-elle. Bergère, quelle drôle d'espèce, vraiment !

Elle lui saisit le menton et la regarda longuement.

– Le bon Dieu a de ces miracles à faire... ajouta-t-elle, rêveuse, puis elle changea de sujet : Alors, comme ça, ce jeune diable que vous avez chassé, tu l'as dans le cœur, et peut-être même dans le ventre, et tu ne veux pas qu'il meure au loin. Et pourquoi est-il donc parti, ce drolle, alors qu'il tenait entre ses doigts un pareil trésor ?

Elle parlait pour elle-même. Linon regardait les chandelles mourir à petit feu. Lorsqu'elles se trouvèrent toutes trois fumantes, la femme les disposa sur la table, dans l'ordre de leur extinction. Puis elle prit une mine, afin de rédiger son ordonnance.

– C'est donc toi qui exécuteras les recommandations, décida-t-elle, pour vous deux. Alors, regarde-moi, tu iras d'abord faire dévotion, et boire à la source de Saint-Jacques, à Labouheyre, comme les pèlerins qui vont en Espagne. Ensuite, il te faudra suspendre des linges devant la fontaine de Saint-Co, à Escource, c'est pour le cœur, avant de terminer la recommandation par un recours à sainte

Quitterie de Commensacq. Quand tu auras fait ce périple en pensant très fort à ton *thancàyre* de berger, je suppose que le bougre se saura protégé par toi...

Linon fouilla dans sa jupe et tendit des pièces de monnaie que la guérisseuse refusa.

– Donne-moi encore ce joli sourire, exigea-t-elle en lui pinçant doucement le menton, je m'en contenterai.

Elle raccompagna sa patiente jusque sur le chemin qui menait à la route de Sabres. Linon était venue à Trensacq sur un petit cheval landais, une bête trapue et endurante qui l'avait déjà menée aux confins de Lannegrande. Elle se mit en selle et prit aussitôt la direction de l'océan, suivie de Duc qui ne la quittait plus depuis le départ de Gilles.

Ainsi avait-elle pris l'habitude de parcourir la lande, de borde en parc. Il fallait être de cette planète de vents et de grands silences pour avoir une chance de l'y rencontrer.

Parfois trouvant, sur son chemin, de ses anciens compagnons de voyages, elle se tenait avec eux, silencieuse, un jour ou deux, partageant la bouillie de grains, le lièvre tué le matin, avant de disparaître. Sous le béret et le manteau, elle dormait aussi à même le sable des chemins, contre le chien, tout comme les garçons, son petit cheval près d'elle et, plus d'une fois, la pluie la couvrit de ses vapeurs.

Ce jour-là, un vent glacé déferlait du nord, sous un ciel de métal, pommelé. Linon avait refermé sur elle les pans de sa pelisse et se laissait conduire par sa monture.

Le chemin filait droit vers la mer, entre des marais irisés. De temps à autre, au large de ces flaques reflétant l'azur, apparaissaient la ligne d'un toit, la silhouette d'un chêne, repères solitaires de présences humaines. Le reste était du désespoir à n'en plus finir, grandiose et inquiétant, une vacuité à faire peur, que le vent traversait en feulant.

Les ondées se succédaient. Linon sentait une griffe froide se poser sur ses joues, glisser le long de son dos jusqu'à ses reins. Cela ne la gênait guère. De sa lande, elle acceptait tout, la sécheresse étouffante du plein été, sous le soleil brut à tuer un bœuf, le chagrin du ciel d'automne et ses pleurs continus, jusqu'aux gifles gelées de janvier qui donnaient à la terre stérile des allures de Russie.

Cherchant à ses horizons plats la trace de Gilles, elle avançait, sans but précis. Sans doute finirait-elle par se perdre un jour dans cet océan de sable bordant l'Atlantique. Il lui suffirait d'aller ainsi d'un parc à l'autre, éternellement, du Médoc à la Chalosse, trente lieues de long sur autant de large, un empire vide que désertait la raison, où il devait faire bon devenir fou, peu à peu.

Elle avait faim plus que de coutume. Cela devait être à cause du froid qui la faisait lutter, frissonnante, sous son manteau. Elle se prit à rêver d'un âtre et mit son cheval au galop, sautant au-dessus des fondrières qu'une neige fondue colorait en gris.

Les perspectives se bouchaient peu à peu devant elle, tandis qu'un bonheur suave l'envahissait, une sensation de liberté, dans ce cocon vaguement brumeux qui la caressait au passage.

Perdue. Qui la retrouverait là-dedans ? Il y eut une éclaircie, cependant, et le chêne du parc de Barroste qui dressait sa haute silhouette sur un croisement de pistes, à proximité d'une pinède, apparut. Elle décida d'y faire halte.

La bergerie avait été peuplée peu de temps auparavant, il y flottait encore l'odeur fraîche de la laine. Des bergers avaient laissé sous le chaume de la borde voisine de l'herbe en bottes et, près de la cheminée de l'oustalet, quelques fagots, une miche de pain de seigle et des épis de maïs partiellement égrenés.

Après avoir installé son cheval dans la borde, Linon se restaura de pain et du fromage qui restait au fond de sa besace, qu'elle partagea avec Duc.

Dans un panier d'osier, elle trouva des gémelles, fins copeaux de pin arrachés à l'arbre par la hache du résinier, et les disposa sous un fagot. Gorgées de résine, les lamelles prirent feu aussitôt, et Linon put ôter son manteau détrempé et sa chemise humide, qu'elle étala devant la cheminée.

La jeune fille s'allongea sur le côté, la poitrine nue, offerte à la chaleur, la jupe relevée haut sur les cuisses. Sa chevauchée du jour la laissait courbatue, déjà pleine du sommeil dont elle sentait les ondes arriver sur elle, dans son silence.

Lorsqu'elle s'éveilla, alertée par les grognements du chien, elle aperçut une silhouette penchée sur elle et poussa un cri.

Le feu se mourait doucement. De la brassée de bois, il ne restait que la braise qui éclairait le visage de Jean-Baptiste Escource. Linon sourit. Elle avait froid, soudain, et découvrit qu'elle était à demi nue, le ventre offert à la tiédeur de l'âtre.

Le berger avait conservé son béret et son manteau. Il se releva, les yeux rivés sur la jeune fille. Linon s'assit et, prestement, s'enveloppa dans sa pelisse encore humide.

Jean-Baptiste ne souriait pas. Il avait dû marcher de nuit, ses cheveux longs et bouclés portaient des traces de neige. Linon se leva, remit du bois dans la cheminée puis demeura debout, les bras serrés sur sa poitrine. Au bout d'un long moment, le berger se défit de sa besace et entreprit de se restaurer, debout lui aussi.

Le frère de Gilles n'avait jamais fait partie des compagnons de la jeune fille. De dix ans son aîné, Jean-Baptiste était trop solitaire, taciturne, et le monde impénétrable dans lequel évoluait la hilhète de la Théoulère lui demeurait étranger. « Peut-être parce qu'il ressemble au tien », lui disait son cadet et, plaisantant : « Comment pourriez-vous vous parler puisque vous ne vous entendez même pas l'un l'autre ? »

Là, enfermés par le vent et le froid dans la cabane

de Barroste, ils demeuraient tous deux silencieux, lui à mâchonner son escauton, elle regardant fixement ses pieds.

– Tu veux du vin ? proposa-t-il, la gourde tendue.

Elle refusa de la tête et l'observa, qui se régalait à grandes rasades, la bouche béante comme un bec de fontaine. Puis il alluma une pipe et se mit à tourner en rond dans la minuscule pièce, la frôlant au passage, s'arrêtant de temps à autre, face à elle, pour téter à nouveau l'outre de peau.

– Bois ! lui ordonna-t-il soudain.

Elle secoua violemment sa crinière noire, cessa de sourire. Jean-Baptiste haussa les épaules.

– Eh bé, maugréa-t-il, en voilà des manières. Tu ne me reconnais donc pas ? Tu ne te rappelles plus qui je suis ?

Joignant le geste à la parole, il l'interrogeait, le regard durci, insistant. Elle recula d'un pas, se serra un peu plus dans son manteau.

– Linon... C'est vrai ce qu'on dit, murmura-t-il, que tu deviens belle.

Il tendit la main. Elle voyait bouger ses lèvres, devinait ses paroles. Lorsque les doigts du berger se posèrent sur elle, Linon, stupéfaite, inspira une grande goulée d'air, ce qui fit le bruit d'un soupir, et se plaqua contre le mur de l'oustalet.

Jean-Baptiste demeura coi, tandis que la jeune fille progressait à petits pas vers la porte.

– Diou biban ! s'écria le pâtre, jovial, je ne suis pas le bécut ou quelque loup-garou. Que crains-tu ? Que je vous dévore tout crus, toi et ton chien ?

Il fit un pas vers elle, puis un autre, tendit à nouveau la main, sans la toucher cette fois.

– Et alors, poursuivit-il pour lui-même, tu crois que je suis un de ces génies malfaisants qui sortent des marais à pleine lune, un de ces diables qui font sabbat avec les sorcières du Pradaou, tes sœurs, à ce qui se dit aussi ?

Elle cherchait appui contre le mur. Son vêtement s'ouvrit, laissant voir la peau blanche de son buste et la forme de ses seins.

– Hé, là... dit Jean-Baptiste.

Elle distinguait ses yeux, deux morceaux de charbon incandescents, sa bouche fermée sur un rictus, comme une cicatrice entre les plis creusant les joues jusqu'au menton qui tremblait.

– Hé, mon petit, chuchota le berger.

La main de Jean-Baptiste était de nouveau sur elle, et lui caressait, à distance, le front, les lèvres, le cou, puis la poitrine, et jusqu'au ventre. Linon se mit à gémir. Jean-Baptiste continuait son approche, les yeux mi-clos. Quelque chose le retenait de poser ses doigts sur la peau de Linon.

– Moi, je suis un seigneur de ce pays, tu me reconnais, dis, ma belle ? souffla-t-il.

Linon hurla, terrorisée, fit un bond de côté, chuta sur la pile de bois et se recroquevilla contre les rondins, dans un coin de la pièce. Dans la seconde, il fut sur elle, agenouillé, les mains ouvertes à quelques millimètres, comme pour prendre la chaleur d'un brasier.

– Eh, quoi ? poursuivit-il de la même voix égale, je ne te mériterais pas, moi, pauvre roi des bruyères ? Alors, il n'y en aurait que pour les absents, ceux qui sont partis et ne reviendront jamais...

Il posa les mains sur les cuisses de Linon : c'était doux et chaud. Il tremblait.

– Par pitié, monsieur ! cria Linon d'une voix rauque.

Elle se sentait incapable de fuir ; Jean-Baptiste la dominait, comme s'il avait sur elle un pouvoir de vie et de mort. Elle ferma les yeux, tandis que les mains du berger remontaient le long de son corps.

– Mourir, dit-elle doucement.

Elle avait honte, désirait disparaître dans l'instant, fondre comme une chandelle. Elle appela « Gilles », vit les lèvres de Jean-Baptiste lui répondre qu'il n'existait plus, alors elle se mit à répéter ce nom, de plus en plus fort, aboyant à la fin comme un chien, la gorge rompue.

– Je ne veux pas vous aimer, tuez-moi, finit-elle par supplier, vaincue.

Jean-Baptiste parut s'éveiller, grimaçant, la bouche sèche comme d'un mauvais vin. Il demeura une bonne minute agenouillé, le souffle court. Puis il glissa la main sous sa ceinture, jusqu'à son ventre, et se mit debout d'un bond.

– Il faut que tu t'en ailles, dit-il.

Elle ne comprenait pas. Il saisit sa chemise et la lui lança au visage.

– Va-t'en ! Fous le camp d'ici, au diable ! cria-t-il, les yeux fous.

Il lui montrait la porte du doigt. Linon récupéra sa besace. Elle voyait Jean-Baptiste éructer, son visage, déformé par la colère, devenait un masque de haine comme elle n'en avait jamais vu. Le berger hurlait des imprécations. Elle eut même, un instant, le sentiment qu'il ne la voyait plus, et en profita pour s'enfuir, le chien sur ses talons, serrant contre elle ses quelques affaires. Dans l'obscurité de la borde, elle se hâta de se vêtir, sella le cheval et disparut au galop, dans la nuit glacée.

L'océan de terre brune et de caillasse s'étalait à perte de vue, perlé de blanc comme par des bancs de sable, au loin. A l'horizon courbe, qui semblait se déplacer par instants et trompait l'œil, tout fusionnait dans des pastels, le ciel et, contre lui, en lui, les finisterres.

La lande, sans limite. Platitude absolue, qui filait égale vers les quatre points cardinaux et que rien, fût-ce le spectre d'un tronc d'arbre, l'ombre d'un talus, ou la ligne bleutée d'une pinède, ne venait habiter.

Linon avait perdu la notion du temps, attirée par le vide qui, sans cesse, fuyait devant elle et l'entraînait toujours plus loin.

Aux nuées paresseuses de l'aube succédait peu à

peu un ciel tourmenté, encore haut cependant. L'air coupait comme un rasoir, le vent déferlait du nord sur la steppe, en longues risées.

Linon s'enfonçait, indifférente, dans cette boue glacée. Elle devinait autour d'elle, invisibles, des marais dont l'exhalaison montait de la vase. Ivre, indifférente à la fatigue qui nouait ses muscles, Linon se laissait aller au pas de son cheval.

Le vent qui accompagnait la cavalière depuis qu'elle avait quitté le parc tomba. L'orage viendrait, plus tard, de grêle ou de neige. Devant les sabots du cheval, le chemin se perdait, absorbé à son tour par la lande. A cet endroit, celle-ci n'était que graviers noirs, chaos de roches usées par les siècles, dont les restes couvraient le sable comme les quelques herbes qui s'en échappaient et tremblaient sous la rude caresse de la bise.

Le ciel, soudain, se découvrit. Pleine du bruit assourdissant du silence résonnant dans sa tête, Linon s'arrêta, mit pied à terre et s'assit.

Il allait se passer quelque chose. Tout avait la netteté d'un dessin à l'encre, jusqu'à l'horizon tracé brusquement et qu'une forme grise venait envahir.

Linon écarquilla les yeux. Surgissant de nulle part, la chaîne des Pyrénées, habituellement couchée bas derrière la ligne d'horizon, se dressait face à elle, à pouvoir la toucher, blanche de ses glaciers, creusée de vallées et d'à-pics.

Linon chercha dans sa mémoire les sommets dont Gilles lui avait appris les noms et tendit le doigt, comme lorsqu'elle était enfant. Puis elle se remit en selle et lança le cheval au galop, les yeux rivés sur les montagnes.

La piste l'y menait tout droit. Il suffisait d'avancer et de ne pas perdre le fil ténu qui la reliait au miracle. Trois ou quatre kilomètres plus loin, elle s'arrêta, le souffle court, la bouche ouverte. Il fallait maintenant lever la tête pour voir les sommets et les traînées blanches qui coulaient vers les villages de haute altitude.

La cavalière se remit en route. Ses jambes lui faisaient mal. Sous les sabots du cheval défilait une lande minérale d'où l'herbe avait disparu. Peu après un croisement de pistes que veillait une croix de bois, la rase tout entière se révéla faite de ce grossier pavage.

Linon se mit à crier, appelant l'Aneto, le Midi, la Rhune, dont elle se rappelait soudain les noms. Désespérée que l'apparition se mette à trembloter et perde peu à peu de sa netteté, elle fouetta du talon son cheval. Au fond du décor, le mirage s'effaçait comme il était apparu, dans une sorte de liseré un peu flou. Le soleil luttait contre les nuages.

La main tendue vers le sud, Linon galopa, sans un instant de repos, jusqu'à ce que sa monture, épuisée, commençât à ruer et à dodeliner de la tête, la langue pendante, l'obligeant à ralentir. Le soleil s'effaça. Soudain poussées par des bourrasques, des écharpes de brouillard formèrent un mur gris.

En quelques minutes, elle fut incapable de retrouver le chemin ; elle errait désormais sans cap et pouvait tourner en rond dans la brume, des heures durant.

Elle parvenait au bout du monde, dans l'absolue pénurie de la nature, chaos de pierres où nul, et des plus coutumiers de la rase, ne s'aventurait sans craindre quelque coup du sort.

Sous le pas tranquille du cheval, la terre se montrait un peu plus meuble. Il y avait par là des marais. Gilles en savait les contours, en connaissait les abords et leurs pièges de vase, une ou deux lieues carrées d'eau stagnante. Il suffisait pour les longer de prendre sa main et de se laisser conduire. Linon décida de s'arrêter, mit pied à terre et sentit qu'elle s'enfonçait aussitôt dans une gadoue collante.

La jeune fille fit quelques pas. La tête peuplée de bruits surgis de son enfance, elle observait, fascinée, les ronds que sa marche faisait naître autour d'elle et qui se perdaient presque aussitôt dans la brume.

Linon appela Gilles de toutes ses forces. Marchant droit devant elle, elle ne tarda pas à enfoncer jusqu'à mi-cuisse dans de l'eau tiède aux forts relents de vase.

C'était un bon endroit pour mourir, à plus d'une journée de cheval des premiers quartiers de Commensacq ou de Morcenx. Elle aurait le temps de se fondre doucement dans la boue. Linon trébucha puis tomba sur le côté, trempant ses vêtements. Il lui fallait prendre de l'air pour flotter mieux au ras de l'eau et aller le plus loin possible avant de se laisser glisser dans la mouvance du fond.

Linon se lava le visage avec de l'eau épaisse et grise. Elle aurait enfin la réponse à quelques anciennes questions. Lors des sabbats, les sorcières s'extirpaient de là pour fondre sur les pauvres âmes terriennes et revenir les y engloutir à jamais. Métayers et bergers parlaient des fées, le curé et le docteur de superstitions. La vérité c'était qu'au début de l'Empire, des pèlerins de Bretagne s'étaient noyés dans ces parages : quatre hommes, pareillement égarés par la brume et engloutis, qu'on n'avait jamais retrouvés.

Le marais la prenait aux hanches lorsque, se retournant, elle vit, dans une trouée de terre brune, des loups. Trois bêtes grises, à moins de dix mètres, les crocs ouverts, qui détalèrent soudain, poursuivant le cheval.

Linon hurla. Fées et sorcières couraient aux trousses des animaux, la descente de la jeune fille vers le linceul de la lande serait sanglant dépeçage et terreur. Il fallait sortir de là. Linon se débattit, nageant à demi, buvant l'eau boueuse du marais. A genoux sur la rive, elle demeura un long moment immobile, guettant de ses yeux grands ouverts la présence des carnassiers, cherchant dans le brouillard le reflet argenté de leur poil.

La panique la submergeait. Elle se mit debout, chercha le plan dur de la lande et s'y engagea. Il lui semblait sentir dans ses reins le souffle chaud des bêtes, tandis que le vent la pétrifiait peu à peu. Elle tomba vingt fois, embrassa la terre, se releva et courut jusqu'à une croix de bois contre laquelle elle se blottit quelques secondes, avant de bondir à nouveau. Seule contre le vent qui maintenant la prenait de face, la faisant par moments reculer, elle marchait, ivre de fatigue, pleine du vacarme que faisait entre ses tempes la peur indicible de mourir dévorée.

Au soir du jour suivant, dans la lumière du crépuscule, deux échassiers pénétrèrent dans l'abri de Peyticq. Il neigeait sur la rase, assez pour la recouvrir tout entière. Jeannot et André Delpeix cheminaient ainsi depuis des jours, à la recherche de leur sœur, visitant l'un après l'autre les parcs de Lannegrande, fouillant du regard, aussi loin qu'ils le pouvaient, la surface gelée des marais.

Recroquevillée devant la cheminée vide, les mains serrées sur la poitrine, Linon semblait dormir, paisible. Les garçons s'approchèrent, l'appelèrent en vain.

– Elle est toute froide, dit Jeannot Delpeix.

Il n'y avait pas de bois. Au fond de la cheminée, une cendre noire témoignait d'anciennes flambées. La porte était demeurée ouverte et laissait entrer le vent.

Les garçons crurent tout d'abord que la petite muette était morte, qu'elle avait été prise par l'*adroumeilh* et les *hades*, ses sœurs. Qu'elle s'était laissée aller, heureuse de quitter ce monde qu'elle ne traversait plus que comme une ombre.

Mais ils trouvèrent son souffle, ténu, tel un soupir intermittent. André Delpeix ramena de la borde des piquets de bois et des morceaux de planches qu'il enflamma. Puis, aidé de son frère, il étendit la jeune fille devant l'âtre et entreprit de la réchauffer avec vigueur.

Linon avait la pâleur des mortes, des cernes

bruns autour des yeux. Ses lèvres étaient violacées, ses narines pincées cherchaient l'air.

– Elle revient, constata André. Bon Dieu ! Je crois bien qu'elle serait passée dans la nuit, la gouyate.

Linon finit par sortir de sa torpeur et jeta sur ses frères un regard perdu. Jeannot avait le cœur serré : sa petite *eschourte* avait choisi de se laisser mourir, comme un animal malade. A peine Linon revenue à elle, André voulut la faire boire, puis manger, ce qu'elle refusa en se jetant en arrière, dans la paille.

– Ça ne lui a pas coupé son foutu caractère, en tout cas, remarqua son aîné.

Les bergers s'installèrent pour la nuit. Linon gémissait doucement, recroquevillée devant la cheminée. André décida qu'ils veilleraient la petite, au cas où il lui prendrait l'envie d'aller encore se perdre dans la bourrasque glacée.

Au matin, elle accepta un peu du fromage que lui proposaient les deux garçons et, témoin de la *tuade* qui venait d'avoir lieu dans les fermes, de la saucisse toute fraîche, qu'elle goûta du bout des lèvres.

– A la bonne heure ! la félicita Jeannot, qui n'avait pas fermé l'œil de la nuit.

Linon supposait que son errance allait prendre fin, mais la perspective d'avoir à retourner sous le toit familial ne l'enchantait guère.

– Je ne veux pas revenir, dit-elle, je ne veux plus voir les autres.

Elle en voulait à son frère aîné d'avoir poussé Gilles au départ, mais, entre le métayage à payer, le troupeau à reconstituer et les économies supplémentaires qu'il avait fallu faire, Henri Delpeix avait assez de soucis pour regretter son attitude. « Un feignant de moins sur la lande », telle avait été sa conclusion, lorsque l'exil de Gilles était devenu une certitude.

Jeannot fit s'asseoir Linon près de lui, la prit dans ses bras et la consola. Il avait deux choses à lui dire. La première concernait des chasseurs de loups du

Born, des types venant de Pontenx, et d'autres de plus loin, vers Arcachon, qui se vantaient de pouvoir ramener, morte ou vive, la petite candèle muette de Commensacq. Linon haussa les épaules. Des histoires de ce genre, il y en avait plein les vieilles mémoires de la lande, même s'il était vrai aussi qu'entre Marsan et Lannegrande, on brûlait encore les sorcières sous le Premier Empire.

Puis Jeannot écarta du pied la paille recouvrant le sol de la cabane et, de la pointe de son couteau, se mit à dessiner sur la terre. De temps à autre, il se relevait et, par gestes, racontait.

– Un homme est passé chez nous, il y a quinze jours. Un soldat de Napoléon. Il revenait d'Amérique, avait débarqué à Bordeaux et rentrait chez lui, en Chalosse.

Linon découvrait sur le sol le voyage qu'avait fait Gilles, en Afrique tout d'abord, dans le désert d'Algérie, puis au Mexique où l'Empereur avait expédié une armée.

– Il y a eu une bataille autour d'une ville qui s'appelle Puebla, expliqua le jeune berger. Gilles a été blessé, l'homme a dit qu'il y avait perdu un bras.

Linon laissa échapper un cri, enfouit son visage dans ses mains. Jeannot patienta. Par la porte entrouverte de l'oustalet, André contemplait le jour paresseux, avec son soleil qui pointait entre de grosses masses grises aux ventres rougeoyants.

– Il n'est pas mort, dit la jeune fille, il va revenir.

Son frère hocha la tête, l'air ennuyé.

– Non, ma Linon. Au dire de ce soldat, Gilles était très malade de sa blessure, et des fièvres aussi, qui, là-bas, sont terribles. Il a été démobilisé et il a disparu. D'autres soldats l'ont vu, au nord du pays, essayer de passer une rivière, avec d'autres, et s'y perdre.

Linon se dressa. Elle ne le croyait pas. Tant qu'elle n'aurait pas vu le cadavre de Gilles, elle ne le croirait pas.

– Il faut que tu cesses de le chercher sur notre terre, dit Jeannot, il n'y est plus.

André s'était approché. Muet, la mine défaite par la longue traque, il regardait sa sœur avec un mélange de pitié et d'agacement. Il leva la main, indiquant la direction du nord.

– Les autres nous attendent, murmura-t-il, et notre mère aussi. Dis-lui, Jeannot, le souci qu'elle se fait pour elle.

Linon avait compris. Les lèvres serrées pour ne pas pleurer, elle se laissa à nouveau aller contre son jeune frère. Elle avait froid, ne ressentait plus qu'une immense lassitude. Se souvenant des mains de Jean-Baptiste Escource, qui la parcouraient sans presque la toucher, elle frissonna.

– Partons, décida-t-elle soudain.

André s'écarta pour laisser passer sa sœur. Parvenue au seuil de l'oustalet, Linon inspira longuement l'air glacé du matin. Grise de givre, la lande ressemblait à l'océan lorsque la chape d'une tempête pesait sur son flot. Linon fit quelques pas sur la terre durcie. Elle devait se rendre à l'évidence. Sans Gilles, sa longue promenade à travers ce désert n'avait plus d'objet, elle en porterait donc le deuil près des vallons verdoyants de la Leyre.

Elle se mit en marche. A ses côtés, gendarmes attentifs, les deux bergers lui faisaient escorte, au pas ralenti de leurs échasses.

9

– Et comme ça, tu l'as vue revenir à la Théoulère, ce jour-là ? dit Lataste d'une voix douce.

– Eh té, oui, dit Jeanne-Marie. Elle était maigre, Seigneur ! Les bergers, on avait l'habitude de les retrouver au bout de plusieurs mois, un peu changés, parfois, mais cette pauvre Linon, on aurait dit qu'elle souffrait de quelque maladie grave. Elle n'avait plus que son sourire ; pour le reste, tout avait fondu, un squelette ! Sa mère lui tournait autour, effrayée. Lorsque Henri et Charles Delpeix sont entrés dans la cuisine et qu'ils l'ont aperçue, gelée, recroquevillée sur le banc entre les museaux des bœufs, leur colère est tombée tout net. Dame, comment peut-on réprimander un cadavre qui sort du plein hiver ?

Jeanne-Marie tapotait doucement les fesses de son enfant. Lataste savait bien ce qu'était encore l'hiver à l'époque déjà lointaine où la pinède n'était qu'à l'horizon. Il fallait au cœur de ceux qui partaient affronter la rase lande de l'endurance, de l'amour pour tant de silence et de solitude et, par-dessus tout, une bonne dose d'inconscience.

– Elle avait changé ?

– Certes oui ! Personne ne savait plus trop quoi faire. Elle est restée des semaines enfermée dans la maison. De La Croix, j'allais parfois à la Théoulère.

Mon pèrc s'y employait de temps à autre, cela faisait partie du règlement de la dette Escource, je suppose. Moi, j'allais aider les femmes à sarcler ou à filer.

– Tu avais six ou sept ans !

Elle sourit, hocha la tête.

– Oh, ce n'était tout de même pas l'esclavage ! s'empressa-t-elle de corriger. Il fallait faire sa part de besogne, c'était naturel. Les bergers de mon âge commençait déjà à courir la lande. Au fond, vous savez, pour les petits comme nous, c'était moins dur que d'aller au lever du soleil ramasser la résine.

– Et Linon ?

– Je la guettais. Pour moi, elle était une créature de contes de fées. A La Croix, on en parlait peu, mais je sentais bien que tout le monde y pensait, comme à mon oncle Gilles, dont la place à table et l'assiette servaient à des pèlerins de passage, de ceux qui descendaient vers Saint-Jacques-de-Compostelle.

« Elle était là et absente en même temps. Son regard passait sur vous comme le vent d'est, sans vous toucher. Les autres avaient l'air de se contenter de la savoir revenue parmi eux. Sa mère avait été très inquiète. Alors, Linon demeurait assise au milieu des femmes, étrangère à ce qui se passait ou se disait autour d'elle, ou bien elle se retirait dans la chambre qu'elle partageait avec les enfants des aînés et s'y cloîtrait des jours durant, muette.

Jeanne-Marie avait timidement essayé de lui parler. Linon lui souriait et secouait doucement la tête. Parfois, elles se retrouvaient près du puits à balancier, où la jeune fille allait se laver et boire. Ensemble, elles puisaient l'eau et s'en aspergeaient. Puis elles s'asseyaient sur la margelle et Linon se perdait dans la contemplation de l'airial, des poules descendant de leur perchoir, des oiseaux qui peuplaient la chênaie. Nul sentiment ne se lisait sur son visage.

– Elle était là, c'est tout, et quand Poyanne, le

métayer des Larrègue, a commencé à fréquenter un peu plus la Théoulère et à tourner autour d'elle, cela n'a rien changé. Elle le regardait faire comme elle regardait les volailles picorer ou le cochon se rouler dans son lisier.

– Poyanne... souffla Lataste.

– Diou biban, docteur, pouffa la fermière, le bon Dieu n'avait pas été très galant avec lui, vous vous souvenez...

Lataste s'en souvenait, oui. Son patient de Loubette devait faire un mètre cinquante, porté par des jambes à se tenir sur les tonneaux et le nez qui allait lui chercher le menton, pauvre ! Il n'avait pas que ces qualités-là, le bougre. Le flacon, il aimait bien, et la chasse, aussi, à battre la campagne avec ses frères, des jours durant ! Un nerveux, jamais vraiment content.

Henri Delpeix n'était pas son ami, ces familles-là ne frayaient pas d'ordinaire. Seulement, Poyanne tenait Loubette, la plus grosse métairie de Gaillarde, il y avait bien quarante hectares, là-dessus, et du bétail, du vrai, des vaches bien grasses qui paissaient le long de la rivière, à Marquèze.

– Henri Delpeix le savait bien, dit Jeanne-Marie en secouant vigoureusement la tête. S'allier à ce riche-là, avec l'espoir de sortir un jour du métayage et de négocier entre beaux-frères des baux de fermage en bonne et due forme avec les Larrègue et les Bonnefoy, c'était malin.

Jeanne-Marie s'animait soudain, le souvenir de ces jours passés l'emplissait d'émotion.

– Comme ils l'avaient bien effacée, la Linon, dit-elle, domptée d'abord, et apprêtée, ensuite, pour la cérémonie ! Je crois qu'elle était morte à l'intérieur. Ils auraient pu la vendre, comme une négresse, qu'elle n'en aurait pas été plus émue. Mais le Francis Poyanne, lui, ça lui convenait.

Elle joignit les mains, leva les yeux au ciel et rit de bon cœur.

– Ce couple, Seigneur, il faut l'avoir vu pour le croire, hé, docteur ? s'écria-t-elle.

Le métayer de Loubette avait bien fait les choses. Comme il ne pouvait communiquer par la parole avec Linon, il lui offrait les cadeaux justifiés par le sentiment qu'il éprouvait pour elle. Ainsi visitait-il les Delpeix avec des étoffes, des petits sabots de fête pour la jeune fille, et des volailles, le plus souvent, pour ses proches. Il avait été assez vite question de quelques bêtes plus consistantes, venant enrichir les troupeaux de la Théoulère, mais le marché nécessitait, pour une heureuse conclusion, que l'on allât plus loin dans les approches, et jusqu'aux déclarations formelles.

– Il vaut mieux chanter avec un laid que pleurer avec un beau, répétait Quitterie Delpeix pour se rassurer, tandis que sa fille, désespérément muette, se laissait tenir compagnie sur l'airial et plus loin, jusqu'aux rives de la Grande Leyre, par son soupirant.

Linon paraissait accepter cette cour. En vérité, Jeanne-Marie, qui captait de temps à autre, fugitives, les émotions que sa jolie amie semblait avoir enfouies au plus profond d'elle-même, comprenait que la « pauvre petite Delpeix » – ainsi l'évoquait-on volontiers depuis sa maladie – se laissait aller à l'indifférence. Étonnée, l'enfant observait le silence qui s'imposait *de facto* au courtisan, et les circonvolutions que ce dernier, perplexe, faisait autour de Linon.

– Tu vas te marier, pour de bon ? interrogeait l'enfant lorsqu'elles se retrouvaient seules, près du puits.

Linon la considérait en souriant, puis elle lui caressait la joue et haussait les épaules, et Jeanne-Marie voyait bien à ces moments-là que la jeune fille était triste.

Un soir du mois de mars – il avait plu des semaines entières, l'eau des chemins rejoignait celle qui noyait les champs pour ne plus faire qu'un lac immense, jusqu'aux dunes –, un homme, voisin de Poyanne, lui aussi métayer des Larrègue, se présenta à la Théoulère et on le garda à dîner. Son nom était Farbos.

A la fin du repas, il se tourna vers Linon et prononça quelques mots que la jeune fille comprit lorsqu'elle aperçut le cercle de famille se rétrécir autour d'elle. Ses deux jeunes frères l'encourageaient du regard, les belles-sœurs guettaient sa réaction tout en feignant de débarrasser la table, et les deux aînés, refermant leurs couteaux, l'observaient du coin de l'œil derrière leurs épaisses moustaches noires.

Quitterie Delpeix s'approcha de sa fille et lui prit les mains. Linon réprima un sanglot. L'homme était le *matibé*, l'intermédiaire venu faire la demande officielle pour son ami Poyanne. Le silence de Linon fut interprété sans délai comme une acceptation, et l'homme prit congé. Dès le surlendemain il revint, accompagné cette fois du prétendant et d'une dame-jeanne de vin de Bordeaux que l'on entreprit de sacrifier à l'événement.

Linon regardait son fiancé. Les mois passés au secret de sa maison natale l'avaient un peu plus retranchée du monde extérieur. Comme dans un cocon, elle s'était refermée sur elle-même, le cœur plein de la présence de Gilles et, au fond de son corps, le souvenir d'une fulgurance qui n'appelait pas de suite. La laideur que le métayer tentait d'atténuer en vissant bas sur le front son béret lui était étrangère, même si elle allait devoir la subir pour le reste de ses jours. Sa vie, comme son horizon, s'arrêtait aux visages qui se présentaient à elle. Elle n'espérait ni ne désirait rien.

Elle voyait les convives se parler, l'air sérieux, et son fiancé la dévisager de temps à autre. Cet homme qui avait l'âge d'être son père ne manifestait aucune joie particulière. Ses préoccupations devaient ressembler à celles d'Henri Delpeix.

Les deux brus avaient changé d'attitude. Linon s'interrogeait. Ces sourires, ces prévenances inhabituelles, de la part de femmes que son mutisme et son inactivité agaçaient, trahissaient-ils le plaisir d'avoir à fêter l'événement, ou le soulagement de savoir leur belle-sœur en partance prochaine ?

Elles se parlaient à voix basse, comme pour échanger des secrets. L'une, la Jeanne d'Henri, était fluette et maigre, *micharagne*, disait Jeannot Delpeix, qui raillait son air perpétuellement sérieux, presque grave, et son absence ordinaire de fantaisie. L'autre, plus avenante, mariée à l'austère Charles, s'appelait Maylis, la *mesturète* de Jeannot, boulotte et rieuse, aussi habile à broder, le soir, que forte à peser à son tour sur le soc, les jours de labour.

Ce fut elle qui, à la fin du repas, apporta sur la table un gâteau. La conversation cessa. Une noix sur le dessert signifierait la rupture, le refus. Poyanne et son ami vérifièrent qu'il n'en était rien et l'on trinqua dix fois aux épousailles désormais autorisées.

Rassuré, le prétendant se leva et vint s'asseoir près de Linon. Il avait l'air content et se fendit de quelques sourires. La cour faite à la jeune fille portait ses fruits, l'union des deux familles faisait miroiter sa part de bois, de terres et de fermages un jour ou l'autre, de propriétés, même, pour d'autres générations.

– Qui sait ? dit Henri Delpeix en levant haut son verre.

Tard dans la nuit, le matibé « fit braises », répandant aux pieds des hôtes rassemblés autour du feu les restes de celui-ci. On allait se séparer, accord conclu, et rien, en principe, ne viendrait plus déranger le projet.

On désigna les « chasse-chiens », un pour chaque famille, messagers de la bonne nouvelle, qui iraient de ferme en ferme, de borde en parc, annoncer la noce, sa date et son lieu, contre des rubans que les invités accrocheraient à leur veste ou à leur bâton. Puis Francis Poyanne s'inclina devant sa nobi, la remercia de l'avoir accepté comme fiancé et se retira, suivi de son compagnon.

Linon pleura beaucoup cette nuit-là, en silence, afin de ne pas réveiller les enfants qui dormaient près d'elle. L'idée la caressa de quitter la maison et d'aller se perdre au fond de la lande. Mais une telle langueur s'était emparée d'elle que ses velléités fondirent dans son chagrin.

Elle attendit une consolation, un geste ou un mot de ses frères les plus jeunes, de Jeannot surtout, qui la connaissait bien, parlait avec elle, et devait avoir ressenti sa tristesse, mais rien ne vint. Épuisée, ainsi abandonnée au cœur même de sa propre maison, la jeune fille finit par trouver le sommeil, au moment où le jour pointait derrière les volets de sa chambre.

Jeanne-Marie fut admise aux préparatifs de la noce. On avait fait venir de Sabres une couturière qui avait imaginé pour l'épousée une robe bleue, longue, surmontée d'un paletot de dentelle. Sur ses cheveux, un voile de tulle serait piqué sur le côté d'une grosse fleur rouge. Fascinée, l'enfant assista à quelques essayages, guettant sur les lèvres de son amie un sourire qui tardait à venir.

Le dimanche des Rameaux, on alla à l'église de Commensacq faire bénir les lauriers qui ceindraient les têtes avant d'être cloués aux murs de Loubette. Puis, au soir du Jeudi saint, les familles se réunirent à l'église pour le *truque-mailhoques*, une tradition qui, cette fois, ne fit pas rire Linon.

Lorsqu'elle vit les Delpeix, les Poyanne et quelques autres, frapper de toutes leurs forces leurs bâtons d'aulne contre les murs et les dalles de l'église, à la grande inquiétude du curé, la nobi de la Théoulère resta de marbre, y compris lorsque les fidèles ainsi soulagés se baissèrent, tous ensemble, pour ramasser les morceaux.

– C'est contre les gelées de printemps, mon père, se défendirent encore une fois les frappeurs, conscients que les reproches de plus en plus virulents du curé finiraient bien par avoir raison de leur païenne violence.

L'abbé protesta une fois de plus, bénit tout spécialement les deux paroissiens dont il célébrerait les noces le samedi suivant, et l'on s'en alla répandre les morceaux de bois dans les champs de lin.

Le lendemain du lundi de Pâques, les témoins allèrent à la nuit quérir à son domicile le promis de Loubette et le conduisirent jusqu'à la Théoulère, distante d'une demi-lieue.

A l'entrée de la ferme, une demi-douzaine de donzelles faisaient barrage, interdisant le passage. Jeanne-Marie écouta la litanie des garçons, dans laquelle il était question de draps, de vaisselle, de meubles et autres éléments d'un trousseau. Lorsqu'il fut bien établi que Francis Poyanne ne venait pas les mains vides, on laissa entrer les garçons, qui se ruèrent à la recherche de la promise et finirent par la dénicher, terrorisée, derrière l'escalier conduisant au grenier.

Linon chercha la main de Jeanne-Marie, qu'elle serra fortement dans la sienne. Elle voyait les jeunes gens qui chantaient autour d'elle et se mettaient déjà à danser, tout en la conduisant dans sa chambre. Là, elle vit venir vers elle, vêtu d'un costume de drap noir, son béret sur la tête, des fleurs et du ruban à la boutonnière, son fiancé qui lui remit son trésor avant de ceindre sa taille d'une large ceinture de lin.

Les jeunes filles posèrent alors sur la table de la cuisine une grande couronne de fleurs et de papier autour de laquelle les gens de la Théoulère et leurs invités partagèrent le premier repas de la noce.

Linon s'éclipsa rapidement. Jeanne-Marie la suivit dans sa chambre, la vit s'allonger sur son lit et s'assit près d'elle. Les cadeaux du fiancé jonchaient le sol. Il y avait de quoi remplir une armoire et la moitié d'un vaisselier. Dans la lueur pâlissante d'une chandelle de résine, Linon contemplait, les larmes aux yeux, le butin qui ferait d'elle, à Loubette, une métayère d'une aisance très convenable.

Jeanne-Marie s'allongea près d'elle et posa sa tête dans le creux de son épaule. Ainsi, loin des conversations dont l'écho assourdi lui parvenait de la pièce commune, avait-t-elle l'impression de partager avec sa belle amie des moments uniques.

Pour le curé de Commensacq, ce jour serait à marquer d'une pierre blanche, comme tous ceux des mariages célébrés sous le clocher de son église. Il y avait plus de cent personnes sur les bancs, et parmi elles bon nombre de paroissiens qui, d'ordinaire, communiaient plus volontiers avec les sirops éthérés de l'aubergiste qu'avec le corps vivant du Christ.

Le cortège se reforma dès la fin de la cérémonie. Linon débarrassa ses bas de lin des grains de mil dont les donzelles les avaient piqués pour éloigner le Diable, ainsi obligé de les compter un à un avant de répandre son mal. Puis les orchestres entraînèrent tout le monde vers Loubette.

Sur le chemin qui menait à la métairie, Linon tenait la main de Jeanne-Marie. Son époux la précédait, ouvrant la route vers sa future demeure. Derrière dansait la jeunesse conviée à la noce et les musiciens s'activaient sur leurs instruments. C'était étrange : les gens gesticulaient, la bouche ouverte sur des chants et des rires qu'elle n'entendait pas ; les frères Delpeix montaient, lugubres, une garde rapprochée, quelques pas en arrière, et l'homme qui marchait près d'elle ne la regardait qu'à la dérobée.

Louis Larrègue, le maître, attendait devant l'estantad de la ferme. On le salua – à l'exception de Linon, qui se détourna et, les mains jointes devant la bouche, sembla s'abîmer en prière – puis on attendit, le temps pour les vieux parents de Poyanne de remonter le long de la colonne, de rejoindre leur propriétaire et de venir se planter à ses côtés, devant la porte.

– Tu n'entreras pas, nobi, prévint la mère.

Linon haussa les épaules et laissa passer, comme la tradition l'exigeait, quelques instants. Le temps lui paraissait long. Enfin, sa belle-sœur, la *planche-pa*, qui faisait ce jour-là office de témoin, vint vers elle, portant un plat d'étain qu'elle lui fit tenir entre les mains. Puis la femme de Charles Delpeix fit, avec un sou, le signe de croix sur le front de Linon, avant de laisser tomber la pièce dans le plat. La famille Poyanne défila alors devant l'épousée, répétant le geste d'acceptation, et Louis Larrègue put enfin s'effacer et inviter la jeune femme à pénétrer dans la maison de son métayer.

En prenant femme, Francis Poyanne héritait d'une des deux chambres d'est qui encadraient l'estantad. Il y demeurerait, seul avec Linon, quelques semaines. Ensuite, ce serait selon le peuplement de la métairie ; on se rassemblerait pour faire place, plus loin dans la maison, aux parents conviés à la tuade de décembre et aux veillées de Noël puis, passé le carnaval, les saisonniers venant aider à la moisson, au battage et au soutrage grossiraient à leur tour la maisonnée.

Linon découvrait son espace marital. Les sœurs de Poyanne avaient bien fait les choses. Le lit était drapé de lin, couvert d'un gros édredon rouge. Une haute armoire attendait, portes ouvertes, le trousseau de la mariée. Près du lit, une table de nuit contenant un pot supportait deux bougeoirs. Une chaise, un prie-Dieu dans un coin de la pièce et un fauteuil de bois constituaient le reste du mobilier.

Poyanne s'assit au bord du lit et se lissa la moustache, tandis que Linon ouvrait les volets. On applaudit. Il était temps de passer à table. Étourdie, avec au cœur la hantise d'avoir à retrouver trop vite cet endroit, Linon se laissa entraîner sans déplaisir vers les tables dressées au flanc sud de la ferme.

Assise un peu en retrait au bout de la longue table bruissante de la foule des convives assemblés pour le grand déjeuner, souriante et quelque peu hiératique, Gabrielle Lataste ne pouvait détacher son regard de Linon Poyanne.

Entre les deux rangées d'invités alignés comme à la parade militaire, les nappes portaient les traces des agapes : larges taches de vin et de graisse, os de volaille abandonnés par les enfants et la mie de pain répandue partout, comme un semis. Des essaims de femmes portant plateaux, marmites et saucières s'activaient tout autour.

On avait déjà ingurgité les garbures, les volailles farcies, les rôtis, en attendant pastis et tourtières. Les bouteilles de tursan vides s'alignaient le long d'un mur. Il semblait que rien ne pourrait interrompre ce festin qui durait depuis une demi-douzaine d'heures.

Un verre de vin de dunes à la main, le docteur Lataste profitait de l'occasion pour faire le tour de cas cliniques perdus de vue depuis des mois, interrogeant d'anciens patients, recevant quelques doléances, s'inquiétant de ce que les guérisseurs et autres recommandaires de la région avaient bien pu prescrire qui surpassât les résultats de la médecine moderne.

Au centre de la table, assis à la gauche de sa jeune et silencieuse épouse, face à la tribu Delpeix, Francis Poyanne triomphait modestement. Il se disait assez, à travers tout le pays fermier, et jusqu'aux extrémités de la Grande Lande des bergers, que le curé allait unir ce que la nature aurait sans doute préféré garder à distance, la laideur et le charme, la rudesse avinée du quadragénaire et la frêle innocence de la petite muette, la liberté des pâtres, enfin, et les chaînes de la métairie. Mais, d'un autre côté, les âmes charitables pensaient que Dieu rassemblait sous les tuiles de Loubette deux êtres qu'il avait jusque-là quelque peu rudoyés, cela faisait équilibre, enfin, cela y ressemblait.

Linon croisait de temps à autre le regard de Gabrielle Lataste. A la table des humbles, la femme du médecin avait, bien qu'elle tentât de s'en défendre par sa discrétion, la présence et le maintien des gens bien nés ou des possédants, les apparences des maîtres, une espèce plutôt rare sur Lannegrande, mais que l'industrie des forges prospérant entre les filons d'alios, et celle de la forêt, qui se dessinait à l'horizon des années 1870, allait faire croître et multiplier.

La dame souriait, découvrant à son tour ce que son mari, troublé, lui avait décrit : la métamorphose d'une sauvageonne silencieuse en une jeune femme triste dont la beauté irradiait bien plus loin que cette table et ses convives. En vérité, elle était une sorte de miracle, et le regard que les jeunes hommes portaient sur Linon trahissait bien le regret qu'ils avaient de ne pas l'avoir pressenti à temps.

L'épousée avait déjeuné du bout des lèvres. Près d'elle, Jeanne-Marie se repaissait du moindre de ses gestes, brisant un peu, par sa seule vivante présence et les caresses dont elle inondait à tout bout de champ la mariée, la mélancolie qui imprégnait le visage de celle-ci.

A observer la solitude de Linon Poyanne et l'inquiétude qu'elle semblait éprouver à voir tant de monde s'agiter et les éclairs de peur qui fusaient parfois de ses yeux, Gabrielle pensait, curieusement, aux idiots des entrées de village, à leurs cris d'animaux et à leurs gestes de terreur enfantine. N'étaient-ils pas comme Linon, pour la plupart sourds au monde qui les entourait et à sa prétendue normalité ?

– Comment cela est-il possible ? murmura-t-elle.

Lataste lui fit répéter la question.

– Eh, ils se sont trouvés, que voulez-vous que je vous dise ? résuma-t-il à voix basse.

Gabrielle hochait la tête, sceptique.

– Je sais bien ce que vous pensez, ma mie, lui glissa son mari à l'oreille, et vous n'êtes pas la seule. Quant aux enfants éventuels, les oreillons ont réglé le problème chez le fiancé. Mais je n'aurais pas dû vous dire cela...

Il avait bien arrosé l'événement. Sa femme haussa les épaules. La stérilité de Francis Poyanne n'était qu'un détail dans cette histoire déjà chargée en extraordinaire. Gabrielle Lataste ressentait parfaitement, en revanche, le poids de l'acceptation qui pesait sur les frêles épaules de la nobi, et ce malheur accepté la remplissait d'un sombre malaise.

Lorsque, au milieu de l'après-midi, elle se leva pour prendre congé, elle sentit l'aura verte des yeux de Linon qui l'accompagnait. La mariée rendit à Gabrielle Lataste le petit signe de la main qu'elle lui adressait, comme une promesse de se revoir. On commençait à danser sur l'herbe, et Jean-Baptiste Escource, qui avait fait irruption dans la noce sans y avoir été convié, cuvait un vin morose en bout de table, au milieu de quelques bergers, ses pareils.

Lataste serait bien resté là jusqu'au soir.

– C'est trop étrange, ici, lui confia sa femme.

Il y avait de la route à faire, jusqu'à Sabres. Le bruit des tambourins et les cris acides des fifres leur firent compagnie jusqu'à un bon quart de lieue de Trensacq.

Il était loin dans la nuit lorsque les derniers danseurs, qui martelaient encore de leurs bottes et de leurs sabots le plancher hâtivement assemblé pour l'occasion, se dispersèrent.

On but encore quelques verres, le temps pour les plus ivres de s'achever, couchés dans la paille du grenier, et de sombrer dans le profond sommeil des fins de noces. La discrétion étant de rigueur, on avait depuis une paire d'heures laissé les mariés se retirer dans la chambre, en attendant la *roste*.

Linon passa les moments précédant son premier coucher d'épouse à ranger son armoire, tandis que Poyanne, encore vêtu de son costume de velours et cravaté, faisait les cent pas dans la pièce.

Lorsqu'il eut estimé que son épouse avait mis assez d'ordre dans son trousseau, il la prit par la main et la fit asseoir sur le lit. Puis il la dévêtit, maladroit, dégrafa la robe, le paletot, jusqu'à la chemise dont la jeune femme referma les pans sur sa poitrine.

Poyanne se mit à respirer un peu plus fort. Les yeux fermés, Linon se laissa renverser sur l'édredon. L'homme lui pétrissait les seins, les fesses, les hanches. Lorsqu'elle sentit le genou de Poyanne forcer le passage de ses cuisses, elle fut prise d'un tremblement de tout le corps, lutta quelques instants et finit par céder. Inerte, elle regarda alors son mari se débarrasser de sa ceinture, baisser son pantalon et revenir sur elle pour la prendre.

Elle voyait le crâne du métayer et ses cheveux coupés court s'agiter au niveau de son cou, eut peur que Poyanne ne cherchât sa bouche et serra fort les poings lorsque, brusquement, il la pénétra. Elle se mordit les lèvres et se mit à tanguer, passive, surprise de n'éprouver presque rien : ni douleur ni désir, un corps étranger en elle, seulement, qui y cherchait un chemin et, l'ayant trouvé, s'agita quelques instants avant de s'apaiser.

Sans une caresse. Poyanne se remit debout et acheva de se déshabiller. Puis il enfila une chemise de nuit et se glissa sous le drap. A gestes lents, Linon fit de même.

Appuyé contre le montant du lit, l'homme la regardait faire et, encore essoufflé, finit par lui sourire lorsque leurs regards se croisèrent. Linon s'allongea près de lui. Poyanne lui caressa la poitrine et elle craignit qu'il ne veuille la prendre à nouveau, mais son mari se laissa aller sur l'oreiller, les yeux fixant le plafond.

Linon contemplait une chandelle achevant de se

consumer lorsqu'elle vit la porte de la chambre s'ouvrir et des visages hilares s'y encadrer. Poyanne eut un geste d'accueil, s'assit, et une demi-douzaine d'invités investirent la chambre, en dansant et en chantant. « *Deche, nobi, lou leyt pouirit, la nobi t'en pourt un mey poulit.* » Laisse, époux, le lit pourri, l'épouse t'en porte un plus joli...

On présenta la roste dans une soupière portée sur du linge fin. Linon avait suivi une fois ou deux ses frères, officiant de même au chevet de quelque couple ami. Elle prit la tasse, trempa ses lèvres dans un mélange de pain grillé et de vin, aillé et sucré, une potion censée redonner vigueur aux époux au sortir de la première étreinte. Tout autour, on fit prière, tandis que les mariés buvaient, grimaçant sous l'épreuve.

Dès que les *donzelons* se furent éclipsés, riant sous cape, Poyanne se leva et alla souffler la chandelle. Dans le noir, Linon le sentit ramper contre elle et la retourner. Le visage enfoui dans ses mains, elle se laissa caresser sans douceur. Elle attendit. Lorsque Poyanne voulut la faire s'agenouiller, elle lui échappa et se colla contre le lit. Des deux mains, le métayer la força alors à s'ouvrir et, glissant le bras sous son ventre, la posséda une seconde fois.

Elle dormit d'un mauvais sommeil, entrecoupé de rêves où des bouches s'ouvraient contre ses oreilles et hurlaient, jusqu'à lui faire demander grâce.

Au petit matin, Poyanne se leva et la réveilla. Ensemble, ils allèrent dans la pièce commune encore encombrée de marmites, de vaisselle, de plats portant des restes, et se restaurèrent d'un peu de soupe et de pain.

Poyanne avait quelque chose à faire comprendre à Linon. Assis face à elle à la grande table, il lui expliqua qu'il avait un projet pour elle, car à Loubette tout le monde avait à travailler, même les plus anciens, qui se trouvaient toujours quelque chose à faire pour le bien commun.

Il lui fit signe qu'elle irait avec lui à Gaillarde, le jour même, se présenter à madame Marguerite, la femme de Louis Larrègue, qui avait un emploi pour elle, à son ménage.

Linon comprit vite, sentit un vertige l'envahir et, pour se donner contenance, avala péniblement une gorgée de soupe.

Elle avait imaginé qu'elle vivrait au milieu des femmes de Loubette, à filer la laine, à ravauder ou à broder, et voici qu'on la domestiquait chez le maître. Un chagrin d'enfant perdu la submergea. Poyanne secouait la tête, satisfait de la solution qu'il avait trouvée. Un emploi à Gaillarde, c'était un franc par semaine, et l'assurance pour Linon de vivre dans une maison de riches, le rêve, pour tant de filles à louer qui se retrouvaient à l'étable.

Linon regardait le décor de sa nouvelle vie. Loubette ressemblait à la Théoulère, les revenus y étaient équivalents, mais la famille qui vivait là ne frayait pas pour autant avec la sienne. Bien vite, la jeune femme se mit à réfléchir. A Gaillarde, elle échapperait, au moins durant le jour, à la présence de son mari. Pour la nuit et sa corvée, elle verrait peut-être à s'en dispenser, en dormant de temps à autre là-haut...

Poyanne avait décidé. Cependant, il daignait l'interroger du regard. Elle devrait obéir, apprendre l'ordre et la propreté, se laver les mains avant de faire le lit des maîtres, et après aussi. Sa dévotion serait entière.

Linon eut un mouvement de la tête qui signifiait oui et replongea aussitôt les lèvres dans son bol de soupe.

DEUXIÈME PARTIE

Gilles

1

Un jour de mars 1863, au bout du port de Bordeaux, Gilles Escource débarqua de la frégate *La Radieuse*. C'était en aval de la grande ville, devant des dépôts de grains et de bois précieux. Il pleuvait à verse.

Gilles avait quitté la France près de cinq ans auparavant. Il eût été difficile de croire que l'homme légèrement voûté, aux traits creusés, serrant la puissance de son corps sous une redingote beige, les cheveux légèrement grisonnants s'échappant en longues mèches bouclées d'un chapeau de feutre à large bord, était le berger en rupture de contrat embarqué à Marseille, à destination d'Alger, en décembre 1858.

Gilles avait forci. Il s'était laissé pousser de longs favoris frisés, jusqu'à l'angle de la mâchoire, et portait une moustache drue ainsi qu'une barbe qui lui couvrait les pommettes et achevait de donner à son visage des allures de maquis. Ses yeux brillaient toujours de la même flamme, un peu plus bas. Cela faisait trois ans que devant Puebla un obus juariste avait emporté sa main gauche. Au porteur qui voulait le soulager de son bagage, il montra sa main valide.

– Je saurai bien le faire tout seul, plaisanta-t-il.

Puis, parvenu à la première marche de l'échelle

de coupée, il se tourna vers son compagnon de voyage et le salua d'un : « Bienvenue en Aquitaine, Pablo ! » tonitruant.

Le dénommé Pablo était long et maigre, aussi blond et glabre que l'autre était noir et velu. Son tribut à l'aventure napoléonienne au Mexique avait été payé d'un œil, à Taxco. A eux deux, les rescapés de l'expédition en figuraient assez bien les hasards sanglants, une prétendue promenade de santé militaire qui avait d'emblée tourné à la boucherie.

L'homme découvrait les grands voiliers alignés le long des quais et, derrière le rideau de pluie, les façades orgueilleuses de la cité de l'esclavage reconvertie au vin et au bois précieux. Sur le quai passaient par dizaines des charrettes, des coches, des attelages, avec leurs chargements en provenance des îles.

– Actif, apprécia le voyageur dans un sourire.

Il avait le regard bleu de mer, une expression douce et amusée, presque candide et, de l'autre côté, une caverne aux parois encore mal cicatrisées, couverte dans ses profondeurs d'une peau et de bourgeonnements rosâtres.

– Tu vois comme le monde est bien fait, lui lança Gilles en mettant pied à terre, il y en a qui s'étripent et d'autres qui font des affaires.

– Et des passerelles pour changer de côté ! releva Pablo en désignant l'échelle. C'est bien, conclut-il en caressant le gros sac de cuir qu'il avait posé entre ses jambes.

Les deux hommes cherchèrent sans tarder l'abri d'un entrepôt, puis ils s'assirent sur leurs sacs et attendirent, perdus dans leurs pensées.

– Pourvu que le Texan ait pu éviter les torpilles nordistes, dit Pablo en allumant un cigarillo. Est-il même arrivé ici ?

Gilles eut un geste fataliste. Depuis leur dernière entrevue à la frontière du Mexique, deux mois auparavant, Archimbault avait dû traverser le Texas, remonter vers le Tennessee et embarquer pour l'Europe, quelque part sur la côte sudiste. Avait-il échappé au blocus ? De ce paramètre en apparence simple dépendait la mise en œuvre d'un projet qui ne manquait ni d'allure ni de perspectives.

Sous la pluie pénétrante, les marins de *La-Radieuse* en terminaient avec leurs manœuvres de débarquement. Gilles les regardait faire, rêveur. Le voyage avait duré près de trois semaines, assez pour que la dizaine de militaires blessés et d'hommes d'affaires embarqués à Vera-cruz eussent le temps de faire toutes sortes de bilans et de projets. Maintenant, il allait falloir donner à ces quelques rêves agités de roulis une réalité.

– Hé ! Le voilà ! s'exclama soudain Pablo, à l'heure, le bougre !

Il lança en l'air son chapeau et se précipita vers l'arrivant.

L'Américain les avait vus. C'était un Acadien de Louisiane, immense, au visage marqué de cicatrices, à la démarche raide, qui tomba dans les bras de Pablo et l'étreignit longuement.

– Hé ! Les hommes de l'Empereur, salauds de Français ! s'exclama-t-il. Alors, Juárez vous a laissés sortir de Veracruz ?

– Et le blocus ? l'interrogea Gilles en lui serrant la main.

– Tu vois ! Avec des trous, comme dans les bons fromages. Mais ces cochons de Yankees sont partout, au large. Tu risques à tout instant de te faire harponner, et trois cents canons te cherchent en permanence pour t'envoyer au fond, avec ton or, tes dollars et tes projets grandioses !

Il éclata de rire. Il avait une quarantaine d'années, des jambes interminables encore amincies par des pantalons étroits plongeant dans des bottes de cuir fauve. Son jabot de soie blanche, fermé par une lavallière rouge, sa longue veste de laine, ouverte, et le chapeau texan qui dissimulait une bonne moitié de son visage lui donnaient une apparence très extraordinaire, au milieu des portefaix et des coursiers bordelais en blouse bleue, galopant sous leur béret noir ou leur chapeau de paille.

– Tu as trouvé le notaire ? demanda aussitôt Gilles.

– Il nous attend, triompha Archimbault. Très excité, le monsieur. L'idée que le Nord l'emporte et s'empare de l'industrie du Sud l'intéresse. C'est vrai qu'il faut faire vite. Si Grant gagne, on nous laissera tout juste planter le coton à la place des nègres.

Une avenue pavée longeait les quais que parcouraient tonneliers et bros emplis à ras bord de poutres et de rondins. Archimbault aida ses amis à charger leurs sacs dans le fiacre qui les y attendait.

– Vive la France ! Vive l'Empereur ! clama-t-il, émoustillé.

Forcer le blocus de Savannah serait son dernier fait d'armes. Il estimait avoir assez donné à la Confédération. Réformé pour tuberculose, et non pensionné, promis dans le meilleur des cas aux délices des prisons nordistes, il ne penserait désormais plus qu'à lui-même, et en Europe.

– Eh bien, messieurs, attaqua le maître des lieux lorsque ses visiteurs se furent installés dans les fauteuils, je vous écoute.

Maître Edwards était grand et blanc de poil, distant, un peu raide sous son gilet de laine fermé jusqu'au cou. Il devait souffrir des bronches, inhalant à intervalles réguliers une essence odorante qui imbibait son mouchoir. Gilles s'éclaircit la voix.

– M. Archimbault a dû vous parler un peu de notre projet, dit-il.

– En effet. Si j'ai bien compris, il s'agit de créer ici même une société qui, se substituant à celle de votre ami, pour l'instant, comment dire... bloquée, c'est cela ? par la marine nordiste, prendrait en charge le commerce des bois et résineux des landes de Gascogne vers l'Europe septentrionale.

– C'est cela, oui, dit Gilles.

– Parlons net, trancha le notaire. C'est là un projet ambitieux, sans doute réaliste compte tenu des contraintes de la guerre en Amérique. Une bonne idée, vraiment. Un préalable me paraît pourtant essentiel. Quel serait le capital de cette société, et sa capacité d'investissement ? Pardonnez mon audace, mais vous comprenez mon souci...

Gilles l'arrêta d'un geste, se pencha et ouvrit le sac qu'il tenait entre ses jambes, avant de le poser sur le bureau. Maître Edwards s'inclina, aperçut le contenu qu'il soupesa du regard et se laissa retomber sur son siège, impressionné.

– Il y a là l'équivalent de huit cent mille de nos francs, en dollars, en napoléons et en pesos...

– D'or ?

– Évidemment. Aux pieds de mes amis, la même chose, ou à peu près. Fais voir, Pablo.

Le borgne s'exécuta, livrant au rapide examen de son hôte les sacs sagement rangés sous le double fond de son bagage. Puis Archimbault exhiba à son tour son trésor, des billets verts par centaines, épinglés en liasses dodues.

– Eh, foutre ! apprécia le notaire d'une voix altérée par l'émotion.

– De quoi nous installer correctement dans votre bonne ville et commencer à travailler, dit Gilles en conclusion.

– Dites-moi, renchérit maître Edwards, c'est Bordeaux que vous allez pouvoir vous offrir. J'ai l'impression d'être le roi d'Espagne recevant ses conquistadores de retour du Pérou !

Il en oubliait sa réserve des premiers instants et s'accorda une longue inspiration de menthe. Une amitié naissait là, d'artifice mais brutale, et franche comme un coup de sang.

– Cet argent doit faire des petits, dit Archimbault de sa voix traînante.

– Certes, certes ! le rassura maître Edwards, vous pensez bien que nous allons tout faire pour cela, et pour... au fait, comment s'appellera votre entreprise ?

– Les Bois de Haute Lande, dit Gilles.

Le notaire réprima un petit rire. Du bois, en Haute Lande gasconne, on en trouverait, mais il faudrait aussi attendre que pousse la pinède impériale.

– C'est un joli nom. Mais peut-être un peu... littéraire. Vous ne pensez pas que quelque chose comme les Comptoirs aquitains du bois, par exemple...

– Non, l'interrompit Gilles.

Maître Edwards leva les mains en signe de reddition, puis il appela d'un coup de cordon un jeune clerc auquel il donna quelques ordres.

– Je suppose que vous êtes pressés de commencer, là-bas, dit-il. Le temps d'enregistrer les actes...

Il évoquait « là-bas » comme il l'aurait fait du Tonkin ou du Sénégal, d'un ailleurs colonial un peu mystérieux, de la friche exotique, contrées inaccessibles au simple mortel. Pourtant, le territoire dont il était question commençait à moins de trente kilomètres de ses fenêtres. Gilles hocha la tête. Enfant, il se demandait lui aussi comment pouvaient bien être faits les êtres murés dans leur lointaine capitale.

– Oui, répondit-il, nous sommes pressés, nous vous avons choisi pour votre compétence sur la loi de 1857 et votre connaissance du marché grand-landais. Maintenant, il va nous falloir acheter, et vite. Des communaux, pour l'avenir, et de la pinède existante, bonne à gemmer. Sans celle-ci, nous ne pourrons rien faire.

Maître Edwards se leva, ouvrit la porte vitrée d'une armoire, chercha des cartes qu'il étala devant ses hôtes.

– La lande, annonça-t-il, comme on le fait au spectacle.

Les trois hommes s'approchèrent. Pour la première fois de sa vie, Gilles découvrait le dessin de son pays, une énorme tache jaune, triangulaire, que limitaient les deux grands fleuves Adour et

Garonne, avec, comme des chiures de mouches, les points figurant les quelques bourgs disséminés à sa surface.

– Le paradis des spéculateurs, annonça le notaire. Regardez bien cette carte, messieurs : dans moins d'un demi-siècle, lorsque la forêt aura remplacé la savane et le désert de caillasses, ce sont de véritables fortunes qui s'aligneront d'ici aux Pyrénées, comme les troncs des pins. Vous allez être les généraux d'une armée formidable.

Il aurait pu ajouter « dont j'assurerai l'intendance », et leva un sourcil soudain intéressé.

– Escource... Voilà qui est étrange ; ce village... votre pays, peut-être... demanda-t-il à Gilles.

– Pas tout à fait, Maître, mais quelque chose qui y ressemble fort. Bien, enchaîna-t-il, que nous proposez-vous à l'achat, dans ce... pays de sauvages, c'est bien cela ?

Maître Edwards toussota, gêné. Son enthousiasme tomba d'un cran. Gilles haussa les épaules et se rassit tandis que le notaire étalait devant lui d'autres documents.

– Voilà, expliqua ce dernier. Les communes ont reçu l'ordre d'assainir et de planter progressivement la majeure partie de leurs terrains. Cela prendra quelques dizaines d'années, mais il est déjà possible de les décharger de cette tâche, ici ou là. En effet, elles ont le droit de vendre de la lande pour financer leur propre colonisation.

Il posa la main sur une pile de feuillets.

– A Lüe, par exemple, à Morcenx, Sabres, Commensacq, Trensacq, aux abords de Mont-de-Marsan et de Dax... Et tenez, là, à Marcheprime, je vous dirai – il prit le ton de la confidence – ... que les Pereire eux-mêmes, les banquiers, oui, s'en sont offert près de dix mille hectares et – il baissa encore la voix, à n'en faire qu'un souffle – ... un an avant la loi de 1857, à quarante francs l'hectare. Vous savez, aujourd'hui, le prix a déjà grimpé, la rase lande coûte même par endroits quatre-vingts francs. Les Pereire, oui...

Il paraissait presque étonné de voir des puissants initiés par leurs pairs, sur des décisions encore tenues à l'écart du vulgaire.

– Voilà qui s'appelle avoir du flair, ironisa Pablo.

– Et les bergers ? demanda Gilles.

– Oh, ceux-là... répondit le notaire, ils auront encore de la place pour une ou deux générations. Après, évidemment, il leur faudra autre chose à faire. Regardez, ajouta-t-il, le doigt pointé sur une carte, Solferino, domaine impérial ! Un nom de victoire ! Sept mille hectares, Napoléon lui-même les a payés plus cher que les Pereire, quatre cent cinquante mille francs le tout, une belle somme, pour des espaces communaux ! Imaginez maintenant ce désert avec des machines, des usines à résine, des scieries et le chemin de fer, messieurs, le train qui s'y arrête, le train ! Vous imaginez une chose pareille ? A Solferino, département des Landes !

Gilles fermait les yeux. Cela faisait cinq ans que nulle voix n'était venue lui rappeler cette géographie dont les noms, les points et les immensités venaient soudain à lui, en vagues. Les communaux, personne n'en savait au juste les limites. Cela courait sur des milliers et des milliers d'hectares et suffisait tant au berger qui les traversait, libre, qu'au métayer qui en tirait le bruc, de la bruyère coupée, mélangée aux excréments animaux pour en faire le soutrage. A ces souvenirs de la pauvreté partagée sans bornage, l'ancien pâtre ne put s'empêcher de soupirer.

Maître Edwards poursuivait sa leçon d'économie. Cette terre de préhistoire se vendait par figures, carrés ou rectangles tirés à la règle dans les bureaux des ingénieurs et des notaires. En voulait-on sur Labouheyre, Liposthey, Morcenx, Aurice ? Et combien ? Cent hectares ? Cinq cents ? Vingt mille ? La lande se trouvait des acquéreurs, à la même vitesse que les plaines d'Algérie ou les forêts du Sénégal. Sur les cartes étalées aux planchers des offices forestiers, on achetait, par jeu, par plaisir, pour placer un peu ou tenter une aventure, pour faire comme l'Empereur, aussi, ce père Noël qui créait en plein désert une nouvelle race de hobereaux et donnait au Sahara français des allures d'Eldorado.

On se payait de la lande gasconne pour doter à bas prix un enfant, consoler une maîtresse délaissée, remercier un domestique affranchi. Les petits-bourgeois du Sud se découvraient des âmes de défricheurs, des instincts de grands forestiers, des envies de métayage résineux. Ainsi convergeait-on de toute l'Aquitaine, et même de plus loin, vers les officines de Lannegrande, où se traitait l'une des affaires du siècle, le miracle impérial, la transformation d'un cauchemar pour pèlerins en un Éden suintant la résine comme de saints stigmates leur huile.

– Ce pays est à vendre, tout entier, s'enflamma le notaire. Savez-vous, messieurs, que déjà des savants ont imaginé des crastes gigantesques drainant l'eau, des canaux reliant les grands fleuves ? A Solferino, on va faire la culture de choses insensées, coton, arbre à vernis du Japon et j'en passe. Si le cours de la résine poursuit son ascension, vous serez riches dès cette année. Puis vos enfants feront de ces arbres des poteaux de mines ou des traverses de chemin de fer. Voici la lande future, chers amis, un casino fleurant bon la térébenthine, là où ne régnaient que la senteur légère des crottes de moutons et celle, plus consistante, du soutrage. Et tous, jusqu'au plus humble des métayers, rêveront de posséder une part de ce gâteau.

La nouvelle cartographie provinciale s'enrichissait d'une belle couleur verte que tranchait comme le fil d'un rasoir l'artère de métal reliant Bordeaux à l'Espagne. Autour des villages apparaissaient les taches centrifuges des terres à conquérir, dans leurs pointillés, en vérité la vieille lande tout entière que serrait un maillage emprisonnant hommes, bêtes et jusqu'au sable soulevé en trombes par les tempêtes.

– Beau, très beau, grandiose et superbe projet, se félicita maître Edwards.

– Vingt ans à attendre, au moins, remarqua Pablo.

Gilles sortit de sa brève rêverie.

– Mon associé a raison, dit-il, ces espaces sont pour l'instant totalement incultes. Planter, c'est bien, mais, je vous l'ai signalé, il nous faut aussi de la pinède existante, au moins quatre ou cinq cents hectares. A cette condition seulement, notre affaire pourra débuter.

Maître Edwards se frotta le menton.

– C'est plus cher, lâcha-t-il. Les gens ne sont pas idiots, même...

Il retint in extremis sa fin de phrase, enchaîna sans délai.

– Enfin, les propriétaires landais réagissent normalement. Leurs arbres commençant à prendre de la valeur, soit ils les exploitent eux-mêmes, soit ils en demandent un prix qui grimpe un peu plus chaque semaine.

– Et alors ! s'exclama Archimbault, à quoi servirait tout ça ?

Il saisit son sac et le brandit, hilare. Maître Edwards se tourna vers l'armoire vitrée.

– Il y a des possibilités, dit-il, sur Argelouse, Morcenx, en Marensin, quatre-vingts hectares à Luxey, un peu moins à Pissos, et sur le cours de la Grande Leyre, aussi...

Gilles tendit l'oreille. La rivière était longue, jusqu'au Bassin, et pourtant...

– Il y a une grosse parcelle dont j'ai la charge, avec une maison, et des métairies autour, abandonnées. La propriétaire est morte il y a moins d'un an, sans postérité. Je dois réaliser l'affaire et donner à des œuvres chrétiennes, à des fondations hospitalières...

– Caylac, murmura Gilles.

– C'est sur la commune de Commensacq...

– C'est pour moi ! s'écria Gilles.

Il avait bondi et arraché le document des mains du notaire. Ses amis le regardaient, interloqués.

– Caylac ! C'est à moi ! Personne d'autre dessus ? De préemption, aucune ?

– Le voisin le plus proche ne croit pas vraiment à l'avenir de la forêt, expliqua maître Edwards.

Larrègue... Gilles se tourna vers ses associés, les doigts serrés sur l'acte à le déchirer.

– Il y a sur ce terrain des arbres dont nous ne ferions pas le tour à nous trois, s'exclama-t-il, un coup de hache dedans, et la sève nous en jaillira à la gueule comme une source ! Ah, mes amis ! Nous naissons de ce pinhadar-là. Combien vaut cette parcelle ?

Maître Edwards toussota derechef.

– Cent vingt mille... francs-or, bien évidemment, lâcha-t-il dans un soupir.

Gilles interrogeait ses compagnons, qui écartèrent ensemble les bras.

– C'est toi l'homme du pays, plaisanta l'Acadien. Moi, c'était plutôt la Champagne, et d'arbres, là-haut, il n'y a guère.

Pauvre et chère Mme de Caylac. Elle faisait, au bout de son chagrin et de sa solitude, la fortune du petit passager du vent et des pluies qui lui rappelait tant le visage de ses fils. Gilles posa le document sur le bureau.

– Je veux signer tout de suite, exigea-t-il.

Maître Edwards s'empressa. Il se souviendrait longtemps de cette triple visite, et de ces drôles de types, à peine débarqués. C'était donc bien ainsi l'Amérique. Et l'or ? Était-il de Californie ou du Mexique ? Comment ses clients du jour se l'étaient-ils approprié ? C'étaient là questions sans importance. Les sacs béaient à terre, silencieux, pleins à ras bord de leur manne, de quoi faire le bonheur d'un notaire bordelais.

Maître Edwards tendit une plume à Gilles. Cette signature devenait la chose la plus importante de sa vie, de quoi oublier les cendres de cigare que les deux autres laissaient complaisamment tomber sur le rarissime tapis de Chine livré à leurs semelles boueuses.

Du balcon de l'hôtel, Gilles apercevait, au bout de l'avenue qui descendait vers la Gironde, quelques lumières du port et les silhouettes de bateaux à quai. La pluie avait cessé, des écharpes de brume rampaient çà et là le long du pavé. Haut dans le ciel, une lune bien pleine triomphait, couvrant le silence de la ville.

A angle droit avec l'avenue, face à l'entrée de l'hôtel, une ruelle s'enfonçait dans la nuit, vers le sud. Gilles devinait son issue, quelque part vers les Graves de Léognan et, au-delà, vers le grand vide de la lande.

Il ferma les yeux, les mouvements du bateau dans ses jambes le berçaient encore. Parvenu à l'orée de sa lande, il gardait dans les oreilles les grincements de la coque, les claquements des haubans et des voiles. Un mot lui tenait l'esprit : « forêt » ; deux syllabes, répétitives comme le bruit des roues de train sur les jonctions de rails. Gilles alluma un cigare et s'assit à califourchon sur une chaise, dans la clarté lunaire.

« Là-bas », disait le notaire. Sans doute n'avait-il pas tort. Pour les riches Bordelais, la Grande Lande, qu'était-ce, sinon de la pauvreté aplatie sur la terre, du rien surmonté d'un peu d'argile ou de chaume, une colonie bonne à peupler de quelques millions d'arbres ? Gilles posa son front sur ses avant-bras. Ainsi penché, il apercevait son moignon, débarrassé de la prothèse mexicaine.

– A Paris, on te fera quelque chose de plus présentable, promettait Dalloz.

C'était le sous-officier recruteur de Suzan, un Savoyard qui avait passé le voyage aller en état d'ébriété permanent, à insulter son monde et lui promettre le pire. Il y était resté, lui, quelque temps après la prise de Puebla, sous Guadalajara, un autre massacre...

Gilles se leva. Son cigare s'était éteint. Il empoigna le chandelier dont la cire brûlait sur la cheminée. C'était de la résine, en partie, assez en tout cas pour crépiter doucement et dégager l'odeur subtile de la gemme.

L'ancien berger sourit. Au Mexique, il n'avait parcouru que des sierras désolées, des gorges obscures propices aux embuscades, des plaines vaguement cultivées par des *peones* harassés que rançonnait la guérilla. Il faisait nuit noire sur tout cela, et sur tant d'autres choses aussi...

La ville de Bordeaux ne sentait pas vraiment la résine ni le lisier, ni le cuir fauve des bœufs près des pièces communes, mais plutôt le moût des chais, l'argent, au secret des coffres, et le chartron bien nippé, dans ses draps blancs. La sueur nègre avait changé de rive atlantique et achevait de se répandre ailleurs, âcre, entêtante, à Atlanta ou à La Nouvelle-Orléans. Gilles aurait pu rester là-bas, prendre à son tour la route de la Californie, où l'or coulait de la terre comme du miel. Quelle résonance desséchée de sa lande natale le tenait-elle donc ainsi encore éveillé, au bout d'un aussi long voyage ? Était-ce le tribunal de la Théoulère, le silence accusateur de son frère, ou l'argent des marécages luisant sous le ciel de plomb ? Il revoyait des oiseaux migrateurs, sous les nuages, criant leur passage au-dessus de la bruyère et des ajoncs.

Linon...

Linon. Gilles serra le poing. Sa vie avait basculé lorsqu'il s'était enfui du charnier encore fumant de Sanglet. Puis il y avait eu l'assemblade de Suzan, et le regard de la jeune fille qui le transperçait. « Va-t'en ! » Il avait obéi. Ce devait être cette honte qui le ramenait ainsi en France. Linon valait toutes les femmes du Mexique et de Louisiane aussi. Gilles en avait ployé des dizaines sous lui, joueuses de cartes ou paysannes, pour quelques pièces de monnaie. Leurs lèvres lui avaient dit parfois « je t'aime » dans des langues qu'il feignait de ne pas comprendre. Loin désormais.

Il se leva, impatient, soudain. Trop de choses se bousculaient dans sa tête. Il s'empara d'une bouteille de bourbon, un legs que lui avaient fait ses acolytes avant de disparaître dans la nuit portuaire, et but jusqu'à sentir le plancher se dérober sous ses pieds, comme le pont de la goélette aux approches du golfe de Gascogne.

Revenaient vers lui les cris des dragons de Napoléon à l'assaut de Puebla : un carnage, six mille morts pour presque rien.

Gilles se laissa tomber sur le lit. Il avait besoin des horizons sans fin de la lande, de la fusion de la terre et du ciel, aux confins du monde connu. *Hami de lanes*, faim de landes. Il avait envie du vent de l'océan, de ses gifles glacées et du sentiment d'infini qu'il connaissait bien, même s'il savait désormais que le monde avait une limite.

Passé les vignobles de Léognan, sur la route de Sore, comme change un décor de théâtre, la lande avait pris possession de son domaine, sous le ciel d'orage.

Le coude appuyé sur la portière du coche, Gilles regardait défiler le paysage uniforme de son pays. Là régnait la molinie, l'herbe fauve de la grande lande, couvrant la terre humide au bénéfice exclusif des moutons, serrée au point d'empêcher les graines de pin de la pénétrer. Par endroits, l'horizon se bordait de pinèdes, ressemblait à des mesas aux couleurs pastel, et, de jeunes plantations, à peine plus hautes que des maïs, il n'y avait guère que quelques parcelles, à distance des parcs et des bordes que longeait le chemin défoncé.

La voiture attelée à quatre chevaux avait attaqué

son calvaire de la semaine. Sous ses roues, le pavement disjoint d'une ancienne route royale achevait de se fondre dans les ornières que des pluies récentes avaient encore approfondies. Gilles sourit. Plus à l'ouest, l'Empereur pavait de fer la route qui permettait à sa femme, à sa cour et à ses pompes de rejoindre leurs villégiatures basques. Pour le reste, les routes landaises conservaient leur charme séculaire et leur dallage approximatif, danger constant pour les suspensions des diligences.

La pluie se remit à tomber après Hostens, aux confins de la Gironde et des Landes. Très vite, ce fut un déluge soulevant de la soupe au fond de laquelle les chevaux se mirent à patauger. A l'intérieur de la berline, les conversations cessèrent, couvertes par le vacarme de l'orage.

Gilles voyageait en compagnie d'un couple de grainetiers de Chalosse, de gens de Montfort qui revenaient d'une foire à Bordeaux, d'un avoué de Mont-de-Marsan qui regrettait de ne pas avoir pris le train pour Dax, ainsi que d'une gouvernante libournaise engagée par des propriétaires d'Albret. On avait saucissonné sous le soleil, en Gironde. Pour dîner d'autre chose que des restes de ce frugal déjeuner, il faudrait prier le ciel de se calmer, ce qu'il ne paraissait pas disposé à faire.

Le coche s'arrêta en rase campagne. Gilles se couvrit d'un manteau de laine et descendit. Le cocher avait fait de même. Inquiet, il constatait l'immersion de ses roues dans une gangue collante.

– On ne passe plus ! cria-t-il.

– L'eau file vers la Monnarde, dit Gilles. Il y a bien un gué, mais dangereux.

Les deux hommes réfléchissaient, sous la violence de la pluie, sous le ciel fulgurant, tandis que des colonnes de brume montaient de la terre dans le vacarme de l'averse.

– Je crois qu'il y a une borde, la Renardière, à moins d'un quart de lieue à l'est, dit Gilles. Le chemin est sableux, je vais vous guider...

Il se mit à la recherche de la piste qu'il finit par trouver, un couloir de sable et de vase mêlés dans lequel la voiture s'engagea au pas.

Au bout d'une marche rendue pénible par la fureur du ciel, Gilles longea une bergerie déserte et déboucha enfin devant la borde. Celle-ci était déjà occupée. Des pèlerins en route vers Compostelle y avaient trouvé refuge entre des bottes de paille et des sacs de grain. Les pieds trempés, le dos courbé sous l'averse, les passagers du coche se ruèrent à l'intérieur, tandis que Gilles allait inspecter la cabane de berger.

On s'installa comme on pouvait. Vêtus de longues vestes de peau, coiffés de chapeaux à large bord, les trois *sanjacquayres* descendaient de Tours, une besace pour tout bagage, et leur bâton clouté pour écarter les chiens. Des orages, ils en avaient subi pas mal depuis six semaines, mais celui-ci valait les autres réunis.

– C'est le pays du diable, dit l'un d'eux en exhibant ses avant-bras couverts de pustules, piqûres de taons et de guêpes sur lesquelles l'infection s'était mise.

– Ça vous attaque de toutes parts, se plaignit l'homme. Il faut vraiment être un de ces bergers faméliques pour que ces bêtes vous évitent.

Gilles avait trouvé de quoi se restaurer.

– Repas de fête, annonça-t-il au cercle d'affamés. De la méture fraîche et de l'escauton. Celui-là est d'hier, pas plus, des bergers l'auront laissé à la grâce de Dieu.

Il posa ses trouvailles sur un tabouret. La bouillie de maïs était froide, figée au fond de son récipient d'argile. Les convives se partagèrent le pain tandis que Gilles attaquait l'escauton d'une cuillère joyeuse.

– Bienvenue sur Lannegrande ! s'écria-t-il. Pour le cochon, vous devrez attendre que la prochaine ondée nous noie près d'une ferme.

– Vous paraissez bien à l'aise dans ce bouge, lança l'avoué à Gilles qui opina de la tête, hilare.

Une bicoque délabrée dont le chaume avait assez souffert des orages pour laisser l'eau couler jusqu'au centre de la pièce, l'odeur lourde de poussière humide et de grain, la sensation d'être à nouveau perdu sur quelque île de pleine mer, oui, cela lui convenait assez.

– J'ai connu des endroits moins souriants, plaisanta-t-il, ce qui amusa les Tourangeaux. Jacquets, ajouta-t-il à leur adresse, je suis Gilles Escource, de La Croix, commune de Commensacq, à deux jours de marche d'ici. Allez-y. Peut-être y serai-je pour vous y recevoir...

Mâchonnant sa bouillie dont il retrouvait, ravi, le goût d'anis, il s'appuya contre la porte de la borde et ferma les yeux. La Croix, commune de Commensacq... C'était un mirage au fond d'un désert d'eau et de bruyère, même pas un hameau, juste un point de départ pour les troupeaux. Gilles connaissait chaque mètre du chemin à parcourir pour s'y rendre. A Moustey, la route de Léognan croiserait à distance celle de Bayonne. Gilles pénétrerait alors sur ses terres nouvelles. Dans les espaces sans bornes que traversaient les troupeaux, il découvrirait ses parcelles bonnes à gemmer, et les autres, qu'il allait falloir semer.

Il ouvrit les yeux sur la terre ravagée par la pluie. Des arbres, il en possédait déjà suffisamment pour s'en trouver rassasié. A Mano, à Belhade, à Pissos, autour des fermes dont les noms chantaient à ses oreilles, Daugnague, Cantegrit, Houssats, havres parmi d'autres de ses voyages de jeune homme libre, et dont il venait d'acheter tout ou partie des pinhadars. Le notaire calculerait avec précision. Pour le moment, avec la parcelle de Caylac, cela faisait dans les quatre cent cinquante hectares de beaux pins aptes à recevoir l'outrage de la saignée. L'or mexicain allait couler sur le sable landais.

– L'orage se disperse, annonça-t-il.

La pluie avait cessé. De toutes parts, des colonnes de brume montaient à l'assaut du ciel, pour y fusionner dans une grisaille plombée. Aussi loin que pouvait porter le regard, la terre n'était plus qu'un lac. L'ondée avait noyé l'herbe rase, le chemin et jusqu'aux cailloux qui parsemaient la lande. C'était un paysage biblique.

– Une punition pour les impies, dit un pèlerin.

Le mot fit s'esclaffer Gilles.

– Rassurez-vous, mon frère, ça va sécher, promit-il, et nous pourrons tous pécher à nouveau.

La gouvernante prétendait que l'endroit n'était ni d'un pays ni d'une province, mais un coin de purgatoire posé là par un dieu de mauvaise humeur. Elle redoutait que l'Albret voisin ne se révélât tout aussi inhospitalier.

– C'est peut-être pire, la prévint Gilles.

Amusé, il retourna s'appuyer contre le mur de la cabane et se moucha du doigt.

– Vous n'utilisez pas de mouchoir ? l'interrogea l'avoué.

– Par ici, ce sont les riches qui mettent ça dans leur poche, lui répondit Gilles.

Le cheval avait l'air de connaître la route. Las de la fréquentation de ses compagnons de voyage, Gilles avait acheté à Saugnacq un de ces petits chevaux landais, increvables et en général aussi amoureux de la lande que leurs cavaliers. Chemin faisant, le nouveau propriétaire de Caylac et de quelques autres lieux avait commencé le repérage de son domaine.

Maître Edwards avait l'œil et l'instinct du forestier. Des parcelles déjà peuplées aux carrés de rase aussi stériles que le plat d'une main, Gilles avait un aperçu, grandeur nature, de ce que serait son patrimoine à l'orée du siècle suivant. Le notaire lui avait fabriqué une séduisante géographie de possédant, et Les Bois de Grande Lande œuvreraient sur un domaine cohérent, appuyé contre les chemins liant entre eux les bourgs.

Gilles longea des parcs perdus dans les immensités de la steppe. Il y avait là un ordre millénaire des gens et des choses, et les bêtes au milieu, qu'il mettrait en partie à mal. Un cataclysme que rien, sur la route de Saugnacq à Pissos, ne laissait pour l'heure supposer.

Pour la première fois, chevauchant au milieu du pays intact qu'il avait quitté cinq ans plus tôt, Gilles l'apercevait tel qu'il serait, un beau projet, oui, et monstrueux : un déluge, qui au lieu de l'eau du ciel et de la mer allait déverser sur les marais et sur la steppe une pluie de graines conifères.

Cheminant, il mettait des noms sur les futurs morceaux de forêt. De la vertigineuse vacuité qu'il traversait, rêveur, surgiraient les pinèdes odorantes de Peyricon, Naoûtot, Lesgourdies et tant d'autres, qui engloutiraient dans leur ombre les chênaies, les rus ondoyant au fond de leurs vallons, les chemins que n'emprunteraient plus les troupeaux et les marais, pompés jusqu'à leur dernière goutte par des millions de racines assoiffées.

« J'ai cessé d'être berger dans le bateau qui voguait vers l'Algérie, pensa-t-il... Rescapé de la boucherie de Puebla, de l'or au flanc de mon cheval, je ne serai plus jamais de cette race étrange nourrie au grain, comme la volaille, et qui ne peut espérer vivre au-delà de ses quarante ans. Un jour, le dernier pâtre rangera ses béquilles pour s'en aller scier le bois de l'Empereur, du médecin ou de l'apothicaire. Ceux-là seront devenus les maîtres de la lande. Je serai de leurs rangs. »

2

Le docteur Lataste se souviendrait jusque sur son lit de mort de ce matin-là.

La pluie s'était remise à tomber un peu avant l'aurore. Le médecin quittait la bicoque que le cadet Escource avait laissée derrière lui un lustre auparavant, pour fuir n'importe où et mourir aux Amériques, du moins le bruit en avait-il couru. Épuisé, portant sur ses épaules le poids d'une nuit de deuil, Lataste désirait trouver son lit pour s'y abattre comme un arbre, et, sur le chemin, en pleine rase, à une lieue de la maison...

Gilles Escource ! C'était bien lui qui marchait à côté de son cheval, fourbu, nauséeux, grimaçant de douleur comme un de ces soldats qui rôdent après une défaite, ne sachant plus où aller ni comment retrouver leur camp. Une de ces rencontres dont on sait, d'instinct, qu'elle ne sera pas ordinaire.

Gilles leva les yeux vers le médecin et s'arrêta un instant. Reconnaissait-il le cavalier qui mettait pied à terre devant lui et ôtait son haut-de-forme ? Lataste n'aurait su le dire.

Il y avait dans le regard de l'arrivant autant de détresse que de colère. Gilles sortait de la lande comme d'un conte pour enfants, de ceux qui font peur, le *gnagnan-pehut* ou le *came-crude*, fantômes ou vampires qui rôdent autour des métairies.

Barbu, sale de boue séchée, de poussière, la chemise ouverte, les bottes crottées, il aurait jailli, ainsi défait, de quelque marais de pleine lande qu'il n'aurait pas davantage paru surnaturel. Il avait glissé sa main de bois dans sa ceinture et, de son bras mutilé, il s'essuyait machinalement le front. Le spectre des parcs de Cornalis et de Sanglet revenait chez lui...

Lataste crut que Gilles allait tomber à genoux mais le bougre avait du sang. Titubant, le revenant parvint à demeurer sur pied et les deux hommes se reconnurent.

– J'ai les fièvres, monsieur le docteur, dit le berger d'une voix blanche, elles me prennent souvent.

Lataste voulait parler, mais nul son ne sortait de sa gorge serrée à lui faire mal, et La Croix était bien encore à une heure de marche de là.

– Je peux retourner à La Croix et vous y porter, proposa-t-il enfin.

Gilles parvint à rire. Rentrer chez lui sur l'arrière d'un cheval ! L'idée parut le ranimer un peu. Il riait encore lorsqu'il se remit en selle, un peu plus loin.

Lataste savait ce qu'il allait trouver dans la chambre du nord, à La Croix. Bouleversé, il suivit des yeux, jusqu'à le perdre au fond de la lande, ce fantôme. Quel choc, et ce jour-là, précisément...

Gilles était trop épuisé pour ressentir quelque chose à la vue de la maison aux murs rongés par l'humidité et du parc de sauges qui avaient tout envahi. Sur le chemin d'accès, un chien l'accueillit en grondant, qu'il repoussa en lui jetant un caillou. Puis il s'avança lentement vers la masure, et son cœur se mit à battre plus fort.

Il reconnaissait, au milieu de la jungle qui enserrait La Croix, le torchis des murs, les colombages luisants de pluie, le chaume pelé par endroits et, à quelque distance de là, le poulailler perché, encore peuplé de ses locataires à cette heure matinale.

Il y avait cependant quelque chose de différent, à

distance de la bâtisse vermoulue. Des sillons alignés vers le nord et l'ouest rejoignaient, à quelques centaines de mètres, ceux d'une ferme voisine, avec à leur surface le vert tendre de jeunes pousses de seigle.

La porte de la maison était demeurée entrouverte. Gilles pénétra dans la pièce commune. Rien n'y avait changé, ni la table et les quelques chaises, ni la cheminée où mourait à petit feu un rondin de chêne, ni l'odeur de paille humide qui imprégnait l'endroit jusqu'aux chambres.

La cuisine donnait sur un étroit couloir aux extrémités duquel s'ouvraient deux portes. Autrefois, on avait vécu jusqu'à douze ou quinze dans cet espace, en un entassement de générations. Gilles laissa sur sa gauche la chambre dévolue à sa sœur depuis qu'elle s'était mariée et se dirigea vers la pièce du nord, celle que l'on offrait par tradition aux plus vieux, qui avaient moins besoin d'être chauffés que les actifs.

Tout était silencieux, plein d'une veule senteur de lisier. Dans la pénombre aux minces rais de lumière filtrés par les volets, le corps légèrement tourné de côté, Justine Escource semblait dormir. Gilles s'approcha et se pencha. Ses lèvres s'ouvrirent sur un chuchotement, ses doigts touchèrent un cadavre glacé.

Gilles se rejeta violemment en arrière, recula jusqu'à la fenêtre dont il ouvrit les volets. Il avait besoin d'air. Sa fatigue se dissipait, un tumulte naissait derrière ses tempes, comme celui de la marée. Il laissa errer son regard sur la morte dont les doigts serraient un chapelet. Le cou fléchi, le menton contre la poitrine, la vieille femme avait l'air en intense dévotion. Gilles, hébété, contempla le lit, sommaire comme le plancher et le plafond aux bois disjoints, les murs de la chambre, ondulants, tachés de moisissure, l'étalage du dénuement et de la tristesse qui accompagnaient cette famille comme une fatalité, depuis la mort du père.

« Il n'y aura pas de quoi manger pour tout le monde... » Les fils iraient trouver sur la lande de quoi ne pas danser devant le buffet... Gilles se mit à faire les cent pas à travers la pièce. Des images se bousculaient dans sa tête, éparpillées, des voix lui revenaient. Pourquoi cette femme l'avait-elle depuis toujours davantage chéri que son aîné, alors que, au lieu de la rejoindre, agonisante, il avait passé sa nuit à errer, tout près de là ? Il voulait faire taire ce chahut et regagna le couloir. Là, il vit la longue silhouette de sa sœur s'avancer vers lui.

– Eh là ? Qui c'est, maintenant ? s'inquiéta Catherine.

Elle avait toujours son accent de rocaille, chaud comme le sable des dunes en juillet, et la manie de commenter à haute voix le moindre de ses gestes. Gilles la laissa venir.

– C'est moi, ton frère Gilles, dit-il à voix basse.

Elle dut s'approcher encore, pour en être sûre. L'homme qui lui faisait face dans l'obscurité du couloir avait pris du poil sur le visage, et des rides au front, entre la bouche et les narines.

– Diou biban... marmonna-t-elle avant de rester bouche bée, hésitant à s'évanouir ou à hurler.

Puis elle prit une profonde inspiration et se jeta contre Gilles.

– Ainsi donc, c'était vrai, qu'on t'avait vu vers Saugnacq, oh ! Seigneur, grâces te soient rendues pour l'éternité !

Elle s'écarta, découvrant, effarée, le triste état dans lequel la grande lande lui remettait son cadet. Le jour de l'assemblade de Suzan, elle avait suivi un Gilles à peine moins défait, lui parlant, cherchant à le consoler, jusqu'à ce que, excédé, il lui eût intimé l'ordre de s'en retourner à La Croix.

– Alors, elle est morte, dit-il d'une voix brisée.

– Pauvre, et tu reviens ce matin-là...

Elle se mit à pleurer, les bras ballants.

– De grande colique, poursuivit-elle entre deux sanglots. Elle a tant souffert, le docteur Lataste ne pouvait rien faire. Oh ! Gilles, elle t'a appelé, si tu savais comme elle te voulait près d'elle !

Gilles se détourna. Il en avait assez entendu. Le front contre le torchis de la cloison, le poing levé, serré, il pleurait lui aussi, d'un de ces chagrins d'enfant, de *pousgnac*, pris en flagrant délit de mensonge ou de quelque lâcheté. Catherine ne savait que dire en même temps qu'elle redécouvrait son *arnopi*, toujours capable de quelque diablerie, et elle lui souriait à travers ses larmes.

– Viens, lui dit-elle lorsqu'il se fut vidé de sa peine.

Elle le tira par la manche jusque devant la cheminée.

– Arnaud est parti à la nuit, expliqua-t-elle. Il travaille en ce moment à Pécotché, une métairie Bonnefoy, tu te souviens de cette ferme, près des arbres de Mme de Caylac. C'est un bon emploi, comme une brasse...

– Et les sillons qui sont sur La Croix ? s'étonna-t-il.

– Ça, c'est Henri Delpeix qui les a mis en culture, il y a trois ans. Il fallait bien qu'il se rembourse, té, pauvre. Il a demandé, remarque bien. On a dit oui, que faire d'autre ?

– Il loue ?

– Boh ! Il récolte, ça, oui. Ici, on récupère un ou deux sacs de maïs. A dire honnêtement, ces bouts de lande ne nous avaient jamais intéressés, pour les labourer.

Catherine aperçut le trouble qui faisait pâlir à nouveau son frère et lui prit la main, qu'elle embrassa.

– Il ne faut pas te sentir coupable, mon petitou, s'empressa-t-elle de lui dire, tu as eu raison de t'en aller. Seigneur, si on t'avait coupé le chemin de la Grande Lande et de ta belle liberté, tu serais mort, ça, je le sais bien, à payer le Delpeix, alors que là, Dieu te laisse revenir chez toi, vivant...

Gilles hocha la tête. Sa sœur n'avait pas changé,

vraiment. Sans doute avait-elle souffert de ce départ et de la solitude dans laquelle le fuyard laissait les femmes de La Croix. Mais pour rien au monde elle n'en eût fait l'aveu. Au contraire, elle demeurait bonne comme le pain, *braboulère* pleine de douceur, dans le moindre de ses gestes, de ses paroles, pleine aussi de l'acceptation des très humbles.

– Mon *démounet*, le plaignit-elle en découvrant dans la lumière son pitoyable accoutrement, il te faut manger !

Il se laissa faire. Catherine se mit à tourner autour de lui, dressa en quelques instants une table qu'elle garnit de fromage, de pastis et d'escauton.

– Que devient Jean-Baptiste ? demanda-t-il.

– Oh ! lui, va savoir où il se trouve ? Au Marensin, d'après ce qui se dit. Deux des Cazaux, tu te souviens, d'Arengosse, sont passés il y a trois jours. Ils allaient par là-bas, on leur a dit de le chercher, pour qu'il revienne avant la fin...

Le mot la fit pleurer encore. Gilles se contentait de secouer doucement la tête. Ils avaient à se dire tant de choses qu'aussi bien ils ne parleraient jamais de rien, ce serait selon les humeurs ou les envies de chacun.

– Tu veux savoir ce qu'elle est devenue, la petite ?

Gilles la regarda sans répondre.

– Henri Delpeix l'a mariée à Francis Poyanne, de Gaillarde.

Gilles ne s'attendait pas à cela et tarda à avaler sa bouchée d'escauton.

– Elle y vit donc avec ce vieillard, dit-il d'une voix grave.

– Eh, té, pardi. Et à la maison des maîtres, aussi. Elle s'y loue au ménage de madame Louis ; tout le monde, là-bas, s'emploie au service des Larrègue.

Elle considéra son frère en souriant. Gilles avait pâli, si cela était encore possible.

– Domestique, *gouye*, murmura-t-il, éberlué, à faire les lits de ces gens, à vider leurs pots, Linon...

– Je crois savoir qu'elle ne déteste pas rester loin de chez elle et du Poyanne, dit Catherine.

Elle raconta l'errance de la jeune fille, son retour à la Théoulère, le mutisme total dans lequel elle s'était enfoncée et la régression qui la menait à l'état d'animal, dans le secret de la ferme Delpeix.

– On commençait à dire qu'elle portait le *mau dat*, des âneries que tu imagines, qu'elle faisait le sabbat à Cornalis, je ne sais quoi encore. Des merdousets lui ont jeté des pierres aux abords de la Théoulère, tu te rends compte ? Elle ne tolérait que la petite, ça lui faisait du bien de la voir. J'envoyais Jeanne-Marie là-bas souvent, à travailler avec les brus. Alors, ce mariage, mon Dieu, les gens ont dit que c'était une bonne affaire pour tout le monde...

– Une bonne affaire... maugréa son frère en écho.

– Elle est sans enfant, lâcha Catherine en baissant les yeux.

Gilles se leva. Il avait froid et raviva le feu de sa main valide. Puis il se tourna vers sa sœur.

– J'ai des choses terribles au fond du cœur, et de la mémoire, lui dit-il, et ce qui me reste de vie ne suffira pas pour m'en débarrasser, mais il faut que tu saches ceci, ma bonne grande. Je suis devenu l'égal des maîtres, des Bonnefoy, des Larrègue : ne souris pas, je te prie. Je ne serai jamais des leurs, ni toi ni ton mari, mais nous sommes leurs égaux, par Dieu, oui, leurs égaux.

Il vint vers elle, avec dans les yeux une fureur tranquille qui la fit frissonner.

– Maintenant, je vais te dire pourquoi ce taudis puant s'appellera bientôt La Croix Ancienne, et comment ta fille et les enfants de ta fille dormiront sous un vrai toit. Par Dieu, tu vas savoir ce que je suis sous cette boue, et pourquoi il n'y aura plus jamais autour de nous de cette misère qui nous tenait ainsi à merci !

Gilles dormit une paire d'heures sur le lit de bois qui avait été le sien depuis toujours. Sous son oreille, crépitait à nouveau, familière et apaisante, avec son bruit de papier froissé, la *pelloque* de maïs empaillant sa couate.

Était-ce la rémanence de la mémoire ? Il avait semblé à Gilles retrouver l'odeur de grain, de bouse et de cuir humide qui flottait là bien après l'exil des bœufs. Il la reconnaissait tandis qu'éveillé il laissait errer son regard de la porte aux planches, dépareillées, au plafond d'où pendaient, du grenier devenu inutile, du foin et de la paille.

Tout abattre de cette originelle pauvreté devenue, au fil des ans, misère ?... Gilles soupira et s'assit au moment où Catherine entrait dans la pièce, portant un bol de potage qu'elle lui ordonna de boire.

– Mon petit, mon Gilles...

Assise au bord du lit, elle contemplait l'apparition, le menton dans le creux de sa main, et répétait en gascon les mots de l'enfance. Entre rire et sanglots, elle remerciait Dieu d'avoir ramené à La Croix l'enfant prodigue qu'elle découvrait si différent, et portait sans cesse les doigts sur lui, pour le toucher et s'assurer ainsi de sa présence.

Blanchies par endroits, en si peu d'années, les mèches adolescentes qui s'échappaient du béret ; envolée, la joie mutine qui arrondissait les joues. Gilles portait sur le visage les traces de chagrins et de peurs dont Catherine n'avait pas le souvenir, l'insolence enfantine de son regard était devenue inquiète, portant détermination et froideur.

– Rien n'a changé, dit-il.

Arnaud Lancouade avait du mal à s'en remettre. Rentrant à La Croix pour clouer les planches entre lesquelles on glisserait tantôt sa belle-mère, il avait croisé Gilles qui partait se tremper au marigot des lavandières, à quelques centaines de mètres de la maison. Les deux hommes s'étaient embrassés longuement. Maintenant, près du poulailler perché, le marteau en main, des clous entre les lèvres, le brassier de M. Bonnefoy ne parvenait pas à détacher son regard du fantôme qui s'habillait devant lui d'une main.

– J'aurai de l'ouvrage pour toi, Arnaud, annonça Gilles.

L'autre opinait du bonnet, incrédule. Il n'avait pas pris un gramme de poids en cinq ans, ses doigts étaient seulement devenus un peu plus noueux, sa peau un peu plus sèche. Maigre il était, maigre il restait, *pingaï*, comme disait sa femme en le traitant de poulet haut sur pattes, bon à courir sans fatigue le jour durant.

– Quand j'aurai fini ce travail de menuisier, dit Lancouade, rêveur.

Lui était né de la terre à labourer, avant de la quitter pour être un temps forgeron à Labouheyre. Les bergers lui avaient toujours paru une étrange espèce, avec leurs rites, leurs codes abscons et cet attrait incompréhensible pour le grand désert. Pourtant, et bien que son aîné de près de huit ans, il vouait à Gilles une affection admirative pour sa débrouillardise de dénicheur, sa malice et ce goût pour la liberté qu'il lui était arrivé d'envier.

– Tu vas chercher ton frère ? l'interrogea-t-il.

Jean-Baptiste Escource avait été aperçu au parc d'Oulette, à deux lieues de La Croix, derrière son maigre troupeau. Lancouade avait appris la chose d'un bouvier, en revenant vers la maison.

– Certes, je vais aller à sa rencontre, répondit Gilles.

– C'est plein de sang, à ce qu'on dit, cette guerre du Mexique, le Bonaparte a du mal à s'en sortir, dit l'ouvrier, guettant un jugement que son beau-frère préférait à l'évidence garder pour lui... On l'enterrera demain matin, ajouta-t-il en se remettant à l'ouvrage.

Il avait l'air de redouter que Gilles ne disparût de nouveau. Celui-ci sourit.

– J'y serai, promit-il.

– Tu vas à tchanques ?

– C'est fini, ça, rétorqua Gilles. J'ai redécouvert le petit cheval de par ici. Là-bas, les bêtes fatiguaient vite. Nos *chibaus*, j'en rêvais, parfois...

Il acheva de s'habiller, d'une chemise de soie blanche et d'un gilet qu'il couvrit d'une longue redingote noire.

– Tu ressembles à un bourgeois du Mont ou de Dax, ne put s'empêcher de lui lancer Lancouade, qui hésitait cependant à en rire.

Le visage de Gilles s'éclaira.

– Et toi, mon bon Arnaud, tu en es déjà un sans le savoir. Catherine va te dire pourquoi. A tantôt.

Il prit le chemin du sud, sous le ciel qui se refermait sans violence. Un front de nuées basses, venu de l'océan, recouvrait peu à peu la lande. Il faisait doux. La pluie tomberait à nouveau dans moins d'une heure, et longtemps.

Au bout d'une lieue, il laissa sur sa droite des marécages et des toits dont il connaissait les noms : Minvieille, Chicoy, Largelère. La route que suivait son frère montait vers La Croix par une piste rectiligne au bout de laquelle Gilles ne tarda pas à distinguer les silhouettes qui venaient à sa rencontre.

Trois hommes qu'il reconnut bien vite : deux pâtres de Luxey arrivaient et Jean-Baptiste cheminait derrière eux, le dos voûté, prenant appui sur son bâton plus que de coutume. Des chiens les accompagnaient, qui se mirent à aboyer autour du cheval, obligeant Gilles à mettre pied à terre pour les éloigner de la voix.

Gilles, vit, haut sur les échasses, puis se penchant vers lui, un visage de vieillard exhibant ses gencives nues sur une sorte de sourire contrit, un masque de géhenne, maladif parchemin qui donnait à son propriétaire une bonne vingtaine d'années de plus que ses trente-cinq ans.

– Té, le merdouset de madame Justine ! lui lança le berger.

Il avait dit cela d'un ton badin, comme si son cadet revenait d'une course à la borde voisine et qu'il allait s'agir de cuire le pain ou de commencer à tondre. Gilles resta immobile, attendant un geste, une main tendue, tandis que les deux de Luxey poursuivaient leur chemin après l'avoir brièvement salué.

– La guerre, ça fait les hommes, dit simplement Jean-Baptiste.

– Notre mère est passée cette nuit et je suis arrivé trop tard, dit Gilles, la face levée vers son aîné. Lancouade prépare le cercueil. Il faudra la mettre en terre avant demain, car elle commence déjà à se faire de l'intérieur.

Cette évocation lui donna la nausée. Juché sur son observatoire, Jean-Baptiste tournait lentement autour de lui, l'obligeant à le suivre des yeux.

– Oh, té, pauvre, murmura-t-il, elle souffrait bien, ces temps-ci. Dieu a donc fait son travail.

Il se signa puis s'appuya sur son bâton et resta la bouche à demi ouverte. Gilles découvrait les traits de son aîné : changer à ce point, en moins de cinq années, était un prodige qui lui rappelait des momies indiennes exhumées des déserts mexicains par les Français des missions. Il trouvait le même rire de squelette, la vitre sur les yeux et cette certitude, rêveuse, d'avoir rejoint, quelque part, un autre monde.

– Je vais rester au pays, maintenant, lui lança Gilles d'une voix plus forte, mais pas comme avant. Les parcs, les cabanes, les nuits sous le manteau de laine, la soupe de grains, c'est fini.

Il tendit la main, toucha la laine épaisse qui recouvrait les garramatches du berger. Jean-Baptiste le laissait faire sans paraître le voir.

– Je te propose du travail, poursuivit Gilles, bien payé, avec de vrais lits pour dormir et de la viande à table, chaque jour que Dieu fera...

Il attendit une réaction.
– En ville ? demanda son frère.
– Où tu voudras : à Sabres, à Trensacq, à Mont-de-Marsan, et même, si tu veux, tu choisiras, à ta guise.
– Et les troupeaux ?
– Quoi, les troupeaux ? fit Gilles, agacé.
Il balaya la lande de la main.
– La laine te fait donc vivre assez bien, dans ce désert ? reprit-il. Et la viande aussi, sans doute, les dix agneaux de Pâques vendus chaque année. Ils t'ont tenu jeune, comme tu l'es, à eux seuls ?
Il s'en voulait d'être aussi brutal et insolent. L'inertie hautaine de son frère le troublait. Jean-Baptiste avait toujours été « pour la raison », en l'occurrence vivre libre dans le dénuement, et assez épris de sa rase pour s'y perdre des mois entiers, loin des siens et des autres.
– C'est que je l'aime, moi, cette lande, murmura Jean-Baptiste, et le ciel qui va avec. Regarde. Il n'y a pas de limite, j'y ai à faire, et tu voudrais que j'en change pour de la viande à table le midi ?
Il aurait pu en faire une plaisanterie, mais sa voix restait égale, détachée.
– Tu as des enfants ? questionna-t-il sur le même ton.
– Non. J'ai passé mon temps à faire des guerres ou à traverser celles des autres ; c'est une occupation qui laisse peu de place pour la famille. J'ai ramené ça du Mexique...
Il avait ôté le gant noir qui recouvrait sa prothèse.
– Ça doit gêner pour sarcler, dit son frère en découvrant l'objet.
Gilles éprouva, l'espace d'une seconde, l'envie de saisir les échasses et de mettre à bas le berger. Ainsi faisait-il avec ses lanusquets, autrefois, lorsqu'il s'agissait de vider une querelle. Il se contenta de faire un pas en arrière.
– Bien, dit-il, tendu, il faut que je rentre à La Croix.

Et il tourna les talons.

La pluie s'était remise à tomber, silencieuse. Des orages se formaient à l'ouest. Autour des parcs, les bergers devaient réunir les bêtes pour les pousser à l'abri. Lorsqu'il se mit en selle, Gilles se prit à envier, furtivement, ces hommes de faire encore, et pour le reste de leur vie, des gestes aussi simples dans la solitude extrême de la Grande Lande : les manteaux de laine, les besaces et les chiens jappant au pied des échasses, l'éternité pour guide. Il chassa les intrus de son esprit, remonta le col de sa redingote et, sans un regard pour son frère, s'éloigna.

Gilles n'était pas retourné à La Croix depuis une heure que le chien se mit à aboyer.

– Et qui vient, à cette heure ? s'inquiéta Catherine.

Gilles se chauffait les pieds devant la cheminée. Du pas de la porte, il aperçut deux hommes qui marchaient vers la maison, la besace au côté, appuyés sur de longues cannes.

– Oh, té, les sanjaqués, ils n'ont pas oublié, dit-il.

Il s'avança vers les pèlerins croisés plus au nord. Les hommes étaient fourbus, boueux jusqu'aux genoux.

– On a eu du mal à trouver votre maison, dit l'un d'eux, soulagé.

– Ce n'est pas très étonnant, lui rétorqua Gilles. Regardez-la, vous pensez qu'elle sera encore debout, demain matin ?...

Les hommes hésitaient, dansaient d'un pied sur l'autre. Et si la proposition que leur avait faite leur compagnon de route n'était qu'une gasconnade ? Gilles leur sourit et les fit entrer dans la pièce commune, où flottait une odeur de chou.

– Vous dormirez dans l'ancienne étable, cette nuit, les prévint-il. Auparavant, j'aurai besoin de vous.

Il les entraîna dans la chambre du fond. A la vue du cercueil posé près du lit, les Poitevins ôtèrent leur chapeau et se signèrent.

– C’est bien, apprécia leur hôte. Moi, je n’ai jamais beaucoup prié ; les paroles, je les ai oubliées depuis longtemps. Alors vous allez les dire et je les répéterai et, lorsque nous aurons tous assez prié, nous irons souper.

3

Justine Escource fut enterrée près de son mari, dans la terre du cimetière de Commensacq. Au début de la cérémonie une quinzaine de personnes, fossoyeurs compris, se trouvaient réunies autour de la fosse que signalait une simple croix de bois anonyme. Gilles avait décidé qu'une chapelle de marbre serait érigée ailleurs, sur une concession plus vaste, pour qu'y soient transférés les restes mêlés de ses ascendants, et qu'ainsi coutume fût instaurée d'y ensevelir les Escource présents et à venir.

Des bergers avaient abandonné, pour le temps de la cérémonie, leurs parcs et leurs troupeaux. On joua, sur la flûte, les airs mélancoliques des jours de grand vent. Gilles reconnaissait ces hommes ; eux aussi avaient pris, en rides et en fils blancs dans les cheveux, les cinq années de son exil.

Ils s'étaient adressé quelques mots à l'entrée du cimetière, car entre eux ne survivait nul contentieux, seulement le souvenir des longues marches sur la steppe, les grands silences des nuits d'été et le bruit du gibier s'enfuyant devant leurs échasses, au-dessus des marais.

Gilles se tenait près de sa sœur, perdu dans des abîmes de réflexion. Face à lui, de l'autre côté du trou béant en attente du cercueil, son frère affichait l'air absent et vaguement préoccupé qui paraissait faire désormais l'essentiel de sa mine. Entre eux, tenant en main les Évangiles dont il distillait une parabole sur la Résurrection, le curé officiait, en vérité davantage préoccupé de reconnaître et d'observer son ancien paroissien que de persuader les témoins présents de la survivance de l'âme au-delà du trépas.

Lorsque le cercueil eut été descendu dans la fosse, accompagné par les sanglots de Catherine et de sa fille Jeanne-Marie, Gilles, sortant de sa rêverie, se retourna et aperçut, stupéfait, tous ceux qui avaient envahi, dans le plus grand silence, le cimetière, et rivaient sur lui leur regard, indifférents aux dernières manœuvres des fossoyeurs.

Il laissa échapper un rire bref. Il y avait là, rassemblés autour d'une morte qui pour la plupart ne les avait jamais reçus, des fermiers et des métayers de Commensacq et de quelques communes voisines, ceux dont Gilles longeait parfois les terres avec ses bêtes, et qui se fendaient alors volontiers d'un verre de vin ou d'une assiette de pot-au-feu.

Entre eux, recueillis, certes, mais pas au point d'oublier l'apparition qui leur était offerte, se tenaient les savetiers qui sculptaient ses sabots, le maréchal-ferrant de Sabres auquel il confiait les chevaux empruntés faute de pouvoir en posséder, et les fileuses, sarcleuses, lavandières et résinières dont il écoutait, assis au bord de l'âtre, les rires et les bavardages.

Gilles attendit que le fossoyeur eût terminé sa besogne et le prêtre ses bénédictions. Alors, il s'inclina un long moment au-dessus de la tombe, jeta le premier une poignée de terre sur le cercueil, avant de se détourner, prêt à recevoir les condoléances de ses visiteurs.

Lorsque Jeannot Delpeix se présenta, le béret à la main, la pelisse grande ouverte sur sa chemise de laine épaisse, il l'attira contre lui et l'embrassa. Son frère André le suivait. Celui-là avait conservé la même maigreur, ses yeux immenses et leur expression de trompeuse candeur et le nez camus, une presqu'île bombée entre les rochers luisants des pommettes. Gilles lui serra la main, affrontant le regard qui le fouillait, curieux et sans hostilité.

– Henri ne s'est pas déplacé ? s'inquiéta-t-il.

– Il est à l'assemblade de Liposthey.

Gilles contemplait son lanusquet avec sérénité. André avait fait l'effort de venir. Henri, le chef de la tribu Delpeix, restait fidèle à lui-même, et il eût fallu bien plus que de simples funérailles pour que le bougre balançât un seul instant entre ses devoirs de médiocre chrétien et la perspective d'augmenter son cheptel de quelques têtes, ou son labour de quelques arpents.

Gilles hocha la tête d'un air entendu. D'autres, déjà, poussaient pour présenter leurs regrets, qu'il écouta et remercia. Il avait tout naturellement pris la tête de sa famille. Quand l'assistance eut commencé à refluer vers l'entrée du cimetière, en lui jetant un dernier regard, il fit quelques pas en direction d'une silhouette claire aperçue entre deux croix.

Le chien Duc l'y conduisait qui, ayant reconnu Gilles au début de la cérémonie, était venu le renifler avant de se coucher à ses pieds, silencieux, les oreilles basses, comme stupéfait, ou méditant peut-être la découverte étrange de son maître ressuscité.

Gilles voulait courir, et dut se maîtriser. Aussi blanche que la morte sur son lit, les yeux grands ouverts sur le revenant qui avançait vers elle, ayant conservé la beauté de ses formes sous le gilet et le corsage qui lui serraient le buste, Linon Poyanne se tenait un peu à l'écart.

Gilles sentit son cœur battre plus fort, tandis qu'un coin de sa bouche se mettait à tressauter. Il marcha vers le sourire de la jeune femme, qui le transperçait et, soudain, le réchauffait. Linon était bien l'astre que, ce matin-là, le ciel de la lande refusait à ses sujets, abaissant les autres femmes, dont certaines ne manquaient ni de grâce ni de joliesse, au rang de souillons.

– Je sais tout de toi, dit-il.

Le chien s'était mis à japper et à tourner autour d'eux, joyeux. Linon haussa les épaules et prit un air désolé. De son chapeau de paille ceint d'un ruban rouge s'échappaient des mèches noires torsadées. Gilles se pencha vers elle et lui baisa la joue. Le tumulte qui soudain se faisait en lui, mélange de joie et de désir, était un délicieux désordre, une onde qui lui redonnait vie comme après un long sommeil.

Linon prononça quelques syllabes incompréhensibles, d'une voix rauque que Gilles ne reconnaissait pas. Ses joues avaient rosi, son regard soutint un long moment celui du jeune homme, avant que ce dernier prenne le temps de la caresser des yeux, lentement.

– Dis-moi quelque chose, demanda-t-il, la voix soudain fêlée.

Elle se contenta de lui sourire. Gilles cherchait les restes de la petite sauvageonne qu'il avait tenue dans ses bras près de l'église de Suzan, mais Linon avait tant changé qu'il lui était difficile de croire qu'il s'agissait de la même personne. Sous les vêtements sages, sortis de quelque armoire bien rangée, son corps avait pris de la rondeur. La jeune femme avait consenti à discipliner sa chevelure, bien que, à bien y regarder, elle en laissât encore en liberté, sur les tempes et le front. Gilles guettait les éclairs enfantins de colère ou de joie subite, qui autrefois donnaient au visage de Linon la vie dont il était le seul à connaître les secrets. En vain. Le regard qui le troublait tant enfermait en lui, derrière le sourire, de la résignation et, perceptible au point de lui serrer tout à coup le cœur, une tristesse de petit animal abandonné.

– Reste, lui demanda-t-il d'un geste.

Il attendit une réponse, un peu du langage qu'il avait eu tant de mal à sauvegarder, et dut bien vite se rendre à l'évidence. Linon ne parlait plus.

– Reste, je t'en prie, répéta-t-il en approchant son visage du sien.

Elle comprit, accepta d'un battement de cils. Gilles rejoignit les siens, croisant Jeanne-Marie qui courait embrasser son amie. Les fossoyeurs s'étaient mis à l'ouvrage, couvrant déjà de terre le cercueil. Jean-Baptiste s'éloignait, comme un simple visiteur.

– J'ai à faire à Caylac, dit Gilles sur un ton rogue.

Mâchoires serrées, il suivit des yeux la silhouette voûtée de son frère, jusqu'à ce que le berger eût disparu derrière le mur du cimetière.

– Arnaud, tu m'y rejoindras dès que possible, ajouta-t-il à l'adresse de son beau-frère.

Puis il revint vers Linon.

Elle était venue en carriole, avec des femmes de Gaillarde à qui Mme Larrègue avait, pour l'occasion, octroyé quelques heures de liberté.

– Je te ramènerai, décida-t-il.

Elle parut hésiter, puis choisit de se laisser faire. Gilles l'entraînait déjà vers sa monture. Devant le cimetière, une dizaine de personnes bavardaient encore et se turent, stupéfaites, à leur passage. Gilles aida Linon à se mettre en selle, en amazone, avant de se hisser à son tour sur le cheval et de piquer aussitôt des deux.

Après une heure de ces retrouvailles silencieuses, avec à portée de sa bouche le cou laiteux de Linon, Gilles escalada le talus et retrouva, au-delà des champs labourés des métairies de Gaillarde, la lande, avec ses mornes étendues.

Des hommes s'étaient rassemblés à la lisière de la pinède, au bout du chemin séparant les terres de Louis Larrègue de celles de son ami Bonnefoy. Gilles mit pied à terre et les salua. Il y avait là, autour d'Arnaud Lancouade, des ouvriers et, près d'eux, un amoncellement d'échelles de bois, de crochets, de haches et autres outils, et des piles de pots d'argile. Linon se laissa glisser contre le cheval qu'elle attacha à un arbre.

– Arnaud, te voici désormais chef du chantier forestier, lança Gilles, jovial. Voici ta troupe, recrutée sur Sabres, Commensacq et Trensacq, ajouta-t-il, la fine fleur des brassiers de Lannegrande, qui va tirer de cette parcelle son jus, de la première à la dernière goutte. Suivez-moi tous.

De sa main valide, il saisit un *hapchot*, la petite hache des résiniers, et pénétra sous l'abri des pins. A fouler ainsi la fougère qui devenait sienne physiquement, Gilles ressentit une profonde jouissance et un vertige qui fit ralentir son pas. Il ferma les yeux, huma l'odeur de l'humus et celle, encore discrète au printemps, de la résine. Très vite cependant il se ressaisit, chercha un arbre convenable et choisit un géant à l'écorce craquelée, droit comme un « i », entouré de quelques semblables à peine moins épais que lui.

– Voilà, pour commencer, décida-t-il.

Joignant le geste à la parole, il écarta les bras, se colla contre le tronc qu'il ne pouvait embrasser qu'à demi.

– Deux mètres au moins de circonférence, deux tonneaux de sève et, je vous le dis, au bas mot, trois stères de bois quand il sera par terre. Je veux ceci...

Il leva haut sa hache et la laissa retomber plusieurs fois contre l'arbre, à une cinquantaine de centimètres du sol, fracassant l'écorce, faisant apparaître, jusqu'à la terre, le corps nu et blanc du pin. Puis, s'étant agenouillé, il frappa le haut de la trouée plus doucement, faisant une entaille de la longueur d'une main, de quelques millimètres à peine de large. Pesant ensuite sur la lame d'acier, il découpa de haut en bas une lamelle si fine que le jour se voyait à travers, et toute imprégnée de l'odeur de la résine; il la détacha de l'arbre et l'exhiba fièrement.

– Voilà la mesure, dit-il, un *galip* de cette épaisseur pour commencer. Des cares comme celle-ci, j'en veux tout autour des fûts, cinq, huit, dix s'il le faut, avec un pot Hugues au bas de chaque. Et puis on remontera, de cinquante en cinquante centimètres, à chaque amasse, jusqu'au milieu de l'arbre. Il faudra récolter vite. Je veux des barriques pleines pour la Saint-Amédée, dans vingt jours, ce qui veut dire cinq litres de gemme pour une heure de travail et, pour chacun de vous, une barrique de trois cent quarante litres par homme, et en moins de neuf jours.

– Ainsi on saigne à mort, lança quelqu'un.

– A mort, confirma Gilles, et jusqu'au dernier de ces arbres.

Les ouvriers se regardèrent. Il y en avait de toutes sortes, des grands musculeux, des petits secs, du genre noueux, et d'autres massifs et charnus, au thorax bombé comme un tonnelet, tous portant moustaches et favoris. Métayers en rupture de bail, brassiers sans toit ni femme, charbonniers las de se chauffer en plein été, ils devenaient résiniers et avaient quelques questions à poser, que Gilles devança.

– Vous pourrez vous bâtir des maisons ici même, leur dit-il, et y abriter vos familles. Si les femmes veulent travailler pour moi, elles en auront salaire. Il faudra curer les pots, emplir les barriques. Je paierai mieux que partout ailleurs sur la lande.

– Moitié-moitié, lança un homme.

C'était l'usage qu'écornaient les propriétaires à mesure que grimpait le prix de la résine, réduisant la part du gemmeur comme une peau de chagrin.

– Non, dit Gilles d'une voix ferme. Je ne veux pas de ce métayage ancien sur ma terre. Vous garderez un quart de l'amasse, et pour le reste je paye à l'heure, en supplément, vingt centimes. Cela veut dire que chacun de vous pourra en travaillant ici dix heures dans une journée s'acheter chaque mois que Dieu fait un hectare et demi environ de lande communale.

Il attendit. Un murmure parcourut la troupe. La comparaison ayant rapidement fait son effet, les visages s'éclairèrent.

– Maintenant, il faut se mettre au travail, ordonna Gilles.

– Et la *brande* ? demanda quelqu'un.

La grande bruyère... Les ouvriers obtenaient parfois, du propriétaire qui les employait, le droit de tailler les fourrés qu'elle formait et d'en faire du bois de chauffe, des fourneaux de pipe...

– Et du balai à sorcière, tant que vous voudrez, le rassura Gilles. Servez-vous librement, ajouta-t-il.

Il regarda sa troupe s'égailler puis rejoignit Linon qui s'était assise contre un chêne, retrouvant une attitude d'adolescente, jambes écartées, les coudes appuyés sur les genoux. Dans sa robe ample et sage, cela détonait quelque peu. Gilles s'en amusa. Pareil relâchement allait mieux avec les bouts d'étoffe mal taillés dont elle se parait autrefois.

Des yeux, elle s'étonnait que tout cela fût à lui et qu'il pût ainsi commander, à peine revenu au pays, à cette armée d'ouvriers.

Il tendit la main vers le ciel, tourna sur lui-même.

– Celle-ci, et d'autres encore, tonna-t-il, on va saigner à mort sur Luxey, Pissos, Moustey, et jusqu'à Morcenx et aux limites de la Chalosse. Je n'ai pas fini de visiter ces chantiers-là !

Linon le regardait s'enflammer, comprenait qu'il revenait puissant et décidé. Arnaud Lancouade l'avait rejointe. Éberlué, un sourire d'incrédulité sur les lèvres, il découvrait le projet qu'en quelques heures son beau-frère avait fait naître et son discours passionné.

– Je veux que la gemme coule de ces arbres comme l'or au fond des rivières de Californie, poursuivit Gilles, extatique. Si je pouvais presser en même temps toutes les pinèdes de Lannegrande, comme je le ferais, diou biban, et sans hésiter ! Regarde, Arnaud, la résine va rouler d'ici à Bordeaux, en tonneaux, par centaines et, de Bordeaux, elle ira partout où on la réclame, en Prusse, en Angleterre, en Flandre et jusqu'en Orient. Et lorsque les arbres m'auront donné leur suc, on en fera des traverses pour les voies ferrées, des poteaux de mines et des planches pour construire des maisons, pendant que d'autres arbres pousseront à travers la lande, partout, qu'il faudra un jour entailler à leur tour...

Il hurlait et, à le voir ainsi faire des bonds, Linon se mit à rire. Elle retrouvait le petit berger joueur de flûte qui grimpait aux arbres pour y dénicher les œufs, le solitaire qui allait écarter les vaches et sauter à pieds joints par-dessus leurs cornes, à Hagetmau ou à Mugron, chaque fois que ses voyages pastoraux le menaient aux confins de la Chalosse.

Le lanescot était devenu propriétaire. Il allait raser, après l'avoir pompée comme une source, la vénérable pinède de Mme de Caylac. Et de partout où il pourrait ainsi gemmer sans attendre, la glu coulerait sur l'Europe, comme un ruisseau de perles blanches.

– Gilles...

Elle murmura son nom tandis qu'il se tournait vers elle, transfiguré, le poing serré. Derrière lui, la forêt résonnait déjà de l'ardeur des ouvriers, les copeaux odorants volaient dans la lumière, on en ferait du feu puisque, tel le cochon, le pin doit tout donner à son maître, le sang, les entrailles, les os et la peau même, qui éclairerait l'âtre entre automne et printemps.

Gilles se mit à marcher de long en large, ses bottes dans la tourbe du chemin. Général à l'aube de la bataille, il avait mis son armée en position et donné l'ordre de l'attaque. Il y avait là l'atmosphère de joyeuses vendanges, lorsqu'il s'agit de rentrer le raisin avant l'averse. Demain, dans dix endroits semblables de la grande lande, cent hommes, au même moment, feraient avec leurs entailles dans la chair des arbres la fortune de leur employeur.

– Là, Gilles, regarde !

Arnaud Lancouade montrait trois silhouettes longeant au pas de course une craste d'eau dormante, en limite des propriétés. Gilles reconnut les gardes de Gaillarde, précédant leur maître qui agitait au-dessus de sa tête un chapeau de paille.

Linon se leva prestement. La grâce offerte par sa patronne touchait à sa fin, et l'heure était venue pour elle de retrouver la buanderie de madame Louis, où flottaient des odeurs de lessive et de linge propre.

– Du calme, dit Gilles en l'empêchant d'avancer.

La jeune femme s'immobilisa, tête basse, les mains serrées contre les cuisses à travers l'épais tissu de sa robe. Gilles empoigna une hache et se campa, jambes écartées. Les gardes avaient enjambé le petit canal et pénétré sur la pinède.

– Qui êtes-vous ? Que faites-vous là ? demanda l'un d'eux.

Des moustaches épaisses, la couperose aux joues et jusque sur les ailes du nez, les frères Harbananx n'avaient guère changé. Vêtus comme par le passé de feutre et de toile grise, le fusil sous le bras, des bottes de cuir à la place de leurs sabots d'antan, ils ne mirent pas longtemps à reconnaître celui qu'ils avaient toujours soupçonné de braconner entre deux courses vers les parcs.

– Par Dieu, c'est le jeune Escource, s'étonna l'autre. Et qu'est-ce que tu fais dans ces pins, quand on enterre ta mère ?

– Je saigne, de chagrin, répondit Gilles.

Le souffle court, les deux hommes jetaient des regards désespérés vers la pinède et les piverts qui y œuvraient en rafales de coups de hache. L'un des gardes portait à la ceinture, attaché par les pattes, un canard sauvage.

– Que faites-vous chez Mme de Caylac ?

Louis Larrègue avait rejoint ses hommes. Ils devaient revenir tous trois des marais qui bordaient à l'ouest le domaine de Gaillarde, un endroit où la chasse se pratiquait à l'abri de chevaux que l'on poussait doucement vers le gibier.

– Je saigne mon bois, répéta Gilles.

L'arrivant grommela son incompréhension.

– Mon bois ! cria Gilles, ma forêt ! Ma résine ! Mes ouvriers ! N'avancez plus d'un pas !

Larrègue se figea, tétanisé, comme si la foudre sortie du sol venait de le frapper.

– Vous êtes... (Il cherchait un nom, que lui souffla un garde.) Le Mexicain... Escource... murmura-t-il, le cadet.

– L'incendiaire de Sanglet, précisa Gilles. Vous cheminez sur ma terre, désormais, ajouta-t-il en avançant vers ses visiteurs, un petit sourire aux lèvres. Cet espace est mien, de La Leyre au quartier de Marquèze. Cela fait deux cent cinquante hectares au total, vendus avec la maison et les métairies par un notaire de Bordeaux. Voulez-vous voir les actes ?

Larrègue restait bouche bée. Le temps avait encore un peu creusé son visage autour de la bouche et des yeux qui conservaient leur éclat de métal froid.

– Il ne faudra plus trop passer par ici, monsieur, poursuivit Gilles, ni garde ni maître ni fils, personne qui aurait l'idée d'y chasser ou d'y ramasser des champignons. A la rigueur, on pourra simplement traverser, pour se rendre plus loin...

Larrègue se tourna vers ses gardes puis, à nouveau, vers son voisin. Il cherchait quelque chose à dire, aperçut Linon, immobile devant le chêne, près d'Arnaud Lancouade.

– Hé, Linon Poyanne, lâcha-t-il d'une voix sourde. Tu es bien au service de madame Marguerite ?

Elle avait compris et baissa les yeux. Gilles s'interposait toujours.

– Il y a de l'ouvrage en cours, à Gaillarde, poursuivit Larrègue, il serait bon pour cette domestique de ne pas s'attarder ici.

Gilles fit un geste, mais la jeune femme s'était déjà mise à courir. Tenant le bas de sa robe entre ses mains, trébuchant sur des souches, elle s'enfonça dans la pinède et disparut derrière de hautes fougères. Gilles fit un pas.

– Halte, ordonna Larrègue, elle rentre chez moi, cette fois !

Il recula, rejoignant la craste qui servait de frontière entre les deux propriétés. A quelques dizaines de mètres de là commençaient les vastes étendues de maïs et de seigle de Gaillarde.

– C'est vous, monsieur, qui n'avancez plus, maintenant, prévint-il.

Les gardes levèrent les canons de leurs fusils. Gilles sentit une colère soudaine envahir sa tête et son ventre, un trouble qu'il connaissait bien, comme l'envie de tuer qui lui faisait pièce. Il brandit sa hache au moment où les gardes le mettaient en joue. Lancouade hurla. Gilles trébucha, chuta lourdement, comme à Suzan, mais sur sa terre, cette fois, qu'il embrassa, haletant.

– Pas de sang, ordonna Larrègue, qui battait déjà en retraite.

Gilles demeura un long moment inerte, le visage contre l'humus tendre de la pinède. Lorsqu'il entendit à nouveau le bruit des haches contre les troncs, il s'éveilla lentement, ouvrit à nouveau les yeux. La paix revenait en lui, en même temps que son péché d'orgueil lui apparaissait, sous les traits de Linon. Pour quelle raison cette femme, qui depuis des années avait rebâti sans lui sa jeune existence, redeviendrait-elle, parce qu'il le désirait sans aucun doute, sa complice des enfances mortes, qui courait la lande à ses trousses dans une vie antérieure ?

Lancouade l'aida à se relever. La pluie tombait du ciel pommelé, avec un bruit mat sur la mousse. Instinctivement, Gilles chercha l'abri du manteau de laine et ne trouva que celui de son chapeau de feutre.

– Fils de putain, murmura-t-il.

Face à lui, le pinhadar de Mme de Caylac lui offrait sa verdeur rassurante et, sur le tapis de fougères, l'ordre séculaire de ses troncs bien alignés. Gilles récupéra le hapchot et marcha vers les grands arbres. Déjà, au ras du sol, apparaissaient les taches blanches que, dans les profondeurs de la parcelle, les ouvriers ouvraient au flanc des pins. Gilles chercha le plus gros tronc, leva la tête vers une cime inaccessible.

L'arbre avait résisté à cent tempêtes, aux mois de pluies insinuantes se succédant, immuables, et à la touffeur estivale qui pétrifiait la lande. Sous le tranchant de la lame, l'écorce éclata en fragments bruns qui volèrent alentour. Gilles frappa de nouveau, tournant autour du pin, ahanant, soutenant sa main de chair de sa main de bois, brisant peu à peu la résistance du géant, jusqu'à le déshabiller sur tout son pourtour et le laisser nu, grotesque et humilié. A saigner.

Il en détacha des gémelles, comme des émincés d'une viande blanche, aux quatre points cardinaux, puis dans les radiaires intermédiaires. L'odeur de résine était déjà présente, à défaut des gouttes jaillissant de la chair offerte. Gilles colla sa joue contre la blessure et attendit, les yeux clos. Au bout de longues minutes, il sentit enfin le suc perler contre sa peau et s'écarta, appelant la sève, l'encourageant à couler vers la terre. Rien n'était pourtant visible à la surface du pin, il fallait goûter, ce qu'il fit d'une langue tremblante. C'était doux et amer à la fois, délicieux. Il se laissa glisser contre les cares et s'assit, le bras autour de l'arbre, englué et gémissant.

4

Linon longea le parc de Gaillarde et ses grands cèdres, puis elle prit le chemin de Loubette que bordait un champ de seigle, avant de grasses prairies où paissaient des vaches au cuir beige.

Bâtie à quelques centaines de mètres de la Grande Leyre, la propriété ancestrale des Larrègue profitait des douceurs que la rivière offrait ici et là à ses riverains. Des ondulations verdoyantes y rompaient l'austère étalement de la lande, plongeant en pente très douce vers l'eau revêtue de sa frondaison. Au cours des décennies, la maison s'était entourée de métairies où l'on cultivait le maïs, le lin, le seigle et le millet, près des enclos à oies et à canards. Ainsi la demeure du juge construite sous la régence de Philippe d'Orléans était-elle devenue « le château », dénomination que pouvait prendre, dans ce pays de maisons basses, toute construction dotée d'un étage de chambres, autour d'un couloir central.

La ferme de Francis Poyanne se trouvait au nord de la maison des maîtres, au milieu d'une vingtaine d'hectares de céréales. On avait tenté d'y implanter du blé tendre, autrefois, mais, comme sur le reste de Lannegrande, la céréale venait mal, et sa culture avait été abandonnée. Pour l'heure, la moisson future se dessinait, le long des sillons, le seigle en haut du billon, que l'on récolterait en juin, et le millet au creux de la vague brune, qui venait d'être semé. Ainsi Loubette, comme les autres dépendances de Gaillarde, gavait-elle aux mêmes endroits sa terre de grains différents.

Linon apercevait les hautes toitures de Gaillarde, en pans coupés aux quatre horizons, et les cheminées de brique rouge qui les surmontaient. Elle accéléra le pas, loin des silhouettes de quelques femmes occupées à désherber le champ.

Louis Larrègue l'avait vite reconnue. L'homme n'était pas commode. Il avait dû reculer devant le petit vagabond qui braconnait sur ses terres quelques années auparavant et se découvrait soudain son voisin, à quasi-égalité de surface. Encore pleine du trouble que lui avait causé la rencontre avec Gilles au cimetière, Linon ne pouvait s'empêcher de craindre, pour elle-même, un effet néfaste de l'algarade à Caylac. Madame Louis régnait, certes, sur Gaillarde, mais un mot de son époux suffirait à la faire plier. « Qu'elle retourne à Loubette... », et c'en serait fait du refuge que la jeune femme trouvait dans les profondeurs de la maison, à taper sur la *bugade* ou à ravauder des draps.

Elle traversa l'airial de Loubette, ôta ses sabots sous l'estantad et entra dans la salle commune. Les vieux Poyanne s'y trouvaient : la Berthille, minuscule, ronde de buste et de hanches, toute vêtue de noir jusqu'au fichu qu'elle tenait serré autour de son chignon blanc, pliait des serviettes sur la grande table, et Maurice, son mari, un vieillard au profil d'aigle, silencieux, s'était assis sur un banc pour achever l'assemblage de sarclettes neuves.

– Eh bé ! s'exclama l'aïeule, te voilà bien échevelée, toi !

Elle montrait du menton la chevelure de Linon.

– Dans quel vent as-tu couru ? Dieu vivant, remets-toi de l'ordre là-dessus, madame Louis n'aime pas tant pareil désordre.

Elle parlait « nègue », mangeant de surcroît la

moitié de ses mots, mais Linon comprenait le message. A soixante-dix ans passés, Berthille Poyanne menait encore son monde, à commencer par son aîné, qui s'était marié le dernier et avait donc tant à apprendre.

Linon fila dans sa chambre. Elle se contempla dans son miroir, un objet étrange au milieu du mobilier rudimentaire et plutôt sombre de la chambre. Gabrielle Lataste lui avait offert une fantaisie italienne, une glace portable ceinte de fausses pierres multicolores, un petit bijou comme il y en avait beaucoup à Gaillarde et sans doute le seul de toutes ses métairies. L'objet lui renvoya un reflet aux joues empourprées des restes de la chevauchée, puis de la course à travers bois.

Linon s'assit au bord du lit, entreprit de refaire, bien sages, les macarons qu'elle portait haut sur les tempes et qui laissaient à plaisir apercevoir les lignes de sa nuque et de son cou. Des pensées lui traversaient l'esprit, désordonnées, rapides comme ses doigts s'activant dans sa toison d'ébène.

Gilles était de retour, et c'était bien lui, même mutilé, même courbé par sa petite mort du Mexique qu'il lui faudrait bien conter un jour.

Linon se hâta de s'apprêter, repassa sans lever la tête devant ses beaux-parents et, ayant remis ses sabots, prit aussitôt le chemin de Gaillarde.

Cette fois, elle allait travailler dans les chambres, dépoussiérer les édredons, remplir les brocs et finir de briquer les pots sagement alignés au bas des tables de nuit. En près de deux ans passés au service de madame Louis, « la Poyanne-vieil », comme l'appelaient les autres servantes pour la distinguer de ses belles-sœurs mariées à des garçons de leur âge, s'était à peu près faite à ses fonctions domestiques. Sa surdité et le mutisme dans lequel elle s'était peu à peu enfoncée la maintenaient en dehors de tout ce qui se disait à voix basse dans les dépendances de la maison et dont elle n'avait que faire. Cela lui épargnait aussi le cauchemar d'avoir à servir à table, à passer les plats à hauteur de col et d'épaule, avec l'angoisse de verser une sauce sur un jabot ou, pire, dans l'échancrure d'un corsage.

Ainsi isolée des autres, elle se sentait bien dans ses besognes ménagères, près des lessives ondulant dans l'eau claire de la rivière, à préparer les chambres pour les hôtes de passage ou, délice, à aider la maîtresse de maison à mettre en pots confits et foies gras, et les légumes odorants dans leurs bocaux de verre.

Linon vit bientôt se profiler sous le ciel bas les formes de son havre et pressa encore le pas.

Massive et secrète, ses hautes fenêtres cernées de garluche sombre, protégée du vent et des regards par son parc de grands arbres centenaires, Gaillarde gîtait entre pelouses, massifs d'arbustes et vivier poissonneux. Il y avait entre la bâtisse, plantée là par un puissant du siècle précédent, et les métairies qui l'entouraient, la différence séparant la pierre de taille du torchis.

Linon fit le tour de la maison, jusqu'à la cuisine ouverte à l'est. Là s'activait déjà, autour de Madeleine Claverie – une cuisinière que l'on faisait venir de Sabres pour les grandes réunions de famille –, le contingent habituel des femmes de service des Larrègue, deux jeunes de Luglon pour les vaisselles et le nettoyage, et une ancienne, Élise, qui dirigeait les opérations, servait à table et sermonnait en permanence Linon, comme si elle avait pu s'en faire entendre.

– Eh, la Poyanne-vieil, tu étais où, tout ce temps ? lança-t-elle en manière d'accueil.

Maigre, la voix haut perchée, une permanente inquiétude dans les yeux, elle avait été surnommée *brouhagna*, la ronchonneuse dont une maisonnée de ce rang ne pouvait se dispenser.

– C'était l'enterrement de Justine Escource, à Commensacq, dit une jeune.

– Et l'ouvrage, alors, maugréa Élise, c'est moi qui le ferai tout entier ?

Linon s'activa. Il fallait faire des lits, épousseter les meubles, secouer édredons et oreillers. Gaillarde attendait une bonne vingtaine d'hôtes, des Bordelais pour la plupart, et des Parisiens aussi, pour l'habituelle réunion de printemps. Cette fois, la jeune femme ne prendrait pas le temps de jeter quelques regards sur les trésors enfermés dans les meubles.

Elle ôtait des draps, agenouillée sur un lit, lorsque, relevant la tête, elle vit les deux jeunes gens qui venaient de pénétrer dans la chambre : Antoine, le cadet, qui prenait du tour de taille et du rouge aux joues en même temps qu'un peu d'âge, en compagnie d'un cousin de Langon, Maxime Larrègue, un garçon long et mince, les tempes légèrement dégarnies, les traits délicats soulignés par une moustache effilée.

Antoine Larrègue s'immobilisa à l'entrée de la pièce. La vue de Linon avait habituellement pour effet de le pétrifier. L'autre s'aperçut de son trouble et lui frappa vigoureusement l'épaule.

– Eh bien, cousin, remets-toi ! plaisanta-t-il.

Apercevant à son tour la jeune femme qui s'était un peu redressée, très pâle, et les considérait avec l'air de s'excuser, il fit un pas vers le lit et se fendit d'un grand sourire.

– Eh, la jolie nourrice que voilà ! dit-il, amusé. Voyez ce pays, le désert est là, tout proche, avec ses créatures bizarres, et ses mirages, comme celui-là...

Il longeait le lit, la main sur le bord du matelas. De sa voix de haute-contre, son hôte lui expliqua pourquoi il parlait dans le vide. Linon vit la bouche du cousin s'arrondir, surprise, puis sourire à nouveau, tandis que de l'intérêt, vif, naissait dans son regard.

– Belles Pâques, apprécia l'invité en tâtant le matelas de la paume. Décidément, mon cher Antoine, je viens trop rarement te visiter à Commensacq.

Linon descendit du lit, se chargea prestement d'une brassée de draps et sortit de la pièce.

Dans le couloir, elle vit venir madame Louis, qui menait mademoiselle Émeline, sa sœur cadette, à sa chambre. Les deux femmes marchaient à petits pas. Elles étaient en grande discussion et madame Louis avait l'air préoccupé.

– Larrègue ne décolère pas, narrait-elle. Tu imagines, ma bonne, ce berger revenu de je ne sais trop quel Mexique pour revendiquer cette parcelle, et qui se met aussitôt à la saigner de toutes parts à moins d'un kilomètre d'ici, et Edwards qui ne nous avait même pas avertis de qui il s'agissait.

A près de cinquante ans, Marguerite Larrègue gardait, bien que petite, une silhouette agréable et des traits encore juvéniles. L'œil bleu comme celui de son époux, les joues bien pleines, la voix haute et claire, la taille serrée par une large ceinture de soie au-dessus d'une crinoline recouverte d'un tissu à fleurs jaunes, elle régnait avec autorité sur sa maison, masquant – mal – derrière l'enjouement de sa voix une réelle aptitude à commander et l'impatience maîtrisée de ceux qui se savent craints.

Linon baissa la tête, sentit peser sur elle le silence qui se faisait dans le couloir et devina que l'on s'arrêtait pour la regarder passer. Elle dut faire un effort pour ne pas se mettre à courir et se précipita dans une chambre dont elle referma la porte derrière elle.

Son cœur s'était mis à battre comme lors d'une subite excitation d'enfant, lorsque Gilles et son frère André Delpeix avaient commis quelque vilenie que les femmes de la Théoulère allaient découvrir : un garde-manger pillé, un jambon patiemment vidé de l'intérieur au canif, et dont il ne restait, sublime apparence, que la couenne et le poids de l'os, ou encore une lessive dispersée au gré de la Grande Leyre, et qui s'accumulait contre un banc de sable inaccessible.

Linon pressa sa poitrine affolée. Il se passait sur la lande un événement important que la rumeur devait déjà enfler et déformer. Gilles en était le centre. Stupeur, exaltation et inquiétude se mélangeaient dans l'esprit de la jeune femme qui ferma les yeux et se laissa porter par le tumulte.

La tablée du Vendredi saint à Gaillarde était encore modeste, une dizaine de convives au service desquels les deux filles de Luglon suffisaient. Linon était en cuisine à curer des plats, astiquer des cuivres et ranger les assiettes propres dans un haut vaisselier.

A l'heure des digestifs, l'une des servantes lui fit signe qu'on la demandait au salon de billard, pour servir les alcools. Cela n'était pas habituel. Un peu contrariée, la jeune femme gagna la pièce où les hommes avaient coutume de se réunir en fin de soirée, tandis que les dames se regroupaient autour de la cheminée du grand salon, à lire et à bavarder.

L'endroit était secret, confortablement meublé de lourds fauteuils de cuir et les murs couverts de livres, sur des étagères courant d'un angle à l'autre. Au centre, une lumière blanche, crue, tombait droit d'un bouquet serré de chandelles et se concentrait sur le billard, rejetant dans la pénombre les visages des joueurs.

Linon vit Maxime Larrègue se lever d'un fauteuil et venir vers elle. Les autres, ses cousins Antoine et Lucien et deux jeunes gens que Linon n'avait encore jamais vus à Gaillarde, tournaient autour de la table de marbre, occupés à leur partie.

Maxime ouvrit un meuble bas, en sortit un plateau qu'il tendit à la servante, puis il lui désigna la vitrine et, d'un signe de la tête, lui fit signe de l'accompagner.

Linon s'exécuta. Il y avait là des armagnacs dans leurs bouteilles ventrues, et des liqueurs multicolores. Larrègue assura le plateau dans les mains de Linon et entreprit de le garnir, sans quitter des yeux la jeune femme dont le visage, peu à peu, rosissait. Un instant, il se tourna vers ses amis qui semblaient s'amuser franchement. Il procédait par gestes lents et calculés, comme s'il tardait à s'arracher à quelque fascinant spectacle. Linon se mit à trembler. Des volutes de fumée montaient dans la lumière du billard, la pièce était pleine d'une odeur âcre de cigare. Larrègue poursuivit ainsi son petit jeu, jusqu'à ce que le plateau fût dûment armé.

– Offrez à ces personnes, dit-il.

Linon ne comprenait pas.

– C'est vrai, mon Dieu, dit-il navré.

Il la saisit doucement par le bras et, sans la lâcher, lui fit faire le tour des joueurs, qui se servirent l'un après l'autre. Lorsqu'il ne resta plus sur le plateau que les bouteilles, il la reconduisit, tout aussi calme, vers le meuble et la débarrassa du plateau.

– Voyez, comme on peut apprendre facilement, la complimenta-t-il, souriant.

Linon baissa les yeux. Du coin du billard, le gros Antoine l'observait. Maxime croisa les mains derrière son dos et, la tête penchée sur l'épaule, se mit à la fixer avec intensité.

Indécise, elle attendit sans bouger, les bras ballants, devinant qu'il lui parlait à voix basse.

– Je dois aller, finit-elle par balbutier péniblement.

Maxime Larrègue ouvrit de grands yeux, éclata de rire.

– Elle parle ! Par Dieu, elle sait faire cela ! s'exclama-t-il.

Antoine s'était approché.

– Ah ! voici l'amoureux transi de cette belle servante, regretta son cousin.

La présence à ses côtés de son volumineux parent parut le contrarier. Il se détourna brusquement et rejoignit le billard. Linon en fit autant, dans l'autre sens, jusqu'à la cuisine où madame Louis distribuait conseils et recommandations.

– Beaucoup viendront demain de Paris. Seigneur, quel voyage, ils seront épuisés ! expliquait-elle à son conclave domestique. Ils voudront se reposer dans l'après-midi. Les lits devront être faits.

Elle se tourna vers Linon.

– Comment faire comprendre à cette fille ?... se plaignit-elle à haute voix : n'ouvrir le drap que sur un tiers de la largeur du lit, ce n'est tout de même pas si compliqué, nous ne sommes pas à la caserne impériale...

– Pauvre, elle fait bien ce qu'elle peut, maugréa la cuisinière.

– On tâchera de lui dire, promit Élise.

Madame Louis regardait Linon sans paraître la voir et s'en détourna. D'ordinaire, la maîtresse de Gaillarde se fendait à ces heures tardives de quelque compliment, d'un mot gentil, voire, exceptionnellement, d'une caresse sur les cheveux d'une jeune, avant de soupirer, satisfaite et fatiguée, et de libérer sa valetaille dans le froissement de ses jupons.

– Dites-lui aussi de ne pas paraître demain samedi, et de ne revenir que pour le ménage de dimanche matin, lâcha-t-elle avant de s'éloigner.

Linon s'inclina. Les filles s'employaient déjà à lui traduire comme elles le pouvaient les souhaits de sa patronne. Un jour sans travailler, l'aubaine devait être bonne à prendre. Linon finit par comprendre qu'elle n'aurait pas droit, ces soirs prochains, à séjourner et à dormir dans la minuscule pièce qui lui était parfois désignée, au nord, entre les celliers de Gaillarde.

C'était quand le service s'achevait tard dans la nuit, en hiver. Il n'y avait là que la place d'un lit, face à une cheminée, mais les draps fleuraient bon la lavande, une douce chaleur y régnait, pour elle seule, loin de la promiscuité de Loubette, de l'odeur d'étable et de cuir humide qui imprégnait l'édredon, et même, du moins le pensait-elle, jusqu'au corps de Poyanne, cette étrangeté qui pesait sur elle brièvement avant de s'en extraire et de retomber, mort, sur le côté.

Elle sortit dans la nuit froide et se hâta sur le chemin qui ondulait à travers le parc, longeant des pelouses et la roseraie, s'enfonça dans les profondeurs de cèdres et de chênes qui bordaient les dépendances, avant de déboucher sur les champs du château, puis de traverser ceux de Loubette.

La ferme était silencieuse. Une lueur vacillait dans la pièce commune. Poyanne était seul, assis devant un bol de soupe et une part de pastis qu'il écorchait de son couteau, par petits fragments. Linon dénoua ses cheveux. L'homme avait levé les yeux sur elle et l'observait, lèvres serrées, la fente des paupières rétrécie, comme un chasseur à l'arrêt. Linon s'assit à l'autre bout du banc. Elle n'avait pas dîné et se servit une portion de brioche. Poyanne se mit à lui parler.

Elle suivit sa bouche, essayant de deviner. Le métayer ouvrait grandes ses mains, pointait le doigt vers la rivière. Devant l'incompréhension de sa femme, il appliqua le tranchant de son couteau sur son poignet et fit mine de s'arracher la main. Puis il se leva, saisit le menton de Linon et, d'un mouvement de tête, l'interrogea.

– Que faisais-tu à Caylac, ce matin ?

Elle dit « Justine » et se dégagea. Ses jambes lui faisaient mal, d'avoir, le jour durant, monté les escaliers, brassé des draps et nettoyé, debout, couverts et porcelaines de table.

– Il a du flair, cet homme, dit Poyanne d'une voix sifflante, sa vieille se meurt, et, du fin fond des Amériques, quelque chose le lui dit, comme un signe de Dieu.

Linon se massait les mollets, loin de son discours.

– Et il a acheté de la terre, en plus, autour de La Croix, et Caylac, même, le domaine tout entier, poursuivit le métayer, et le voilà qui gemme les pins de la pauvre dame et en veut des barriques pleines, avec une armée de brassiers pour le servir. Il a volé, pour se payer ainsi plus que Bonnefoy, plus que Larrègue ? Et toi, tu le sers aussi, alors, à ce qu'on dit ?...

Linon se mit à califourchon sur le banc et remonta sa jupe jusqu'à ses genoux. D'une chambre de jeunes montait le bruit régulier d'un ronflement. Poyanne referma son couteau et se mit à tourner autour de la table, puis il vint à nouveau vers sa femme.

– On t'a vue avec lui sur un cheval, dit-il. Ce berger est au pays depuis une seule nuit et déjà tu te vautres sur sa selle.

Elle comprenait, haussa les épaules.

– Les hommes t'ont vue, et la dispute avec monsieur Louis aussi, tu te rends compte ? lâcha-t-il, furieux. Des ouvriers de Trensacq employés sur Caylac, ils en riaient encore en rentrant chez eux. Et moi qui peinais pendant ce temps sur les sillons de Loubette...

Linon vit la main de son mari descendre lentement vers elle et la sentit se refermer sur sa nuque. Poyanne avait changé de visage.

– Je sais, murmura-t-il à l'oreille de Linon, comme si elle pouvait l'entendre, je sais ce qu'il y a eu avant dans ton enfance, mais aussi vrai que cet homme a fui loin de toi, tu es celle que le curé de Commensacq m'a donnée pour femme, et tes frères aussi le savent, et tous ceux qui se trouvaient avec moi ce jour-là. Je te prie de t'en souvenir, sang de Dieu !

Elle se tourna, soutint le regard perdu, comme ivre, qui la dominait. Poyanne s'était habitué à son silence, aux quelques mots dont la bouche de Linon consentait, si rarement, à lui faire l'aumône. Cette fois, il attendait qu'elle parlât pour de bon et, ne pouvant se contenter du sourire lointain qui naissait sur les lèvres de la jeune femme, leva la main et la gifla du revers, puis de la paume, la forçant à se lever et l'acculant aussitôt entre mur et cheminée, pour la frapper à nouveau, sans un mot. Puis il l'empoigna par le cou, et serra de plus en plus fort, forçant Linon à s'agenouiller.

Elle se mit à prier. Souvent, il élevait la voix pour

pas grand-chose, une lessive qui traînait à la rivière, des sillons trop herbeux, mal sarclés, des sabots qui avaient pris la pluie au large de l'auvent. Pour la première fois il frappait, et elle sentait soudain la froide violence qui lui servait de chagrin. Étrangère au désarroi qui crispait les doigts de Poyanne sur sa chair, elle craignait pour sa vie et se laissa tomber à terre, pantelante. Lui s'agenouilla près d'elle, plaqua sa main sur les lèvres tremblantes de sa femme, mais Linon avait de toute façon décidé de ne pas crier.

– Tout ce que ce salaud ramène de sa guerre, dit Poyanne, je te le donne, contre un enfant, un enfant de ton ventre.

Il la libéra, plongea sa main sous sa jupe et la caressa sans douceur.

– Un enfant de ton ventre, répéta-t-il, écartant les cuisses, fouillant le sexe.

Linon se laissa aller contre le mur. Ensemble, ils avaient fait plusieurs fois le voyage à Saint-Eutrope de Cère, prié saint Jacques à Labouheyre, demandé son recours à saint Yaguen, sur les recommandations des guérisseuses, mais l'enfant ne venait pas, malgré les incantations, les linges accrochés aux branches, ou grâce au secret espoir que Linon conservait de demeurer stérile à tout jamais.

Elle vit les yeux fous de Poyanne, le supplia de ne pas lui faire mal. L'homme avait dénoué sa ceinture de tissu. Il la prendrait plus fort, plus longtemps, s'étalerait en elle jusqu'à ce qu'enfin son ventre plat se mette à gonfler.

Linon aperçut la bougie qui crépitait doucement sur la table. Elle verrait pour la première fois ce corps sans grâce sur le sien et la face dont elle devinait d'ordinaire, dans l'obscurité de la chambre, les crispations. Les joues brûlantes, elle choisit de fermer les yeux.

Poyanne la secouait déjà comme un sac. Il se mit à souffler et, au bout de quelques brèves saccades plus fortes que les autres, se répandit, les dents serrées, gémissant. Puis il se releva et se rhabilla.

– Va te coucher, maintenant, ordonna-t-il.

Il la fit se lever à son tour et, d'un geste, la poussa vers le couloir. Puis il enfila une veste de chasse et sortit.

Linon remit de l'ordre dans ses vêtements et se dirigea vers la chambre. Le ronflement venait de chez un beau-frère. Avec les enfants, une huitaine de personnes cohabitaient dans la chambre voisine de celle de Francis.

Une fois dans sa chambre, Linon alluma une chandelle et s'assit au bord du lit de planches. Puis, rêveuse, elle entreprit de se déshabiller.

Les gifles lui laissaient un souvenir moins cuisant que la griffe de Poyanne sur son ventre. L'homme était taciturne, dénué de la moindre fantaisie, le vin l'avait déjà conduit plusieurs fois aux limites de la violence physique, mais, jusqu'à ce jour, jamais il n'était passé à l'acte.

Cette fois, Linon se sentait abandonnée. Elle enfila sa chemise de nuit et s'étendit sur l'édredon. Elle frissonna, joignit les bras sur sa poitrine et attendit. Une sourde oppression la gagnait, comme lorsqu'elle avait à traverser seule les brumes montant des marécages de la Grande Lande.

Lorsqu'elle entendit le pas de son mari sur le carrelage du couloir, elle se mit à respirer plus vite.

Poyanne entra, la vit et, à son tour, se déshabilla avant de souffler la bougie. Puis, comme s'il s'agissait d'un soir ordinaire, il se plaqua contre elle, remonta du genou sa chemise avant de lui faire à nouveau écarter les cuisses.

Linon détourna le visage. Elle ne se sentait ni belle ni laide ni présente. Eût-elle hérité la laideur notoire de Madeleine Poyanne, sa belle-sœur, louché comme elle ou été couverte de poils jusque sur le bout des seins, que Francis l'eût prise sans plus d'émotion, avec ses mêmes gestes du genou, et le soupir au moment d'entrer en elle, les doigts serrés sur le blanc tendre de ses bras.

Linon se laissa faire. Poyanne s'était calmé, ahanant sur sa chair dévastée comme si rien ne s'était passé. Linon se souvenait d'une étreinte ancienne, désordonnée, en un éclair aveuglant, et du plaisir qui l'avait frôlée comme les ailes d'une palombe, avant de s'évanouir dans la nuit de Suzan. Elle eut mal, soudain, et chercha sa paume qu'elle mordit, refusant de crier, jusqu'à sentir dans sa bouche le goût du sang.

5

Un grand soleil inondait Gaillarde et son parc, ce dimanche de Pâques. A peine le déjeuner terminé, les invités de Marguerite Larrègue s'étaient répandus sous les arbres, cherchant l'abri des charmilles et des ifs pour faire un brin de sieste.

A la cuisine, Linon avait terminé la vaisselle, et les servantes s'activaient à la buanderie. Affalée sur un banc, la tête dodelinant contre son imposante poitrine, la cuisinière sommeillait, son devoir bien accompli, au dire des convives qui n'avaient boudé ni son agneau rôti ni son gâteau « succès » arrosé de crème anglaise.

Cherchant à son tour un peu de fraîcheur, Linon monta à l'étage, où du ménage restait à faire dans quelques chambres. La maison était quasiment déserte. Seuls les tout-petits, dans leurs berceaux et leurs lits, dormaient dans l'ombre d'un bureau, au nord. Les autres, comme leurs parents, s'étaient égaillés à travers le parc, jusqu'aux rives de la Grande Leyre où s'était organisée une partie de pêche.

Il y avait bien une vingtaine de personnes à Gaillarde pour Pâques, de tous âges, depuis les proches des propriétaires, quelques jeunes filles à marier, des étudiants à Bordeaux, jusqu'aux amis, propriétaires dans le Sauternais, sans oublier un lieutenant de dragons de retour d'Algérie. Cette société familiale s'amusait fort, riant tard dans la nuit, jouant aux cartes et au billard, chassant, et les jeunes filles n'étaient pas en reste pour une battue au lièvre ou, plus simplement, pour une chevauchée à travers la lande.

Linon s'accouda à une fenêtre. Sous ses yeux, Gaillarde étalait ses pelouses et ses plates-bandes de rosiers jusqu'aux grands arbres qui, de toutes parts, cernaient à distance la maison. Au-delà de cette haute frontière, Linon apercevait, très loin, les tuiles rouges de Loubette.

Elle avait du mal à imaginer qu'il s'agissait de sa maison, là-bas, entre les champs de seigle et de maïs. Et la Théoulère aussi était loin d'elle, qu'une demi-heure à cheval séparait de Gaillarde. Linon avait peu à peu perdu l'habitude de s'y rendre. Jeannot Delpeix, qui passait parfois chez Poyanne, lui donnait des nouvelles de la famille : d'Henri qui allait bientôt acheter de la lande, sur Trensacq ; de Charles, cet aîné mystérieux qui vivait dans l'ombre de son frère, à le servir comme un brassier, sans demander plus que le pain et la soupe, et d'André aussi, qui achevait, au bout de cinq années de privations passées à se louer, de reconstituer le troupeau décimé par l'incendie.

Ces gens l'avaient laissée partir, elle qui n'aurait rien souhaité que de demeurer près d'eux, dans la maison natale, à regarder vieillir sa mère. Bouche inutile, et sans conversation...

Linon abandonna la contemplation de la toiture de Loubette pour suivre des enfants qui couraient entre les magnolias de Gaillarde puis d'autres qui en avaient déjà entrepris la conquête, et faisaient la course vers les cimes.

Sur une pelouse, des dames jouaient au croquet, leurs jupes rebondies faisant sur le vert uniforme de l'herbe des taches de couleurs vives, tandis qu'à quelque distance les maris et fiancés, allongés, se faisaient mollement la conversation. L'écho de rires et d'éclats de voix féminines montait jusqu'à la fenêtre. Linon les devinait, comme elle devinait celui qui s'échappait des lavoirs, des sillons ou des vergers des métairies voisines. C'était le printemps, précoce, le temps des jabots ouverts, des manches retroussées et du rouge que le soleil donnait aux joues des enfants.

Linon soupira, quitta son observatoire et, s'étant tournée vers le lit défait, sursauta. Deux hommes étaient entrés dans la chambre : Lucien, l'aîné des fils Larrègue, et le cousin de Langon, qui leva les mains en signe de paix et s'approcha de la fenêtre.

– C'est joli, vu d'ici, apprécia-t-il en se penchant au-dehors. On m'a donné une chambre de l'autre côté, sur les écuries, parlez-moi d'un panorama...

Le visage congestionné, la chemise ouverte, il souriait, se lissant la moustache. Son regard allait du parc à Linon. Lorsque la jeune femme voulut s'écarter de la fenêtre, il s'interposa, les mains toujours levées.

– Eh, la belle, c'est sans malice ! dit-il, l'œil rigolard.

– Je dois aller, s'excusa Linon.

Elle avait crié, comme elle le faisait souvent, ne s'entendant pas parler, pour dire les choses les plus anodines. Lucien Larrègue apprécia, le sourcil levé. Son cousin s'était assis sur le lit, hilare, tanguant de la tête.

– Aller ? s'inquiéta-t-il. A la souillarde, bien sûr, où travaillent les souillons, ce que tu n'es pas, par Dieu, je le clame fort ! Tu es belle comme le soleil, toi, et je prétends que tu n'as rien à faire en bas.

Antoine Larrègue pénétra à son tour dans la pièce. Le col encore boutonné, comme le gilet, au sortir de table, il détonnait auprès des autres. Linon voulut rejoindre le couloir. Maxime Larrègue posa alors la main sur son épaule, la maintint un court instant à distance, avant de repousser la servante vers la fenêtre.

Linon s'appuya contre le montant de celle-ci, les

doigts crispés sur le bois. Affolés, ses yeux allaient du cousin dont le visage, tendu, avait changé d'expression, au gros cadet, pétrifié dans l'embrasure de la porte, et à Lucien Larrègue, qui se laissait doucement aller en arrière, sur le lit, noyé dans des restes de vin.

– Ferme la porte, Antoine, ordonna Maxime.

L'obèse tardait à obéir.

– Ferme donc, empoté ! cria son cousin.

Linon vit le geste de son jeune maître et chercha le passage, mais son vis-à-vis, devançant la manœuvre, la saisit à nouveau par l'épaule et, d'un bref mouvement, la projeta vers le lit où elle s'étala, couvrant à demi Lucien de sa jupe.

La jeune femme voulut se relever, mais l'homme était déjà sur elle, ses doigts, longs et osseux, se refermant sur sa taille comme les crocs d'une mâchoire.

– Monsieur Lucien, gémit Linon.

Elle se souvenait soudain de l'avoir tutoyé, dans une très lointaine enfance. L'aîné des Larrègue leva vers elle un regard flottant, à peine concerné.

– C'est vrai qu'elle est belle, la Poyanne, balbutia-t-il.

– Monsieur Lucien, répéta Linon, cherchant l'aide du jeune maître de maison.

Elle apercevait, derrière ce dernier, la face lunaire d'Antoine, qui s'était approché en déboutonnant son col de chemise.

– C'est juste un pari avec mes idiots de cousins, souffla Maxime à l'oreille de Linon, si tu m'entends... Ça ne sera pas bien long. Oh, foutre !

Il dut faire un effort et mouliner des bras pour tenir sous lui la jeune femme qui se débattait, les yeux écarquillés.

– Allez, souffla le garçon, je te promets que ce ne sera pas long.

Un instant, Linon cessa de lutter ; Maxime en profita immédiatement pour passer la main sous sa jupe, cherchant le haut des cuisses. Près de lui,

Lucien Larrègue soufflait fort. Il avait tout à fait cessé de rire et paraissait sortir quelque peu de ses limbes, tandis que le benjamin, toujours tétanisé, le feu aux joues, observait la scène du milieu de la pièce.

Linon reprit son combat. Elle ne pouvait lutter et crier en même temps. Lorsque, entre deux ruades, elle parvint à émettre une plainte rauque, comme un cri d'animal, Maxime Larrègue plaqua sa bouche contre la sienne, l'obligeant à se détourner, et la chercha des lèvres, les doigts arrimés à son ventre. Ainsi tournée, Linon croisait le regard à peine intrigué de Lucien. La terreur la saisit et la fit hurler, rompant net sa voix.

– Sang de Dieu, elle est belle comme un astre ! lâcha son agresseur en passant son genou entre ceux de la jeune femme, et bonne... cette chair...

Le visage couvert de sueur, livide, les cheveux dénoués qui lui giflaient les joues, Linon s'épuisait.

– Il faut aller au bout, dit Maxime.

– Eh, là, mon cousin, protesta timidement Antoine, tu ne devrais pas...

– Silence ! l'interrompit Maxime. (Puis, à l'oreille de Linon :) C'est tout, ma belle, on y arrive, maintenant.

Il écarta brusquement sa bretelle, repoussa son pantalon et le caleçon qui le doublait. Linon tenta une dernière parade, mais ses forces l'avaient abandonnée. Elle cessa de bouger, priant pour que madame Louis ou n'importe qui, un enfant, en quête d'un jouet, entrât à cet instant dans la chambre. Lucien ne lui serait d'aucun secours. Las sans doute de voir son cousin batailler ainsi, il avait saisi la jupe par le bas et, d'un geste, l'avait rabattue jusque sur la poitrine de Linon.

La jeune femme sentit les doigts de Maxime Larrègue fouiller en elle, puis s'effacer pour laisser place à son sexe. Épouvantée, elle sentit le souffle de Lucien, chaud et précipité, dans son cou, tandis que des mains avides pétrissaient ses seins.

– Il ne faut pas, implora Antoine.

Son frère ricana. Les fesses du cousin se soulevaient en cadence à l'autre bout du lit, d'un mouvement qui l'excitait et l'amusait. Linon ouvrit la bouche. Maxime Larrègue allait et venait sur elle, le souffle de plus en plus court. Elle attendit qu'une poussée du garçon amène à elle le pavillon de son oreille, qu'elle mordit de toutes ses forces.

Il y eut une seconde durant laquelle tous s'immobilisèrent, puis le jeune homme s'arracha de son ventre, hurlant, porta la main à sa tempe et s'agenouilla sur le lit, la verge dressée. Dans le même instant, échappant à la molle caresse de Lucien, Linon roula sur le côté, chuta sur la descente de lit et courut, à peine relevée, vers la fenêtre.

– La fille de garce ! lança Maxime d'une voix blanche.

Hébété, il contemplait sa main rougie et finit par se laisser aller en arrière. Une tache écarlate s'élargissait sur le drap.

– Elle l'a arrachée, Lucien, gémit le cousin de Langon, ta garce de métayère me l'a arrachée.

Les frères l'examinaient. Lucien ne riait plus. Penché sur Maxime, le gros Antoine constatait.

– En partie, en partie seulement, dit-il, d'une voix neutre.

Dégrisé, Maxime Larrègue se laissa glisser à terre. Sa blessure saignait abondamment, tandis que la douleur s'estompait. Il se leva, remonta son caleçon, contourna le lit et fit un pas vers la fenêtre.

– Par Dieu, la carne, tu ne vas pas t'en tirer comme cela ! grommela-t-il.

Linon s'assit sur le rebord de la fenêtre.

– Je me jette, monsieur, implora-t-elle.

– Catin !

– Ça suffit, Maxime ! cria Antoine.

Le cadet s'était précipité, empoignant son cousin par le bras. Linon avait la moitié du corps à l'extérieur de la chambre.

– Antoine a raison, dit Lucien, soudain inquiet. Il faut te soigner, maintenant.

Maxime Larrègue s'empêtrait dans les jambes de son pantalon. Furieux, il se laissa faire. Lucien pointa son doigt vers Linon.

– Disparais, tonna-t-il, et tais-toi !

Les trois jeunes gens se replièrent vers le couloir et disparurent. Linon n'en pouvait plus. Brisée, elle s'agenouilla sur le plancher, laissa tomber sa tête entre ses bras et se mit à pleurer.

Le front contre le bois verni de la chambre, elle réalisait le malheur d'être trop belle chez des gens pour qui le droit de cuissage devait encore figurer une réalité de la Grande Lande. Tout en la violant, Maxime Larrègue murmurait à son oreille, de ses lèvres fines qui s'ouvraient sans bruit.

Linon hoquetait. Une colère venue des profondeurs de son ventre se mêlait à l'humiliation et au chagrin, quelque chose d'infiniment plus destructeur que la banale rugosité de Poyanne et ses manières de paysan.

Elle cessa pourtant de pleurer, peinant pour se relever. L'envie de se jeter tête la première sur le dallage de pierre qui cernait la maison revint en elle. Cela devait être simple. Elle apercevrait une dernière fois le toit de Loubette et les gens insouciants qui poursuivaient leurs jeux et leur sieste sur les pelouses de Gaillarde. Elle en chassa l'idée. Une vague de honte la submergeait. Ses cheveux trempés de la sueur et de la salive de Larrègue pendaient dans son cou, des mèches noires tombaient devant ses yeux, qu'elle repoussa d'un geste las.

Elle se sentait salie des pieds à la tête et dans son cœur, souillée et furieuse, aussi, de s'être si mal et si tard défendue. Elle rassembla ses étoffes, les réajusta comme elle pouvait. Sa jupe de lin noire n'était pas déchirée, mais le corsage de toile laissait voir, sous un sein, la peau blanche.

Linon se rua dans le couloir, descendit quatre à quatre l'escalier principal, traversa la cuisine et quitta Gaillarde par la cour du levant.

Elle avait besoin de courir, de fuir le plus loin

possible, comme lorsque, plus jeune, elle s'était mise à hanter la lande sur son petit cheval. Cette fois, elle ne reviendrait ni à ce bercail ni à l'autre. Elle avait décidé de se perdre et d'aller se laisser tomber à terre quelque part où jamais on ne la retrouverait.

6

Gilles Escource observait les larmes grises qui perlaient au sommet d'une care. Les pins de Mme de Caylac avaient depuis près d'un demi-siècle retenu leur sève ; celle-ci coulait désormais en longues traînées vers les pots d'argile. Attaquée de toutes parts, la forêt de Caylac exhalait ainsi sa résine par des milliers de plaies ouvertes à ses flancs.

Gilles s'était réveillé bien avant les premières lueurs de l'aube. Ses ouvriers dormaient encore à l'abri d'un parc transformé en dortoir lorsqu'il avait commencé à manier, seul, le hapchot au fond de sa parcelle. Il lui tardait de voir, rampant entre les troncs comme le balisage d'un chemin, la ligne blanche des saignées, d'un bout à l'autre de la pinède.

Arnaud Lancouade le rejoignit tandis que pointait le jour, puis les hommes se rassemblèrent et se mirent au travail sans tarder, surveillés par Duc.

Gilles regarda sa compagnie se disperser. Ceux-là gagneraient en une semaine ce que les sillons et les silos de la terre landaise leur accordaient jusque-là en une saison. Il les faisait fonctionner à la prime, comme il l'avait vu faire dans le Sud américain, où le travail à la tâche remplacerait un jour ou l'autre le système moribond de l'esclavage.

La pinède retentit du choc des haches contre l'écorce et du chuintement produit par l'arrachage des lamelles de bois, sous le tranchant des lames. Gilles avait limité à un centimètre de profondeur la blessure de l'aubier, sur neuf ou dix centimètres de large. Liberté était laissée aux gemmeurs, en revanche, de hausser leurs cares jusqu'à un mètre du sol, le but avoué du propriétaire étant de récolter un maximum de la sève de printemps.

– Des pots de Hugues partout, avait recommandé le maître, je ne veux plus voir de ces vieux *crots* au bas des arbres...

Dans cette méthode archaïque, un trou était creusé au bas du pin, tapissé de quelques planches dont les jours laissaient s'enterrer la moitié de la cueillette. Maintenant, l'argile allait collecter la résine jusqu'à la moindre goutte, et celle-ci serait canalisée entre des *bires* de copeaux ; on l'aiderait à couler à la main pour empêcher qu'elle ne se coagule en route et ne se perde en durcissant, sa térébenthine évaporée.

Des pots s'emplissaient déjà. Gilles en décrocha un, qu'il immobilisa sous sa main de bois, et le cura de quelques coups de *palinette*, une spatule en fer. Lancouade lui tendit une *couarte*, la mesure de dix-sept litres que l'on vidait dans la barrique.

– Regarde bien, Arnaud, l'avertit Gilles.

Il inclina le pot et la glu s'écoula difficilement dans le récipient de zinc.

– Pas grand-chose encore, mais écoute, poursuivit-il en riant. Dix hommes qui travaillent ici, cela doit faire de mille à mille cinq cents cares dans une journée de huit heures. Lorsqu'il s'agira de ramasser ces pots, il m'en faudra mille par jour ; eh oui, mon bon Arnaud, ne prends pas cet air étonné, mille pots, au bas mot. Si les hommes ne suffisent pas, on les fera aider par leurs femmes et par les enfants, qui manieront la louche au lieu d'aller dénicher à la Leyre...

Il poussa du pied la barrique, la fit rouler sur quelques dizaines de centimètres.

– Il y a près de trois cent cinquante litres, là-dedans, dit-il. Des muids comme celui-ci, j'en veux par dizaines, qui seront rangés à l'entrée de la parcelle et conduits à Bordeaux. Ce n'est pas du vin de Pauillac qu'il y aura dedans, Arnaud, mais cette colle dont l'odeur me saoule tout aussi sûrement.

Les bras écartés, il chérissait la pinède. A Luxey, à Sore, à Argelouse, à Ygos, des équipes de résiniers s'apprêtaient pour lui à la même campagne. Les arbres achetés à maître Edwards, dont les fûts jusque-là saignés paresseusement restaient pour la plupart couverts de leur *barras* brun d'automne, allaient à leur tour prendre la teinte nacrée de la gemme, leurs aubiers entaillés comme il le fallait.

– C'est beau, conclut-il, ravi, et les clients d'Archimbault seront servis à temps.

Il travailla toute la matinée, abrité du chaud soleil de Pâques par la cime des pins. Des tauzins avaient poussé en liberté et s'étaient groupés par endroits, tenant ainsi les conifères à distance. A une extrémité de l'immense parcelle, entre la rivière et la maison abandonnée, ils couvraient en pente légère les ondulations verdoyantes qui donnaient, plus loin, sur la Haute Lande.

L'endroit était délicieux. Gilles se souvenait de l'avoir hanté, avec les jeunes Delpeix, y croisant en hiver comme en été les fils Larrègue, qui y jouaient aussi. La dame de Caylac n'avait jamais fait clôturer ce bois, ouvrant passage à tous, chasseurs, bergers, enfants et troupeaux, jusqu'à la Grande Leyre.

Gilles avait laissé à sa gauche la grande maison devenue sienne, mais qu'il n'avait encore pas visitée. Il ignorait la crainte, et pourtant ce lieu vieux de plus d'un siècle lui en imposait au point qu'il ne s'était pas encore résolu à l'organiser pour y vivre, préférant l'abri humide et triste de La Croix.

Il descendit jusqu'à la rivière. Le chien le précédait ; lui aussi retrouvait ses repères. Loin de là, vers le chantier, on criait. Il rebroussa chemin, accéléra le pas lorsqu'il entendit son nom. A l'orée de la parcelle, émergeant d'une mer de fougères aux tendres couleurs de jeunes plants, Arnaud Lancouade venait vers lui, l'air soucieux.

– Jeannot Delpeix est passé, il cherchait sa sœur, dit celui-ci essoufflé.

– Linon ?

– Elle a quitté Gaillarde hier et, depuis, n'est pas rentrée à Loubette ni à la Théoulère.

Gilles le considérait, l'air absent.

– Jeannot a rejoint ses frères au Platiet, ajouta Lancouade. Ils vont fouiller, par là-bas. D'autres sont partis à l'est, vers Belhade. La lande est vaste...

Il avait l'air dépassé par les événements.

– La lande est vaste, murmura Gilles, en écho.

Les marais... Linon les connaissait par cœur. Bien que haussés d'un bon demi-mètre par les pluies d'avril, ils ne pouvaient représenter pour elle, loin de l'hiver et de ses brumes traîtresses, le moindre danger.

Lancouade se dandinait, le béret entre les mains.

– Et alors ? l'interrogea son beau-frère, tu n'as pas tout dit ?

– C'est Jeannot Delpeix, hasarda Lancouade, à moitié convaincu. Il disait, comme ça, qu'il y avait eu un sabbat au Pradaou, ces jours derniers, des *sourcières* par dizaines...

– Assez ! s'esclaffa Gilles.

Du plat de la main, il lui frappa vigoureusement le thorax.

– Alors tu penses ainsi, Arnaud Lancouade, poursuivit-il. Il y a un sabbat, pour le samedi de Pâques, au Pradaou. La petite est sortie de sous la vase, quelque part sur Lannegrande, et puis elle a plongé dans le *gouy de Gruouè*, à Labrit, avant de s'envoler sur son balai pour rebondir sur la pierre de Griman et venir te caresser la moustache, la gouyate, avec l'idée bien arrêtée de te jeter un sort... Et tu crois ça, toi, avec la peur, maintenant. Il manque un loup, dans ton histoire, mon pauvre Arnaud !

Il rit bruyamment puis redevint sérieux.

– Veux-tu qu'on se joigne à eux ? demanda-t-il.

– Aux loups ? fit Lancouade, troublé.

– A ceux qui la cherchent, benêt. Je te dis non par avance. Ici, le travail continue. Je veux mes cent barriques pour la fin de ce mois.

Il se mit pourtant en selle sans tarder et prit seul le chemin de Gaillarde. A cette heure les Larrègue, du moins ceux qui priaient avec régularité, devaient tout juste rentrer de la messe à Commensacq. Gilles prit par le bord de la rivière et ne tarda pas à pénétrer sur les terres de ses voisins. Dix minutes d'un galop soutenu le menèrent devant les communs du château.

Les servantes le reconnurent et se mirent à jacasser. Elles étaient filles de métayers et l'une d'elles avait épouser un berger de Morcenx, joueur de cornemuse, un lanusquet que Gilles avait accompagné, parfois, aux marches sud de la lande.

– Qu'est-ce qui se passe avec Linon Delpeix ? demanda sèchement Gilles.

Elles eurent des mimiques d'ignorance. La cuisinière s'approcha du cavalier, agitant sa volaille comme un sémaphore.

– Té, le Gilles Escource, ça t'a bien changé, l'Amérique ! s'écria-t-elle, les yeux comme des piques derrière ses paupières plissées. Tu y as laissé la main, on dit, mais tu y as gagné des épaules, diou biban, tu t'es fait homme, là-bas !

Puis elle redevint sérieuse.

– Cette Poyanne, elle est bien des parcs, comme toi, dit-elle, provocante. Les mains blanches ! A travailler la terre, d'abord, quand elle ne se louait pas ici, elle y laissait sa jolie peau bien pâle. Elle en a eu assez, moi, je le dis. Maintenant, où elle est partie, ça...

Elle eut un mouvement du menton, dubitatif. Les écarts des jeunesses domestiques employées par madame Louis ne l'intéressaient guère. Et elle avait à plumer de la volaille.

– Personne ne l'a vue s'en aller ? questionna Gilles.

Les servantes se donnaient des coups de coude et ne répondirent pas.

– Avec le Langonais, peut-être, s'esclaffa la cuisinière. Celui-là, il faut garder ses fesses au secret quand on le croise dans un couloir !

Les filles rosirent. Gilles mit pied à terre et marcha résolument vers l'angle de la bâtisse. De l'autre côté, comme l'envers d'un décor, c'était le parc, l'entrée de la maison au sommet d'un escalier et le gravier qui crissait sous les roues des attelages.

Lorsqu'il déboucha sur ce versant de Gaillarde, Gilles éprouva une réelle émotion. Enfant, il s'avançait parfois jusqu'aux marches du parc. Entre les troncs des cèdres et des magnolias il apercevait alors, comme sur une gravure, les murs de Gaillarde, ses toitures de tuile rouge et les hautes fenêtres à petits carreaux, pareilles à celles des châteaux. Des enfants de son âge couraient sur les pelouses, ceux qu'il croisait ou accompagnait à travers la pinède Caylac, jusqu'à la rivière, mais qui lui interdisaient l'accès à leur sanctuaire.

Il s'emplit quelques instants de ce rêve que pour la première fois de sa vie il pouvait toucher de la main et, quittant l'abri d'un coin de mur, se porta à la rencontre de Marguerite Larrègue.

La maîtresse de Gaillarde portait un chapeau rond à large bord, ceint d'une étoffe rouge, tandis qu'une voilette noire lui dissimulait à demi le visage. Au bas d'une jupe rayée aux couleurs de saison, très serrée à la taille et qu'arrondissaient des cerceaux, paraissait le bout de chaussures de velours. Gilles se sentit rougir. Il se trouvait devant une ombre jusque-là aperçue de loin, comme celles qui, au bout des pelouses, descendaient de calèches et de coupés, de retour de l'église.

– Monsieur ?... s'étonna-t-elle, polie.

Elle lui parlait d'emblée comme à un fournisseur, avec la distance d'usage, et avec un sourire convenu, intéressé quoique vaguement condescendant.

– Je suis Gilles Escource, de La Croix. Je suis à la recherche de Linon Delpeix. Elle travaille ici de temps à autre, je crois.

Madame Louis eut un léger haut-le-corps et son sourire s'évanouit.

– Linon... Poyanne, de Loubette, bien sûr, murmura-t-elle, intriguée.

Elle cherchait le bras amputé, qu'elle finit par apercevoir sous la redingote.

– Vous êtes donc ce berger, mon Dieu...

Elle mettait de l'ordre dans ses idées, essayant de masquer le trouble qui soudain l'envahissait. Une servante disparaissait tandis que revenait au pays, sous la forme d'un voisin possédant désormais une demeure semblable à la sienne, autant de bois et de lande, un des pâtres les plus pauvres de tout le canton de Sabres, voire de tout le département des Landes.

– Vous ne l'avez donc pas revue, depuis hier matin ? l'interrogea Gilles.

Elle parut sortir d'un rêve.

– Qui donc ? fit-elle, soudain distante. Ah ! cette pauvre fille muette... Eh bien, non.

Elle feignait mal l'indifférence. Larrègue avait dû lui conter sa rencontre à Caylac, et celui que l'on appelait déjà le Mexicain était là, devant elle, massif et perplexe, la chevelure crépue lui dégoulinant jusque sur les épaules. Un drôle de type.

– Je regrette, dit-elle, vous devriez interroger son mari.

– Poyanne ? Et pourquoi donc ?

– Cette... jeune femme (les mots se faisaient plus doux, comme la voix, moins cassante) ne souriait plus guère, depuis quelque temps.

Gilles le savait. Sa sœur lui avait expliqué que Poyanne parlait à Linon comme à son chien, encore que ce dernier bénéficiât à l'occasion d'une caresse, lorsqu'il rapportait assez vite le gibier.

– Et ici, madame ?

Elle s'impatientait un peu.

– Que voulez-vous dire ? lâcha-t-elle, pressée.

– Il ne lui est rien arrivé de fâcheux, qui aurait pu l'inquiéter ?

Elle laissa échapper un rire bref, aigu. La question était saugrenue. Madame Louis se retourna, parut soulagée de voir s'avancer vers elle un groupe de jeunes gens conduit par son fils aîné qui précédait un grand gaillard à moustache portant à l'oreille un pansement maculé de sang séché.

– M. Escource demande des nouvelles de Linon Poyanne, annonça madame Louis. Que pouvons-nous lui dire ?

Lucien Larrègue s'approcha.

– Escource, celui de La Croix et des moutons de Sanglet, constata-t-il à voix basse.

Gilles hocha la tête. Des souvenirs communs leur revenaient : les troupeaux longeant les chemins limitrophes, la musique des fifres et des cornemuses, et les enfants bien habillés qui sortaient de Gaillarde dans des calèches conduites par des cochers vêtus de rouge et défilaient devant les autres, pouilleux assemblés à les bader.

Et l'assemblade de Suzan, aussi.

– Rien, murmura Larrègue, il n'y a rien à lui dire...

Gilles détailla le groupe. Il y avait là des donzelles élégantes, qui riaient en parlant d'autre chose, et ce long jeune homme blafard qui s'excusa et s'éloigna vers le château.

– ... sinon que la sortie de cette propriété privée se trouve là-bas, ajouta Lucien.

De sa canne à pommeau d'argent, il montrait le parc et le portail d'entrée, masqué par les arbres. Gilles ôta son chapeau et s'inclina. « Je préfère que tu ne viennes pas trop à Gaillarde, lui disait Lucien Larrègue lorsque Gilles s'approchait un peu trop de la maison, mon père n'aime pas qu'on braconne... »

Gilles prit congé sans un mot. Il n'éprouvait ni

crainte ni colère, l'angoisse subite, simplement, d'avoir à chercher en vain Linon.

Sur quelques centaines de mètres, la rive de la Grande Leyre se laissait parcourir librement. Des bancs de sable s'y succédaient, sur lesquels le cheval laissait l'empreinte de ses fers.

Gilles cherchait un embarcadère qu'il finit par découvrir au sortir d'une large courbe. La rivière s'encaissait soudain sous une voûte de feuillages compacts et devenait bayou, inaccessible par ses bords.

Une barque attendait en amont. Autrefois, il y en avait plusieurs, pour ceux qui préféraient le voyage fluvial à la longue traversée de la lande, vers le nord, et le Bassin. Gilles lia son cheval au tronc d'un saule, puis il embarqua et se laissa glisser dans le courant.

L'eau était verte, sombre par endroits, tant la végétation l'oppressait de toutes parts, retombant jusqu'au milieu de son cours. Il fallait louvoyer avec adresse sur un flot moins calme et, des deux mains, écarter des branches, ramer parfois à contre-courant, pour se dégager.

Gilles retrouvait des gestes oubliés depuis longtemps. La barque allait d'une rive à l'autre, tapait du nez contre les rochers, dans les entrelacs de racines et de feuillages. De son bras et demi, ahanant, Gilles s'efforçait de la garder en équilibre. Mille fois, il avait fait ce parcours. Une nuit, même, adolescent, il avait flotté ainsi, loin vers le nord. Hanté par la peur, l'œil rivé sur le reflet de son fanal sur l'onde grise, pagayant de toutes ses forces, il avait fini par déboucher au matin, épuisé et victorieux, sur le delta et les platitudes luisantes du Bassin...

La perspective s'élargissait un peu, mais les rives demeuraient impraticables. Gilles laissa l'embarcation filer son chemin sur le cours de la rivière redevenue calme. Au-delà des arcades végétales protégeant celle-ci, c'était sur près de trois kilomètres Caylac, la pinède et des fouillis de sous-bois interdisant l'approche de la rivière par la terre.

Dans une courbe, le talus devenait raidillon, couvert de taillis. A sa moitié environ, l'érosion avait créé une retenue d'eau suspendue entre des tauzins. Le « Lac invisible » ; là, Gilles avait construit de ses mains une cabane pompeusement appelée relais de chasse et de pêche, couverte de branchages, impossible à repérer de la rivière.

Il encorda la barque à une racine drageonnante. Autour de lui, l'eau murmurait, égale, éternelle. Tout près de là, un pivert martelait un tronc d'arbre et, de temps à autre, le ventre d'un poisson argenté luisait furtivement. Gilles mit pied à terre et entreprit d'escalader le talus.

Le lac était toujours là, les chênes et la cabane aussi, dont la toiture de feuillage s'était en partie effondrée. Gilles s'approcha, le cœur battant. Il jeta un coup d'œil à l'intérieur et s'agenouilla, soulagé.

Dans un coin de l'abri, les bras serrés contre sa poitrine, Linon dormait. Gilles se pencha sur elle. Elle avait froid, des frissons la secouaient. Sa peau était encore plus pâle que d'habitude, ses yeux cernés de gris trahissaient la fatigue de tout son corps.

Gilles se débarrassa de sa redingote qu'il posa sur la jeune femme. Puis il resta à la contempler, ainsi abandonnée, de longues minutes. Il retenait sa respiration, sentant monter en lui un mélange d'amour et de désir. Linon respirait avec régularité. Elle avait dû venir par la forêt. Ses vêtements étaient déchirés, ses bras et ses jambes en sang. Il sembla à Gilles que cet instant de paix allait se prolonger indéfiniment, que ce jour de Pâques serait le seul et le dernier de l'année, à attendre que sa *chicoya* sortît du sommeil magique qui, à lui, avait fait autrefois tant de mal.

Linon gémissait doucement. Avait-elle la fièvre ?

Gilles ne savait que faire et s'assit, adossé aux planches moisies de la cabane.

Une ivresse le prenait. Son enfance de petit pâtre pauvre et libre remontait à la surface, comme le sable dans les remous de la rivière. Il s'était, depuis, passé au Mexique des choses irrémédiables qui avaient transformé le jeune homme un peu fou et tellement sûr de lui en conquérant de sa propre terre, mais il restait le doute, la peur et le remords, qui avaient germé et, depuis, croissaient.

Il ferma les yeux, pris par la somnolence qui l'apaisait, et s'éveilla au même moment que Linon.

Elle le vit, parut soulagée et se laissa aller contre lui.

– Va, ma jolie, chuchota-t-il à son oreille, pleure. Tu n'auras plus de peine, je te le jure.

Il caressait ses cheveux. Linon voulait parler, expliquer. Du regard, il l'adjura de se calmer et la garda dans ses bras. C'était un contact délicieux, une fusion qui lui chauffait le corps. Sous la redingote, Gilles devinait la douceur de la peau de Linon, la rondeur de ses seins et cette sveltesse qui faisait déjà d'elle, adolescente, une liane sans fin.

Il frémit. Peut-être le repousserait-elle, une fois revenue à elle. Mais s'il avait fait le long voyage du retour pour ces seuls instants, il n'aurait rien à regretter.

Elle s'apaisait peu à peu. Il redouta le moment où elle se séparerait de lui pour se relever, mettre de l'ordre dans ses cheveux et s'en retourner, mais elle n'en fit rien et, au lieu de cela, il sentit dans son cou les doigts de la jeune femme qui s'affermissaient. Bouleversé, il caressa la joue de Linon, releva son visage.

– Regarde-moi, dit-il.

Il s'abîma dans l'onde verte. Aucune femme d'Amérique n'aurait pu lui donner ainsi, en un aussi court instant, autant de grâce. C'était au-delà de ce qu'il avait pu imaginer en rêve, lorsque le mal du pays le prenait, là-bas, et lui tordait le ventre.

– Regarde-moi comme ça, toujours, je t'aime, dit-il.

Elle lisait sur sa bouche, répondit d'un signe de la tête. Il but ses larmes, l'embrassa et la tint dans ses bras, à la bercer. Elle se laissait faire, avec une plainte à peine audible, comme une chanson murmurée.

– Je ne veux plus, les autres, souffla-t-elle.

Elle répéta plusieurs fois « je ne veux plus ». Gilles ferma les yeux, se prit à sourire. Elle allait le suivre à La Croix, à Caylac et jusqu'à Bordeaux, où il aurait à faire bientôt.

– Tu étais mort, Gilles est mort. Ils disaient...

Elle retrouvait ses mots et les lui offrait, de sa voix éteinte. Elle s'agenouilla face à lui, puis lui prit les mains et les baisa, donnant vie au bois de ses doigts.

– Je suis là, moi, dit-il en cherchant les lèvres de Linon, et ce fut de son corps tout entier que soudain elle l'embrassa.

Ils se dévêtirent en riant. Gilles pensait qu'au fond il reprenait les choses de l'amour où ils les avaient laissées, cinq années auparavant. Pendant que Linon se faisait encore plus belle dans le désert de son cœur, il avait appris à tuer beaucoup et à aimer. La parenthèse se refermait, comme les bras de son amante autour de lui. Leur étreinte ressembla à la précédente, rapide et violente, mais comme cette fois il n'était plus question qu'elle fût sans lendemain, ils la prolongèrent jusqu'à ce qu'à nouveau le désir leur fît battre le cœur.

Le soir même, Gilles Escource installa Linon Poyanne à l'abri de la vieille maison familiale, dans la chambre de sa mère et, longtemps, les murs de La Croix résonnèrent des cris et des rires de Jeanne-Marie Lancouade retrouvant sa seule véritable amie.

Puis Gilles s'en alla. La nuit tombait lorsque le nouveau maître de Caylac, ayant parcouru à cheval les deux lieues qui le séparaient de Loubette, pénétra sur l'airial de la métairie. La maison était éclairée à l'intérieur. Gilles toqua à la porte, du pommeau de sa canne, puis entra dans la pièce commune.

Il y avait là, attablées ou debout près de la cheminée, une grande douzaine de personnes : des métayers pour la plupart, des ouvriers, deux bergers encore drapés dans leurs pelisses, et des femmes occupées à filer ou à servir une soupe dont l'odeur se mêlait à l'âcre relent de la sueur et des vêtements humides. Des enfants dînaient de leur côté, groupés à un bout de la table.

– Té, le Mexicain, dit quelqu'un.

Gilles salua. Il reconnaissait des visages et le regard de curiosité qui se posait sur lui. En quelques jours, son portrait avait fait le tour de la lande, aussi vite qu'un envol de palombes. Diable ! Le bougre était passé pour mort au bout du monde, et le voilà qui se rendait maître de l'un des plus beaux territoires de Lannegrande.

On s'approcha. Il y avait là des gens de Trensacq et de Commensacq qui avaient pisté la Poyanne tout le jour, tiré quelques faisans et posé leurs fusils contre la cheminée, près du manche de la broche.

Les femmes avaient interrompu leur ouvrage et, de sous leurs coiffes, observaient l'arrivant. Cherchait-il la petite *sourdi*, lui aussi ?

Loubette n'était pas sur le chemin des troupeaux. Sa terre ne portait que du grain, les pâtres évitaient donc d'en fouler les sillons. Pour cette raison, Gilles n'en avait jamais été un hôte coutumier.

– Francis Poyanne n'est pas là ? s'inquiéta-t-il.

Le métayer n'était pas encore rentré. Il cherchait sa femme du côté de Marquèze, en compagnie de ses frères. Gilles accepta un verre de vin, refusa la soupe.

– Tu étais de la battue ? lui demanda quelqu'un.

Il fit non de la tête, huma son verre. Les autres traquaient des yeux la prothèse de bois. Lui se tenait près de la porte, jambes écartées. Les bergers lui firent l'aumône de quelques phrases aimables, au lieu du silence gêné qui dominait l'assemblée. Seuls les enfants, qui avaient cessé de manger, béaient, les yeux écarquillés, figés comme s'ils avaient vu entrer dans la cuisine le bécut, en poils et en personne.

Gilles vida son verre. Il observait à son tour ses pays, pour la plupart laboureurs, des braves gens, hâbleurs entre eux, obséquieux devant le maître, qui auraient eu honte de ne pas honorer comme il fallait celui-ci de leurs reversements. Trois cinquièmes de l'argent du grain, et le reste, comme des cadeaux, pour le notaire de Dax, le médecin de Bordeaux ou la douairière de Sabres : un canard gras, des chapons, un jambon entier ou les meilleurs morceaux du cochon salé à Noël ; la dîme, donnée avec le sourire, grimaçant tout de même, par ces humbles dont le rêve inassouvi resterait à jamais l'accession, même étique, à la propriété.

– Tu vas remettre les tchanques ? lui demanda un berger.

Il était du village qui se nommait comme l'arrivant, Escource, aux confins du Born océan, un hameau dont les lointains ancêtres de Gilles avaient en le quittant, comme souvent, emporté avec eux le nom.

– Sûrement pas, répondit le Mexicain en exhibant sa main gauche, tu me verrais avec ça là-haut ?

Il sourit. C'était un instant étrange. Personne n'avait encore prononcé le prénom de la disparue. Il y eut un silence peuplé de quelques bruits de bouches et de cuillères.

– Boh, dit un vieux, qui n'était pas de là, ces Larrègue, on ne sait pas trop. Le père, soit, peut-être, mais pas commode, eh ? Quant aux fils...

Il eut un geste qui en disait long. Sans doute ne leur devait-il rien, pour en parler ainsi dans une de leurs métairies. Les femmes haussèrent les épaules et reprirent leur ouvrage. Les enfants se levèrent de table et coururent ouvrir la porte. « Les voilà ! » crièrent-ils.

Gilles se retourna, distingua les lueurs qui vacillaient à l'autre bout de l'airial. Il sortit et se porta à leur rencontre. Six torches, et une dizaine d'hommes guidés par les frères Poyanne. Gilles reconnut leur aîné, s'avança vers lui, fit signe aux autres de continuer leur chemin.

– Tu es celui de La Croix qu'on appelle le Mexicain, le fils de cette pauvre Justine, dit le métayer, à peine sa torche inclinée vers lui. Tu cherchais la fille, toi aussi ?

– Vous parliez de La Croix, dit Gilles, Linon s'y trouve à l'heure qu'il est. C'est moi qui l'y ai emmenée.

Poyanne ouvrit la bouche. La surprise le paralysait. Un sourire d'incrédulité, à peine inquiet, fleurit sur son visage.

– A La Croix, boh, té, tu l'aurais donc chez toi ?... parvint-il à articuler.

– Oui, renchérit Gilles d'une voix calme, et elle y restera désormais. Linon ne reviendra plus ici, elle ne le désire pas, et je suis venu pour vous en avertir.

– Escource... tu ne peux pas...

Poyanne avait pâli, son sourire évanoui. Sidéré, le métayer de Louis Larrègue cherchait des mots.

– Elle ne reviendra plus, répéta Gilles. C'est fini pour elle, fini. Trop de souffrance. Je n'ai rien contre vous, je vous le jure, mais, par Dieu, vous devez admettre que cette femme ne mérite pas de vivre de cette manière !

– Va-t'en, dit Poyanne d'une voix soudain brisée, fous le camp, berger ! Je vais voir ce qu'il convient de faire, mais je te dis qu'on n'en restera pas là. J'irai la chercher. Elle est à moi, à moi !

Il se haussait sur ses jambes courtes, bombait le torse sous sa blouse de toile noire. Ses compagnons s'étaient immobilisés à quelques mètres, en rang sous les torches. Gilles fit un pas en arrière.

– Alors, vous lui demanderez vous-même de revenir, dit-il, elle est libre de changer d'avis. Nous sommes tous libres, n'est-ce pas ?

Il vit le canon du fusil qui se levait lentement vers lui et se figea. Il n'éprouvait ni peur ni haine. Poyanne respirait vite et fort. C'était pile ou face. Gilles vit dans la clarté tremblotante de la torche le visage blanc de Linon qui se penchait vers lui et le fusil qui s'arrêtait à l'étage du cœur. Il attendit. A Puebla, des Mexicains qui détroussaient les cadavres l'avaient retourné et commençaient à le fouiller, lorsqu'il avait gémi. « *Puta de Dios, esa viviente...* » « *Mata lo !* » avait ricané l'un d'eux.

Gilles avait eu envie que cela se terminât rapidement ; il avait senti le métal sur sa tempe, et vu les yeux d'une adolescente qui l'accompagnaient avec la douceur des anges. Une détonation ! Les Français contre-attaquaient dans une bouillie de poussière, de boue et de cadavres. Un sergent de la Légion avait tiré avant l'autre.

Poyanne grommela des injures dans lesquelles il était question de démons et de sodomie.

– *Bey-t'en cagà au diabble !* Toi, tu rejoindras ta mère avant longtemps, promit-il, grinçant.

7

Catherine Lancouade se tenait la tête entre les mains. Son frère allait trop vite pour elle.

– Nous irons à Bordeaux dès demain, dit Gilles. Il faudra bien pendant ce temps que les choses se calment un peu ici, tu ne crois pas, petite ?

Il se pencha vers Jeanne-Marie qui le contemplait bouche bée. Cet homme qui apparaissait dans sa vie, massif et calme, lui offrant son sourire, sa force, c'était le sauveur, comme dans les récits de l'abbé Carrère, le curé de Commensacq, qui lui faisait le catéchisme. Son nom volait de lèvres en oreille, papillon léger, comme le nom de ce pays d'où il arrivait, Mexique, qu'elle se plaisait à répéter, jouant de sa sonorité sèche comme un coup de feu.

Gilles lui baisa la tempe et se releva. Les femmes se tenaient assises derrière eux. Catherine semblait prier à haute voix et Linon, épuisée, ne quittait pas son amant des yeux. Dans la pièce commune de La Croix flottait ce soir-là comme une aura de miracle. Catherine avait raison, il se passait vraiment des choses extraordinaires, et ce n'était certes pas son mari, qui buvait un verre de vin, appuyé contre la cheminée, qui l'eût cette fois contredite, même si l'homme se sentait là aussi dépassé par les événements.

– N'est-ce pas, mon bon Arnaud ? lança Gilles joyeux.

– Ça passera, peut-être, dit Lancouade, mais il te faudra faire attention. Tu n'avais déjà pas que des amis, par ici. Alors maintenant...

Gilles grogna et se retourna, cherchant Linon qui vint se blottir dans ses bras.

– C'est bon, murmura-t-il, la bouche dans ses cheveux.

Son visage retrouvait la paix. Catherine les contemplait, éplorée.

– Je vous cause du souci, à tous les deux, dit Gilles.

Les Lancouade ne répondirent pas et baissèrent la tête. Le scandale les toucherait à leur tour, si ce n'était déjà fait. Leur vie passée ne les avait pas préparés à cela. Pour les très pauvres de la lande, les exigences de la morale tenaient souvent lieu de fierté.

– Ce sera bientôt fini, assura Gilles qui devinait leur trouble, pour nous tous, je vous le promets.

Catherine soupira. Lancouade vida son verre et s'assit au bord de la table, rêveur.

Il y avait la nuit, calme, tout autour de La Croix, et le silence. Gilles s'agenouilla sur le lit et ferma les yeux, laissant sa main voyager sur le corps de Linon.

Le jour était là. Dans la grisaille, Gilles vit soudain émerger de la rase, à un quart de lieue de La Croix, un attelage. Il scruta longtemps l'horizon avant de reconnaître, dans le « carrosse », une charrette à quatre roues tirée par deux mules, les aînés Delpeix en compagnie de deux hommes. Il courut à l'intérieur de la maison, saisit un pistolet dans une malle et sortit à nouveau sur le pas de la porte.

Henri Delpeix s'arrêta à un jet de pierre de la maison, tandis que ses compagnons mettaient pied à terre. Autour de Charles Delpeix, Gilles reconnut les frères de Francis Poyanne, râblés, les jambes pareillement incurvées, des laboureurs batteurs de grain infatigables. Ils avaient des fusils en main.

Sous le béret enfoncé, tous avaient les traits tirés, les vêtements fripés. Henri Delpeix gardait sa veste de laine boutonnée sous le col, ouverte dessous jusqu'à la ceinture. Les autres étaient en chemise, les manches serrées aux poignets, le pantalon de toile rayée ceint d'une large écharpe. Henri Delpeix s'avança, vit l'arme dans la main de Gilles et s'arrêta.

– Té, le Gilles Escource, dit-il, on a cherché ma sœur toute la nuit, presque jusqu'à Trensacq, et en rentrant par Loubette, ils nous ont dit que tu la tenais sans doute ici.

– Oui.

– Serrée ?

Gilles rit. La Croix n'était pas une prison.

– Libre, rétorqua-t-il, et endormie, pour le moment.

Delpeix jeta un coup d'œil vers ses compagnons.

– Tu sais à qui elle est, ma sœur, lança-t-il. J'ai avec moi Léonce et Gustave Poyanne, tu les connais. Francis est resté à Loubette, ça valait mieux, je crois...

Gilles fit un bref signe de la tête. Loubette, il y avait fait le voyage quelques heures auparavant. Et puis, c'étaient les terres Larrègue ; les bergers et leurs bêtes n'y avaient jamais été particulièrement bienvenus.

– Amis ? questionna-t-il.

Delpeix se dandinait, perplexe. Il fit quelques pas de plus, le regard rivé à l'arme étrange que portait le Mexicain.

– Ça dépend de toi, dit-il. C'est simple, je veux ramener ma sœur à la Théoulère. Tu vas la réveiller et lui expliquer qu'elle a suffisamment mis de désordre dans le canton et au-delà. Tu sais qu'on la cherche en ce moment au Platiet, et plus loin, jusqu'à Sanglet ?

Il se tut. Gilles ricana. Ce parc-là, avec ses fumées qui montaient vers le ciel d'orage, il avait tenté de l'oublier. La gorge serrée, il avança à son tour vers Delpeix.

– Sanglet, c'est loin, dit-il d'une voix étrangement calme, mais Linon est ici, pour de bon et pour toujours. Tu ne repartiras pas avec elle, Henri, et tu sais bien pourquoi. Elle refusera de te suivre. Poyanne aurait dû te le dire, ça vous aurait évité un déplacement inutile. C'est fini, Henri Delpeix, les ordres que l'on donne aux plus humbles, les jugements des conseils de famille, les exils, fini. Maintenant, repartez tous les quatre.

Il vit les fusils se lever, tira une première fois aux pieds de Charles Delpeix, puis une deuxième, et une autre, soulevant la poussière devant ses visiteurs pétrifiés.

– Il en reste ! hurla-t-il, un colt au bout du bras, balayant son champ de visée.

Lancouade jaillit de la maison en chemise de nuit, bientôt suivi de sa femme et de Jeanne-Marie que sa mère fit rentrer bien vite.

– Assez ! hurla Lancouade. On n'est pas à la palombe !

– Tu as ta réponse, Henri Delpeix, maintenant, fous le camp d'ici ! cria Gilles.

Il le tenait toujours en joue. Les autres ne bougeaient plus, les yeux rivés sur le pistolet.

– Si tu reviens chez moi, fais-le en ami, poursuivit Gilles. Maintenant, c'est à toi de choisir.

– Ami d'un homme qui a laissé sa mère mourir de chagrin ? Qui rentre pour déposséder chacun de ses terres, de sa femme ? Hé !

– Je n'ai rien contre toi, Henri, dit Gilles.

Il désigna du menton les sillons alignés sur sa droite.

– Tu as bien profité de cette terre, qui n'est pas à

toi, lui dit-il. Tu l'as bornée, là où il n'y avait que de la lande à bergers, grâces t'en soient rendues. Ma mère t'a donné trois moissons au moins, sur lesquelles tu as rétrocédé un peu de grain au propriétaire, le beau loyer que voilà ! Ça aussi, c'est fini, désormais.

Delpeix recula. Son visage s'était fermé, ses yeux brillaient d'une lueur méchante. Parvenu près de l'attelage, il leva le poing et le brandit vers La Croix. Catherine se serra contre son frère.

– Tout ira bien, maintenant, dit celui-ci.

– C'est Henri Delpeix, ne l'oublie pas, Gilles.

Sa voix tremblait. Gilles la regarda en souriant, tandis que les visiteurs s'éloignaient, leurs pétoires dressées.

– Foutus paysans, grogna Gilles.

Il connaissait Delpeix. L'homme était calculateur et rancunier, une teigne collée à son sol d'argile, de sable et de fer. Tout lui était prétexte à arrière-pensées.

En l'humiliant ainsi que Poyanne, Gilles se faisait une belle paire d'ennemis. Perdant le contrôle familial, même de loin, sur Linon, Delpeix abandonnait une partie de ses belles espérances et le contrat qu'il avait oralement passé avec le métayer de Loubette en le mariant à sa sœur battait soudain de l'aile.

Catherine le lui fit remarquer.

– Cet homme ne pense que bornes et clôtures, il enterrerait sa mère, qu'au cimetière il trouverait encore le moyen de parler de ses baux, dit-elle, méprisante.

– Ils s'arrangeront bien entre eux et nous foutront la paix, la rassura son frère.

Catherine réintégra la pièce commune. Arnaud Lancouade l'y suivit, recevant dans ses bras sa fille, apeurée par la fusillade. Jeanne-Marie ne pouvait détacher son regard de la main de son oncle, où pendait encore le pistolet américain. Lancouade posa l'enfant à terre. Il y aurait de l'ouvrage dans la journée, à Caylac.

– Je partirai pour Bordeaux dans l'après-midi, prévint Gilles, j'ai à signer des papiers et voir le notaire pour l'achat de communaux et de bois sur pied, en Marensin. J'emmènerai Linon.

– C'est toi qui décides, dit Lancouade.

Catherine réchauffait la soupe dans la cheminée. Les hommes s'attablèrent et, silencieux, entreprirent de se restaurer comme si rien n'était arrivé. Pour Linon, qui dormait toujours à poings fermés dans la chambre du nord, il ne s'était encore rien passé.

Gilles activa le feu, s'allongea près de sa maîtresse et se perdit dans la contemplation du plafond. A cet instant, l'intrusion des fermiers à La Croix se perdait déjà dans sa mémoire ; son esprit s'emplissait de choses anciennes, de voyages, de frontières franchies dans la clandestinité et des langages différents de ces gens qui entre Louisiane et Texas se croisaient « pour affaires », sur fond de guerre.

Il éprouva le besoin de se lever, de penser à autre chose. Comme une carte de géographie, le contour des pays à fournir en résine s'inscrivait sur les murs de la chambre. Il faudrait très vite accélérer l'exploitation et saigner par tous ses pores la forêt présente et à venir. L'heure était à s'enrichir, et vite, du calfatage anglais, du chemin de fer prussien et du reste de l'élan industriel qui allait transformer l'Europe entière en un gigantesque chantier.

– Et les bergers ?... murmura-t-il.

Il alluma un cigare. Les paroles définitives du notaire lui revenaient... « Il faudra qu'ils trouvent autre chose à faire... » Gilles avait connu leur solidarité de pauvres, bâtie sur du sable, chose la plus dérisoire du monde, mais qui lui faisait encore battre le cœur.

– Ils vont disparaître, et bien plus vite qu'on ne le pense, prédisait Pablo.

Il avait raison. Les cartes qui dansaient devant

Gilles sur le torchis de La Croix annonçaient le désastre, en taches de couleur. C'était une lèpre aux contours déjà dessinés dans les bureaux des fonctionnaires impériaux, la mort lente de ce désert sublime que peuplait encore la cohorte erratique des échassiers. Maître Edwards ne se priverait d'ailleurs pas de le lui rappeler bientôt. Lui vivait de cet assassinat.

Gilles s'allongea de nouveau. Le jour entrait par les fentes des volets. Il devait se lever, s'arracher à la torpeur agitée qu'il sentait sourdre en lui. Les Mexicains appelaient ces instants de paralysie « le temps des mouches bavardes », l'heure où le sommeil tardant à venir laisse la pensée tourner autour de ce qui l'obsède.

Il s'efforça au calme. L'épisode Delpeix était une aimable diversion à ce qui se bousculait dans sa tête. Il y avait la guerre, la vraie, à Mexico, où se préparait la défaite de Maximilien, à Savannah, qui brûlait sous les obus yankees, et jusqu'en Chine. Gilles se mit à geindre. Sa main disparue lui faisait mal, c'était un étau qui lui broyait les doigts. Il connaissait ces états douloureux qui le rivaient au lit ou à terre en quelques minutes et le rendaient incapable du moindre geste.

Il vit le visage de Linon qui se penchait vers lui et le scrutait, inquiet. Gilles se mit à délirer. Balbutiant, il voulut se lever, cria, demeura immobile, le corps agité de tremblements.

– Tu as mal, dit Linon.

Alertée par les plaintes de son frère, Catherine s'était assise sur le lit, près de la jeune femme.

Gilles sentait une peur panique lui tordre les tripes, en même temps qu'il récupérait un peu de motricité.

– Ce n'est rien, gémit-il au bout d'un long frisson.

La main crispée sur le ventre, il se mit à hoqueter et se souleva à demi.

– C'est l'intestin, dit sa sœur, il lui faudrait de l'eau, celle de Sainte-Madeleine-de-Sindères.

Catherine avait encore de ces croyances. *La houn de Magdeleune*... Les Landais avaient la superstition égale à celle des Indiens du Mexique. Mais Gilles savait bien qu'il faudrait autre chose que des ablutions, des *Pater* et des *Ave* pour purger sa mémoire et ses viscères des souvenirs qui les encombraient.

Il sentit enfin son corps fourmiller, des centaines de petites pointes de feu qui le perçaient de toutes parts, tandis qu'une vague chaude lui montait à la tête. Il s'assit, blafard, se pencha lentement vers le sol et vomit.

Puis il se calma.

– On va quitter La Croix, dit-il enfin. Il le faut, désormais.

TROISIÈME PARTIE

La Croix Nouvelle

1

Sur la parcelle d'Escourçolles, à mi-chemin entre Pissos et Liposthey, loin au nord de Caylac, une dizaine de femmes, les couartes pleines posées sur la tête, telles des jarres, achevaient de vider la gemme dans les barriques alignées en lisière de bois.

A peine propriétaire, Gilles avait ordonné de saigner les soixante hectares de vieux arbres, tandis que sur la périphérie de la parcelle se préparait déjà, en longues crastes dans le sable, le drainage d'immensités de lande nue.

Le goudron partirait sans tarder vers la Poméranie et les ports d'Amsterdam, de Rostock, pour le calfatage des navires. La résine serait traitée en France et deviendrait térébenthine. Ainsi les Bois de Haute Lande prenaient-ils, depuis la fin de l'été, vitesse d'exécution et surface financière, une réussite rapide dont l'Empereur, lui-même industriel et voisin, s'était, disait-on, félicité.

Le génie commerçant qu'Archimbault promenait à travers l'Europe, la sage gestion bordelaise de Pablo, alliés à la connaissance que Gilles avait de son pays, ainsi qu'à l'espèce de frénésie qu'il mettait à faire donner la pinède, formaient le trépied sur lequel la toute jeune entreprise, aidée par les crédits que les banques octroyaient largement à long terme, croissait à vue d'œil.

– Dommage que l'arbre ne pousse pas aussi vite, regrettait l'ancien berger en regardant couler lentement la pâte nacrée.

– Ton filon vaut l'or de Californie, le rassurait Pablo.

Et c'était vrai. La vieille lande, oubliée sur les cartes, raillée par ses voisins des vignobles de Gironde et des collines à grain de Chalosse, devenait l'Eldorado français.

Il était onze heures du matin. Gilles donna lui-même le signal de la pause. Il gemmait depuis l'aube, entamant des fûts à quatre-vingts centimètres du sol, pressé d'apercevoir les perles de sève.

Les femmes se débarrassèrent de leurs fardeaux, les hommes dévalèrent les marches de leurs échelles de bois grossièrement taillées et rejoignirent la table dressée en plein bois, à l'ombre d'un tauzin.

Il y avait là des ouvriers tout juste débauchés des moissons, que les primes et le partage promis par l'employeur n'avaient pas fait hésiter bien longtemps. Alentour, cela faisait d'ailleurs grogner ; tous les exploitants de la forêt n'avaient pas de ces largesses, Gilles s'était déjà vu reprocher la mauvaise habitude qu'il donnait à ces nouveaux riches, engraissés et aussi largement payés que des notaires.

De cela, le Mexicain n'avait cure. Il connaissait les jours passés à rêver à de la viande dans un plat. Il payait et nourrissait son armée. Celle-ci le lui rendait bien. Arnaud Lancouade lui faisait chaque mois les états de récolte, comme autant de bulletins de victoire. Pablo, de Bordeaux, et Archimbault, de plus loin, lui envoyaient quant à eux le même message, régulier : encore, encore, encore.

Cela avait un prix. Alors, Gilles pouvait choyer ses brassiers et leur faire construire des maisons entre les arbres. A Escourçolles comme à Lestage, à Luglon et jusqu'aux abords de Mont-de-Marsan, on carait pour lui de l'aube au couchant, sans ménager sa peine. Les femmes de la lande emplissaient les barriques avec le même soin qu'elles mettaient, auparavant, à filer la laine.

– Six pièces pleines à ras dans la seule matinée, annonça, satisfait, Lancouade.

Il s'assit, huma le fumet de porc qui s'échappait de la marmite de garbure, lissa sa moustache et consentit enfin à sourire.

– On pourra hausser les cares d'un bon mètre, passé l'hiver, dit Gilles, et battre Napoléon à son propre jeu. Solferino, gloire nationale, tu parles !

Les hommes rirent, tandis que les femmes emplissaient leur assiette de la soupe odorante.

– Il leur donne de la viande chaque jour, à ses ouvriers, lui ? s'inquiéta Gilles à haute voix et, s'amusant du silence un peu gêné qui s'était fait autour de la table, il ajouta : Mangez, les petits de Lannegrande, la viande, moi, je la donne chaque jour, c'est une bonne médecine pour ne pas attraper la pellagre. Le docteur Lataste me l'a dit, et Badinguet, à Solferino, est d'accord !

Gilles tâchait d'honorer à sa façon ceux que les Évangiles appelaient les démunis : les traîne-misère, les brassiers grimaçant de cette famine qui rôdait un peu partout en Haute Lande ; les bergers aussi, mais ceux-là n'étaient pas à portée de voix, même si un jour, comme les autres, ils viendraient, dépossédés, s'asseoir à leur tour à la table des résiniers.

– On parle de prolonger le chemin de fer jusqu'à Tarbes, par Puyoo, et plus loin, dit un homme que la discussion politique ne tentait guère.

– Bravo ! s'écria Gilles, le chemin de fer, quelle invention !

Il jugea sa parcelle d'un coup d'œil circulaire.

– Il y a bien ici vingt lieues de traverses sur pied, et du goudron pour les wagons d'une centaine de trains. Regardez ça, amis.

Il saisit son couteau et, de la pointe, entailla la table, dessinant une carte grossière.

– La France, Paris, Bordeaux, et Strasbourg, loin, très loin. Le chemin de fer ira jusque-là, et ailleurs aussi, à Marseille, par Lyon, et partout, un jour à travers les plus petits villages...

Des hommes se levèrent pour voir. Ceux-là découvraient les contours de leur pays.

– Eh bien, il faudra du bois pour ces voies nouvelles, des lieues et des lieues de traverses, des forêts comme celle qui va se créer tout autour d'ici. Et de l'ouvrage, vous n'en manquerez pas, leur dit Gilles.

Il se tut. L'immensité du projet lui apparaissait, ainsi que l'intelligence de l'Empereur qui, parlant d'assécher les marais, de fixer les dunes, de chasser les moustiques, installait consciemment entre Adour et Gironde l'une des banques les plus puissantes de France.

« J'ai perdu ma main pour un homme d'affaires, et *bast* ! » pensa-t-il.

– Deux cents barriques, pour la fin de ce mois, Arnaud, recommanda-t-il.

– Elles y seront, Gilles, tu peux en être sûr, promit Lancouade.

Gilles quitta la table. Il avait de la route à faire jusqu'à Trensacq, où l'attendait à l'auberge un marchand de biens de Bazas, vendeur de quelques rogatons de pinède en Albret ; après quoi il irait à Sabres. Là-bas, les ouvriers de la résine se rassemblaient, il y serait question de salaires. Gilles sourit. A quatre francs la semaine, les employés des Bois de Haute Lande ne seraient certes pas de la partie.

– A demain matin à Sabres, lança Gilles à son beau-frère. Ne sois pas en retard, je te prie, il nous faudra descendre jusqu'à Garein avant midi.

En se mettant en selle, il pensait à Linon. Deux jours sans elle, peut-être plus... Les affaires l'éloignaient trop de La Croix Nouvelle. Il avait hâte de savoir le domaine semé dans sa totalité et attendait l'hiver, qui, trois mois durant, le tiendrait dans le lit de sa maîtresse.

La foule grondait devant la mairie de Sabres, sous le regard désemparé de quelques gendarmes dépassés par les événements. De tout le pinhadar landais, les ouvriers avaient convergé vers le chef-lieu du canton afin d'y manifester leur mauvaise humeur. A la lumière des torches, ils se préparaient à faire le siège de la maisonnette qui servait de bastion municipal.

Lorsque le maire, un fermier aisé du quartier de Marquèze, se fut interposé entre eux et l'édifice que l'on menaçait de brûler, un murmure de colère parcourut l'assemblée. « Ouvre ! » clamait-on de partout.

– Et à quoi ça vous servirait, d'entrer là-dedans ? se défendit l'édile.

Il était petit, massif, à demi chauve, le cou enfoncé dans les épaules, les bras trop forts pour sa chemise qui en dessinait les contours arrondis.

– On veut discuter avec les officiers impériaux, ceux des forêts !

Il y avait une centaine de personnes, de celles à qui il était demandé de gemmer de plus en plus intensivement, pour une rémunération que les propriétaires ne semblaient pas décider à changer.

– Demain matin, cria le maire, il est trop tard maintenant ! Revenez demain matin.

Gilles observait la scène. Il se tenait entre deux maisons basses, le chapeau au ras des sourcils. Le maire avait de l'autorité. Était-ce parce qu'il faisait front seul ? La colère baissa d'un ton.

– On reviendra, pour sûr, et bien avant l'aube ! crièrent les résiniers.

Gilles s'apprêtait à tourner les talons lorsque les ouvriers le reconnurent.

– Le Mexicain !

En quelques secondes, ce fut la ruée et Gilles se vit entouré par quelques dizaines d'hommes, dans la lueur des torches.

– Dis-nous comment tu fais, toi, pour payer quatre francs tes gemmeurs ?

On s'approchait de lui à le toucher. Il sentit que l'on frôlait sa main de bois, comme on le faisait d'une bosse. Quelle était donc cette superstition nouvelle ?

Les hommes avaient les joues creuses, le teint hâve, cette maigreur de la face qui les faisait ressembler au tranchant de leur hapchot. Ils considéraient Gilles sans hostilité ; c'étaient simplement la nuit et les angles vifs de leurs visages qui les rendaient inquiétants.

– C'est la guerre qui t'enrichit ! cria quelqu'un.

Gilles se pencha, chercha dans la pénombre d'où venait ce cri du cœur.

– Je le dis, moi, poursuivit l'homme en se montrant.

Un berger du Born. Celui-là était d'une famille à peine plus pauvre que les Escource. Gilles le croisait de temps à autre, lorsque ses bêtes partaient vers l'ouest, pour la vente à Labouheyre ou à Liposthey.

– Couralin, dit-il, de Pontenx. Couillon, je te reconnais ; alors, tu es devenu gemmeur ?...

L'autre dardait sur Gilles un regard charbonneux, plein d'envie.

– Trente moutons et un âne ! Tu crois qu'on peut vivre avec ça, toi ?

Gilles sourit. Vivre, on pouvait toujours, petit, chétif et pellagreux ; cela faisait de belles estampes pour les voyageurs qui apercevaient sur la rase ces spectres laineux montés sur leurs échelles bizarres.

– Tu veux travailler pour moi ? demanda-t-il.

Les autres répondirent à sa place. On voulait bien, à près de quatre francs la semaine, plus un tiers de l'amasse ! Gilles s'excusa. Il ne pourrait embaucher tout le monde, mais la lande était vaste et la forêt allait s'installer partout. Déjà, des propriétaires de pinèdes avaient en même temps que lui bondi sur l'opportunité américaine. On s'engraissait de la résine à Sabres, à Sore, à Belhade, mais tous ne payaient pas de la même façon et, pour l'instant, il n'existait pas de salaire fixe. C'était selon l'humeur, la prévente du suc, l'achat de communaux, autant de paramètres sur lesquels les ouvriers n'avaient strictement aucune influence.

– Et que faire, alors ? demanda l'un d'eux.

– Le marché est libre, l'Empereur paie bien, moi aussi, je crois, dit Gilles. Les autres, eh bien ! il vous faut les amener à vous traiter autrement que comme des animaux ou des esclaves. Ils seront là demain, pour en discuter. Parlez-leur et ne brûlez rien, ça ne vous servirait pas à grand-chose.

– Et les gendarmes aussi seront là, pour les protéger, ces salauds ! hurla un homme.

« Il a raison », entendit Gilles. Lui-même n'en savait trop rien. La gemme devenait un peu plus chaque semaine la veine que les plus malins ou les plus fortunés allaient exploiter. La guerre en Amérique était le détonateur, dans tous les sens du terme, de l'affaire. Ce n'était certes pas très moral, mais habituel.

On lui offrait du vin. Gilles refusa. Dans la lumière des torches qui déformaient les silhouettes et la nuit, cette foule pourtant modeste en nombre l'angoissait, parce qu'il en connaissait le potentiel de colère et la subite capacité à suivre le premier qui saurait la convaincre d'agir.

– Parlez-leur, répéta-t-il, et si on ne vous écoute pas, allez tirer les palombes au lieu d'emplir les couartes, le temps de la réflexion.

Les rires le suivirent jusqu'à l'auberge où il passerait la nuit. Il ne pouvait embaucher tout le monde et le regrettait. De ces hommes qui ne disposaient même pas de la liberté d'avoir faim que la lande réservait à ses commensaux, il se sentait proche. La gemme serait l'or des Landes, mais l'époque ne serait guère plus tendre, qui verrait le peuple des parcs et des métairies converger nu vers la forêt et s'y engloutir.

Lancouade rejoignit Gilles au petit matin. Ensemble, devant une assiette de soupe, ils écoutèrent les cris de la foule à nouveau rassemblée devant le cordon de gendarmes qui protégeaient la mairie.

Il n'y avait guère de propriétaires, pour débattre des salaires avec des ouvriers. Le maire fit donc office de médiateur, puis des fonctionnaires impériaux, en redingote noire et coiffés d'un haut-de-forme, vinrent assurer les gemmeurs que Napoléon III prenait souci de leur condition et encouragerait les forestiers à négocier avec eux le prix de l'heure. Lancouade était sceptique.

– Ils vont y gagner cinquante centimes au mois, et puis après ? L'Empereur ? Il est bien obligé de payer le minimum, ricana-t-il, et toi, tu donnes en plus à ces ouvriers de quoi comparer, on va te bénir, sous les pinhadars.

– Je m'en fous bien, se défendit Gilles, tu sais ce que je veux ?

– Non, au fait...

La réponse surprit Gilles qui haussa les épaules. Il voulait... Linon, de la résine, de l'argent, Linon, de la quinine, dormir sans cauchemars, Linon...

Il éclata de rire et se leva.

– Partons, décida-t-il, je ne veux pas me trouver mêlé à cette affaire.

Deux ou trois forestiers arrivèrent, qui avaient pris le risque d'affronter les ouvriers. Debout sur les marches de la petite mairie, ils tentaient de se faire entendre. Gilles voulut quitter discrètement le village, mais, à la sortie de l'auberge, il se vit attendu par un groupe d'hommes qui l'entourèrent et l'apostrophèrent.

– Hé, Mexicain ! Dis-leur, à ces porcs, qu'ils peuvent nous payer un peu mieux !

Gilles leva les mains. Le prix du gemmage n'était pas son affaire, chacun faisait comme il l'entendait.

– Ils s'en foutent bien, eux ! clama un homme, les vêtements déchirés. Le prix de la résine augmente, avec la guerre en Amérique, et les salaires restent ce qu'ils étaient sous Louis-Philippe. Le résinier au forfait, et l'adjudicataire à la Bourse, c'est justice, ça ?...

Il y eut un remous autour de Gilles. Serré de plus en plus près par les résiniers, poussé vers la mairie, il fut obligé de traverser la route et se retrouva face à ses pairs.

– Salauds ! Payez-nous comme lui paye ses hommes ! hurlait-on.

Les forestiers se tenaient derrière la rangée de gendarmes. Gilles fut propulsé en face d'eux.

– Tu nous fous dans de beaux draps, avec tes salaires de généraux, grinça l'un d'eux.

Ceux-là n'étaient pas de la ville. Fermiers bien dotés, ils augmentaient leurs domaines d'une commune à l'autre, au fil des ventes publiques. Gilles chercha l'apaisement.

– Recevez-les dans la mairie et parlez-leur, recommanda-t-il, ils ne sont pas organisés, cette fois du moins...

– Va te faire foutre, tueur d'Indiens, élève donc des canards en Chalosse ! obtint-il en guise de réponse.

Puis les forestiers se replièrent à l'intérieur du bâtiment, laissant la foule gronder sous le nez de la troupe.

– Escource, avec nous !

Le cri avait fusé du cœur de la manifestation. Arnaud Lancouade se rapprocha de son beau-frère, que l'on congratulait.

– Ils finiront bien par discuter, lança Arnaud aux ouvriers, soyez patients.

– Je reviendrai, promit Gilles. Pour le moment, laissez-moi passer, j'ai à faire.

On voulait le hisser sur les épaules, ce qui le rendit soudain nerveux. Il chercha à se dégager à coups de coude, obligeant la foule à s'écarter, respectueuse. Les deux hommes quittèrent les abords de la mairie entre deux haies enthousiastes.

– Eh, Gilles, dit Lancouade, lorsqu'ils eurent rejoint leurs chevaux, tu vois comment on pourrait devenir député, par ici, avec de vraies élections ?

Gilles haussa les épaules. Sur la place, des pierres volaient en direction des fenêtres de la mairie.

– Et après ? grommela-t-il, furieux. Eux seront toujours des résiniers. Et puis, pour le moment, Bonaparte est toujours là !

– En tout cas, tu t'es encore fait quelques amitiés en Grande Lande ! s'écria Lancouade.

Au début de l'après-midi, ils furent à Garein, où Gilles décida d'ensemencer une quarantaine d'hectares en bordure d'un chemin de transhumance. Puis les deux hommes reprirent la direction du nord et chevauchèrent ainsi sans arrêt à travers la rase, jusqu'à ce que la nuit les forçât à faire étape près d'un parc.

Ils dormirent quelques heures dans l'odeur de laine laissée par un troupeau et reprirent leur chemin aux premières lueurs du jour. Aux abords des quartiers lointains de Commensacq, ils virent des bergers qui venaient vers eux, deux frères d'Arengosse, tout jeunes, maigres comme des clous, qui les arrêtèrent.

– Il y a une réunion au parc de Sitton, dit l'un d'eux, nous vous cherchons depuis deux jours.

– Moi ? s'étonna Gilles, et pourquoi donc ? Vous croyez que je vais vous tenir compagnie et passer en Albret, avec vous et vos bêtes ?

Il y avait entre les zones de pâture des frontières invisibles. Souvent celles des familles ou des clans. Ainsi feignait-on depuis toujours, sur Lannegrande, de n'avoir pas grand-chose à voir avec ceux du nord ou du sud, du Born, du Marensin ou de l'Albret.

– Il y a aussi André Delpeix et Jeannot, expliqua le pâtre, c'est au sujet des semis de pins...

– Ah, dit simplement Gilles.

Lancouade et lui chevauchèrent aux côtés des bergers. Les deux garçons allaient vite, comme s'ils se faisaient la course. A leur flanc pendait la besace contenant l'escauton, le tabac et le fifre. Sous leurs gilets de laine largement ouverts apparaissaient les épaisses chemises tissées par les femmes, que l'on vendait aussi sur les marchés, brodées au col, rouges comme les foulards arborés à l'épaule. Gilles trouva fière allure à ses compagnons.

Sitton était un petit parc presque citadin, aux marches de champs de maïs. Des moutons paissaient par dizaines tout autour. La borde au toit pointu couvert de chaume regorgeait de paille et de grain. Devant elle, une douzaine de bergers attendaient, certains à pied, d'autres sur leurs échasses, les reins calés contre leur bâton.

Gilles descendit de cheval et marcha vers eux. C'était désormais une sorte de rituel. Des visages familiers se faisaient reconnaître, on se saluait avec plus ou moins d'émotion puis on s'offrait du vin et du tabac.

Les pâtres demeuraient les mêmes, petits et basanés, les jambes grêles, le nez proéminent entre leurs pommettes saillantes. Depuis que l'arbre d'or poussait au-delà des anciennes pinèdes, Gilles avait lu et entendu des choses ignobles sur ses anciens compagnons de route. Ces gens avaient-ils rang d'êtres humains ? Des esprits forts posaient la question, loin de ce qu'ils supposaient être un enfer où des créatures effrayantes de laideur et de marasme surgissaient du désert pour faire peur aux civilisés.

Gilles sentit son cœur se serrer. Au sud de Sitton, vers la rase, il distinguait parfaitement, lointaine encore et pourtant bien présente, la ligne horizontale de jeunes pins, verte, où avait toujours régné le pastel gris-bleu des espaces sans fin. Se retournant, il aperçut André Delpeix qui sortait de la borde pour rejoindre ses pareils.

Ils ne s'étaient plus rencontrés depuis l'enterrement de Justine Escource et, cette fois, personne à Sitton n'avait hasardé, du bout des lèvres, la furtive question « Et Linon ? » à laquelle, invariablement, il répondait : « Elle va, elle va. » Delpeix avait un peu forci. La Théoulère le nourrissait bien ; il faisait partie de ceux que la pellagre épargnait.

– Il ne manque plus que mon frère, murmura Gilles, ironique.

– Pauvre, lui dit à voix basse un berger, le Jean-Baptiste, pour le voir, il faut se lever de bonne heure. Maintenant qu'il descend jusqu'au Souquet et qu'il y reste des mois...

Gilles se mordit les lèvres. Son frère avait disparu de Lannegrande, emmenant son maigre troupeau plus loin vers le sud. D'aucuns l'avaient aperçu à la fin de l'été, entre l'océan et l'étang de Léon, cheminant le long des frondaisons tropicales du courant d'Huchet. Gilles soupira.

– Bien, dit-il, on parle de quoi, ici ?

André Delpeix s'approcha. Il avait les yeux étirés vers le haut, comme sa sœur, et cette fente étroite des paupières qui le faisait ressembler à un loup.

– Du trajet des bêtes, répondit ce dernier.

Il s'efforçait à la dureté, la tête à demi baissée, les dents serrées.

– Eh bien ? dit tranquillement Gilles.

– Devine. Des projets de semis de pins, bien sûr. La Haute Lande va être coupée en deux entre Solferino et Sabres, et plus haut à partir de Labouheyre, jusqu'à Belhade, Sore, et plus loin encore. Tu fais partie de ce projet, tu achètes des communaux un peu partout, on le sait, on a vu les cartes.

– On sait donc lire aujourd'hui, à la Théoulère ? questionna Gilles, narquois.

L'homme eut un geste brusque puis se ravisa. Pas plus que ses frères et ses parents, le cadet de Linon n'avait appris ces rudiments-là.

– Tout ça va être semé par lots successifs, dit un vieux berger de Sabres. Té, comme celui-là, qui a à peine dix-huit mois. C'est un colon de Bordeaux qui a acheté, un anglais, ou quelque chose comme ça, Edwards...

Il montrait du doigt la parcelle, au sud, seule encore au milieu de la lande. Gilles sourit. Son notaire se servait au passage, lui aussi flairait la bonne affaire.

– Et les transhumances d'Espagne et des Pyrénées ? s'inquiéta quelqu'un.

Les questions se mirent à fuser. « Où as-tu acheté, sur Liposthey ? » « Et en Albret ? Comment ferons-nous pour aller vendre et acheter, là-bas ? » Gilles leva la main.

– Ho ! se défendit-il, ce sont les communes qui vendent. Allez poser ces questions aux maires de Sabres, de Lüe ou d'Escource ! Trois cents communes, ça fait du monde !

– Et toi ? C'est par milliers d'hectares que tu achètes, l'interrompit Delpeix. C'est toi qui plantes les arbres !

– Les communes aussi, se défendit Gilles, il y a une loi pour ça, achète qui veut ou peut.

Le ton montait. Les hommes commençaient à secouer la tête. Gilles fit un pas vers Delpeix.

– Ouvrez les yeux, tous, dit-il, et ne vous faites aucune illusion, la Grande Lande va mourir, engloutie par la forêt, c'est écrit, et même si je le voulais, je ne pourrais rien faire contre, est-ce que vous comprenez bien ça ?

Il se fit un long silence peuplé du cri de quelques corbeaux affairés près des bêtes. Les bergers tiraient sur leurs pipes, pensifs ; Gilles regardait le ciel chargé de gris.

– Moi, je n'empêcherai personne de passer, où que ce soit, dit-il. Les bergeries situées sur mes parcelles resteront debout à condition de ne pas gêner mes semis.

– Et sinon ? l'interrogea Delpeix, tu les démoliras ?

– Sans hésitation.

Il y eut un murmure et quelques jurons.

– On va tous y passer, maugréa un homme, il a raison, ce jean-foutre. D'où qu'on se tournera, dans quelques années, on aura le pinhadar pour seul horizon et de la fougère à la place de l'herbe. Il nous restera à devenir gemmeurs ou domestiques.

Lancouade s'interposa. Il avait été ouvrier et gemmeur, moissonneur, chaudronnier. Il se serait sans doute loué à des bourgeois si la géhenne l'avait accompagné trop longtemps encore.

– Dites-le à Napoléon, aux banquiers Pereire, Rothschild, proposa-t-il d'un ton sec. Les plus gros propriétaires de Lannegrande, ce sont eux, cent mille hectares à Solferino, à Labouheyre, à Lite, diou biban, osez dire que vous ne le contournez pas déjà en toute connaissance, ce domaine !

Delpeix l'écarta de la main et se campa face à Gilles.

– Napoléon ou les autres, on ne se laissera pas faire, dis-toi bien ça, grommela-t-il, les mâchoires serrées. Et toi, tu risques d'être servi le premier. A nous fermer la route après avoir fait flamber les bêtes...

Lancouade empêcha Gilles d'avancer. En une seconde, l'ancien pâtre s'était fait la figure mauvaise.

– Assez ! cria Lancouade.

Gilles courut vers son cheval, fouilla le sac qui pendait au flanc de l'animal et revint, la main pleine de pièces.

– Tiens, André ! s'exclama-t-il, le poing fermé. Il y a là de quoi refaire ton maudit troupeau et la toiture de Sanglet avec, si tu le veux.

Il laissa tomber les napoléons d'or.

– Foutez-moi la paix, enfin, avec cette histoire !

Il se mit à tourner en rond, furieux, porta la main à sa poche, en sortit des billets, puis il fondit sur Delpeix, qui n'avait pas bougé, et lui brandit la liasse sous le nez.

– Et ça, c'est pour Linon ! hurla-t-il. Je vous

l'achète, la petite esclave des Larrègue, et pour qu'un pauvre ivrogne cesse de la battre. C'est un bon prix !

Il tremblait. D'un geste rageur, il jeta les billets au sol, se détourna et fit quelques pas, le dos voûté, avant de faire face à nouveau.

– Je crois qu'elle aimerait revoir sa mère. Tu sais, berger, ta pauvre sœur éprouve aussi des sentiments, dit-il, la voix brisée.

Delpeix gardait les yeux rivés à la petite fortune qui gisait à ses pieds.

– Viens, Arnaud, on rentre à La Croix, murmura Gilles.

– La révolte des pâtres, dit Lancouade, lorsque au bout d'un long galop à travers les labours Gilles eut consenti à ralentir un peu son cheval. Il fallait qu'elle arrive, poursuivit-il, ils voient bien que le paysage change devant eux. Au bout de sept années de cette loi, ça en fait déjà, des arbres semés sur la rase...

Gilles restait de marbre. Le visage fermé, la tête rentrée dans les épaules, il semblait perdu dans d'amères pensées.

– Eh, dit Lancouade, badin, est-ce que Napoléon leur a demandé leur avis, à ces bougres ? J'en connais, de ces bergers, qui ne demanderaient qu'à travailler pour lui. Allez, la pinède, je te le dis, leurs enfants s'y monteront des palombières, et les enfants de leurs enfants y scieront du bois pour faire des meubles, des cercueils, et ils gemmeront aussi, pour vivre un peu mieux que nous tous avons pu le faire.

– On va sur Bibette, décida Gilles.

Il avait un semis au nord du village de Trensacq, sur d'anciens communaux.

Il sentait en lui de la colère, de la nostalgie et ne pouvait s'empêcher de penser sans émotion à ses hôtes de Sitton, comme si la vieille fraternité de la lande lui manquait soudain. Tout était alors si simple, la liberté en plus. Il poussa un cri et, rageur, planta ses éperons aux flancs du cheval.

Il y avait encore la trace des sillons et, dans le creux de ceux-ci, des rangées de petits champignons blancs qu'Arnaud Lancouade se mit à écraser du pied méthodiquement.

Gilles se baissa. La fuite rectiligne des semis, en parallèles espacées de deux mètres, le fascinait. Six mois après avoir été semés, les pins sortaient déjà, à peine visibles, et couraient jusqu'à l'horizon. Là germait à fleur de terre un cycle de rejetons semblables, quelques milliers de pins qui mettraient une vingtaine d'années à se faire utiles et rentables.

– Patience, murmura le Mexicain en se relevant.

Le semis n'était pas isolé. Tout autour du lot, la terre avait été mise en crastes, l'eau domestiquée, canalisée aux pourtours des parcelles. Des arbres de cinq ou six ans dominaient les tout-petits ; partout où portait le regard, la lande avait disparu, creusée de rus en tous sens, verdoyante des cimes bien vertes dont elle accouchait jour après jour.

Disparus, les chemins dont le fil se perdait dans le sable, les miroirs immobiles qui donnaient à la terre la couleur du ciel, le blanc du grand soleil ou le plomb des tempêtes. Disparues, les croix plantées ici et là par les initiés aux itinéraires du néant ; évanouies, enterrées à tout jamais, les fées que faisait chanter la brise d'été et gémir les grands vents d'Atlantique. Comme elles, les bruyères s'étaient ratatinées, fondues dans le labour des forestiers, et le sable suivait désormais, domestique, les alignements sans fantaisie de la forêt.

Les bergers avaient raison de se faire quelque souci. Surgie du désert millénaire, la forêt ne tarderait pas à s'imposer, sur trois cent soixante degrés, aux hommes comme aux bêtes. Son mur briserait la transhumance d'Espagne et du Béarn. Cernés, conduisant des troupeaux étiques, les pâtres devraient l'un après l'autre remiser leurs tchanques et faire autre chose : de la soupe pour les pèlerins, des gâteaux et des broderies pour la cour impériale ou des planches pour leurs propres cercueils.

– Gilles, tu parais bien sombre, dit Lancouade.

Gilles se détendit et sourit. La parcelle donnerait vite et bien. Il y avait de l'eau juste au-dessous, et du sable bien blanc : une litière idéale pour ces nouveau-nés aux aiguilles déjà rigides.

– On éclaircira dans une dizaine d'années, dit Gilles, ça fera du bois de chauffe ou des poteaux.

Il se redressa, satisfait. Le domaine des Bois de Haute Lande était désormais bien diversifié, avec de jeunes lots comme celui-ci et d'autres assez mûrs pour satisfaire la demande permanente d'Archimbault.

– Tu voudrais bien que ça aille jusqu'à l'océan, dit Lancouade, je le vois sur ton visage, et en même temps tu penses aux bergers, tes frères.

Pour l'ancien ouvrier, un troupeau de cinquante moutons avait longtemps représenté une fortune, et ses gardiens une caste de possédants. Maintenant, la pinède allait remplacer ces faux riches par des vrais, peu nombreux.

– La nuit tombe, il faut rentrer, dit Gilles.

C'est en prenant de l'élan pour remonter sur la rase, après avoir franchi la rivière à gué, que Gilles aperçut des ombres entre les chênes. Courbées, elles progressaient parallèlement aux cavaliers. Le Mexicain jura.

– Arnaud, attention ! dit-il d'une voix sourde.

Lancouade se tourna vers lui et le regarda, étonné. Sa question fut coupée net par une série de coups de feu. Il fit un demi-tour sur sa selle, porta la main à son flanc puis glissa lentement de sa selle et s'étala sur le sol.

– *Pouta de dios*, je suis percé au ventre, gémit-il aussitôt.

Gilles lui ordonna de ne plus bouger. Il avait mis pied à terre et rampa vers son beau-frère.

– On nous tire à vue, dit-il, en mettant Lancouade à couvert. Ça vient de l'autre côté.

Lancouade écarquillait les yeux et soufflait fort. Gilles trouva sa blessure, sur la hanche.

– Ils vont rompre, prédit-il.

– J'ai mal, soupira Lancouade.

Gilles l'appuya contre un arbre puis se déplaça, courbé, cherchant à travers la végétation une trouée sur l'autre rive. En face, les tireurs devaient recharger leurs pétoires. Au bruit, c'était du plomb à canards sauvages, une grenaille que l'on lâchait dans les marais, à bout presque portant, de derrière les chevaux. Gilles chercha longuement et finit par apercevoir, dans l'entrelacs de branchages retombant sur l'eau, les taches brunes de manteaux ou de blouses. Le colt en main, il visa et tira.

La détonation, ample et profonde, n'avait rien à voir avec la salve au bruit sec qui l'avait précédée. Son écho retentit loin dans la forêt, suivi d'un deuxième coup. Gilles était un peu loin pour faire mouche, mais sa dissuasion se révéla suffisante. Les taches sombres rampèrent entre les arbres avant de se hausser sur le talus et de disparaître.

Gilles attendit un peu avant de rejoindre Lancouade. Celui-ci avait perdu connaissance et du sang coulait jusque sur le sol. Gilles ôta sa redingote et son gilet, déchira sa chemise dont il fit une étoupe qu'il appuya fortement, un peu au jugé, sur la plaie. Puis il chargea Lancouade sur son dos et le posa en travers de sa selle. Priant pour qu'il restât au blessé assez de sang pour survivre jusqu'au matin, Gilles éperonna son cheval. Le jeune docteur de Sabres allait avoir de l'ouvrage.

2

– Plus haut, la lumière, ordonna Lataste.

Gilles Escource obéit et leva la chandelle de résine qu'il tenait à bout de bras. Sur la longue table de bois recouverte d'un drag rougi et poisseux, Lancouade reposait de côté, un bras derrière la nuque. Son silence avait quelque chose de surnaturel ; tout juste le blessé laissait-il échapper un soupir plus rugueux que les autres, lorsque la ferraille chirurgicale le fouillait un peu plus profond. Gilles lui avait fait boire de l'eau-de-vie d'Armagnac, et le médecin du laudanum. Ainsi médiqué, le régisseur des Bois de Haute Lande acceptait, le masque défait, le curetage à vif de sa hanche.

Gilles inclina la bougie. Des larmes de cire en tombèrent, qui vinrent se mêler aux caillots sombres bordant la plaie.

– Relevez ça, nom de Dieu ! jura Lataste.

C'était, comme sur les arbres gemmés, un glacis de gouttes qui s'écoulait lentement vers le sol de la souillarde où l'on avait étendu Lancouade. Voyageant, étudiant, en Espagne, Lataste avait vu dans un village d'Andalousie des jeunes gens vêtus de boléros argentés, qui tuaient des taureaux à l'épée. Sur le flanc des bêtes coulait ainsi la rivière écarlate.

– Diou biban de diou biban, jura-t-il à nouveau, ce foutu morceau de plomb est bien là, je le sens sous la lame. Bernique pour le bouger d'un millimètre.

Il retira de la blessure un long instrument de fer, une curette au bout arrondi et effilé comme le tranchant d'une lame à raser.

– De l'eau, exigea-t-il.

Catherine Lancouade s'approcha, en évitant le spectacle, portant un broc de porcelaine qu'elle inclina. Lataste tendit les mains sous le filet d'eau claire. Puis il retourna inspecter, de l'index, les profondeurs de la blessure. Le projectile avait fait éclater la peau sur le haut de la hanche, avant d'aller se ficher loin dans l'os.

Arnaud Lancouade ne se sentait pas très bien. Lataste lui prit le pouls, qu'il trouva rapide et filant. Il convenait de faire vite.

– Allez, mon bon Lancouade, décida-t-il, cette fois, on va aller le chercher, ce plomb, à la pince.

L'instrument, effilé, s'ouvrait comme des ciseaux. Lataste l'introduisit doucement dans la plaie, jusqu'au contact avec le corps étranger.

– Il faut élargir le passage, constata-t-il.

Gilles contemplait sans sourciller le champ opératoire gorgé de sang. C'était dans pareil bain qu'à Puebla un sergent examinait sa main, la tournant et la retournant tandis qu'un médecin militaire garrottait le moignon d'avant-bras, arrêtant du coup l'hémorragie. Gilles était demeuré conscient tout au long de cette ordinaire barbarie. Vivant.

– Courage, Arnaud, dit-il à l'oreille de son beau-frère.

Lataste s'était déjà remis à l'ouvrage. La lente rotation de ses deux mains serrées autour de la pince s'accompagnait, à l'autre bout, de craquements. Lancouade se mit à gémir, les dents serrées, le visage ruisselant.

Catherine s'écarta du groupe penché sur son mari. Linon vint vers elle et la prit dans ses bras.

– Allez, grogna le médecin, puis il répéta le mot, comme une antienne.

Lancouade tourna vers lui sa face déformée par la souffrance. De sa bouche sortait par intermittence une langue racornie, crevassée, couverte d'un enduit blanchâtre, et Gilles en profitait pour l'humecter d'armagnac.

– Par pitié, monsieur le docteur !... gémit Arnaud.

– Buvez de la gnôle ! lui ordonna celui-ci.

Lataste s'était levé de sa chaise et tirait vers lui la pince. Pour la première fois, le blessé laissa échapper un cri, comme un hurlement de loup.

– Ah, fit le médecin, ça vient, cette fois, pouta...

Il fit encore quelques manœuvres de torsion avant d'extraire de l'os, brillant d'un sombre éclat au bout de la pince, le projectile qu'il fit tourner dans la lumière. A l'entrée de la pièce, Catherine Lancouade se laissa tomber doucement au sol.

– Donnez-lui quelques gifles, dit Lataste. Ça, c'est pour tirer la bécasse, poursuivit-il, de l'admiration dans la voix, avant de laisser tomber le plomb dans une coupelle de métal.

– Non, monsieur, c'est pour tuer l'homme, corrigea Gilles.

– Alors, ce n'est pas en chassant ?...

– Non, dit Gilles. Il y avait au moins trois types sur la rive gauche, en peloton d'exécution, qui nous attendaient ; enfin, je pense. C'est le soleil couchant, face à eux, qui nous a sauvés...

Lataste ouvrait de grands yeux. Le Mexicain revenait au pays dans une odeur de scandale à laquelle se mêlait maintenant celle de la poudre. Et là, imperturbable, il lui révélait que l'accident était une tentative d'assassinat.

– Les gendarmes de Sabres... commença-t-il.

– Ceux-là, laissez-les où ils sont ! Les histoires de Lannegrande ne les concernent pas, l'interrompit vivement Gilles.

Lataste acquiesça et sourit. On mourait parfois d'étrange façon derrière les colombages des maisons de la lande. Lui, même si la curiosité le tenaillait parfois d'en apprendre un peu plus, avait pris pour ligne de conduite un silence que d'aucuns auraient pu juger complice s'il n'avait décidé que c'était là simple exercice du secret.

– Eh bé, murmura-t-il, à Commensacq, département des Landes, un des coins les plus calmes et déserts de France...

Il se reprit, demanda à Gilles de lever le broc afin de laisser couler l'eau sur la plaie. Puis il combla celle-ci de linges propres qu'il laissa pendre en mèches sur la peau saine.

– Cette plaie doit demeurer ouverte tant qu'il s'en écoulera des humeurs. Il y aura des soins à faire quotidiennement, dit-il.

Gilles eut un geste large du bras.

– Vous ferez comme vous l'entendez, monsieur, et vous nous enseignerez, aussi. Et puis, au-delà de cette affaire, considérez cette maison comme la vôtre.

Lorsque le médecin eut quitté La Croix Nouvelle, Gilles entra dans une violente colère. L'embuscade sur la Grande Leyre pouvait être signée par tous ceux qui, à un moment ou à un autre, s'étaient déclarés hostiles aux entreprises du revenant, qui dérangeait le cours sans histoire de leur existence. Cela pouvait venir de la Théoulère, de Loubette, de Gaillarde, et il n'était pas dit que les bergers eux-mêmes, ou les propriétaires exaspérés, ne pussent être passés à l'acte, pour faire un exemple.

– Je ne peux pas tous les tuer, alors lesquels choisir ? lâcha-t-il, désemparé.

Catherine s'abîma en prières. Son frère la savait profondément malheureuse ; c'était comme si la malédiction qu'elle avait pressentie, s'abattant sur sa famille, commençait son œuvre. Gilles cherchait son regard, sa révolte. En vain. A genoux sur son prie-Dieu, Catherine Lancouade enfouissait ses chagrins au plus profond d'elle-même ; l'homme aurait de toute façon raison, qui décidait pour tous, ordonnait et, de son élan, bouleversait la vie.

– Partons, dit Linon.

Avec ses mains, elle indiquait la direction du nord, Bordeaux, ou plus loin. Gilles ne voulait pas en entendre parler. Il était de cette terre, même s'il n'en avait, jusqu'à son départ, possédé que les chemins et les horizons.

– Je me battrai ici, dit-il, tandis qu'Arnaud Lancouade sombrait dans un sommeil fiévreux.

A peine calmé, épuisé, Gilles demeura au chevet de son ami tout le jour qui suivit, redoutant sa mort, guettant le moindre de ses gestes, la plus ténue de ses plaintes. Lataste l'avait prévenu : Lancouade avait perdu assez de sang pour risquer le trépas, mais le bougre avait une telle constitution qu'il pouvait tout aussi bien s'en sortir et survivre.

Au soir du jour qui suivit le guet-apens, alors que Gilles, dix fois au moins, avait eu la velléité d'aller faire le tour des parcs et des fermes pour y débusquer son trio d'assassins, Lancouade sortit du coma et prononça quelques mots. Il brûlait de fièvre et demanda à Gilles de se pencher vers lui.

– Pas de vengeance, murmura-t-il, tu serais obligé de tuer tout le monde.

Il s'efforçait de sourire.

– Pas de gendarmes non plus, ajouta-t-il, tout ira bien dans quelques jours.

Gilles marcha longuement à travers le parc de Caylac. L'endroit devenait sauvage, les anciennes pelouses, les allées, les massifs de fleurs et d'arbustes disparaissaient sous les herbacées. Des sauges avaient poussé un peu partout, des ronces recouvraient les fossés, montaient à l'assaut des ifs. Il n'était pas un tronc d'arbre qui ne fût serré de lierre.

Gilles contemplait ce semblant de désordre. L'exubérance de la nature, sa besogne d'enfouissement, la frontière qu'elle mettait ainsi entre la maison et le monde extérieur lui convenaient.

Lancouade avait peut-être raison : pas de vengeance, pas de gendarmes.

Gilles se savait puissant autour de ses Croix et bien au-delà. Il sentait la paix revenir en lui. Lorsqu'il aperçut, descendant les marches du grand escalier, la silhouette de Linon, comme une onde bienfaisante, venir vers lui, il acheva de se détendre. Il ne courrait pas vers la Théoulère ou vers Gaillarde, une arme au poing, crier au meurtre, et laisserait la haine aux autres.

Linon venait vers lui. Gilles lui ouvrit le berceau de ses bras.

3

Gabrielle Lataste ne tenait plus en place. Au bout d'une longue bataille d'usure contre son mari, elle avait enfin obtenu de celui-ci la permission de l'accompagner à La Croix Nouvelle, pour les soins qu'il donnait à Arnaud Lancouade.

– Vraiment, chère amie, quel besoin morbide peut-on éprouver à voir souffrir pareillement un homme ? s'insurgeait-il, choqué.

– J'en entends assez qui hurlent dans votre cabinet, ne croyez-vous pas, mon cher ? Et puis bast ! Je veux revoir cette femme étrange, car elle me plaît, voilà.

Elle écoutait la rumeur, qui courait notamment avec ardeur le dimanche à onze heures, sur le parvis de l'église de Sabres. Le bourg bruissait de ce qui se passait entre anciens bergers et métayers, du côté de Caylac, et de la destinée des Escource de La Croix, mais il continuait de planer autour de ces affaires un voile d'épais mystère.

Il y avait de la sorcellerie, là-dedans. Le curé avait beau clamer en chaire que tout cela était misérable douleur humaine, et que le seul comptable de ce gâchis présenterait l'addition au Jugement, on avait entendu des sabbats bien au nord du Platiet, des loups s'approchaient en plein jour des parcs de Commensacq, et le *mau-gouelh*, le mauvais œil qui surveillait ceux de Caylac, lorgnait aussi sur les autres. Tous les autres.

– Foutaises ! tonnait Lataste, va-t-on enfin les laisser en paix, ces gens ?

– Vous allez vraiment là-bas, madame Gabrielle ?

Madeleine Darrasque se dandinait devant sa patronne. A vingt-cinq ans, la servante du médecin, bonne cuisinière et dépoussiéreuse infatigable, s'était déjà dotée de rondeurs aussi conséquentes que la superstition qui à tout bout de champ noyait son esprit. Fille de très pauvres métayers de Trensacq, elle avait trouvé deux ans auparavant l'emploi de toute sa vie et la famille dont il était évident qu'elle faisait déjà partie. Et son oreille, qu'elle avait aussi fine que pendait bien sa langue, captait à la perfection l'écho des petites histoires du canton, fidèlement rapportées à sa maîtresse.

– Et alors, cruchon ! s'énerva Gabrielle. Dis-moi un peu ce qui m'en empêcherait.

Effarée, Madeleine cachait sa bouche de ses doigts. De simples noms, Escource, Linon, Caylac, la mettaient en transes, comme si un charme soudain allait la projeter au sol pour l'y piétiner.

– Cette fille, dit-elle d'une voix blanche, personne ne l'a vue depuis des mois, est-elle seulement vivante ou alors réincarnée ?

Gabrielle tapa du pied.

– Ça suffit, grosse *bestiasse* ! protesta-t-elle. La paix, maintenant, avec ces sornettes. Je ne vais tout de même pas à la guerre !

Comment peut-on être aussi stupide ? demanda-t-elle à son mari tandis que l'attelage flambant neuf, tiré par le cheval acheté à l'assemblade de Labouheyre, longeait des champs ocres fraîchement semés de seigle.

Lataste haussa les épaules. Il avait assez à faire à tenter de comprendre le recours aux recommandaires et autres guérisseurs de la lande. Le reste, les histoires d'ogre, de candèles et de sabbat, l'intéressait médiocrement.

– Trop de lande, ça dérange les cervelles, présuma-t-il, bougon.

Il avait plu des jours durant sur les deux lieues de lande et de champs séparant le village de Sabres des abords de Commensacq. De la terre imbibée montaient des brumes qui se dissipaient très vite, laissant apparaître un ciel de mer piqué de blanc. Lorsque la voiture arriva en vue de la pinède de Caylac, Gabrielle remarqua immédiatement, sous le barras brun d'automne qui recouvrait les cares, les milliers de pots d'argile attendant la sève de printemps et la récolte suivante.

– Ah, ça, admira son époux, il sait faire donner ses fûts. Dans deux ou trois ans, ces arbres auront été saignés à mort et feront des poteaux de mine, des madriers et des commodes.

Six mois à peine après sa mise en gemmage, la parcelle n'était qu'un gigantesque champ opératoire embaumant encore la résine en plein mois de novembre.

Gabrielle était impatiente de découvrir la maison. Cette pinède était immense ; de temps à autre, lorsque la forêt jouxtait les champs de ses voisins, la jeune femme apercevait des clôtures en tas et des rouleaux de fil de fer.

– Il s'enferme, il a pour ça quelques raisons, constata le médecin. Mais, sur ce pays ouvert, diou biban... ajouta-t-il, vaguement courroucé, un jour, cette vieille lande risque bien d'être aussi cloisonnée que les potagers de Touraine !

Enfin, la demeure apparut sous sa chênaie. Le chemin qu'avait emprunté Lataste l'abordait par le côté. Gabrielle attendait une ferme un peu plus grosse que de coutume ou une maison de maître, sur le modèle bourgeois de Dax ou de Mont-de-Marsan, en pierre blanche et brique rouge, et la toiture basque aux pans asymétriques.

Elle découvrit à l'est une masse sombre, où dominait l'austère garluche. L'attelage fit le tour de la bâtisse, révélant peu à peu la façade de pierre à peine plus claire, l'escalier, le perron et la belle symétrie des fenêtres ; une demeure bien enracinée, brune comme le feuillage des chênes.

Lataste longea l'escalier, arrêta l'attelage à l'angle nord-ouest de Caylac – il avait, comme beaucoup d'autres, du mal à penser « La Croix Nouvelle » – et descendit. Une porte donnait là, en partie masquée par le départ de l'escalier.

– Lancouade est logé dans ces communs, expliqua-t-il, c'est plus pratique que l'étage, pour les soins de sa blessure.

Gabrielle sortait déjà de la calèche.

– Je vous en prie, protesta son mari, laissez-moi le temps de vous annoncer, tout de même !...

Elle rosit, interloquée. L'idée qu'il fallût être annoncée à un berger manchot dont la maîtresse, servante à Gaillarde, avait, pour le rejoindre, quitté un métayer parut à la jeune femme tellement saugrenu qu'elle prit le parti d'en rire.

Indifférent à l'émoi de sa femme, Lataste entra et referma la porte derrière lui. Restée seule, Gabrielle ne tarda pas à perdre patience. Elle descendit, fit quelques pas vers l'escalier et, retroussant sa jupe, en entreprit l'ascension.

Caylac avait reçu, plus d'un siècle durant, les gifles venteuses de l'océan et les caresses du soleil. Sa pierre en portait les traces, tantôt poreuse ou lustrée, et partout craquelée. De l'herbe poussait entre les dalles du perron. Morts, et depuis longtemps desséchés, des restes de vigne vierge demeuraient agrippés entre les hautes portes-fenêtres sans rideaux.

Une de ces portes était restée entrouverte. Gabrielle la poussa. Au lieu du salon empli de tapis et de meubles qu'elle s'attendait à découvrir, la jeune femme pénétra dans un espace immense et désert, aux murs jaunis que marquaient encore les ombres plus claires de tableaux disparus.

Ainsi vidé de sa substance, sous les poutres du plafond, le salon se faisait oratoire de monastère.

Vides, les niches creusées dans les murs, que peuplaient autrefois bibelots et statuettes. Lisses, à perte de vue, les boiseries contre lesquelles s'appuyaient buffets et commodes et le plancher luisant, débarrassé des chauffeuses et tables de jeux qui l'avaient peuplé.

Du plafond pendaient, inutiles, les maillages de fer que les déménageurs avaient libérés de leurs lustres. Dans un coin de la pièce, un coffre à bois béait, près de la haute cheminée où fumaient les reliquats d'une flambée. Devant elle, deux fauteuils de ferme en chêne à haut dossier, sommairement clos de planches dans leur partie inférieure, attestaient une présence récente.

Gabrielle explorait du regard la pièce aux deux sièges où un ouvrage de laine était abandonné dans un panier d'osier, entre les fauteuils. Où donc vivaient les gens de Caylac ?

Enhardie, la jeune femme quitta le salon et s'engagea dans un couloir distribuant des pièces aussi désertes : une bibliothèque aux antiques rayonnages débarrassés de leurs livres, une salle de jeu, un petit salon. Seul le bureau d'angle qu'éclairait une fenêtre donnant sur un parterre de camélias en bourgeons paraissait abriter quelque activité. Des dossiers s'entassaient sur une table de fruitier, devant un fauteuil de cuir, étrangeté de plus dans cette demeure qu'une razzia récente semblait avoir vidée de sa substance.

Passé l'angle du couloir, la jeune femme aperçut, au-delà de la buanderie et du cellier, une lueur grise s'échappant d'une porte entrouverte. La femme du médecin s'approcha et risqua un regard dans la cuisine de La Croix Nouvelle.

Un couple lui tournait le dos. L'homme était assis face à la cheminée où crépitait doucement un énorme rondin de chêne. Il avait passé un bras autour de la taille de la femme et se reposait contre elle. Linon Delpeix se tenait penchée sur son compagnon, immobile, murmurant des mots dont l'intruse percevait, de loin, la musique chantante.

Gabrielle se souvint alors de la grâce d'une jeune épousée, dans une auberge de Trensacq. Comme ce jour-là, Linon avait relevé ses cheveux. Au-dessus d'un col de soie mauve, sa peau blanche paraissait nacrée dans la pénombre de la grande pièce.

La main de Gilles monta et la caressa longuement.

Derrière le couple enlacé, qu'un sort semblait avoir figé pour l'éternité, une table couverte d'une nappe richement brodée était mise pour une demi-douzaine de convives. Gabrielle n'osait plus bouger. Les doigts de Linon qui serraient, graciles et tremblants, la tête de Gilles l'hypnotisaient. Pécheurs, ces deux êtres ? Comment croire une chose pareille ? Il fallait être un esprit simple comme celui de Madeleine Darrasque pour penser mal d'un tel abandon et de tant d'amour.

Gabrielle frissonna. Elle redoutait de briser le charme et, s'étant enfin arrachée à sa contemplation, revint sans bruit sur ses pas.

La vacuité du salon prenait son sens. L'endroit était comme le reste de la maison, excepté la cuisine, du vide autour d'une passion qui s'excluait du monde.

Un chien aboyait quelque part dans la chênaie. Gabrielle pressa le pas, rejoignit l'attelage et vit bientôt venir, vêtue d'une blouse grise qui lui tombait aux chevilles, la petite Jeanne-Marie qui l'invita à la suivre.

Lataste était penché, cachant à demi le lit sur lequel reposait le blessé. Près de lui, Catherine, la main haut levée, donnait de la lumière, tandis qu'une servante tenait avec précaution un récipient de métal. Couché sur le côté, la tête dans sa paume, Lancouade subissait sans broncher le charcutage du médecin.

– Foutue vermine, grommela celui-ci, le curage va me prendre du temps...

Il se tourna, cherchant de l'aide, parut satisfait de voir Gilles et sa compagne entrer dans la pièce, un peu moins d'apercevoir, derrière eux, la longue silhouette de sa femme près de Jeanne-Marie.

– Laissez l'enfant en dehors de ça, ordonna-t-il.

Les linges entourant la plaie avaient changé de couleur. La toile se colorait à présent de taches jaunes et brunes.

« Ostéite », avait laissé tomber le médecin en découvrant la chose. L'infection s'y était mise, dégageant son odeur fétide.

Gabrielle Lataste ne sourcilla pas. Elle avait l'habitude de ces puanteurs, qui, du cabinet de son mari, s'insinuaient dans la maison pour se répandre vers le salon, et même, parfois, jusque dans les pièces de l'étage. Gilles reçut une brassée de drap souillé et quitta la chambre, la saluant bas au passage, tandis que Linon caressait le front ruisselant de Lancouade.

Gabrielle découvrait de près le maître de Caylac, son visage de bretteur, peut-être à cause de la moustache qu'il avait rapportée du Mexique et de sa chevelure épaisse et noire, qu'il laissait tomber sur ses épaules. Gilles n'avait pas trente ans et pourtant il sembla à la jeune femme que sa force était rompue. Puis Gabrielle aperçut Linon et se prit à sourire. La beauté lumineuse de son hôtesse la touchait au cœur. Lataste n'avait pas menti, la petite mariée triste de Commensacq irradiait autour d'elle le bonheur tranquille qui l'habitait.

La servante s'enfuit. Elle ne supportait plus le spectacle, encore moins sa puanteur. Gabrielle saisit le haricot abandonné sur la table de nuit et s'approcha du lit.

– Diou biban, jura son mari, regardez-moi cette chienlit !

Les linges étaient d'immondes charpies.

– Brûlez tout sans tarder, ordonna-t-il à Gilles

qui revenait à peine de son expédition sanitaire et repartit aussitôt.

De la plaie suintait un magma dont le médecin accéléra l'issue. Puis il nettoya en profondeur, surpris du peu de réaction de son patient.

– Ces gens des Landes... murmura le médecin, admiratif.

Il craignait en vérité que la déliquescence n'ait atteint les profondeurs de l'os, entraînant à court terme la destruction de la hanche. Saisissant une porcelaine au creux de laquelle il avait préparé un mélange d'iode et d'alcool salé, il aspira du brou rougeâtre dans une longue seringue, introduisit la canule rigide à l'intérieur de la plaie et poussa de ses deux pouces réunis le piston, de plus en plus vigoureusement.

– Ça va sans doute vous faire mal, annonça-t-il.

Une écume jaunâtre jaillit de l'os. Catherine lâcha la chandelle pour se mordre les doigts et Linon saisit un drap qu'elle déplia sous les mains de Lataste, en même temps que Gabrielle tendait le haricot qui s'emplit aussitôt.

– Mme Lancouade est toujours parmi nous ? grinça Lataste.

– Oui, monsieur le docteur, gémit Catherine.

Son époux commençait à ressentir dans sa chair les effets de l'alcool. Les dents serrées, il résista quelques instants avant de se laisser aller à la souffrance et à hurler.

– A la bonne heure, se félicita Lataste, la douleur, c'est la vie, mais il faut vider cette saloperie, insista-t-il.

Il répéta l'opération plusieurs fois, et enfin ne s'échappa de la plaie que le liquide rouille qu'il y répandait.

Linon serrait contre elle le front de Lancouade. Gabrielle fut surprise de la force émanant de ce geste. La jeune femme chuchotait à l'oreille du blessé, dans son langage.

Gilles ouvrit une armoire dont il sortit une bouteille d'armagnac et des verres. Il s'était fait autour d'Arnaud Lancouade une sorte de rituel. Lorsque la séance de soins – qui avait remué les témoins – prenait fin, Gilles servait à boire tandis que les femmes s'en allaient mettre au feu les linges irrécupérables. Après quoi tout le monde se restaurait un peu, sur ordre du médecin.

Lancouade grelottait, transi. Gilles couvrit son torse tandis que Lataste bourrait de toile propre la plaie pour un temps nettoyée.

A travers la Grande Lande, les gens opposaient à l'infection une résistance qui forçait l'admiration du médecin. On chevauchait sur des abcès, des fistules, les femmes qu'épargnaient les fièvres puerpérales étaient aux champs bien avant d'en avoir reçu sa permission et les jeunes bergers, survivant à peine à la diphtérie ou à la typhoïde, disparaissaient sur la rase, pour en finir avec le mal sous le chaume des bordes lointaines.

Gascouns ! Piqués de vers, phtisiques, galeux ou frissonnant de malaria, les patients du docteur Lataste ne restaient pas longtemps au lit. Entre l'envie de vivre qui les renvoyait à l'ouvrage et les fontaines aux eaux desquelles ils allaient parfaire leur guérison, ils n'avaient pas de temps à perdre à se reposer.

– Vous ne sortez toujours pas de la maison, n'est-ce pas ? recommanda Lataste, lorsque Lancouade, un peu ragaillardi, eut trempé ses lèvres dans l'armagnac.

– Il y a du travail sur les arbres de Luxey, du barras à enlever, hasarda le régisseur.

– J'irai, dit Gilles. Repos, soldat, cette blessure est loin d'être guérie, ajouta-t-il en lui tapotant l'épaule.

Il se sentait inutile et confus. Lancouade ne tarderait pas à s'endormir. En quelques jours, le blessé avait maigri considérablement et ne s'alimentait presque plus, ce qui faisait le désespoir de sa femme. Dans le couloir, Catherine se mit à pleurer. Le mal progressait chaque jour un peu plus.

– Votre mari est solide, il s'en tirera, et je vois malgré tout du mieux dans sa plaie, lui dit Lataste.

Gilles se tenait appuyé contre le mur, l'air absent.

– C'est bien du malheur, tout ça, dit sa sœur en levant furtivement les yeux sur lui.

Gilles serra les mâchoires. Linon, qui venait de refermer la porte de la chambre, le prit par la main et l'entraîna vers la cuisine.

– J'ai fait une poule, monsieur le docteur, dit Catherine en séchant ses pleurs.

Les servantes les rejoignirent, porteuses de brocs et de porcelaines au-dessus desquelles tous se lavèrent les mains. Puis Gilles décida qu'il ne restait plus qu'à dîner et tourna les talons.

Il traversa le grand salon sans un regard pour son décor ; ses bottes résonnaient lourdement sur le parquet. Tête basse, Linon suivait son compagnon ; parvenus à la cuisine, les nouveaux maîtres de Caylac, ayant retrouvé là de très anciennes habitudes, se détendirent enfin quelque peu.

Catherine se mit aussitôt à l'ouvrage devant un large fourneau de fonte. Gabrielle voyait les sanglots qu'elle réprimait soulever par instants sa poitrine. Gilles s'était assis au bout de la longue table et méditait, sombre, sa main de bois posée contre le bois ; quant à Lataste, il inspectait l'air de rien une rangée de cuivres sur une étagère.

Linon prit la main de Gabrielle et fit asseoir son invitée près de la cheminée. D'un sourire d'enfant, elle s'assura que la jeune femme s'y trouvait bien. La chose n'était pas très facile, sur une chaise étroite, mais dame Lataste n'avait cure du confort. Fascinée, elle observait Linon, qui cherchait le regard de Gilles et le contact furtif de son amant chaque fois qu'elle passait près de lui. Celui-ci mit du temps à s'en apercevoir, avant de tendre soudain le bras pour arrêter le papillonnage de Linon et, sans la moindre pudeur, ayant posé ses doigts bien écartés sur ses fesses, embrasser son ventre à travers l'étoffe de la robe.

Gabrielle Lataste se sentit rougir de la tête aux pieds. Il y avait autour de ces deux êtres une aura claire et simple, touchante. Catherine fit diversion. La poule était cuite ; les servantes – filles d'un brassier de Morcenx, ami de Lancouade, que la perspective d'avoir à vivre dans la maison du diable n'avait pas rebutées – s'activèrent.

– C'est Arnaud qui s'occupe habituellement de la... chirurgie, dit en riant Gilles désignant la bête blanche et fumante présentée sur une planche. Monsieur le docteur, si vous voulez bien, cette fois...

Lataste s'exécuta. Il trancha en quelques instants l'animal, plongeant un à un les morceaux dans la soupière de légumes que lui présentait Catherine.

Linon s'assit près de Gabrielle et lui sourit. Catherine dit un *Benedicite* qui ploya les têtes, sauf celle de Jeanne-Marie qui trichait, les yeux rivés sur la longue robe rouge de l'invitée.

Les hommes se mirent à parler. Lataste avait lancé la discussion sur le chemin de fer. N'eût-il pas été plus judicieux d'offrir la préfecture à Dax et le train à Mont-de-Marsan, qui risquait désormais de décliner au milieu de sa forêt ? Gilles n'avait que faire de ce choix.

– Je veux qu'on allonge les voies de toutes parts, dit-il, et qu'on en multiplie le nombre. Qu'importe si les gares marchandes seront ou non loin de mes parcelles, on fera rouler les barriques à la main jusqu'à elles, s'il le faut. Napoléon est un homme avisé, poursuivit-il, jovial, et ses amis, précieux. Pereire, Rotschild, le Crédit industriel et ses prêts à long terme, voilà des bonnes réalités, monsieur le docteur. Je vous le dis, achetez de la lande, beaucoup de lande. De là, prendre le train à Dax ou à Mont-de-Marsan pour aller voir votre banquier à Bordeaux, quelle affaire !

Il rit de bon cœur. Gabrielle découvrait, soudain différent, celui dont tous parlaient en baissant la voix, ce « Mexicain » ombrageux et secret, hobereau invisible qui se bâtissait un comté de lande à semer, jusqu'à faire concurrence à l'Empereur, son voisin.

Gilles se mit à parler de l'Afrique, où gisaient des trésors. Il s'animait : le Mexique serait un échec, trop près de l'Amérique anglaise, mais la France allait se répandre ailleurs, le monde était à conquérir, les mers déjà trop petites, jusqu'à la Chine que l'on songeait à dépecer, sans savoir encore trop comment.

– Des colons, monsieur le docteur, il y en aura partout, comme ceux qui vont dévorer ici la vieille lande, ces gens de Bordeaux et de Pau. Mieux vaut en être dès maintenant, car les bergers de Lannegrande finiront au musée, empaillés comme des girafes ou des singes babouins, je vous le prédis.

Un silence se fit. Entre deux bouchées rapidement avalées, les servantes allaient et venaient, raillées au passage par Gilles.

– Elles s'essaient à parler français et n'y réussissent pas mieux que l'aurait fait la volaille stupide que vous avez découpée !

Lataste haussa les épaules. Gilles avait ouvert des bouteilles de vin de Margaux, un luxe qu'il s'accordait depuis qu'en inspectant les profondeurs de Caylac il y avait découvert, à l'abri d'un mur de brique, quelques centaines de bouteilles oubliées là depuis les chaudes journées de la vendange de 1848.

– Le hasard des existences, dit-il tandis que son hôte sirotait, ravi, le suc de Gironde.

– Ils sont superbes...

Gabrielle Lataste se laissait aller, un peu grise, au rythme que les ornières du chemin imprimaient à l'attelage.

– Quoi, les pins ? s'étonna Lataste.

Ils avaient pris une des pistes forestières qui tranchaient, droites comme des troncs de conifères, la future forêt de La Croix Nouvelle.

– Non, bien sûr, ces gens, enfin eux deux, dit-elle.

Lataste laissait traîner son regard sur les immensités de petits arbres promis à l'industrie du siècle suivant.

– Il a vu grand, le mercenaire de Maximilien, apprécia-t-il. Sûr, cela ne doit pas lui faire que des amis par ici.

– Cette femme... murmura Gabrielle.

Elle subissait encore le charme de la présence silencieuse de Linon, et la manière qu'avait la belle muette d'être à la fois en son amant et autour de lui. Comme il savait le ressentir et le lui rendre !

– Eh, quoi, ma bonne, plaisanta le médecin, vous pensiez retrouver une vieillarde, comme deviennent souvent les femmes par ici, lorsqu'elles sont depuis un peu trop longtemps mariées ? Linon Delpeix est un ange, dont le cœur a trouvé son ancrage. Cela fait assez bouillir le curé et rêver les nobis !

Il s'esclaffa. Si Gabrielle Lataste était pieuse et allait à confesse deux ou trois fois par an, son mari faisait plutôt partie de ceux dont le curé de Sabres, excédé, avait dit un jour que s'ils fréquentaient autant son église que la taverne d'en face, il ne suffirait plus au ministère.

– Vous avez une belle âme, Gabrielle, dit-il, sincère.

Il comprenait le trouble dont son épouse était emplie. Lui aussi restait rêveur : cela tenait au lieu, trop vaste et vide, à ces gens qui paraissaient par moments écrasés par les murs de Caylac, mais pouvaient s'en défaire superbement et les dominer à leur tour, en les ignorant.

– Vous pensez que cet homme, ce Lancouade, va survivre ? s'inquiéta-t-elle.

Elle disait « ce », avec le détachement qu'on lui avait enseigné à Pau, dès qu'il s'agissait d'évoquer la trajectoire aussi mystérieuse que peu enviable des très humbles.

Le cheval allait son train de promenade le long des frondaisons de la Grande Leyre que l'automne colorait en roux. Lataste eut un geste fataliste. Sa médecine trouvait à La Croix Nouvelle ses exactes limites.

– Ma chère, puisque nous parlions du curé de Sabres, c'est le moment de l'associer à vos prières, conclut-il en guise de pronostic.

4

– Ils se sont fait sous eux, monsieur le docteur, et une chose pareille, je peux vous dire que jamais je ne l'ai vue, et mon frère non plus. Il nous attend là-bas. Ce sont des Navarrais, avec des vaches.

Jeannot Delpeix avait mauvaise mine, harassé d'avoir traversé quatre lieues de rase en un peu plus d'une matinée. Lataste avait bien essayé de lui faire préciser ce qu'il avait découvert dans l'oustalet du parc de Mounior mais le pâtre, le béret tournant dans ses mains, dansant d'un pied sur l'autre, se révélait incapable de répéter autre chose que cette incongruité.

Lataste sella son cheval. Ainsi irait-il plus rapidement vers ce qu'il présageait être une méchante affaire de dysenterie.

Des Espagnols, il en passait régulièrement par la Grande Lande, des transhumants que la dureté des climats extrêmes de leurs provinces chassait vers le nord. Poussant devant eux quelques troupeaux malingres, ils cherchaient là le minimum, jusqu'aux prairies du Bazadais et à la Terre promise de Guyenne, où l'on pouvait enfin faire halte pour quelques semaines.

– Ils sont maigres, diou biban, raconta le jeune Delpeix tandis qu'ils quittaient les quartiers ouest de Sabres et s'enfonçaient sur le plateau sans fin.

Vous allez voir, on dirait déjà des squelettes, et ils sont peut-être morts à l'heure qu'il est.

Lataste grimaça. Pour tuer le temps – six bonnes heures – qu'il aurait à chevaucher aux côtés du berger, il parla d'autre chose, et la conversation dévia immanquablement vers La Croix, ou plutôt Les Croix, puisqu'il convenait désormais de parler de ce lieu au pluriel.

– Oh, té, regretta tristement Jeannot, je passe quelquefois à Caylac, mais comme un voleur. J'y vois un peu ma sœur, mais je ne m'en vante pas trop à la Théoulère, pardi, non.

– Et le Mexicain ?

– Boh, il était plutôt l'ami d'André, mais c'est mort, tout ça, maintenant... Escource, il gemme, il sème ; à le voir, on dirait qu'il va planter la lande tout entière avant de la débiter en planches.

Il avançait à enjambées immenses, se relançant à chaque pas à coups de reins. Par moments, Lataste devait mettre son cheval au trot pour suivre ce train stupéfiant.

– Il a encore de la place, constata Jeannot Delpeix, les bras ouverts en direction de l'horizon vide. Il faudra pourtant bien qu'il s'arrête quelque part. On doit continuer à passer, nous...

Il se tut, sûr de la force séculaire du peuple berger, de son génie à toujours trouver son chemin à travers le désert et de l'éternité des choses dont Dieu même n'oserait troubler l'ordre.

Lataste se garda de le contredire et se tut à son tour. Le voyage se faisait pénible, sous une chaleur accablante, obligeant les deux hommes à boire souvent.

Du ciel tombait une lumière crue que réverbérait, blessant les yeux, le sable blanc de la rase. Au cœur de risées fétides d'avoir, au passage, léché la vase de marigots aux trois quarts vides, des nuées d'insectes s'abattaient sur le cheval et celui-ci, par instants, ruait et se cabrait au risque de désarçonner son maître.

L'approche dura encore quelques heures. Lorsque, boursouflé de piqûres de taons, baignant dans sa sueur, le dos rompu par une demi-journée de chevauchée, Lataste vit apparaître, à quelques centaines de mètres d'une croix marquant la direction des quatre points cardinaux, la ligne ocre d'une toiture de parc, il ne put s'empêcher de goûter l'instant de parfaite harmonie entre la terre et le ciel. Il arrivait enfin à Mounior. Tout près de là, un chêne foudroyé dressait les derniers vestiges de son tronc, une coque noire mangée par les moisissures.

– Ils sont dans l'*oustau*, dit Jeannot.

Son frère avait vu arriver les deux hommes. André Delpeix sortit de la bergerie où il avait trouvé un peu de fraîcheur et vint vers eux, entouré par les chiens.

– Leurs bêtes sont dessous, expliqua-t-il, j'ai fini de les rentrer à côté des nôtres. La lande, aujourd'hui, c'est l'enfer.

Lataste se dirigea vers la cabane et l'odeur le saisit avant même qu'il y fût entré, propre à retourner l'estomac le plus endurci. La porte franchie, le médecin se boucha le nez, anxieux à l'idée de ce qu'il pensait trouver.

Deux hommes gisaient sur la paille de l'abri, spectres au visage de cire creusé de rides, le cou décharné. Leurs chemises de toile s'ouvraient sur leurs côtes au relief visible.

Lataste se pencha. Le plus grand était déjà mort. L'autre agonisait, les yeux exorbités, vitreux et fixes, le souffle rauque, un gisant, qui paraissait découvrir, épouvanté, le monde des trépassés.

– Il faut que je voie dessous, dit Lataste.

Jeannot Delpeix était resté à l'extérieur. André saisit l'Espagnol par les mains et le traîna jusqu'à l'entrée de la cabane. Là, il se détourna pour vomir, tandis que Lataste éprouvait le besoin de prendre soudain de la hauteur.

Le Navarrais achevait de se vider, pris d'une

incoercible diarrhée. Lataste jura entre ses dents. Le mot lui venait à l'esprit, aussi évident que la cause de la mort du premier berger, une sentence qu'il garderait pour lui : le choléra.

Il souhaita que ces transhumants aient cheminé seuls jusqu'à leur rencontre avec les Delpeix. Ainsi la contagion serait-elle circonscrite.

Pour l'homme, il n'y avait plus rien à faire. L'Espagnol fixait le ciel de ses yeux proéminents qu'une membrane blanchâtre rendait vagues. Son souffle s'épuisait très vite. Lataste humecta les lèvres de l'homme d'eau claire, sans obtenir la moindre réaction. Le seul signe de vie de ce corps en perdition restait le bruit produit par ses tripes.

– Il faut tout brûler, marmonna le médecin.

– Les corps aussi ? s'inquiéta André Delpeix.

– La paille pourrie et les excréments. Les corps, on les enterrera nous-mêmes.

Il se pencha à nouveau vers le berger, guetta son dernier soupir, qui ne tarda point, avant de clore ses paupières.

Jeannot Delpeix rapporta des pelles de la borde et se mit à creuser la terre durcie, à une vingtaine de mètres du parc, tandis qu'armé d'une fourche Lataste entassait pêle-mêle sur un fagot piqué de copeaux résineux les vêtements et couvertures que renfermait l'oustalet, et jusqu'à la paille qui en couvrait le sol, soulevée comme d'une bauge à cochon. Lorsque tout fut prêt, le médecin mit le feu et rejoignit les deux frères, qui besognaient la terre sans se faire prier.

– De quoi sont-ils morts, ces bougres ? demanda André.

Lataste répondit qu'il n'en savait rien : une dysenterie, sans doute, amenée avec eux de leur lointaine province.

– Ceux-là au moins ne rançonneront plus les pauvres jacquets, lâcha Jeannot Delpeix, en guise d'oraison.

Pour les pèlerins de Compostelle, la Navarre

était depuis la nuit des temps, au sortir du purgatoire landais, un enfer pavé d'intentions assassines, peuplé de rançonneurs, de brutes avinées capables de tuer si l'on ne leur donnait pas assez vite sa bourse, puis sa chemise et son pantalon, quand l'argent avait déjà été saisi par d'autres.

Les Delpeix avaient creusé profond. Les cadavres furent promptement jetés dans la fosse et recouverts. Jeannot se signa. Les Espagnols étaient sous la terre de Lannegrande, un suaire de pauvres. Le bruit ne les y dérangerait pas trop, sauf celui du vent.

– Qu'allons-nous faire des vaches ? interrogea André. Boh, on verra, se répondit-il aussitôt, si d'autres Navarrais viennent un jour les réclamer, on les leur rendra, sinon, il faudra bien qu'elles continuent à donner leur lait, té, monsieur le docteur, vous ne croyez pas ? On les montrera même au vétérinaire de Napoléon, conclut-il, soudain hilare.

Lataste s'abstint de prendre position. Des bêtes, il en passait quelques centaines de milliers, chaque année, des Pyrénées à la Gironde ; alors, cent et quelques de plus ou de moins...

Le médecin s'inquiétait davantage pour les hommes. Pour un peu, il eût brûlé ses propres vêtements, mais il ne seyait guère à un médecin récemment installé à Sabres de traverser son village en caleçon, et de nuit, fût-ce pour la cause respectable de l'hygiène.

– Mettez vos manteaux et vos chemises à la bugade, recommanda-t-il, et tout le reste, et si vous pouviez même faire flamber tout ça...

– Et les garramatches aussi ? s'amusa Jeannot en montrant ses sandales aux semelles encore humides du magma cholérique.

– Tout, ordonna Lataste.

Les bergers rirent : lubies de savant ! Mais bast ! Quand on vient d'hériter de cent trente bêtes, on ne regarde pas trop à de pareils détails. On les laverait, les manteaux, et les chemises aussi.

Ce fut André qui, le premier, ressentit les symptômes du mal. Avec son frère, ils venaient à peine de ramener les vaches à la Théoulère et de les installer sous un parc abandonné, en lisière de lande.

Il eut des douleurs au ventre, des nausées et une colique qui prit rapidement des allures de débâcle, tenant le berger accroupi en permanence près du soutrage de la ferme, son odeur mêlée à celle de l'engrais.

Lataste fut bien vite près de lui. La révélation du mal dont étaient morts les Espagnols demeurait dans son esprit. Au-delà de ce choc, il lui fallait envisager la possibilité d'une épidémie.

Il ordonna que l'on transportât le malade dans une des bordes de l'airial, où il le fit installer sur un lit percé, au-dessus d'un trou creusé à même la terre. Ainsi Delpeix pouvait-il se vider de son eau sans y macérer.

Au soir de ce premier jour, son cadet fut pris à son tour des mêmes douleurs et commença à se répandre.

– Enfants ! protesta le médecin.

Les deux hommes avaient gardé leurs vêtements, sacrifiant simplement leurs sandales de corde. Jeannot fut déshabillé entièrement et porté sous la cabane où Charles Delpeix alluma un feu.

Lataste observa longuement ses patients. Des deux frères, le plus jeune paraissait être le plus sérieusement touché. Quelques heures à peine après avoir commencé à se vider, Jeannot Delpeix avait cessé de souffrir, et le spectacle du garçon prostré, couché sur le flanc, immobile et silencieux devint impressionnant.

– Té, monsieur le docteur, ils vont mal, ces drôles, constata Henri Delpeix, qui revenait d'une assemblade en Born. Ce sont ces Navarrais, que vous avez ensevelis à Mounior, qui leur ont donné le mal ?

– J'en ai peur, monsieur Delpeix, dit Lataste.

Le médecin ordonna que l'on fît bouillir de l'eau dans laquelle il versa des sachets de sel. Un médecin militaire, qui avait dû faire face en Algérie à une flambée de la maladie, avait administré le mélange en lavements, avec succès, semblait-il. A Paris, c'était par voie veineuse que la méthode venait d'être expérimentée.

Jeannot refusait toute alimentation. Lataste décida de le traiter en priorité et lui injecta dans une veine quelques dizaines de millilitres de la solution à quarante degrés, réservant la canule de lavement à André. Puis il attendit une demi-heure avant de répéter les opérations.

Assez vite l'état d'André, qui acceptait de boire, sembla se stabiliser. Sa diarrhée diminuait. En revanche, son cadet déclinait à vue d'œil.

Jeannot Delpeix s'économisait ; sa respiration, profonde, trahissait ses efforts. Il devait se souvenir des derniers instants du Navarrais et de la risée superficielle et tremblante qui lui servait alors de souffle. Lataste l'interrogeait de temps en temps. Souffrait-il ? Le jeune homme tardait à répondre, ouvrait sur lui ses grands yeux noirs qui posaient la question essentielle : Vais-je mourir ? Et dans combien de temps ?

Lataste lui injecta de la solution. Il peinait à trouver une veine qui se laissât percer. Plus habitué à la compagnie des souffrances et des agonies qu'à celle des guérisons et de leur triomphe, il admirait la tranquille lucidité du berger qui, d'un élan progressif et doux, s'en allait sans protester. Lataste lui humecta la langue, l'intérieur de la bouche et tenta plusieurs fois, en vain, de le faire boire.

– Linon, implora Jeannot d'une voix faible.

Tête basse, Henri Delpeix serra les dents. Lataste l'observait.

– Bien, dit simplement le métayer.

Il sortit, rejoignit les femmes qui égrenaient du maïs devant l'estantad de la ferme. De la borde,

Lataste vit deux d'entre elles se lever, vider le grain de leur tablier et partir pour La Croix Nouvelle.

Jeannot Delpeix ne voulait pas passer comme une volaille, au fond d'une borde en planches. On le transporta dans la chambre nord, qu'occupait le père hémiplégique. Lataste fit enlever draps et couette du lit, de sorte que fût ménagé à travers le sommier de planches un exutoire au mal qui emportait le pâtre.

Linon arriva à la Théoulère à la nuit tombante. Les orages qui tournaient au loin depuis des jours approchaient enfin de Commensacq, la chaleur devenait moite, chargée d'eau. Derrière l'horizon des champs, un soleil rouge plongeait entre des nuées grises et menaçantes.

Linon descendit de son attelage et ses belles-sœurs de leurs chevaux, qu'elles conduisirent à l'écurie. En une heure de trajet, les femmes ne s'étaient pas dit trois mots. Restée seule, la muette de la Théoulère avança à pas lents vers la maison. Cela faisait près de deux années qu'elle ne s'y était plus rendue. Lorsqu'elle aperçut la lumière de la pièce commune et les silhouettes des hommes autour de la table, elle sentit son cœur s'affoler et dut faire un effort pour parcourir les derniers mètres qui l'en séparaient. Au moment où elle allait pousser la porte, elle sentit qu'on agrippait son bras. La planche-pa de Charles Delpeix, la grande à la poitrine plate, l'entraîna vers l'autre entrée de la maison, qui donnait sur le poulailler et les cabanes à outils. Linon se retrouva dans le couloir, entra dans la chambre où veillait Lataste.

Le médecin l'accueillit en souriant et la fit asseoir près du lit. Elle ne devait pas toucher le corps de Jeannot, et à peine son visage. Épouvantée, la jeune femme découvrit ce que la maladie laissait reconnaître de son frère, peu de chose en vérité. Le nez immense, la peau cireuse et la pomme d'Adam, qui allait et venait difficilement, étaient ceux d'un vieillard.

Linon sentit la main du médecin se poser sur son épaule et se mit à pleurer. Jeannot cherchait sa sœur du regard; il parut soulagé de la voir près de lui. Il y avait, entre eux, depuis toujours, un code secret, une façon de traduire les pensées sans avoir besoin des mots.

Elle lut « adieu », caressa le visage torturé du garçon. Jeannot balbutia quelques mots où il était question de lande et de liberté, et du Mexicain. Linon posa son front contre la poitrine décharnée de son jeune frère. Son enfance traversait soudain le temps et faisait irruption dans la pénombre mortuaire de la chambre. Il était né sur ce lit, le petit pâtre de la Théoulère. Lorsque Linon se releva, il était mort.

Elle perçut soudain la puanteur qui baignait la pièce, une odeur qui lui chavirait le cœur, vit le reste de la famille, les deux aînés, le père, que l'on avait porté sur son fauteuil, et, face à elle, comme en prière, sa mère.

Elle se leva. Lataste s'approcha de Jeannot et, comme il l'avait fait pour le Navarrais, ferma ses paupières.

– Surtout, il ne faut plus le toucher. Détruisez le linge de la literie et éloignez les enfants, dit-il.

Des mioches, il y en avait une demi-douzaine dans la ferme, qui se poussaient pour voir, et que les mères chassèrent aussitôt de la chambre.

– Et ce pauvre André ? demanda Henri Delpeix.

– Je pense qu'il survivra, prédit Lataste, son mal est moins puissant, et tant mieux pour lui.

Linon s'appuya sur son bras. Elle chancelait, les yeux mi-clos, si pâle que le feu des bougies lui donnait la lividité du cadavre. Lataste lui fit comprendre qu'il lui faudrait sans tarder se débarrasser de ses vêtements, jusqu'à la coiffe qu'elle portait ce soir-là, et tout laver.

– Votre frère sera enterré ici, ajouta-t-il pour Henri, et avant ce matin. La chambre devra demeurer inoccupée plusieurs jours; les vieux iront dormir ailleurs.

Linon fit un pas vers sa mère. Debout, soutenue par ses brus en larmes, Quitterie Delpeix mâchonnait ses prières et leva vers sa fille un visage au regard absent; c'était comme si la femme devenue vieille en quelques années ne vivait plus qu'à l'intérieur d'elle-même. Linon lui fit quelques signes de la main, dans la langue qu'elles s'étaient autrefois inventée, sans obtenir de réponse. La maîtresse de la Théoulère gardait les mains jointes sur le haut de sa poitrine et psalmodiait.

Lataste conduisit Linon dans la pièce commune et la fit asseoir sur une chaise. Les enfants s'approchèrent. Certains découvraient leur tante, la muette dont on ne parlait jamais, mais qu'ils connaissaient par leurs compagnons des autres métairies.

– Eh bien, grommela le médecin, il n'y a donc pas une assiette de soupe pour cette femme, qui ne se sent pas bien?

Tandis que les brus s'exécutaient, il se lava les mains au broc, sous l'estantad, obligea Linon à faire de même et convia les autres à les imiter. Puis il s'assit à son tour, prit sa tête entre ses mains et parut s'endormir.

Lorsque la famille tout entière se fut réunie dans la pièce, en compagnie des ouvriers et des servantes, il y eut un long silence. Les hommes demeurèrent immobiles, les bras ballants, les femmes s'abîmèrent en prières, et ce fut un moment de grâce et de grande paix. Puis le médecin se leva. Il lui fallait retourner à Sabres, où l'attendait un accouchement. Il ferait un bout de chemin avec Linon.

– Il faut enterrer ce pauvre Jeannot dès maintenant, répéta-t-il aux aînés. Si l'on vous demande de quoi il est mort, vous direz de colique, de dysenterie. Pour le reste, je me charge des gendarmes et de l'autorité impériale.

Le curé arriverait un peu tard. A vrai dire, il ne fréquentait guère la Théoulère, une distance que les Delpeix, les hommes surtout, lui rendaient avec équité. Lataste s'assura de l'état d'André, qui était meilleur. Puis il revint vers la maison chercher Linon.

La jeune femme se leva. Elle était épuisée. Elle jeta un regard circulaire sur les visages qui la scrutaient. Depuis son arrivée, personne ne lui avait adressé la parole.

Lataste s'agaça des mines renfrognées des femmes et de celles, gênées, de leurs maris et des commensaux. Il saisit Linon par le bras et la mena vers l'estantad. Henri Delpeix se trouvait sur leur chemin. Passant devant lui, Linon s'arrêta, chercha le regard qui fuyait le sien.

– Le fusil ? Arnaud ? C'est toi ? demanda-t-elle de sa voix aiguë.

Il ne répondit pas, et ses yeux évitaient le médecin.

– C'est vous qui avez tiré sur Escource et blessé ce pauvre Lancouade ? questionna à son tour Lataste.

Delpeix avala péniblement sa salive. Il y avait deux des tireurs dans la pièce. Linon porta doucement la main vers la joue de son frère et l'effleura du bout des doigts. Delpeix se détourna, tandis que sa sœur passait devant lui et s'éloignait.

– Escource est dans le vrai, murmura pour lui-même Lataste, lorsqu'il eut rejoint Linon. Il sait que la guerre est un exercice épuisant, et il ne veut plus la faire.

Au moment où ils quittaient l'estantad, un éclair déchira le ciel, suivi presque aussitôt d'un craquement assourdissant. Le silence revint, absolu. Puis une femme se mit à pleurer fort, dans la maison, et l'averse débuta.

Lataste et Linon se hâtèrent vers leurs attelages. Il allait pleuvoir dru et longtemps sur la lande. Le vent se levait. A La Croix Nouvelle, Gilles devait s'inquiéter.

– Merci ! cria Linon.

Elle reprenait vie. Lataste l'aida à grimper dans la voiture. La jeune femme se pencha, lui offrit son sourire et l'embrassa sur la joue, avant de disparaître, le laissant un long moment éhabi et ravi.

5

– Ah, monsieur Escource, votre... épouse est un astre. Merci de nous la faire connaître ; sans elle, cette soirée aurait singulièrement manqué de charme.

Maître Edwards était aussi beau parleur qu'avisé notaire. Joignant le geste à la parole, il conserva un long moment la main de Linon dans la sienne. Gilles ne put s'empêcher de rire. Linon avait pour une fois perdu de sa pâleur, ses joues avaient même rosi et, ainsi fardée par la nature, la jeune femme était irrésistible.

Elle avait suivi Gilles à Bordeaux pour échapper au chagrin et à la mélancolie qui la tenaient depuis la mort de son cadet. Pour la première fois de sa vie, elle était montée dans un de ces wagons qu'enfant elle voyait passer dans un nuage de fumée, au bout de la lande de Labouheyre. Mais tout cela, pas plus que les boutiques de mode qu'elle avait découvertes comme elle l'eût fait de l'Amérique, et que son amant avait pillées pour elle, ne signifiait pas qu'elle acceptait d'aller à cette soirée, dont la seule perspective l'emplissait d'effroi.

– Il y aura Pablo, avait dit Gilles.

Elle s'en moquait.

– Tu iras, toi !

Gilles peinait à boutonner le haut de sa chemise

et à nouer sa lavallière. Elle l'aidait en riant. Par l'échancrure de son corsage, Gilles apercevait la naissance de ses seins, vers quoi il porta la main, les yeux fermés.

– On reste ici, avait-elle suggéré d'une simple caresse.

Le regard de Gilles changeait. Ils avaient fait l'amour moins d'une heure auparavant, dans le cabinet de toilette, lorsque Gilles l'y avait surprise en train d'enfiler un jupon.

– Ce soir, femme !

Il avait pu résister. Il fallait honorer cette invitation, le notaire avait convié chez lui des industriels de Morcenx. On allait construire, là-bas, une usine pour la térébenthine, des scieries, sur le modèle impérial de Solferino.

Et elle se tenait là, en effet, cette société que maître Edwards appelait sa « forestière landaise » : des propriétaires, pour la plupart de Bordeaux, à mille ou deux mille hectares l'unité, et qui avaient grappillé ici et là fermes et métairies, pour faire bon poids. Des colons, façonnant la terre de Lannegrande selon le vœu de l'Empereur.

Dans le grand salon de l'hôtel particulier que le notaire possédait face au théâtre, on parlait donc forêt, gemmage, expansion ; maître Edwards pouvait contempler avec satisfaction le succès de ses entremises. Sa fortune suivait, parallèle, celles qu'amassaient jour après jour ses clients rassemblés autour de lui, et qu'il prenait un plaisir évident à faire discuter et, peut-être déjà conclure.

Linon se tenait aux côtés de Gilles, les doigts crispés sur son bras. Le Mexicain concentrait sur lui les regards. Diable ! Le marché de l'Europe du Nord, ce n'était pas rien.

– Ne te fais pas d'illusions, lui glissa à l'oreille son associé, ta divine créature est pour l'essentiel dans cet intérêt. Si tu m'avais dit, là-bas, qu'elle existait, je t'aurais fait rentrer en France par le premier bateau !

Gilles sourit. Il observait, ravi, le regard des femmes posé, aigu et insistant, sur sa maîtresse. Elle était de ces simples qui jamais n'entendent le monde, et pourtant, le bruit du scandale, né au fin fond du Sahara français, était monté jusqu'à Bordeaux. La bergère, belle à damner les saints, et l'aventurier, tous deux subitement enrichis par Bonaparte, quelle étrange histoire !

– Voici M. Ferté, de Poitiers, annonça maître Edwards.

Il présenta son hôte, un jeune homme au visage fin et volontaire, qui baisa la main de Linon et s'inclina devant ses compagnons.

– M. Ferté a vendu un grand nombre de mules du Poitou à vos compatriotes, mon cher Escource, poursuivit, jovial, le notaire. Et maintenant, il décide de se faire bûcheron du côté d'Arjuzanx. Une bonne idée. Je vous laisse en discuter.

Il prit soudain Linon par le bras et l'entraîna, stupéfaite, vers un buffet.

– Oui, attaqua aussitôt le jeune homme avec un bel accent du Centre, vous plantez, vous gemmez, je découpe. Quoi ? Nous laisserions d'autres s'occuper des traverses, des poteaux, des madriers ? Vous avez la terre et, déjà, l'exploitation de la résine. Je m'occupe du reste. Ainsi, nous laisserons les petits-bourgeois landais se payer des jardinets sur la Haute Lande, pour y promener leur famille le dimanche.

Il rit. Pablo ouvrait sur lui son œil unique et intéressé. Gilles suivait quant à lui le trajet de Linon à travers la pièce, et le sillage de grâce ineffable qu'elle y laissait. Il se sentait éperdument amoureux. La jeune femme avait rangé ses cheveux en sages macarons et portait, au-dessus d'une ample jupe d'un jaune éclatant, un bustier en soie, brodé, qui laissait apparaître ses épaules et sa gorge, sous un gilet rouge à demi fermé. Il y avait là une coquinerie à laquelle Gilles l'avait obligée, des couleurs comme on n'en voyait même pas à Gaillarde et, pour le regard qui s'y attardait, de quoi se laisser conduire.

– ... et jusqu'à vingt mille francs !

La mine réjouie, Ferté guettait la réaction de Gilles.

– Pardon ? fit celui-ci, éberlué.

– Excusez-le, s'esclaffa Pablo, depuis le Mexique, il a parfois, comme cela, de ces absences. Je reprends pour vous. Gilles, M. Ferté a fait un calcul très simple qui nous amènerait, pour une mise mensuelle de six mille francs, à un revenu annuel de deux cent cinquante mille francs à l'horizon de 1878. Le temps que poussent quelques arbres...

– 1878, dit Gilles, rêveur.

– Voilà ! triompha le Poitevin. Les vieux pins de vos parcelles feront l'affaire pour commencer. On m'a dit que vous ne les ménagiez pas. Dans deux ans, ils seront débités. Ce sera le début de notre grande aventure.

– C'était un choix, dit Gilles, comme s'il s'excusait. Les clients étaient pressés.

A quelques mètres de lui, Linon trempait ses lèvres dans une flûte de champagne. Maître Edwards, ne sachant trop comment se faire comprendre d'elle, lui faisait face et restait à la contempler, charmé.

– Bien sûr, bien sûr, s'écria Ferté, des clients pressés, que peut-on souhaiter de mieux ? Ah ! messieurs, buvons à cette rencontre et à ces pauvres bergers des Landes. Bah, ils iront scier du bois, ça leur donnera des couleurs !

Il rit, leva sa coupe de champagne. Gilles avait changé de visage, sa bouche s'affaissait soudain. Pablo s'empara du gaffeur et l'entraîna vers le buffet. On ferait affaire, certainement, mais pas le ventre vide. Gilles marcha vers Linon. Il avait besoin de sentir sa maîtresse à nouveau contre lui. Pablo connaissait du monde ce soir-là, il démarcherait bien seul, et puis cette société de nantis qui s'abattait sur la vieille lande, comme le faisaient les taons, lui devenait soudain insupportable.

Il rejoignit son hôte et reçut comme un remerciement le sourire que lui adressait Linon. Il n'aurait pas beaucoup de peine à la persuader de rentrer à l'hôtel.

– Du monde arrive, constata le notaire. Monsieur Escource, décidément, je vous félicite, vous êtes un homme comblé, ajouta-t-il avant de s'éloigner.

Linon le suivait des yeux. Gilles la vit soudain pâlir et lâcher son verre, qui se brisa au sol.

Mme Edwards accueillait un groupe de jeunes gens, parmi lesquels les fils Larrègue, en jolie compagnie. Les hommes se débarrassèrent de leurs hauts-de-forme et de leurs capes, les femmes de leurs étoles et de leurs capelines. Linon se plaqua contre Gilles. Elle se décomposait au point que Gilles dut la soutenir et l'aider à s'asseoir sur un canapé, tandis que les arrivants, précédés de leur hôte, investissaient le salon.

Après quelques mots et un baise-main, Lucien Larrègue se trouva face à Gilles, et son sourire s'effaça aussitôt.

– Notre ami Larrègue a été mon clerc, dit maître Edwards. Mon cher Lucien, voici un pays à toi, vous devez vous connaître. M. Escource...

Larrègue retint sa main. Gilles n'avait pas tendu la sienne. Le notaire toussota.

– Je n'ai pas vu d'échasses, dans la cour, remarqua l'arrivant.

– J'ai saigné les dernières avant-hier, expliqua Gilles.

– Il n'y a pas de petit profit, conclut le hobereau avant de rompre, laissant son frère Antoine, qui le suivait, découvrir au fond du canapé, écarlate, les yeux baissés et se mordant les lèvres, l'ancienne servante de sa mère.

Le gros garçon prit une teinte brique qui ne devait rien à la chaleur ambiante et se mit à balbutier. Maître Edwards le poussa vers d'autres invités, jetant au passage un regard surpris vers Linon.

Pablo revint sur ces entrefaites. Le marchand de mules l'avait conquis. Jeune, mais déjà commensal de quelques puissants, il avait ses entrées chez Pereire, et ses napoléons feraient de parfaits murs d'usine à papier.

– Quelque chose ne va pas ? s'inquiéta Pablo.

Linon tremblait.

– Un mauvais rêve, répondit Gilles, qui lui expliqua la situation.

Pablo arrêta au passage un valet dont il allégea le plateau de quelques coupes, en tendit une à Linon qui la vida d'un trait.

– Peste, admira-t-il, ces bergères ont du sang.

Il trouvait l'incident plutôt amusant. Les plaisirs de la vie citadine étaient-ils interdits aux pâtres devenus industriels, aux servantes adultérines ou aux blessés de guerre ?

– Je pense qu'on ne moisira pas ici, dit Gilles, les traits soudain creusés, la voix rauque.

Le salon était plein d'une foule bavarde au sein de laquelle il devenait possible de se fondre. Linon avait besoin de respirer et alla s'appuyer à la rambarde d'une fenêtre ouverte. Gilles la laissa se remettre, mais son trouble l'intriguait. Linon avait assez de caractère et de confiance en lui pour ne pas se laisser démonter par ce genre de hasard et, de Gaillarde et de ses maîtres, il n'était plus question depuis des mois.

– Rentrons, décida-t-il.

Ils allèrent saluer leur hôtesse, une future douairière forte de buste et de train arrière, qui regretta poliment le départ de ses invités. Au vestiaire, que deux soubrettes tenaient dans un angle du hall, ils récupérèrent leurs capes et Gilles son feutre. Au moment où ils allaient franchir la porte, la voix de Lucien Larrègue retentit derrière eux.

– Il reste des gages à rendre à ma mère, qui les attend depuis quelques mois.

Gilles s'immobilisa. Linon avait fait un pas sur le palier. Elle se retourna, attendant Gilles, et aperçut l'aîné de Gaillarde qu'entouraient quelques amis.

– C'est à moi que vous parlez, monsieur ? demanda Gilles, en se tournant à demi.

– Et à qui d'autre ? Il y aurait donc d'autres servantes sourdes, ici même ce soir ?

Gilles lui fit face. Larrègue avait parlé assez fort pour que le silence se fasse dans le hall et jusqu'à l'entrée du salon. Gilles avança vers lui. Déjà, on s'interposait.

– Messieurs, allons ! dit quelqu'un.

Linon tirait Gilles par la manche.

– Si l'on vous doit quelque chose, dit celui-ci calmement, faites-en la demande. Vous serez payé, je m'y engage.

Larrègue s'inclina. Sa compagnie paraissait s'amuser fort. Il s'était fait dans le hall un cercle muet, on attendait la suite avec curiosité. Gilles souleva son chapeau, rendit le salut et tourna les talons.

– Mais si Mme Poyanne, ici présente... reprit Larrègue.

– Oui ?

Gilles avait fait volte-face, tendu. Larrègue avala sa salive. Il lui fallait aller au bout de son propos. Puisant l'énergie nécessaire dans l'encouragement muet que lui prodiguaient ses amis, il fit un pas et lâcha d'un trait :

– ...veut les rendre elle-même, qu'elle ne se gêne pas. Elle pourra si elle le désire emporter un de ces matelas de Gaillarde dont elle apprécie tant... la souplesse.

La main de bois levée haut, Gilles se précipita sur son ancien compagnon de jeux qui se mit en garde. Des gens s'interposèrent, on se saisit des deux hommes, pour les maintenir à distance. Gilles était livide. Il s'arracha, trébucha, fut repris. Fou de rage, éructant des gasconnades oubliées depuis des années, il se débattit encore, avant de céder et de se calmer.

Maître Edwards s'était précipité. Il se passait chez lui une chose totalement inconcevable : un pugilat entre un futur notaire et un ancien berger ! Il s'interposa à son tour, arrangeant. Pablo saisit son ami par le col de sa redingote et, d'une poigne de fer, le ramena sur le palier.

– Va, lui ordonna-t-il, ça suffit comme cela, je continuerai le commerce tout seul.

Gilles parut revenir à lui et chercha Linon, mais la jeune femme était descendue.

– Cette dame vous attend dans la rue, dit une soubrette.

Larrègue avait disparu, ses amis aussi, ramenés vers le salon. Quelqu'un poussa à demi la porte. Gilles était épuisé et se mit à frissonner, les tempes broyées, le front moite, tandis que Pablo l'aidait à descendre les marches.

– J'ai la fièvre, je crois, dit-il.

Linon était assise sur la dernière marche, le visage dans ses mains. Gilles passa près d'elle sans paraître la voir, puis il lui tendit la main et l'aida à se relever.

– Laisse-nous, dit-il à Pablo.

Dans la rue, elle se jeta contre lui.

– J'ai honte, sanglota-t-elle, et elle le répéta plusieurs fois, frappant les épaules de Gilles de ses poings.

Le maître de Caylac titubait, au point que la jeune femme dut le soutenir. Il se tenait contre sa maîtresse, les bras ballants, le souffle court, sans qu'elle sût vraiment si c'était pour la consoler ou pour rester debout.

– Je te dirai, murmura-t-elle.

– Ces pourritures en valent bien d'autres, siffla Gilles d'une voix rauque, pour lui-même.

Linon s'empressa auprès de lui, le fit asseoir sur un banc. Il avait besoin d'avaler de la quinine, sentait la fièvre monter comme une nuée humide. Lataste lui avait préparé quelques sachets qu'il avait laissés à l'hôtel. Il se leva, grelottant, le feu aux joues. Il s'en voulait d'avoir cédé, par manque de force. Une nausée puissante, née au creux de son ventre, le submergeait. Il s'appuya contre le dossier du banc et vomit. Linon avait hélé une calèche au fond de laquelle Gilles se laissa tomber, vaincu.

Gilles s'était allongé en travers du lit, Linon l'avait déshabillé, puis la jeune femme avait attendu qu'il se fût endormi et, depuis, incapable de trouver le sommeil, elle le veillait.

La quinine faisait son effet. Jusqu'au milieu de la nuit, Gilles transpira abondamment et Linon dut se lever plusieurs fois pour humecter un linge d'eau fraîche et le lui passer sur le front.

Au bout d'une phase de repos, Gilles se mit à bouger de plus en plus violemment. Linon s'agenouilla près de lui et attendit. Elle connaissait les crises qui secouaient son amant sans prévenir, quelle que fût la saison. Elles étaient d'intensité variable et le laissaient lucide la plupart du temps. Toutes commençaient de la même façon.

Gilles était bouillant et son corps tremblait sans arrêt. De temps à autre, une vague plus puissante l'écartelait ; par tous les pores de sa peau, il se mit à transpirer en gouttes énormes qui ruisselaient sur ses tempes et sa poitrine. Linon tenta de lui ouvrir la bouche pour lui faire avaler de la quinine, mais la force fébrile qui agitait Gilles l'en empêcha. La jeune femme se leva, alluma des bougies et s'assit au bord du lit.

Il faisait sur Bordeaux une chaleur étouffante. Par les fenêtres grandes ouvertes de la chambre d'hôtel entrait une brise de sud porteuse d'orages. Linon ôta sa chemise de nuit et revint s'asseoir près de Gilles.

Au milieu d'un brève accalmie qui le laissait anéanti, le visage creux, luisant de sueur, Gilles ouvrit grands les yeux. Il soufflait comme un animal forcé et fixait le plafond. Linon se pencha sur lui, espérant un signe, mais le regard de Gilles restait vague. Elle vit ses lèvres s'entrouvrir, hésiter et articuler quelques syllabes. Elle parvint à deviner : « Durango. »

Souvent, dans ses accès de fièvre, Gilles revivait le Mexique. Il y était question d'embuscades, de villages qui brûlent, d'hommes mutilés que détroussaient des pillards. Lorsqu'elle l'interrogeait ensuite, Linon recevait pour réponse des sourires et un signe de la tête qui disait simplement non.

– Durango...

Gilles souffrait de sa main amputée. Il lança à terre sa prothèse et, hurlant, saisit son moignon qu'il se mit à serrer de toute sa force.

Il frissonnait de nouveau. Le lit tremblait sous son corps. Rien n'aurait pu endiguer ces lames de fond. Puis le Mexicain s'assit brusquement, cria encore une fois et retomba en arrière.

Il voulait parler. Ses bras battaient l'air, chassant des ombres invisibles. Linon l'écouta, perçut un ordre répété : « Tue-les, Pablo. » Gilles cessa de trembler, ouvrit sur le plafond des yeux démesurés où gîtait la folie. Linon eut soudain peur. Elle ne l'avait jamais vu ainsi et se recula.

– Tue-les, Pablo, tue-les !

Linon descendit du lit, s'agenouilla et se mit à prier. Gilles gémissait, le buste à demi redressé, et tendait son poignet amputé vers des cibles qu'il fallait abattre.

– Alors je vais le faire, Pablo, je le fais !

Il eut une inspiration profonde, rauque, qui résonna dans la chambre, puis il cessa de respirer, demeura la bouche béante, avant de retomber doucement en arrière.

Linon l'observait, tétanisée. Il allait mourir. Elle se jeta sur lui, l'embrassa, caressa son visage et l'appela, jusqu'à ce qu'enfin, elle eût senti qu'il respirait presque normalement. Elle lui fit avaler un peu de quinine. Gilles murmurait en espagnol. Les jambes repliées, la main serrée sur un montant du lit, il sanglotait comme un enfant.

Linon chercha son regard, qu'elle accrocha furtivement. Gilles naviguait encore loin d'elle. Si aucun nouveau frisson ne survenait, il se rendormirait sous un amoncellement de couettes et reposerait jusqu'au matin.

Elle le vit prononcer son nom, porter avec maladresse la main vers elle. Il revenait au monde rassurant de la chambre d'hôtel, reconnaissait le visage de Linon qui lui souriait. Il demeura prostré de longues minutes, baignant dans sa sueur. A mesure qu'il reprenait ainsi ses esprits, il se sentait envahi de tristesse et de colère. Lorsqu'il fut capable de se redresser, Linon lui proposa de l'eau qu'il refusa.

– Plus jamais, dit-il d'un voix étouffée.

Il s'assit au bord du lit. Dans ses yeux revenaient un éclat mauvais et une rage qu'il écouta monter en lui.

– On est des chiens, marmonna-t-il.

Il chuta dans la ruelle du lit, se releva. Tenant à peine debout, il alla vers la chaise où se trouvaient ses vêtements, tomba à genoux. « Des chiens... » Il semblait s'encourager avec ce mot, qu'il répéta vingt fois tandis que, titubant, il s'habillait à la hâte.

Linon l'adjura de se recoucher, mais en vain. Gilles découvrait enfin les raisons qui avaient poussé la jeune femme à fuir Gaillarde et ses maîtres. Peu lui importait les détails de l'affaire. Tout à sa haine pour les Larrègue et à la tempête dévastant son âme, un flot puissant qu'il se savait incapable de maîtriser désormais, il éprouvait en même temps pour Linon, qui le cernait de ses caresses et de son angoisse, l'amour le plus violent qui se pût imaginer.

– Je les tuerai, comme les autres, là-bas, gronda-t-il.

Linon le vit saisir son pistolet et cria. Gilles devait perdre la raison, son regard la terrifiait, c'était un démon qui tout à coup émergeait de ses fièvres. Elle se jeta contre lui, voulut l'arrêter dans son élan. Il la porta jusqu'à l'armoire, la couvrit d'une cape, la contraignit à se chausser. Puis, ayant serré l'arme sous sa ceinture, il prit Linon par la main et l'entraîna hors de l'hôtel.

La maison Larrègue se trouvait à quelques centaines de mètres. Gilles marchait vite ; les cheveux en désordre, perdant à chaque pas ses chaussures, Linon s'agrippait à son bras.

– Tu vas prendre la mort, parvint-elle à lui dire.

La mort... Il l'avait déjà, en lui, tapie, à attendre son heure. Ils traversèrent des rues désertes, dans la ville écrasée de chaleur, fermée comme un sépulcre. Au bout d'un quart d'heure de cette marche forcée, Gilles poussa une lourde porte cochère, pénétra dans une cour. Un escalier menait au palier d'un appartement. Il était trois heures. Gilles frappa.

On tardait à venir. Il cogna de nouveau. Des pas résonnèrent dans un couloir. On s'inquiéta de sa demande.

– Pour Larrègue, de Commensacq, c'est important ! annonça-t-il d'une voix forte.

La porte s'entrebâilla et un visage fripé de vieillard chauve apparut. Gilles poussa violemment la porte, plaquant le valet contre le mur et l'assommant à demi.

– Gilles ! supplia vainement Linon.

Il l'entraînait déjà dans le couloir.

Une bougie achevait de se consumer, en veilleuse, contre un mur. Gilles s'en saisit, fit rapidement le tour du salon, d'une bibliothèque et d'une cuisine, avant de se diriger vers les chambres à coucher. Antoine Larrègue sortit de l'une d'elles, à demi nu, ensommeillé. Gilles plaqua le canon de son arme sous son nez.

– Où est ton frère, barrique ? demanda-t-il.

L'autre tardait à répondre. Gilles lui frappa la tempe de la crosse, répéta sa question.

– Au fond...

Larrègue n'eut pas le temps d'achever sa phrase. Gilles le propulsait déjà devant lui, à coups de pied dans les fesses. Parvenu devant la chambre, il ordonna au gros garçon d'ouvrir et le suivit à l'intérieur.

Alerté à son tour par le vacarme, Lucien Larrègue était en train de se lever, dans les vapeurs d'alcool d'une soirée bien arrosée. Monsieur et madame Louis devaient être dans les Landes, les fils occupaient le terrain en leur absence. Près de Lucien dormait une femme que le bruit n'avait pas encore dérangée. Gilles fonça, empoigna le jeune homme et le tira hors du lit.

La femme se réveilla, son maquillage ruisselait sur ses joues. Celle-là n'était pas chez le notaire, Larrègue avait dû la remonter du port, une fois les jeunes filles ramenées chez elles. Interloquée, elle découvrait au milieu de la nuit un ouragan qui jetait à terre ses hôtes, une femme pâle qui tentait de le calmer et, dans l'embrasure de la porte, un valet en chemise de nuit, les bras ballants, qui pleurnichait en saignant du nez.

Les garçons avaient peur. A demi assise sous le drap, la femme observait la scène d'un œil soudain intéressé. Gilles débarrassa Linon de son manteau, empoigna le col de sa chemise de nuit et, d'un geste brusque, tira sur celui-ci, dénudant sa maîtresse. Lucien et Antoine Larrègue gardaient la tête basse.

– Regardez-la ! ordonna-t-il.

Les frères s'exécutèrent. Linon cachait son ventre de ses mains. Elle ne comprenait pas, craignait par-dessus tout que la scène ne dégénérât en massacre.

– Pardon ! aboya Gilles.

Les Larrègue baissèrent à nouveau la tête. Gilles empoigna Lucien par l'oreille et le força à reprendre la position.

– Demandez pardon à cette femme ! hurla-t-il.

Antoine Larrègue bredouilla quelque chose. Son frère gardait le silence, les lèvres closes, portant sur Linon un regard de lapin captif. Gilles lâcha son oreille, lui appuya le canon du colt sur la tempe.

– Vite, monsieur Lucien, vous avez plus à perdre que moi, dans les trois secondes qui viennent, dit-il.

Il compta. Lucien Larrègue lâcha enfin le mot. Gilles s'agenouilla entre Linon et les deux garçons.

– Voilà, dit-il d'une voix plus calme, vous l'avez regardée pour la dernière fois. Désormais, vous ne lèverez plus jamais les yeux sur elle, ni à Commensacq ni à Bordeaux ni n'importe où dans le monde, parce que si vous la souillez encore d'un seul de vos regards de rats, vous et les autres, je vous ferai péter la tête pour de bon.

Il se releva, ramassa la chemise déchirée et la cape, qu'il remit sur les épaules de Linon. Puis il s'excusa auprès de la jeune femme, caressa son visage et la prit contre lui.

– C'est fini, nous pouvons rentrer, maintenant, murmura-t-il.

Ils sortirent tandis que le majordome s'activait auprès de ses maîtres. Parvenu sur le trottoir, Gilles sentit ses jambes se dérober sous lui, et Linon dut à nouveau le soutenir. Il respirait fort, la bouche entrouverte, et recommençait à frissonner.

– Il le fallait ! répétait-il, hagard.

Linon le fit asseoir sur un banc. Là, elle l'enveloppa de son corps. Gilles était repris par sa fièvre ; pourtant, il réussit à lui sourire. Un fiacre passait. Linon aida Gilles à y monter. Elle jeta un dernier coup d'œil sur le premier étage de l'immeuble.

Dans un halo de lumière jaune, immobile contre le rideau d'une haute fenêtre et souriante, la femme les regardait partir.

6

A compter de cette nuit, Gilles et Linon s'enfermèrent dans Caylac. Arnaud Lancouade s'y remettait tant bien que mal. Eût-il désiré quitter ce lieu et retrouver La Croix Ancienne, son torchis et ses odeurs de moisissure, l'ancien brassier devenu régisseur n'en eût soufflé mot. Sa femme ne cachait pas sa préférence, mais il y avait à s'occuper des pinèdes de Caylac, des semis, de la maison, et Gilles voulait son monde près de lui. Tous y demeurèrent donc.

Les visiteurs ne se pressaient déjà pas à Caylac, du temps de la vieille dame. Désormais, personne ne venait plus hanter les couloirs et le parc de la demeure : ni pâtres ni fermiers, sauf le docteur ou sa femme, quelquefois, et les résiniers qui de temps à autre venaient y percevoir leur dû.

Mais Gilles avait été généreux. Il avait projeté d'agrandir sa maison natale, avait acheté la lande qui l'entourait et le matériel pour l'exploiter. Au début, il pensait louer ou convaincre Jean-Baptiste de s'arrêter là une bonne fois et d'y vivre. Les choses avaient pris un tour différent. Un jour peut-être...

– Nous sommes maîtres aux Croix, disait-il, ni riches ni pauvres. Maîtres.

Le mot lui plaisait, comme la pinède qui de toutes

parts borderait un jour l'horizon de La Croix Ancienne. Les saisons passèrent ainsi. On préserva, aux abords de la vieille maison familiale, les sillons qu'Henri Delpeix y avait creusés : du seigle y fut planté à nouveau, puis du maïs, et Gilles s'habitua à regarder, là aussi, des ouvriers travailler pour lui.

En octobre, on attendit, à l'abri des chênaies, les palombes en route vers l'Afrique. Il fut temps, alors, avant l'hiver venteux, de préparer la gemme de printemps, à travers les parcelles.

Le Mexicain avait entrepris de modeler la lande, la hachant de bois éparpillés. Il en quadrillait le sol, entreprenait la domestication de ces immensités stériles.

Il traçait les lignes du pays nouveau, une géométrie fascinante qui rompait l'ordre de la vieille lande. A La Croix Ancienne, comme partout ailleurs, les rondins s'empileraient au sortir des parcelles, le long des crastes. Le bruit des scies et des cognées remplacerait pour toujours le tintement léger des sonnailles. C'était écrit.

Auprès des adultes, la fille d'Arnaud et de Catherine Lancouade investissait son nouvel espace.

Par la fenêtre du grand salon, la fillette observait les deux bêtes superbes attachées sous la montée de l'escalier. Cela faisait assez longtemps qu'elle tannait son oncle pour qu'il l'autorisât à monter, mais de cela, il n'était pas question : à neuf ans, une *chicoya* de Lannegrande apprenait la couture, la cuisine et à plumer la volaille. Pour le reste, il fallait attendre.

– Tu es en colère, *pingaïoute* ?

Elle sursauta. Gilles se tenait derrière elle, botté, une cravache à la main. Il portait un de ces pantalons blancs moulants qui le faisaient ressembler aux généraux de Bonaparte sur les gravures, et une chemise de laine épaisse, grise, sous une redingote sombre.

De sous sa ceinture dépassait le pistolet qui

jamais ne le quittait. Ainsi équipé, avec au bout de son bras la main morte dont les doigts ne remuaient jamais, et son visage barré par l'épaisse moustache noire, le maître de La Croix Nouvelle avait des allures inquiétantes. Mais l'enfant savait bien qu'en s'approchant d'elle, le regard de Gilles perdait sa dureté.

– Tu voudrais bien en monter un, de ces chibaus ? l'interrogea-t-il.

Elle acquiesça. Il l'embrassa.

– Viens, lui ordonna-t-il.

Ils traversèrent la pièce et entrèrent dans un ancien bureau où s'empoussiéraient quelques meubles. Gilles ouvrit un coffre et en tira un livre qu'il tendit à la fillette.

– Tu liras ça, dit-il.

Elle déchiffra : *Le Ca...pi...taine Fra...casse*, parut désappointée et se renfrogna.

– C'est un bon début, apprécia l'oncle en s'accroupissant près d'elle. Ne te moque pas, fille, poursuivit-il, Gautier pense aujourd'hui encore que ton pays est le Sahara de la France et qu'on peut y inventer de belles histoires. Dans le livre, il parle d'Arengosse où le château du capitaine Fracasse existe vraiment. Tu sais cela ?

La fillette n'avait pas l'air convaincue.

– Bon, trancha Gilles, tu vas lire tout ce que tu pourras et je verrai, à mon retour, si tu as gagné une promenade sur un de ces chevaux.

Elle ouvrit le livre. C'était long, interminable, écrit en toutes petites lettres. Elle remercia et promit.

Linon les rejoignait. Elle était vêtue d'une jupe à rayures grises, d'un corsage noir et portait sur l'épaule un foulard rouge. Ses cheveux tombaient en tresse jusqu'au milieu de son dos. Gilles la suivit des yeux. Elle traversait à son tour le salon, et Jeanne-Marie capta ce regard qu'elle n'oublierait jamais, tout comme elle garderait en mémoire le geste qu'il eut pour la couvrir d'un manteau de laine, et la caresser au passage.

Ils se mirent en selle dans la lumière grise de décembre. C'était l'une de ces journées où il serait possible de voir les montagnes, derrière les marais du Platiet. Jeanne-Marie suivit le couple du regard jusqu'à ce que leurs montures eussent disparu au fond de la chênaie. Elle se sentait pleine d'une tristesse dont elle ne connaissait pas la raison. C'était peut-être le vide de la grande maison, ou le silence du parc. Elle s'assit à même le sol, contre la porte-fenêtre et, en soupirant, se décida à ouvrir le livre.

Gilles devait cravacher ferme pour suivre le train que sa compagne donnait à leur promenade. Son cheval volait sur la bruyère.

Ainsi les reclus de Caylac allaient-ils à la rencontre de la rase. Gilles y cherchait les vents chauds de juillet, l'odeur de la résine annonçant de loin les semis, la chape que le soleil faisait peser sur ses épaules. Linon préférait la solitude glacée de l'hiver, la bise humide de l'océan, l'infinie désolation qu'exhalait, en saison froide, sa lande retrouvée.

Comme souvent à l'approche de Noël, le vent soufflait du sud. Il faisait doux, ce matin-là. Au large d'un parc, Gilles ressentit un point douloureux au côté et mit pied à terre. Linon, qui se retournait vers lui de temps à autre, finirait bien par le rejoindre.

Gilles resta debout un long moment immobile. Attacher son cheval eût été une gageure, rien ne s'élevait, nulle part, pas même un caillou sous lequel caler les rênes. Tout était sable et grisaille, au centre d'un espace où personne n'avait encore tracé les lignes de futures crastes. Gilles s'assit, cherchant son souffle.

Lorsqu'il releva la tête, il vit Linon, qui le dominait en souriant et l'interrogeait du regard.

– Un pousgnac, là...

Il indiquait son flanc. Linon allait mettre pied à terre. Gilles se releva promptement, se colla contre sa jambe qu'il se mit à caresser sous la jupe, jusqu'au creux de la hanche. La jeune femme se dressa sur l'étrier, pivota sur sa selle et glissa doucement vers Gilles. Lui se laissait recouvrir de l'étoffe du vêtement, et des cuisses de son amante. Lorsque le ventre de Linon fût parvenu au contact de ses lèvres, il enserra les reins de la jeune femme et la baisa longuement, avant de la laisser descendre encore un peu et de la prendre, contre le cheval tout d'abord, puis sur l'herbe drue.

Leur étreinte fut brève et aiguë, achèvement de l'envie qu'ils avaient l'un de l'autre, au centre du désert que le ciel bordait comme un cercle parfait. Gilles ouvrit les yeux sur la pâleur extrême de Linon, embrassa ses seins à travers le corsage, son cou, sa bouche. Puis il chercha son regard.

La jeune femme respirait calmement, comme endormie. Gilles bondit. Linon avait perdu connaissance. Il la secoua en vain, la prit dans ses bras, la hissa sur son cheval et se mit en selle tout contre elle. Sabres était à deux heures de là. Gilles sentit une bouffée d'angoisse l'envahir.

Cela faisait un quart d'heure que Linon était allongée dans le bureau du docteur Lataste et que Gilles faisait les cent pas devant la porte, fumant cigare sur cigare. Linon était revenue à elle au bout d'une lieue de chevauchée. Les yeux dans le vague, blanche comme si la mort était venue la visiter, elle s'était laissé mener, inerte, jusqu'au village.

– Vous ne voulez pas vous asseoir ?

Gabrielle Lataste n'osait insister. L'homme qui se rongeait les sangs devant elle n'avait plus grand-chose à voir avec le soldat rescapé de Puebla, pas plus qu'avec le colon quadrilleur de lande dont on disait même qu'il ne répugnait pas à tailler son royaume à coups de pistolet.

Gilles avait l'air d'un enfant malheureux. Il s'en

voulait de tout et de n'importe quoi, d'avoir acheté des chevaux, d'être sorti en rase lande en plein mois de décembre, d'avoir laissé sa maîtresse galoper trop longtemps. Émue, la femme du médecin le laissait s'agiter, s'accuser de fautes imaginaires. Lorsque, enfin, Lataste entrouvrit la porte et qu'elle vit son mari, souriant, venir vers eux, Gabrielle devina.

– Du calme, mon ami, tout va bien, dit Lataste, rassurant. Madame... (il cherchait un nom, se ravisa), eh bien, votre compagne accouchera, si tout va bien, pour la Saint-Jean au plus tôt, pour la Madeleine au plus tard.

Gilles écarquilla les yeux. Sa main tremblait. Il attira contre lui le médecin et le serra, illuminé par une joie sauvage. Puis il se rua dans le cabinet.

Linon le laissa venir contre son sein, le regarda rire et pleurer en même temps. Gilles était heureux, au-delà de tout ce qu'elle avait pu supposer. Elle allait lui appliquer sa médecine contre les fièvres et les mauvais rêves qui hantaient ses nuits; ainsi occupé à regarder grossir son ventre, Gilles trouverait sûrement le repos et dormirait sans la souffrance qui si souvent le maintenait éveillé tant d'heures durant.

Il baisait ses mains; du front, il écartait ses cuisses, de ses yeux, de ses joues, de ses lèvres, il caressait son ventre. Elle se releva à demi et se mit à rire, pour la première fois depuis des années, et c'était comme un chant qui résonnait dans toute la maison du médecin et bien au-delà, jusqu'aux marches extrêmes de la lande.

Quelques jours plus tard, Gilles prit dès potronminet le chemin de Morcenx. A La Croix Nouvelle, tout désormais tournait autour de Linon, au point qu'elle avait averti Gilles qu'acceptant, contrainte, de limiter ses sorties à cheval, elle ne demeurerait pas pour autant dans le fauteuil, à filer la laine comme il le lui suggérait.

Gilles avait, pour le voyage qui le mènerait par-delà les grands lacs jusqu'aux rivages océans, délaissé l'attelage pour le cheval. L'embellie espagnole ayant tourné court, le vent s'était remis au nord, obligeant le cavalier à revêtir, par-dessus sa redingote, un long manteau de berger.

Devant lui, la Haute Lande étalait son suaire hivernal, gris, plombé de marécages figés par le gel. Au-dessus, touchant presque ces mornes étendues, le ciel poussait des trains de nuées en cavale, entre des averses de neige fondue. Jamais autant que sous ce couvercle, la rase ne paraissait précéder la fin du monde connu, celle que, dans leur pénombre moyenâgeuse, les anciens redoutaient de devoir affronter au bout de leur horizon.

Gilles avait aimé ces paysages inhumains. Le jeu consistait alors, en les pénétrant sans crainte ni vergogne, à les repousser toujours plus loin, jusqu'aux dunes atlantiques. Maintenant, il en souhaitait la fin.

Les bergeries s'égrenaient, loin du chemin. En d'autres temps, il aurait fait bon s'y arrêter pour passer le reste de la journée et la nuit devant l'âtre. Mais le voyageur était pressé, le cheval n'avançait pas assez vite à son gré. Ils parcoururent ainsi quatre lieues landaises avant que le cavalier ne consentît à laisser brouter sa monture devant un parc inhabité.

A la croix de Cornalis, des routes se rencontraient, qui venaient de nulle part et y retournaient, du même trait rectiligne. Des bergers se tenaient sur leurs échasses, tout jeunes, essoufflés de s'être lancé des défis à la course. Gilles les salua. Avaient-ils vu, ces semaines passées, Jean-Baptiste Escource, celui de Commensacq ?

– Derrière l'étang de Léon, dit l'un d'eux. Il conduisait une cinquantaine de bêtes le long de la dune de Contis ; c'était au début de ce mois. Vous êtes son frère, le Mexicain ? demanda-t-il lorsqu'il eut aperçu, sur le pommeau de la selle, la main artificielle du cavalier.

Gilles hocha la tête. Quelqu'un allait-il dans cette direction ?

– Moi, dit un autre.

Il était maigre de visage, tout en angles. De ses doigts très fins, il s'appuyait contre son bâton de marche. « Mains de pâtre », pensa Gilles, sans callosités, de celles qui agaçaient tant les Delpeix, et bien d'autres métayers.

– Il faut que je passe par Morcenx, expliqua le cavalier, et vous serez là-bas avant moi. Si vous croisez Jean-Baptiste, dites-lui que je le cherche et qu'il veuille bien s'arrêter pour m'attendre autour de Contis.

Au soir tombant, il alla reconnaître, entre Morcenx et Arjuzanx, deux parcelles qu'il avait achetées en novembre à une vente publique. L'une n'était que sable et bruyère, cent hectares en sortir de bourg, le long d'un quartier de très pauvres maisons. L'autre, qui jouxtait un chaos étincelant de blocs calcaires près d'un lac, s'était plantée spontanément, une quinzaine d'années auparavant. Un fouillis de jeunes arbres y mangeait ce qui restait de lumière. Il faudrait éclaircir sans tarder, sous peine de voir la pinède tout entière s'asphyxier et périr.

La voie ferrée passait par Morcenx. La parcelle de lande déserte serait donc le site de la scierie et de l'usine résinière que l'association des « Américains », avec le vendeur de mules du Poitou, allait mettre en œuvre. Ainsi se réaliserait la phase essentielle du projet impérial, l'industrialisation des Landes de Gascogne, avec le crédit des banques promis largement aux pionniers de cette conquête.

Gilles passa la nuit sous le chaume d'un oustalet, aux frontières de la Grande Lande et du Marensin. Des bergers occupaient la place depuis l'arrivée de l'hiver, attendant que finisse de pousser la laine sur le dos de leurs moutons. Ceux-là venaient des parages de la Midouze et montaient rarement plus au nord que les marais du Platiet. Gilles ne les connaissait pas, mais son nom leur évoqua quelque chose, l'écho d'anciennes histoires colportées, avec les déformations d'usage, aux assemblades. Les pâtres lui firent bon accueil, partageant, entre deux récits de chasse au chevalier-arlequin, l'escauton et le fromage. Ils lui offrirent enfin le hamac, un privilège réservé au plus ancien ou à ceux que gênait particulièrement la compagnie des insectes.

Au petit matin, Gilles prit la direction de l'océan, traversa la voie ferrée et pénétra en Marensin. C'était le pays des dunes, des courants d'eau douce qui descendent, paresseux, des lacs vers la mer. Le ciel se trouait de bleu à mesure que passaient les heures. Gilles croisa le courant d'Huchet et se mit à le suivre, sur un chemin de sable ondulant au gré de ses courbes.

Parvenu sur les immensités brumeuses du rivage atlantique, Gilles remonta vers le nord et chevaucha une grande partie de l'après-midi sur le sable durci. Près de Contis, des enfants qui couraient sur la dune lui confirmèrent la présence de son frère, « celui qui lançait des pierres quand on l'approchait trop », à une demi-lieue dans les terres.

Gilles traversa des pinèdes côtières contre lesquelles le vent venait buter en sifflant. De l'autre côté, là où des ondulations sableuses formaient le littoral, la lande reprenait très vite sa course, des troupeaux pacageaient çà et là, profitant de l'embellie. Gilles finit par apercevoir le parc, abrité derrière une dune plantée de vigne, près de laquelle baguenaudaient une trentaine de bêtes.

Jean-Baptiste était seul, assis contre le mur de l'oustalet, la pelisse ouverte sur une épaisse chemise de laine déboutonnée jusqu'au ventre, et lançait un à un, d'un geste mécanique, des cailloux que son chien lui rapportait. Il avait l'air vieux, fatigué, et tarda à reconnaître son cadet.

– Té, le Gilles...

Il aurait pu, de la même voix que n'habitait aucune émotion particulière, citer cent noms. L'orage, les guêpes, l'hiver, son frère, c'était tout pareil. Il reprit le jeu avec son griffon ; Gilles demeurait debout devant lui. Il se passa ainsi un très long moment au bout duquel le berger consentit enfin à poser une question.

– Tu achètes aussi par ici, maintenant ?

Il y avait du mépris dans sa voix, la constatation d'une évidence honteuse. Gilles lui parla de Morcenx, de son projet. Jean-Baptiste l'écoutait, hochait la tête. Le bleu de ses yeux s'était délavé, à force de vent, de pluies, d'océan. Gilles s'assit près de lui.

Un soleil froid passait entre les nuages, le vent qui balayait la dune venait soulever la chemise du pâtre, laissant apparaître la peau croûteuse du torse, bleuie de pellagre. Jean-Baptiste fleurait fort la sueur et le lait caillé. A se nourrir de pain et de soupe au millet, il se décharnait, ses dents jaunies montraient loin leurs racines. Un vieillard, à moins de quarante ans, qui allait sans but, fuyant les rencontres.

– Eh bé, moi, je reste à la lande, comme on voit, lâcha-t-il, un peu d'humeur dans la voix.

Gilles s'agenouilla, posa la main sur l'épaule de son frère.

– Il ne faut pas me tenir rancune de ce que j'ai fait, dit-il. Je reviens, voilà tout, je ne suis plus le merdouset que tu as connu, celui qui nous ruinait en une nuit. Jean-Ba, écoute, tout est différent maintenant, pour toi, pour moi, pour...

– ... notre mère, aussi ?... l'interrompit sèchement son aîné.

Gilles serra les dents.

– Pauvre femme, reprit le berger, tu lui as fait trop de mal. Je l'entendais prier Dieu pour ne pas mourir avant ton retour. C'est qu'elle t'aimait beaucoup, plus que ses deux autres réunis, et toi, tu l'as laissée finir comme une chandelle, oui, toi.

Gilles ferma les yeux. Une sourde colère le prenait, un chagrin inutile et cruel. Il se leva, fit quelques pas vers la dune puis se retourna.

– Tu ne veux pas de mon aide ? s'écria-t-il, furieux. Diou biban, tu veux continuer à crever comme ça, de famine ou de phtisie, avec tes trente bêtes, misère ! Je t'en offre cent, deux cents, les bergeries rondes d'Albret et les prairies bien grasses de Chalosse, aussi, pour des vaches, une ferme, où tu voudras. Tu n'as donc jamais rêvé de sortir un jour de tant de misère ?

Il se tut, désemparé. Jean-Baptiste jouait toujours avec son chien. Gilles se rua sur lui, l'empoigna par le col et se mit à le secouer.

– Regarde-moi, par Dieu ! implora-t-il. Que crois-tu ? que j'ai oublié ce qui nous a fait, de quel désert nous sommes nés ? J'ai foutu le camp, c'est vrai, quelle faute ! J'aurais dû, comme toi, rembourser Delpeix ma vie durant, bête par bête. Imagines-tu une chose pareille ? Ma vie entière au service de ce *pé-terrous* ? J'aurais dû faire ça, dis, parce que, dans ce pays, il se dit que tout le monde s'entraide ?

L'autre regardait ailleurs, par-dessus son épaule. Gilles l'eût battu à coups de poing qu'il n'aurait pas eu l'air plus absent.

– Dis-moi ce que tu veux, je t'en supplie, lui dit son cadet, et retourne au nord. Ici, ce n'est pas notre terre, tu ne peux pas t'y laisser mourir...

Il attira le berger contre lui. Jean-Baptiste se laissait faire. Seul un léger frémissement de ses lèvres trahissait un semblant d'émotion.

– Et cette fille que tu as volée au métayer de Larrègue ? dit-il d'une voix douce, tu sais, celle qui *non enténe ni hay ni cho*, qu'en fais-tu à l'heure qu'il est ?

Gilles se recula. Jean-Baptiste le fixait, cette fois, avec un sourire en forme de grimace et tant de détresse dans le regard qu'il en fut bouleversé.

– Linon ?

– Et qui d'autre ? Linon, oui, la belle sourde de la Théoulère, la garce. Il se dit jusqu'ici qu'elle gagnait bien son pain à Gaillarde, à faire les lits des fils, tu sais cela ?

Gilles se releva, épouvanté, se prit la tête entre les mains et la secoua, comme pour en chasser une douleur ou un cauchemar. Son frère ne le voyait déjà plus. Gilles découvrait soudain sa souffrance, la noire folie qui hantait son esprit. Jean-Baptiste cessa de lancer ses cailloux, sortit un fifre de sa poche et se mit à en jouer. Gilles se pencha à nouveau vers lui.

– Tu veux savoir ce que je fais de cette âme du diable ? dit-il d'une voix calme. J'en fais la femme la plus aimée de toute la lande et la plus aimante, aussi, parce que c'est ce qu'elle voulait de moi, depuis toujours. Et parce que je sens la mort qui rôde tout autour. Je lui fais un enfant, Baptiste, un petit, et je vis pour eux deux. Alors, joue, joue de ton fifre, c'est la musique qui annonce au monde la venue du fils de Gilles Escource.

Il ricana, se redressa. Jean-Baptiste jouait plus fort, plus aigu.

– Oui, oui ! hurla son cadet, joue ! Que ça monte au ciel, pour la rédemption des péchés, et quand tu auras fini, reprends ta route. Je prie Dieu, mon frère, qu'elle te conduise à nouveau chez nous.

Le berger s'époumonait, le son de sa flûte devenait strident. Gilles s'éloigna, se mit prestement en selle et s'éloigna. Lorsque Jean-Baptiste, épuisé, eut cessé de jouer, le cavalier avait depuis longtemps disparu à l'horizon. L'aîné des Escource se laissa alors glisser contre le bois de la cabane et resta immobile, couché en chien de fusil.

7

L'homme était un ouvrier de Moustey, loin au nord. A plat ventre sur la table d'examen du docteur Lataste, il méditait, le menton dans le creux de ses mains, tandis que le médecin achevait de débarrasser ses fesses d'une volée de plombs expédiée là par erreur.

Les plaies étaient superficielles, mais nombreuses, et le métal facilement accessible à la pince. Un travail de patience et de petites sutures qui durait depuis deux bonnes heures.

– J'accueillais mon beau-frère qui nous rejoignait et m'apprêtais à lui souhaiter le bonjour...

– C'est ce qui s'appelle saluer à cul ouvert ! s'esclaffa le médecin, satisfait d'avoir exhumé de sa mémoire cette tournure de vieux français qui, traduite en gascon, chantait comme un lever d'étourneaux sur des aliziers.

Lorsqu'il eut fini son ouvrage couturier, Lataste se laissa tomber dans un large fauteuil de cuir, près de la table sur laquelle son hôte gisait, un peu assommé par le long charcutage de son postérieur. A cette heure de l'après-midi, le vieux médecin ressentait les effets de l'âge, une fatigue de tout son corps qui l'obligeait à se reposer mais épargnait de façon assez agréable ses facultés d'écoute et de questionnement.

– Il faudra que l'on s'occupe de vous, recommanda-t-il, tandis que le blessé, bardé de pansements, se redressait avec peine.

– Parfaitement, monsieur, on me fera ingurgiter de vos potions et du bouillon.

– Et de la viande rouge. Il en faut, vous avez tout de même saigné un peu...

Il observa quelques instants son patient, l'œil malicieux, la tête légèrement penchée sur le côté, puis alla s'asseoir derrière son bureau. Lorsque l'homme se fut rhabillé, Lataste l'interrogea. Les ouvriers de la résine s'agitaient de nouveau, dans le nord du département. L'affaire promettait d'être chaude, ces gens n'étaient pas commodes, leurs employeurs non plus.

La troupe pourrait bien s'en mêler. Avec le cours du bois qui fluctuait au gré de la Bourse et de la rouerie des exploitants, l'offre qui dépassait, et de loin, la demande, voilà que survenaient de vrais problèmes...

– Boh, les deux cents familles, ça ne les gênera pas trop, fit l'homme en s'essayant à la marche.

Un Rouge... Lataste n'insista pas. Il lui fit une ordonnance, le dota de quelques sachets antiseptiques à vider journellement sur les plaies et le rendit aux amis qui l'attendaient, contrits, rassemblés à bord d'une charrette devant la maison.

La pluie tombait sur la forêt avec un joli bruit de soie froissée. Lataste regarda s'éloigner l'attelage, pensa aux six ou huit heures qu'il faudrait aux mules pour regagner leur lointain village et aux chasseurs, qui truffaient ainsi leurs compagnons confondus avec les chevreuils.

L'averse, verticale, donnait vie à la pinède. Longtemps, Lataste avait cherché la raison du malaise qu'il éprouvait parfois à guetter le langage de la forêt. C'était qu'à part le sifflement toujours égal du vent, on n'y entendait aucun bruit, pas même celui d'un oiseau, sur des kilomètres de profondeur. Un sépulcre vert, muet, au lieu du chant toujours changeant de la vieille lande.

Paloumeyre à ses heures sous les abris de la Grande Lande, il avait appris que le roucoulement des migrateurs ne s'entendait qu'en octobre. Quant au gibier d'eau, il fallait le traquer de plus en plus loin, vers les grands lacs qui bordaient la dune océane.

De toutes parts, la pinède asséchait un à un les marais et faisait régner sous son emprise la grande paix des déserts. Or, cette lande hébergeait autrefois mille bruits, ceux des vents qui n'y étaient jamais les mêmes, les cris des animaux et les musiques des hommes.

Ou les coups de feu que l'on s'envoyait de temps à autre, et qui ne visaient pas que les palombes ou les lièvres.

Lataste regagna son cabinet, ouvrit un tiroir de son bureau et fouilla quelques minutes pour trouver enfin ce qu'il cherchait, un morceau de métal informe, aplati, luisant vaguement entre ses doigts.

– Dans la hanche ! murmura-t-il.

Il avait, depuis, extrait quelques dizaines d'objets de sous la peau de ses malades, des cailloux, des échardes, des plombs, des pointes rouillées, mais jamais quiconque, opéré par lui, n'avait perdu autant de sang qu'il en coula ce jour-là d'Arnaud Lancouade.

Il se leva, alla ouvrir une fenêtre. Jeune médecin, il louait alors à un grainetier de Pissos la petite maison dont il apercevait, vers le village, les colombages et la toiture basse. Les échos de cette singulière journée lui revenaient, dans le murmure apaisant de la pluie.

Lancouade... Lui aussi avait été berger, dans sa jeunesse. De la lande, il avait ramené la malaria ; à cette époque, on parlait de fièvres intermittentes. C'était un de ces tâcherons plutôt silencieux, un contemplatif, mais une bête de somme, un de ces types indestructibles qui jamais ne se plaignent parce que cela ne leur viendrait même pas à l'esprit...

Lataste joua avec le plomb, qu'il laissa tomber dans une coupelle métallique.

– Exactement le bruit qu'elle fit ce soir-là, dit-il, troublé.

Quittant le cabinet, il longea la cuisine dont la porte était restée entrouverte. On y conversait. Lataste s'approcha, risqua un œil. Trois personnes se tenaient assises autour de la table : Gabrielle Lataste et, face à elle, un couple de paysans, blouse foncée et pantalon de toile rayée pour l'homme, jupe noire, étole de dentelle et corsage gris pour la femme. Au milieu de la table, un amoncellement de saucisses, de jambons, de pots renfermant confits et foies figurait la promesse d'un monstrueux repas. A terre, des poules et des canards, pattes attachées, et deux oies énormes, couchées devant des sacs de grain, attendaient d'être libérés ou sacrifiés.

– Voilà, madame Gabrielle, dit la femme en tendant à son hôtesse une liste, tous les calculs sont là, pour le reste du cochon de l'an dernier, la volaille et pour le grain de basse-cour. Le reste... Saturnin, je te prie.

Il y eut un silence, puis l'homme fouilla sa poche, en sortit une liasse de billets et quelques pièces qu'il posa devant lui, avant de les pousser de la paume vers l'hôtesse.

– Cinq mille cent trente-sept francs, annonça-t-il, les deux cinquièmes du seigle et du millet de Bordeneuve. Le maïs est beau, cette année, madame Gabrielle, poursuivit-il, vous en toucherez bien la moitié, et puis nous vous avons aussi apporté ces choses-là...

Il ouvrit un sac de toile posé à ses pieds, duquel il tira un morceau d'étoffe formant une grosse boule. Lataste se haussa sur la pointe des pieds. Le métayer déplia le tissu. Une dizaine d'oiseaux minuscules roulèrent sur la table.

– Je les ai noyés dans de l'armagnac, précisa l'homme.

Lataste observait avec intensité cette scène sortie

d'un autre temps : la dîme du métayer landais et son cadeau personnel en forme d'ortolans, versés sous le toit du propriétaire.

Gabrielle Lataste se tenait droite, le chignon grisonnant bien haut, l'air sérieux, à peine tempéré par un léger sourire. L'homme regardait le butin amassé sur la table, la femme souriait. Gabrielle glissa les billets sous un jambon, proposa un verre de vin que ses hôtes acceptèrent, et l'atmosphère se détendit. Lataste en profita pour s'annoncer.

– Monsieur Fernand...

On s'inclinait devant lui. Le médecin emplit les verres, s'inquiéta de quelques problèmes de santé. Il laissait à sa femme le soin des métairies et leur gestion, préférant en parcourir le périmètre de chasse et y partager la garbure.

On bavarda une dizaine de minutes, en français pour évoquer le cadet parti pour l'armée à Nancy, en gascon pour la naissance prochaine à Bordeneuve, les taxes nouvelles sur le grain et les quelques petites histoires de voisinage, *taralhàdes* qui font les grands silences et les hochements de tête entendus.

Lorsque les métayers eurent quitté la maison par la porte de la cuisine, Lataste contempla, admiratif, la charcuterie étalée sur la table et leva le doigt.

– Ma chère, vous imaginez que vous auriez pu demeurer votre vie entière à Pau, sans assister à cela ? s'exclama-t-il, faussement outré. Le partage de la terre, en plein triangle des Landes ! Savez-vous ce qu'il m'est arrivé d'entendre, je tairai l'endroit, dans une ferme semblable à la vôtre ? La terre à ceux qui la travaillent ! Oui, madame, parfaitement, la terre à ceux qui la travaillent, rendez-vous compte !

Elle haussa les épaules, puis prit le parti de rire.

– On le dit, en effet. Eh bien, voilà. Vous avez été, cher monsieur, le témoin d'une des choses les plus secrètes de ce pays, quelle chance !

Il la regardait en souriant. Elle toussota. Rares en

effet étaient les possédants de Lannegrande, du plus modeste au plus puissant, qui auraient étalé sans gêne devant l'étranger l'étendue de leurs biens. Entre Lataste et son épouse, le rituel du métayage avait été depuis assez longtemps établi. Gabrielle régnait sur ses terres et les gérait, fort bien d'ailleurs.

– Huit fermes, avoua-t-il, et une douzaine de parcelles de pins. Mais vous me direz que cela coûte cher, n'est-ce pas ? Il faut rénover, changer les tuiles, le matériel, irriguer...

Elle s'activait autour des jambons, aidée par Madeleine, qui revenait d'une lessive à la Grande Leyre. Lataste se mit à leur tourner autour. Il se sentait d'humeur taquine et cherchait le prétexte pour dévier la conversation vers La Croix Nouvelle.

– J'ai vu la recommandaire de Trensacq, il y a quelques jours, dit-il, l'air de rien. C'était pour toi, Madeleine...

La grosse femme eut un haut-le-corps. Le docteur Lataste consultant une guérisseuse ! Le monde tournait-il encore dans le bon sens ?

– Ne prends pas cet air, lui dit son maître, je sais bien que tu l'as visitée des dizaines de fois, pour maigrir entre autres !

Madeleine gloussa.

– Elle propose de régler ton affaire d'asthme par les eaux de Sainte-Quitterie, partout où il y en a, et Dieu sait qu'il y en a ! Tu dois faire près de trois cents kilomètres d'une source à l'autre, te baigner la tête, boire des litres, réciter quelques dizaines d'*Ave Maria* et accrocher aux branches d'arbres assez de chiffons pour faire briller tous les parquets de Versailles !

– Hou, Quitterie... fit Madeleine, impressionnée.

Elle avait mis les jambons dans des sacs de drap et s'occupait des volailles dont les pattes prenaient, entre ses mains boudinées, des allures de cure-dents. Gabrielle rit de bon cœur. Lataste en profita pour placer une botte.

– Cette femme a été consultée par beaucoup de monde entre ici et Labouheyre, pour ne pas dire par tout le monde, et de tout temps, à ce que l'on raconte, dit-il d'une voix neutre.

– Vous dites n'importe quoi, protesta Madeleine.

Gabrielle rosit, sentant venir la suite.

– Linon Delpeix était allée la voir pour une raison très précise, je sais cela de source sûre... ajouta son mari.

Il attendit. La maîtresse échangeait avec sa servante des regards de petite fille prise en faute.

– C'est vieux, tout ça, dit Madeleine, qui avait fait de ces quelques mots son système de défense face aux inexplicables assauts de Lataste.

– Elle ne craignait pas de voir sa grossesse interrompue par une maladie ou par une hémorragie, dit Gabrielle troublée curieusement, elle avait peur de manquer de lait. Alors, elle était allée voir cette guérisseuse. C'était au printemps...

Lataste s'assit face à elle, posa devant lui le projectile.

– A la bonne heure ! s'écria-t-il. La mémoire vous revient, c'est heureux ! Alors, ma mie, contez-nous donc cela, voulez-vous ?

Linon avait promis à Gilles de rentrer avant la tombée de la nuit. Il n'était plus question pour elle de monter à cheval, elle pouvait tout juste conduire un attelage. C'est donc derrière un bon vieux demi-sang rompu aux pièges des ornières de Haute Lande qu'elle avait, au lever du jour, pris la route de Trensacq.

La femme habitait une ferme vétuste, dans le quartier du bourg qui égrenait ses maisons sur le chemin de Commensacq. Elle était encore jeune, plutôt avenante. Un regard vif, un nez retroussé, un large sourire sur des dents saines lui donnaient un air complice propre à la confidence. Elle reconnut aussitôt Linon et son sourire pâlit un peu. Cependant, elle lui ouvrit sa maison et l'y laissa entrer, pour lui faire bien vite compliment de sa beauté.

Elle se souvenait de la petite haridelle au corps d'enfant, courant auprès des moutons, dans ses jupes déchirées par les ronces, ou partant sur la rase, à tchanques, en compagnie des garçons, si menue qu'elle semblait pouvoir disparaître derrière son bâton de berger.

– Fais-toi voir, lui dit-elle, et, la faisant tourner, elle lui caressa le ventre. Ah, voilà. C'était donc vrai, cette rumeur, que le Mexicain de La Croix avait semé sa graine, diou biban, tu brilles comme un soleil, avec ça dedans toi, garce.

Linon se laissait faire en riant. La femme l'interrogea par gestes. Souffrait-elle de la tête, de la matrice, d'ailleurs ? Linon se toucha les seins, lui montra un bol de lait, sur la table de la pièce commune.

– Ah, c'est ça, tu veux en avoir ! s'écria-t-elle, hilare. Alors, regarde...

Elle sortit d'un tiroir des petites gravures représentant des sources et expliqua avec les mains. A Belhade, il faudrait boire l'eau de Sainte-Anne, et se la passer sur les seins, comme à Argelouse, à la fontaine de Sainte-Marguerite. Enfin, étape essentielle, elle irait à Lucbardez, près de Mont-de-Marsan, aux grottes de *las mamas*. Là, des seins de pierre laissaient tomber des gouttes d'une eau blanche comme du lait.

– Eh bé, tes mamas à toi, tu te les frotteras doucement sur la pierre, et tu boiras de cette eau-là. N'oublie pas l'offrande et les prières...

A ce mot, la femme changea de physionomie. Les prières, c'était pour les bons chrétiens. Cette jolie muette, avec ses seins gonflés par la grossesse, son sourire de statue d'église, c'était peut-être l'innocence cachant un bout du diable ; la chose s'était dite, au début de l'affaire.

Linon perçut son trouble et baissa la tête. Elle avait assez peu fréquenté la messe, comme les Delpeix, et puis sur la lande, de lieux de prière il n'y en avait guère. Dieu, elle l'avait au fond des yeux lorsqu'elle regardait le soleil se lever, et dans son ventre à cet instant, et pour quelques mois encore.

La femme refusa l'argent que lui tendait sa visiteuse, puis elle fit sortir Linon par la porte qui donnait sur le poulailler. Le curé de Trensacq visitait un mourant tout près de là, on ne chercherait pas les ennuis.

Linon ne s'attarda pas. A Trensacq comme dans les autres villages du pays, elle s'était toujours sentie étrangère. Bergère et « silencieuse », cela faisait beaucoup pour une seule et frêle enfant. Elle prit la route du nord, fut à Belhade à la fin de la matinée. Derrière l'église, elle découvrit la fontaine, à quelque distance de laquelle, sous un chêne, une femme se tenait agenouillée en prière.

Linon se pencha vers la vasque de pierre où murmurait une eau limpide, sur un fond de mousse. Elle dégrafa son corsage, souleva la chemise de lin qui couvrait son buste et, de la main creusée, fit couler l'eau sur ses seins.

Elle cherchait une prière et ne trouvait pas. Alors, elle demanda simplement à la patronne du lieu de pouvoir nourrir son enfant jusqu'au terme de sa première année, l'empêchant ainsi de mourir, comme tant d'autres petits, de fièvres ou de coliques. Puis elle remit de l'ordre dans ses vêtements, se releva et aperçut Gabrielle Lataste qui en avait terminé avec ses *Pater* et ses *Ave* et venait vers elle.

Passé le moment de surprise – la femme du médecin de Sabres prenant les eaux de Belhade, sur les recommandations d'une guérisseuse ! –, elles éclatèrent toutes deux de rire et se touchèrent réciproquement le ventre, se promettant le secret absolu.

– Si mon mari apprend cela... s'offusqua Gabrielle.

Linon déchira le bas de son jupon et détacha un morceau de tissu qu'elle trempa dans l'eau, avant de le nouer autour de la branche d'un arbuste.

– Ah, c'est vrai, se souvint Gabrielle, cette femme m'a ordonné ça aussi.

Elle hésitait à mutiler ses dessous. Linon lui tendit un mouchoir qu'elle fit pendre à son tour à la branche.

Elles se promirent de se retrouver à Argelouse, puis d'aller frotter leurs seins sur les stalactites de Lucbardez. Lorsqu'elles se séparèrent, Gabrielle donna à Linon un baiser plein de tendresse, comme celle-ci n'en gardait pas souvenir, sauf peut-être de sa mère, au sortir de la grande fièvre.

Cela faisait une quinzaine de jours qu'il ne pleuvait pas sur Lannegrande. De l'ouest transitaient des nuées blanches inoffensives, poussées par une brise franche, propre à rassurer les pêcheurs du golfe. Aux abords de la Grande Leyre, Linon vit un rideau de fumée noire monter, bourgeonnant, vers le ciel. Des charrettes revenaient de là-bas.

– Ça brûle sur Daugnague ! criait-on.

Linon s'engagea sur un chemin longeant un ru, entre la rase et des champs, puis à travers la lande. Gilles avait semé par là, l'année d'avant. Inquiète, la jeune femme mit son cheval au galop. Comme souvent dans les déserts, l'événement, visible de loin, faisait converger vers lui bergers, laboureurs, forestiers, et des enfants. A l'orée de la parcelle en feu, il y avait une trentaine de personnes.

La fumée barrait l'horizon. Dessous, cela ressemblait à un feu de chaume. Sur plusieurs centaines de mètres de front, des flammes jaunes semblaient sortir de terre, courtes, doucement poussées par le vent. Entre les arbres encore nains, l'incendie n'avait pas de violence et rampait, inexorable. Linon descendit de son coupé et s'approcha.

Tenant en main des branches de genêt et des pins arrachés qui leur servaient de fléaux, des hommes couraient le long de la parcelle sur le feu qu'ils bastonnaient. Linon aperçut Lancouade qui, de sa canne, éparpillait des braises en lisière du foyer. Gilles se tenait un peu plus loin, au centre de la ligne noire devant laquelle il reculait, pas à pas, moulinant son fléau comme un sabre.

Le semis brûlait à feu doux, presque comme de la braise dans une cheminée. Lorsqu'il se fut rendu compte que l'attaque désordonnée de l'incendie ne mènerait à rien, Gilles rassembla les hommes à une vingtaine de mètres du front.

– Il faut arracher à partir d'ici, et vite, décida-t-il, cinq arbres par sillon, et le feu s'arrêtera de lui-même.

Il se mit à la besogne, déracinant les jeunes pousses, créant un coupe-feu que ses compagnons se chargèrent de prolonger aussi loin qu'ils le purent. Au bout d'une heure d'efforts, il se fit ainsi une ligne courbe en deçà de laquelle le feu se maintint, incapable de franchir l'obstacle, et acheva lentement de se consumer.

Lorsqu'il ne resta plus, sur une grande moitié du semis, que des cendres encore fumantes, Linon rejoignit Gilles. Le Mexicain contemplait le désastre, une vingtaine d'hectares dispersés au vent, des sillons recouverts par un suaire lugubre de poussière grise.

– Tu es venue... dit-il, hagard.

Il n'avait plus assez d'énergie pour lui reprocher une aussi longue promenade sur des chemins défoncés.

– As-tu déjà vu une chose pareille ? On a allumé ça, d'un bout à l'autre...

Il se souvenait de hussards brûlant des pueblos mexicains, de chevaux galopant devant les brandons jetés sur les chaumes. Linon lui montra le semis épargné. Les arbres étaient jeunes, on les replanterait, cinq ou six années suffiraient pour que tout s'égalise sur la parcelle...

Gilles avait soudain sa mauvaise mine, celle des nuits de fièvres, des cauchemars, des hurlements que sa poitrine expulsait dans la douleur.

Linon lui toucha l'épaule et vint doucement contre lui.

– Ils ne me laisseront jamais en paix, murmura-t-il. Ce sera la guerre, toujours, jusqu'à ce qu'on flambe tous ensemble.

Montés sur leurs tiges de bois, des bergers observaient le champ de bataille. Gilles les aperçut et courut vers eux, le poing levé. C'étaient des jeunes, presque des enfants, qui se groupèrent d'instinct. Gilles s'arrêta devant eux, et leva la tête. Les garçons le considéraient sans sourire, sans davantage paraître le craindre.

– Aux autres !... cria Gilles, ceux qui sont passés avant vous, dites-leur qu'ils ne pourront jamais tout brûler, dites-leur, nom de Dieu ! Je replanterai ! Et qu'ils passent au large, tous ces fils de catins, et vous aussi, il reste assez de place pour ça !

Il balaya du bras le sud vierge de tout pinhadar et les grandes étendues de bruyère qui commençaient à quelques mètres à peine de la parcelle. Puis il se calma.

Les bergers se dandinaient sur leurs échasses. Gilles ne pouvait s'empêcher de les aimer. Eux n'avaient pour royaume que la lande, toute la lande, celle qui régnait encore, sans crastes ni clôtures, le pays des hommes libres, propriétaires du champ le plus vaste et le plus pauvre de tout l'Empire. Les seigneurs du néant.

– Foutez le camp ! dit le Mexicain d'une voix lasse, et il se détourna.

– Il faudra clôturer, suggéra Lancouade.

Il avait rejoint son beau-frère et cherchait son souffle, livide, pesant sur sa canne comme un vieillard. Un morceau de plomb était resté au fond de sa blessure. Le bougre avait de la sanquette, lui aussi, il avait fini par s'en remettre, à force de méchages, de ponctions et de ces instillations d'alcool qui le faisaient hurler des heures durant.

Gilles haussa les épaules. Les poteaux, le fil de fer, c'était du matériel de métayers. Rien n'empêcherait de foutre le feu, n'importe quand, n'importe où. Surveiller ? Une gageure. Trente et quelques parcelles de toutes tailles, de tous âges, disséminées sur le département, et jusqu'en Gironde...

– Dieu surveillera, dit-il, si ça lui chante. Mon pauvre Arnaud, il ne manque que Pablo, plaisanta-t-il. Le manchot, le borgne et le boiteux, veillés par la jolie muette, ça aurait de l'allure...

Son humeur avait soudain changé, la fureur qui l'occupait se délitait. Il remercia les hommes qui s'étaient portés à son secours. Linon venait vers lui. Y avait-il chose au monde plus importante que cette présence ?

« Nous irons vivre à Bordeaux », pensa-t-il.

Lorsque l'enfant serait là.

8

Au début du mois de juin 1864, Gilles entama la campagne de gemmage de parcelles de Luxey. L'incendie de Daugnague était resté un acte isolé, comme il s'en commettait depuis toujours sur les landes de Lannegrande. On mettait le feu pour des histoires de partages, de bornes déplacées, ou pour pas grand-chose ; l'ennui, la beauté inquiétante du spectacle, un défi d'ivrognes, durant des décennies, la résine n'avait constitué pour les Landais qu'un appoint, une prime pour ceux que le hasard des héritages avait dotés de quelques rectangles plantés de pins. C'était une autre époque. Désormais, la terre prenait du prix, à mesure que s'alignaient les semis.

A Luxey comme ailleurs, les bergers prenaient l'habitude de contourner les plantations. La lande était vaste, on pouvait encore y tracer des chemins, dans tous les sens. Gilles avait fini par oublier l'incident, chacun s'occupait de son domaine, les uns besognaient le bois, les autres passaient au large et disparaissaient. Et puis l'été venait, précoce, le ciel blanchissait dès la fin de la matinée, et des vents chauds, venus d'Afrique, accablaient déjà bêtes et gens.

Les arbres de Luxey n'avaient pas la qualité de ceux de Caylac. Il leur avait manqué d'être éclaircis.

Serrés, ils avaient cherché en vain l'air, la lumière et l'espace. Gilles n'en avait cure. Les fûts étaient maigres, inégaux, mais en densité suffisante pour faire couler de la résine jusqu'aux rivages de la Baltique et, tandis que s'achevait le printemps, les résiniers avaient aligné, bon an mal an, au bord de la parcelle, près de cinq cents barriques.

C'était la Saint-Jean. Dans les hameaux, les quartiers et jusqu'aux bordes les plus reculées, tous se préparaient à la fête. On avait construit les géants de bois promis à l'incendie, bûchers pour les sorcières, les démons et les mauvais esprits. De l'opulente Chalosse au plat septentrion de la lande, du Born lacustre aux collines d'Albret, la province tout entière crépiterait de ses feux de joie. Accourus de leurs parcs, rassemblés en bandes, comme les flamants sur le bassin, les échassiers allaient rejoindre les paysans ; tous danseraient au son des fifres, des cornemuses, des *pihurcs* et des *tuhènes*, trompes plus ou moins énormes qui salueraient les sortilèges et leurs cendres dispersées au vent.

Gilles s'éveilla à l'aube, sous le frêle abri d'une cabane en planches. Les résiniers qui vivaient là étaient déjà partis travailler, lui laissant de la soupe devant la cheminée.

La cabane se composait d'une pièce, obscure et fraîche. Deux lits – dont celui que les jeunes fils de l'ouvrier lui avaient abandonné, pour dormir à même le sol –, autant de chaises, un tabouret et quelques planches formant placard en constituaient le mobilier, face à la cheminée. Des poutres du plafond tombaient des cordes, du linge à sécher et une planche épargnant au pain, aux aulx et à la charcuterie les assauts des rongeurs.

Il n'y avait pas là le moindre confort ; c'étaient un toit et une cheminée, cependant, pour des êtres qui, bien souvent, en avaient rêvé. Gilles se rafraîchit le visage, puis soupa d'une assiette de potage. Après quoi il se rendit à la care et inspecta le chantier.

Sur la parcelle, les pins avaient été auparavant

gemmés en partie. Il fallait rafraîchir des entailles, en creuser d'autres, grimper de temps à autre pour gemmer plus haut. Le rendement serait inégal, mais il serait. Gilles se mit sans tarder au travail.

Le bois était tendre, d'un blanc de neige, les cares les plus anciennes continuaient à donner. Tout autour du maître résonnaient les coups de hapchot, les ahanements des hommes, les voix chantantes des femmes occupées à emplir les couartes. Par moments, Gilles suspendait son geste et écoutait, s'emplissant de cette musique. Là, comme dans la lumière douce de la cuisine de La Croix Nouvelle, sa vie prenait un sens, et même la rogne de ses pairs, qui l'accusaient ouvertement, désormais, de corrompre le marché en payant trop ses ouvriers, devenait dérisoire.

Il se souvint qu'il avait fait une promesse à Jeanne-Marie, pour la nuit à venir. Passé le déjeuner partagé avec les résiniers, il quitta le chantier et prit le chemin de Pissos.

Le bourg était jumeau de Sabres, une oasis au milieu de la Grande Lande, rafraîchie par la rivière. Des maisons basses, quelques-unes en pierre, le reste en torchis à colombages, y tenaient lieu de centre. Tout autour s'éparpillaient les quartiers de fermes et d'airials et les champs, jusqu'aux portes du pays des bergers.

Gilles traversa le village sans s'arrêter. Il lui était arrivé de faire halte à l'auberge, en face de l'église, de retour de quelque tournée au nord. Il s'était installé à son entrée un silence, comme à Sabres, à Labouheyre ou à Saugnacq, propre à le décourager. Son verre de vin avalé, il ne faisait en général pas de vieux os dans ces endroits de rencontres où il se sentait observé, jugé, et, en fin de compte, fui.

Au sortir du village, son cheval fut soudain entouré par un groupe de jeunes gens, filles et garçons, qui exigèrent la dîme, pour livrer passage : c'était une embuscade de fête. Gilles se souvint d'en avoir monté des dizaines, elles permettaient de continuer à boire lorsque les outres étaient vides. Il excellait même à rançonner, pour ses amis, le passant, d'un guet-apens à l'autre, jusqu'à ce que la charge de vin, devenue plus forte, commençât à coucher les spadassins dans les fossés.

– Et combien voulez-vous ? questionna-t-il.

– Libre à vous ! lui cria-t-on.

Gilles fouilla son gilet à la recherche de quelques pièces qu'il tendit.

– Ainsi, vous allez vers le sud, généreux ami, constata un lanusquet. Nous, on est de par ici, et on descend sur Sabres ; enfin, quand je dis qu'on descend...

Il était grand et maigre, vêtu comme un fermier de toile rayée et de lin blanc, un large béret rouge sur la tête, et désignait, perplexe, les platitudes qui cernaient de toutes parts le village.

Il y avait là du métayer et du pâtre, à pied, fifre en poche. On avait bu, et du raide. Les filles gloussaient en écartant de leurs hanches les mains des gars les plus hardis, tandis que les autres éclusaient à gorge grande ouverte, l'outre à bout de bras.

Le soleil plombait à la verticale le sable du chemin, qui en devenait éblouissant. Gilles s'essuya le front de la main.

– Eh ! Le Mexicain ! cria quelqu'un en découvrant le bois de sa main gauche. Celui de La Croix, cocufieur de Poyanne et d'autres ! Té, pardi, il peut nous arroser, celui-là.

On fit cercle à nouveau. Le cheval se vit proposer un coup à boire et se cabra.

– Tout doux, cadets, dit Gilles.

L'affaire dégrisait les moins saouls, qui réclamèrent un supplément de générosité. Gilles s'impatientait en même temps qu'il se reconnaissait dans les visages hilares et ruisselants, dans les attitudes et la gaieté désordonnée de ses jeunes pays. L'un d'eux soulageait son estomac sur les sabots du cheval.

– Té, bien sûr, le roi des bergers, se souvint le

grand échalas qui semblait régner sur la bande et fit la révérence, le béret à la main. Vous nous laisserez bien une jonchée, devant votre palais, ce soir, monseigneur ?

– Pourquoi pas ? fit Gilles.

Des branches et des feuilles devant la porte des maisons signifiaient que l'on pouvait entrer et s'inviter à boire.

Gilles empoigna les rênes. Des regards le fouillaient, pleins de curiosité. On lui lança des noms, ceux des frères aînés de Sore, des oncles, de Mano et d'autres, que le revenant avait autrefois côtoyés.

– Et la muette, elle fait comment, au lit ? lança quelqu'un.

Gilles se raidit, cabra son cheval. Il y avait dans les yeux de ses assaillants assez d'insolence rigolarde et de défi pour déclencher un de ces pugilats de fin de nuit que dispersait en général la maréchaussée.

– Je dois y aller, maintenant, dit-il d'une voix ferme.

– A M. Badinguet ! lui fit-on écho.

Les outres se levèrent.

– On se reverra ? l'interrogea, faussement inquiet, le *pingaï*. Ce soir, l'implora-t-il, aux feux de Saint-Jean, venez avec madame, la plus jolie fille de Lannegrande, on veut la voir, diou biban !

Il tenait en riant la jambe de Gilles, qui projeta son cheval vers l'avant et se dégagea, réveillant par la même occasion le lanusquet qui avait pris l'animal pour oreiller.

– Salaud ! hurlèrent des garçons.

Des pierres volèrent. Gilles était déjà loin.

Le docteur Lataste venait de délivrer une femme à Houssats lorsque, pénétrant à cheval dans le bourg de Trensacq, il aperçut devant l'église les premiers groupes qui festoyaient à l'ombre. On avait coupé des jambons et ouvert un tonnelet de vin. Il y avait là des fils et filles de métayers et de petits propriétaires. De la campagne environnante, des dizaines d'autres les rejoindraient bientôt, jeunesse bruyante et joyeuse que dispersaient les premières lueurs de l'aube.

Le curé vaquait devant l'entrée de l'église. C'était un homme entre deux âges, chauve et portant lunettes, réputé sévère, un de ces prêtres devant lesquels il valait mieux être en règle avec la religion. Lataste s'approcha de lui. L'abbé Carrère avait l'air inquiet. L'annonce de la naissance heureuse à Houssats le détendit un peu : on baptiserait donc avant la fin de l'été !

– Il y aura ceux de Pissos, pour le feu de ce soir, dit-il. Cette engeance, c'est *patacayres* et compagnie, de la pignade en perspective, oui !

Pourquoi les bandes de Pissos étaient-elles ainsi redoutées ? Personne ne le savait vraiment ; cela remontait fort loin et était devenu une sorte de tradition. On se conduisait mal parce qu'il y avait une réputation à défendre, en vérité partagée par beaucoup d'autres, à travers les bourgs de la lande.

– Oh, té, si c'est ça, l'église sera fermée jusqu'à demain ! avertit le saint homme.

Il en avait vu de dures, à la laisser ouverte : de la viande saoule étalée entre les travées, confondant les bancs de bois avec le crin des matelas, et malades, avec ça.

– Ils iront cuver plus loin, fulmina le prêtre. De toute façon, si ces *truque-taules*, chamailleurs et autres, s'abîmaient en religion comme ils badent les sorciers et les loups-garous, je l'aurais pleine toute l'année, mon église !

Lataste sourit. Il s'apprêtait à quitter le bourg lorsqu'on le héla. Il vit alors venir vers lui, une outre à la main, rubicond et jovial, Francis Poyanne, qui lui tendit la peau rebondie.

– Monsieur le docteur, par Dieu oui, ça fait bien plaisir de vous voir ici ce matin.

L'homme était gris, bavard, la conscience encore claire, le cerveau fuyant un peu par la bouche et se cherchant à l'extérieur du corps. Lataste eut un mouvement de recul. Il n'appréciait guère ce genre d'effusions peu habituelles.

– J'ai à faire, mon bon Poyanne, s'excusa-t-il.

– C'est fête ! s'écria le métayer, la *sen-yan* ! Rien ne compte, diou biban, ce soir, les diables partiront en fumée, eh ?

Il frottait la gourde contre la cuisse du médecin qui s'exécuta, gêné, et but prestement une gorgée de vin blanc.

– A tout ce que nous savons, vous et moi ! lui lança Poyanne en s'inclinant à son tour sous le bec de l'outre, aux chiens qui courent la lande, nom de Dieu ! Et à leurs femelles.

Il s'essuya les lèvres.

– Té, le revenant ! s'exclama-t-il.

Lataste se retourna et aperçut Jean-Baptiste Escource qui passait, le regard dans le vide.

– Roi des bergers, Seigneur de la Grande Lande, viens par là, nom de Dieu !

Poyanne tira le berger par le coude et le força à boire. L'autre se laissait faire. Il avait fait halte à La Croix, chez lui. Des projets ? L'Albret, pour y vendre quelques bêtes.

– Pour finir de rembourser Henri Delpeix ! se moqua Poyanne. Tu lui en dois encore combien, à cet autre prince de Lannegrande ?

Jean-Baptiste haussa les épaules.

– Tu devrais te mettre à la résine, lui conseilla Poyanne qui rit encore plus fort, au point que son visage prit la couleur des pots Hugues.

– On va arroser tout ça, dit-il en prenant Jean-Baptiste par les épaules.

Lataste en profita pour s'éloigner. Après tout, ces deux-là avaient quelques bonnes raisons de vouloir se changer les idées. Le médecin constatait pourtant avec inquiétude l'état mélancolique dans lequel le berger s'enfonçait.

– Homme libre, tiens-toi à l'écart des autres, murmura le médecin en tournant bride.

Le soleil frappait dur la pinède et les ouvriers qui y travaillaient, lorsque Gilles Escource rejoignit La Croix Nouvelle. Le vent du sud avait forci, devenant moite, charriant, encore hautes dans le ciel, des nuées en vagues, annonciatrices d'orages.

En quittant l'écurie, Gilles aperçut Linon qui se promenait dans la chênaie, en compagnie de Catherine et de Jeanne-Marie qu'elle tenait par la main. Linon marchait à pas comptés, soutenant son ventre.

Gilles se dissimula quelques instants. Son cœur battait plus fort, comme chaque fois qu'il découvrait sa compagne. « Un ventre rond, une main posée dessus, la paix de Dieu », pensa-t-il.

Ses angoisses nocturnes le taraudaient moins depuis quelque temps. Il parvenait même à dormir d'un trait jusqu'à l'aube, sans l'un de ces réveils subits qui l'asseyaient, râlant, sur le lit.

Il s'avança, reçut Jeanne-Marie dans ses bras.

– Trois jours sans te surveiller, *hitilhère*, tu en auras, des écritures à me montrer.

Il se baissa, la prit sur ses épaules. Avec les mois, ils étaient devenus amis. L'oncle plutôt inquiétant des premiers temps, le guerrier taciturne qui hurlait parfois la nuit durant et lui mettait dès le matin le nez sur ses livres, se transformait petit à petit en guide de chasse pour lui apprendre ce qu'aucun livre ne racontait, l'endroit où s'élèverait la palombière, l'affût à la bécasse ou au canard sauvage, le vol des courlis cendrés, mystère fondu dans celui des vents. Il savait tout, le Mexicain, et même choisir les herbes de la Saint-Jean pour en faire les croix qui protègent du Malin.

– Je n'ai pas eu le temps, cette fois, s'excusa-t-il, alors, je t'emmènerai voir celles de Trensacq, cette nuit.

Il rejoignit les deux femmes. Linon resplendissait. La grossesse donnait à son visage de la couleur, comme un hâle de moissonneur. Ses seins avaient pris du volume, ainsi que ses fesses, que Gilles caressait tout en marchant.

– Tu devrais en garder un peu, après, suggéra-t-il.

– Si elle n'en n'a pas assez, je lui en donnerai ! s'écria Catherine.

Linon n'irait pas à Trensacq. Elle se sentait fatiguée, malgré les décoctions que Lataste lui faisait avaler. Et puis, aux festivités de juin et aux musiques qu'elle n'entendait qu'en lointain souvenir, elle préférait l'aube grise et rose sur les marais, les reflets changeants de l'eau sous le premier soleil, et la lande de tous côtés, tiède de sa courte nuit.

Dans son silence, elle s'inventait le bruit du vent dans les ajoncs, le bref roulement d'ailes des bécasses, au moment de l'envol. Haut dans le ciel encore sombre passaient des oiseaux sauvages. Criaient-ils ? Elle imaginait. C'étaient là ses musiques, ses orchestres, sa Saint-Jean, à l'heure où les autres cuvaient dans l'herbe des airials.

– Va, toi, dit-elle à Gilles.

Après le dîner, celui-ci enfila ses bottes, couvrit ses épaules d'une veste de chasse et hissa sa nièce dans la carriole. On irait donc à Trensacq assister aux feux, écouter les cornemuses et regarder un peu danser la jeunesse.

Durant l'heure de petit trot, l'enfant accabla son oncle de questions. Les démons brûlaient-ils vraiment, et s'il en survivait au pied des bûchers, quelle colère devait les animer ! Elle en savait, oui, qui couraient se tremper dans les marais pour s'éteindre et, n'y parvenant qu'en partie, volaient comme des fous au-dessus de la lande, des jours durant, cherchant désespérément une âme à happer.

– Les candèles !

A La Croix Nouvelle, elle en avait vu, de ces

charmes, tournant autour de la fenêtre de la chambre qu'elle partageait encore avec ses parents.

Gilles la laissa s'emplir de cette peur d'enfant. Il serait bien temps de la rassurer un peu plus tard. A l'entrée du village, la carriole doubla les merdousets de Pissos, dont l'état ne s'était guère amélioré. Deux pleines lieues de marche en avaient dégrisé quelques-uns ; les autres, erraient, beuglant des gascounades, saouls à n'en plus pouvoir.

On reconnut le Mexicain qui refusa net, cette fois, de téter la gourde. A voyager sous le soleil, le breuvage avait dû prendre un coup de chaud, de quoi démolir l'estomac le plus endurant.

Gilles passa son chemin, jusqu'à l'église près de laquelle il rangea son attelage. Partout devant les maisons, aux bornes des champs, des torches brûlaient, portées à bout de bras ou piquées en terre. Dans ces avenues de lumière courait la jeunesse de Lannegrande, visages entraperçus, silhouettes légères dont les ombres caressaient brièvement l'herbe.

Partout, ce n'étaient que farandoles endiablées, musiques, cris et rires. Des échassiers tournaient sur eux-mêmes telles des toupies, battant des mains, étourdis. Les filles les rejoignaient en altitude, et c'était à qui s'embrasserait le plus longtemps sans tomber ; et le vin coulait sur tout cela jusque dans les cabarets de toile et de planches où l'on finissait par s'affaler.

Gilles laissait Jeanne-Marie se repaître du spectacle. Autour des fifres, des tambours et des cornemuses cliquetaient les sabots des filles, sur le parvis dallé. La nuit la plus courte...

Gilles en avait été plus souvent qu'à son tour. Les métayères ne buvaient pas, ou alors en cachette ; à leurs yeux, les bergères étaient des délurées, avec leurs airs affranchis et leurs garçons aux mains lisses pour les enlacer. Gilles sentait sa mémoire s'accélérer : de sa besace, il sortait le morceau de fromage à partager, de la gourde jaillissait, vertical, dru, le flot ami du vin. On avait parcouru des lieues pour cette assemblade, pour se retrouver et se laisser glisser dans le tumulte.

Le chapeau masquant à demi son visage, le Mexicain se retrouvait dans les œillades que lui lançaient en passant les filles. Les plus jeunes ne le reconnaissaient pas. D'autres, au contraire, s'arrêtaient, stupéfaites.

La rumeur de sa présence devait déjà courir. Gilles s'en moquait. Jeanne-Marie exultait, une main dans la sienne, qu'elle serrait fort.

– Et les feux ? demanda-t-elle.

Gilles l'emmena vers la rivière. Au centre d'une prairie, avait été érigé le géant de bois promis aux flammes de l'enfer. Sous le ciel vaguement éclairé par un quartier de lune, le mannequin prenait des allures inquiétantes. Un bâti de planches et de rondins figurait le corps. Perpendiculaires, des bras de madriers s'en écartaient, surveillés par une énorme tête d'étoupe et de papier. Jeanne-Marie se serra contre son oncle qui contemplait la silhouette immobile et avait du mal à s'en détacher. S'ennuyant un peu loin de la fête, l'enfant le tira par la manche, et ils regagnèrent le village.

Près de l'église, Gilles se trouva soudain nez à nez avec son frère. Jean-Baptiste avait bu, ce qui n'était pas dans ses habitudes. Il avait l'air désemparé et semblait chercher quelqu'un ou quelque chose. Gilles lui proposa son aide.

– Pas toi, se défendit son aîné, je n'en veux pas, ni de toi ni d'aucun des tiens.

Il eut un geste de la main, comme pour écarter une guêpe. Titubant, il prit un court instant appui sur Gilles avant de s'écarter.

– Va-t'en, toi, reprit-il, retourne dans ta maison de riche, rejoins ta tribu et la mère aussi, son petit chéri est de retour, après l'avoir tuée, et toi aussi, tu le seras, au Mexique, hé ! au Mexique !

Il délirait et se mit à insulter son frère. Gilles sentait la tête de Jeanne-Marie pressée contre sa hanche. Il posa la main sur l'oreille de la fillette, tandis que le berger reculait, le poing levé, jusque dans les bras de Francis Poyanne.

– Té, le voleur de muettes, lança celui-ci, admiratif, le chapardeur de volaille, qui se montre en ville ! Il croit qu'on va faire la fête ensemble, après tout le mal qu'il a fait.

Jean-Baptiste s'affalait sur lui. Blême, Gilles avala péniblement sa salive. Des adolescents passaient, offrant du vin. Poyanne saisit au passage une outre sous laquelle il tendit le cou. Des musiciens suivaient, cernés par des danseurs.

– Viens, dit vivement Gilles à sa nièce.

Profitant du tohu-bohu, il s'éclipsa, laissant les deux hommes à leurs colériques chagrins. Torches en main, des groupes convergeaient vers la prairie du sacrifice. Gilles s'engagea sur une sente jusqu'à un boqueteau de jeunes chênes, près de la rivière.

– On verra très bien d'ici.

Ils s'assirent contre les arbres et attendirent. L'endroit était calme. Des cris étouffés, des protestations molles, tout près, trahissaient la présence d'un couple. Le garçon devait se faire un peu trop pressant. Tel un gibier levé au pied de chasseurs, la fille bondit tout à coup des buissons et se mit à courir en riant, dans un bruissement d'étoffes. Gilles guetta le partenaire qui ne tarda pas à apparaître, dépité, la main crispée sur la ceinture de son pantalon.

– Garce de bergère ! gémit le garçon. Cette race a des fourmis dans les veines !

Gilles le regarda s'éloigner en maugréant.

– Dépêche-toi, couillon, s'esclaffa-t-il, elle est déjà à une demi-lieue d'ici !

Jeanne-Marie riait aussi. Devant elle, on s'activait autour du géant. Gilles hissa l'enfant sur ses épaules, tandis que des torches enflammaient le bûcher.

Il y eut un moment de silence où les respirations s'arrêtèrent. Une lueur bleutée naissait à la base de la construction, qui alla s'amplifiant. Brusquement, une langue de feu en jaillit, verticale, fusa loin et s'agrippa au corps. Des cris retentirent, libérant la foule qui se mit à onduler et à danser autour du brasier, tandis que les flammes grimpaient le long du diable. Épouvantées, des filles s'enfuyaient en hurlant, poursuivies par les gars rigolards qui en rajoutaient par plaisir. Jeanne-Marie avait saisi les cheveux de Gilles et s'y cramponnait, le souffle coupé, les yeux écarquillés.

L'incendie montait haut, rugissant dans un crépitement de résine fondue. Le vent poussait la flamme de côté, dessinant une crinière qui s'en allait retomber dans l'herbe en mille éclats incandescents. Un moment le souffle du brasier couvrit celui des fifres, et le cercle des danseurs dut s'écarter de quelques pas.

Gilles posa la fillette à terre et s'avança, le cœur soudain affolé, le pas machinal. Il n'aimait pas ce spectacle et se savait en même temps incapable de le fuir. Ce n'était qu'un simulacre : il sentit pourtant sa gorge se nouer et un sanglot l'emplir au point qu'il dut ouvrir grand la bouche pour respirer.

Le ciel se couvrait d'un épais manteau de fumée noire. Les charpentiers de Trensacq n'avaient pas lésiné sur la matière première ; la poupée de bois dégageait une intense chaleur dont les rayons venaient chauffer les joues. A l'instant où l'incendie à son apogée faisait autant de bruit qu'une cataracte, le bâti s'effondra ; le hurlement de la foule se mêla au vacarme, et Gilles ne put réprimer un cri.

– Fascinant, n'est-ce pas ?

Gilles aperçut, à quelques pas de lui, Lucien Larrègue entouré de quelques amis, qui le toisait sans vergogne. Ceux-là aussi avaient bu. Gilles reprit ses esprits. Devant lui, le brasier perdait déjà de sa force.

– Les diables se sont envolés ? s'inquiéta Jeanne-Marie.

Larrègue levait haut la bouteille qu'il tenait en main.

– Pas tous, petite, dit Gilles, il faut rentrer, maintenant. Linon doit nous attendre.

Ils retournèrent près de l'église. Les groupes se dispersaient à nouveau entre les quartiers. Des feux plus modestes, au-dessus desquels sautaient des nuées d'enfants, éclairaient un peu partout la nuit. Çà et là, on chopait par la taille des filles que l'on embrassait, les pieds dans le rougeoiement des braises. La folie, pour le reste de la nuit, serait désormais à la danse.

Gilles hissa l'enfant dans la carriole et s'apprêtait à détacher le cheval lorsqu'il vit passer, au galop, un âne poursuivi par une bande de braillards hurlant : « *L'asouade ! L'asouade !* Le cocu est sur la bête ! »

– Ne bouge pas d'ici, je reviens, dit Gilles à sa nièce.

Il courut derrière la sarabande et la rejoignit. Il y avait là quelques survivants de la bande de Pissos, renforcés par une compagnie disparate de bergers et de paysans, tout aussi avinés. L'âne pourchassé portait, à l'envers, un pantin bourré de tissu figurant par tradition quelque mari battu, que l'on promenait ainsi en effigie à travers les ruelles du village.

Pour avoir en son temps fait partie de semblables cohortes, Gilles connaissait bien cette pratique, cruelle et brutale, étalage public de quelques pauvres histoires, plus ou moins réelles, colportées en ragots d'assemblades lorsqu'elles n'étaient pas confessées à l'église.

Mû par un pressentiment, il suivit la bacchanale et l'âne que l'on faisait défiler au pas de charge devant les maisons, et ne tarda pas à découvrir, au cou du mannequin, la pancarte portant le nom de Poyanne.

– Montre-toi, cocu !

Sautant, tournant sur eux-mêmes comme des toupies, frappant dans leurs mains, les bourreaux réclamaient leur victime. Gilles jura. L'asouade déviait de son objet premier : le mari n'était pas battu, mais trompé. A l'instant où le Mexicain tournait les talons, il aperçut dans la lueur d'une torche le docteur Lataste et sa femme.

– Quelle coutume barbare, mon Dieu ! s'offusqua Gabrielle Lataste.

N'y en avait-il pas de semblables dans ses Pyrénées natales ?

– Je n'aime pas cela, je retourne à La Croix, dit Gilles.

– Vous faites bien, renchérit Lataste. Ils n'ont pas choisi au hasard, les bougres, et on a beau ne pas être à Carnaval, c'est une belle asouade, hilh de pute. Moi, je reste, il y aura de la peau à couturer ici avant demain.

Les beuglées prenaient du volume. Piqué aux flancs, frappé de la paume, rendu furieux par la jeunesse qui de toutes parts le pressait, l'âne ruait tant qu'il pouvait, son cavalier collé à lui.

Gilles mit son cheval au galop. Des quartiers nord du village, il entendait encore appeler Poyanne, l'infortuné fermier qui avait laissé échapper son trésor, et ne se décida à ralentir que lorsque les échos de la fête se furent dispersés dans la nuit noire.

Lataste redoutait le moment où il retrouverait Francis Poyanne et se prenait à espérer que l'homme ait eu la bonne idée d'aller cuver son vin à Loubette. Si d'aucuns supportaient à peu près d'être ainsi raillés devant leur propre porte, d'autres, parfois, se sentaient humiliés au point de poursuivre à leur tour l'âne et son escorte, pour leur faire un sort.

Poyanne était resté au village. Lorsque, titubant, il apparut à la porte de l'auberge, une ovation jaillit de la foule rassemblée à le réclamer. L'homme parut tout d'abord étonné, sourit benoîtement, jusqu'au moment où l'on poussa vers lui l'animal affublé du pantin moustachu.

– Le cocu, sur la bête !

Comme une volée de moineaux, les bandes s'égaillèrent dans toutes les directions. Bombardé de pommes de pin, de cailloux et d'épis de maïs, l'âne rua sur place avant de détaler à son tour.

– Fils de catins ! *Saloupas !* hurla Poyanne.

Il fit quelques pas sur le chemin, les poings serrés, subitement dégrisé. Ses jambes le trahirent, il chuta, les fesses dans la poussière. On l'éclaira ; des mains secourables se tendaient vers lui, pour le relever.

– Eh bé, Francis, tu te laisses faire ? le moquait-on dans le noir.

Remis debout, le métayer demeura immobile, cherchant son équilibre.

– Oh, Poyanne ! Vous voyez où mène le retour de ce berger ?

Défiguré par la haine et la colère, sa chemise à jabot ouverte sur son torse osseux, Lucien Larrègue se tenait près de lui.

– Et vous ne faites rien, vous, le maître de Loubette ? On vous insulte devant votre pays, et vous restez là sans bouger ?

Poyanne paraissait réfléchir. Dans la lumière changeante des torches, son visage prenait des reflets d'incendie. Le métayer chancela jusqu'à la porte de l'auberge, saisit une chaise qu'il leva haut et la fracassa contre le mur puis, armé d'un pied de bois, il entra et se précipita sur Jean-Baptiste Escource, qui dormait la tête entre les bras, à même une table.

– Debout !

Jean-Baptiste avait du mal à émerger. Poyanne le secoua sans ménagement.

– L'asouade est pour toi aussi !

Il répéta « pour toi aussi » et aida son compagnon à se lever.

– Tu as bonne mine, maintenant, Escource, seigneur de la grande lande, le nargua-t-il, pendant que ton frère dort et fornique dans la soie, à Caylac, on te promène sur un âne.

Jean-Baptiste avait encore du mal à comprendre.

Poyanne ne lui en laissa pas trop le temps et le poussa devant lui, entre les tables de l'auberge. Dehors, le cercle rigolard se défit pour leur livrer passage. On aurait du spectacle, et les gouapes qui avaient monté l'affaire sauraient boire à la santé des maris trompés.

Poyanne s'élança sur le chemin. La sarabande ondulait un peu plus loin, reformée derrière l'âne. En quelques enjambées, le fermier fut sur les talons de ses tortionnaires. Fouettant l'air de son bâton, il dispersa en quelques secondes ceux qui l'accablaient de leurs sarcasmes.

– Bâtards !

Jean-Baptiste le suivait, le souffle court. Lataste tentait de s'approcher du berger, mais la chose devenait difficile, car les deux hommes titubaient au milieu d'une haie compacte. D'autres bergers essayaient de s'interposer.

– Arrêtez, Escource ! cria Lataste, vous n'êtes pas concerné !

– Arrête, Jean-Baptiste ! l'implorèrent en écho ses compagnons. Ces gens ne sont pas des nôtres, ils ne sont pas de Lannegrande.

En vain. Jean-Baptiste n'entendait plus. Fin saoul, la bave aux lèvres, il regardait Poyanne arracher le pantin de sa monture et battre l'âne jusqu'à ce que la malheureuse bête fût couchée sur le sol, assommée.

Il s'était fait silence autour d'eux. De loin parvenaient les échos des tambours et des cornemuses. D'autres feux montaient vers le ciel, des bûchers improvisés pour mettre en fuite les derniers génies de la nuit. Poyanne saisit Jean-Baptiste par le col de sa chemise et l'attira près de lui.

– Qui est seigneur, ici, dis-moi, berger, qui ? l'interrogea-t-il. Les bourgeois de Sabres, qui perçoivent ta sueur ? Le tueur d'Indiens, payé par Bonaparte ? Les possédants de la forêt, qui s'apprêtent à te jeter à la mer ? Qui ? Ceux-là, ou les autres, toi, moi, qui crèvent sur la terre des autres ?

Dis-moi, berger, qui de nous ou de tous ceux-là sont les seigneurs, ici ?

Il chavirait, épuisé, allait tomber. Quelqu'un cria : « A Caylac ! » Poyanne brandit le poing. A Caylac, oui. On irait ! Il hocha la tête, puisa dans ses dernières forces pour se remettre en marche. Lataste vit Jean-Baptiste Escource lui emboîter le pas, et d'autres, qui criaient de nouveau, agitant les torches. La colonne ainsi formée quitta le bourg et rejoignit la rivière, vers le nord.

Lataste tenta une dernière fois de raisonner la cohorte, mais en pure perte. Les gens devenaient fous, repoussaient le gêneur qui prétendait leur interdire ce coup de main plein de danger et d'irrespect. A la fin, il se fit face à lui une haie de braillards qui lui barrait la route, et il dut rebrousser chemin.

Le médecin rejoignit sa femme qui l'attendait sur le parvis.

– Ça tourne mal, la prévint-il, inquiet, il faut aller à Caylac, sans tarder.

Le couple se hâta vers les attelages rassemblés entre les arbres d'un sous-bois. Il y avait là des bros par dizaines, attelés de bœufs ou de mules, ainsi que quelques calèches et coupés à l'abri derrière un silo à maïs.

Lataste chercha le sien, pesta. Des petits malins l'avaient déplacé et attaché à quelques dizaines de mètres de là. Lorsque le médecin le retrouva, il s'était écoulé un quart d'heure, assez pour que les porteurs de torches fussent arrivés en vue des premiers arbres de Caylac.

Lataste fouetta son cheval. Le cœur battant, pressentant un drame, il prit le chemin qui traversait Gaillarde.

Gilles Escource se couchait le dernier. Le vent du sud avait redoublé de force, l'obligeant à fermer quelques fenêtres. C'était le sirocco, une de ces bourrasques desséchées qui laissaient sur les feuilles et les toitures un dépôt de poussière rouge. Le souffle brûlant venu d'Afrique durerait encore deux ou trois jours. A son terme, on espérerait l'orage, comme une délivrance, et la pluie pour tout laver.

Un volet claquait à l'arrière de la maison, au rez-de-chaussée, contre le mur du bureau. Au moment où il le rabattait, Gilles entendit des cris faibles, qui lui semblèrent venir du village. C'était la fête, dont le vent portait à une demi-lieue les échos tapageurs. En tendant l'oreille, il pouvait percevoir les chocs sourds des tambours.

Il demeura quelques secondes aux aguets, bloqua les volets et huma, soudain, l'odeur qu'une rafale portait jusqu'à lui. Comme un départ de feu dans la cheminée, lorsque les gemmelles commençaient à peine à se tordre sous la flamme. Gilles rouvrit les volets et, d'un mouvement leste, sauta hors de la maison. Puis il courut plein sud, à travers la chênaie, frôlé par des bouffées de plus en plus odorantes. A l'orée de la pinède, là où les chênes laissaient place aux grands conifères, il aperçut la lueur à moins de cent mètres.

Le feu avait pris au milieu des pins. Saignés de tous côtés, les arbres qui pleuraient la gemme à grosses gouttes s'enflammaient comme de vulgaires allumettes, et le vent, grondant, portait l'incendie vers la maison.

Gilles vit venir vers lui des silhouettes éclairées par le brasier, des gens qui lui portaient assistance. C'étaient des villageois qui avaient suivi de loin l'asouade, puis vu Poyanne s'enfoncer dans la pinède avec le berger qui portait une torche. Ils étaient affolés.

– C'est parti de la rivière, là-bas !

Gilles écouta. Quelques secondes lui suffirent pour envisager le désastre et la menace qui pesait déjà sur la maison. Il courut vers celle-ci, en fit le tour au moment où Lataste arrêtait son attelage devant l'escalier et sautait à terre.

– Je n'ai pas pu arriver ici avant eux ! lui lança, hagard, le médecin.

– Tous dehors ! hurla Gilles.

Il était déjà dans le hall. Lancouade et sa femme s'éveillaient dans leurs chambres du rez-de-chaussée.

– Il y a le feu ! Sortez ! les prévint brutalement Gilles en se précipitant dans l'escalier.

Il ouvrit la porte de sa chambre, se rua vers le lit. Linon dormait profondément. Il la saisit par les épaules, la secoua, l'adjurant de s'éveiller. Puis il poussa les volets et la lueur crue de l'incendie pénétra dans la chambre, animant les murs. Le feu avait dévoré ce qui restait de pinède et attaquait déjà la chênaie.

Linon se mit à crier comme au milieu d'un cauchemar. Gilles ne bougeait plus, l'air soudain pétrifié, incapable d'esquisser le moindre geste. Linon descendit péniblement du lit, vint à lui et se pendit à son épaule. Elle l'appelait, sans qu'il tournât seulement son visage vers elle. Elle eut peur, s'agenouilla, sentit la main de chair de son amant qui se posait doucement sur sa tête.

La jeune femme se releva. Des bouffées torrides envahissaient la chambre que l'incendie éclairait maintenant tout entière. Linon saisit la manche de Gilles et soudain, vidée de ses forces, elle se laissa tomber sur le plancher, au moment où Gabrielle Lataste entrait et se penchait sur elle.

Dehors, Lataste avait été rejoint par une armée désordonnée de sauveteurs dont l'impuissance lui parut manifeste. Le puits se trouvait face à la cuisine. Parvenu à l'angle de la maison, le médecin dut se rendre à l'évidence : la chaleur était insoutenable et quelques dizaines de seaux ne pouvaient rien contre un tel brasier.

Il revint sur ses pas. Au nord, on abattait des arbustes pour s'en faire des fléaux et courir sus au feu, effort dérisoire. Lataste grimpa les marches, entra dans la maison, croisa les Lancouade et la servante qui fuyaient, quelques affaires dans les bras. Puis il vit Gabrielle soutenant Linon en haut de l'escalier intérieur et courut aider les deux femmes.

Gilles apparut à son tour en haut de l'escalier. Il ruisselait, les yeux exorbités, les cheveux collés sur le front, la chemise ouverte.

– Par Dieu, suivez-nous ! l'implora le médecin tout en descendant l'escalier qu'envahissait une fumée noire venue des combles.

Gilles, immobile, semblait incapable de prendre une décision.

– Je reviens vous chercher ! lui lança Lataste avant de quitter la maison.

Autour de La Croix Nouvelle, le spectacle était dantesque. Projetées en l'air telles des grenades, des dizaines de pommes de pin retombaient dans le feuillage des chênes, l'enflammant sur-le-champ. D'autres avaient déjà touché le toit de la maison tandis que brûlaient, sur l'airial, les cabanes, fruitiers et poulaillers, interdisant tout accès à ce versant de la demeure.

Lataste ordonna à Gabrielle d'emmener Linon, à demi évanouie, à distance de La Croix. Il fallait s'éloigner du bâtiment, espérer un miracle, une pluie d'orage subite, un vent contraire qui tiendrait en respect le brasier. Des gens s'activaient en tous sens. On avait trouvé un point d'eau dans le parc et la chaîne s'organisait autour de quelques seaux. Lataste se joignit aux sauveteurs dont la peau commençait à chauffer dangereusement.

– Escource ! s'écria-t-il soudain.

Le Mexicain n'était pas sorti de la maison. Lataste remonta quatre à quatre les marches du grand escalier. Au-dessus de lui, Caylac flambait de toute sa poutraison, bien plus fort et bien plus haut que le diable en planches de Trensacq. Le médecin aperçut Gilles, debout au milieu du hall d'entrée, et se jeta sur lui.

– Venez, il faut fuir cet endroit ! cria-t-il.

Gilles le repoussa presque violemment.

– Je vous en supplie, dit Lataste.

– C'est l'enfer, monsieur le docteur, c'est l'enfer ! hurla Gilles.

Ses lèvres tremblaient, ses yeux étaient pleins d'une folie calme, extatique.

– Durango !

Lataste recula, effrayé. Le vent ployait les flammes à l'intérieur même de la demeure, des poutres tombaient sur le palier du premier étage. Déjà, le feu contournait la maison, attaquait les arbustes du parc, les chênes et jusqu'aux pelouses desséchées par la canicule.

– Je vais rendre mon or, dit Gilles.

Dans un brouillard de larmes et de fumée, Lataste le vit entrer à pas lents dans le salon et courut appeler à l'aide. Sur le perron, il trouva deux hommes et les entraîna à sa suite.

Les solives du salon avaient cédé, précipitant au sol les parquets en feu de l'étage. Au centre de la pièce, statue de flammes, Gilles se tenait la tête et riait. Lataste arracha un rideau, écarta du pied des brandons et se jeta sur Gilles qu'il couvrit.

– Vite, monsieur, tout s'effondre !

Les hommes les relevèrent. L'un d'eux mit le Mexicain sur son épaule et ce fut la fuite au pas de course jusqu'au perron.

En quelques minutes, la vieille demeure des Caylac avait succombé, de l'abondance de ses boiseries, de ses greniers et de ses planchers. Du perron, Lataste vit un spectacle hallucinant. Des chevaux qui galopaient devant un mur incandescent et tombaient au sol l'un après l'autre, pour achever de s'y consumer.

L'incendie se refermait sur La Croix. Il fallait courir encore, sur l'herbe crépitante, pour s'en échapper. Hirsutes, les vêtements et la peau noircis, les trois hommes émergèrent enfin du brouillard à l'extrême bout du parc, là où la chênaie laissait place à quelques champs de seigle.

On s'était rassemblé pour les attendre. Gabrielle

Lataste reçut son mari dans ses bras. Linon, allongée à même la terre, se leva, chercha Gilles et, l'ayant découvert sous le rideau en partie carbonisé, s'abattit sur lui, évanouie.

De l'autre côté de Caylac, les villageois qui s'en retournaient vers Trensacq aperçurent une ombre au milieu de la pinède et s'en approchèrent.

Le vent avait fait son œuvre. Au nord, rien ne subsistait du domaine tandis que, vers le bourg, les arbres étaient demeurés intacts. Entre le désert de cendres encore rougeoyantes et le tapis de fougères épargné, Jean-Baptise Escource tenait à la main une torche qui achevait de se consumer.

Au loin dansaient les lueurs de l'incendie. Le berger regardait cela d'un air absent, balbutiait des choses incompréhensibles et se laissa docilement emmener. Par instants, il souriait aux anges et ricana, brièvement, lorsqu'on lui eut dit que son frère était sans doute parti en fumée avec les restes de sa maison.

Gilles fut transporté à La Croix Ancienne et allongé sur le lit où, un an et demi plus tôt, sa mère avait rendu son âme à Dieu.

Avec d'infinies précautions, le docteur Lataste découpa au ciseau les vêtements que le feu avait soudés à la peau du Mexicain. Dénudé, le corps de Gilles apparut boursouflé, couvert de plaques turgescentes, bosselé par endroits de cloques rosées, parcheminé ailleurs.

Dès son retour à La Croix, Gilles commença à souffrir et très vite ses cris emplirent la vieille maison. Lataste lui administra de l'opium. On tenta alors de le faire boire sans succès, ses lèvres étaient deux morceaux de charbon. Il chantonnait sous l'effet de la drogue.

Linon se tenait près de Gilles. La souffrance de

son amant bouleversait son cœur et son esprit. Comment Gilles pourrait-il survivre ? Ses cheveux avaient fondu, sa peau intouchable bourgeonnait. Linon trouvait de la démence dans son regard, reflet bien pire que celui des fièvres. On y lisait de la terreur et la lente avancée de la mort, frayant son chemin entre les grimaces et les gémissements.

Rien ne consolait la jeune femme, ni les sourires enfantins de Jeanne-Marie, ni les caresses que lui prodiguaient Catherine et Gabrielle, ni la sérénité que tentait d'afficher le médecin. Même l'enfant, dans son ventre, ne parvenait pas à retenir son attention.

Par moments, Gilles se calmait et délirait. Le jour se passa à guetter les mouvements de repli de la souffrance, abandonnant pour triompher à nouveau. On dîna dans la cuisine, puis Lataste exigea de Linon qu'elle allât dormir quelques heures. Il suffirait bien, lui, avec Arnaud Lancouade, pour veiller jusqu'au lendemain.

Lataste somnolait près du blessé lorsqu'il perçut un léger bruit et sursauta. Gilles griffait le drap de ses ongles. Nu sur le drap souillé, il avait ouvert les yeux et, le souffle rauque, fixait le plafond.

Lataste se pencha vers lui. La vie gîtait donc encore dans cette carcasse brisée, sous le carton écarlate de la peau ? Gilles entrouvrit les lèvres, et souffla :

– Durango.

C'était le mot de ses nuits de cauchemar, le point où convergeaient les fantasmes de son passé. Lataste se souvint d'avoir entendu ce nom quelques heures auparavant, au plus fort de l'incendie. Il s'approcha encore. Gilles frissonnait. Les mots affluaient à ses lèvres, comme si sa mémoire, se délivrant, aidait à cet effort démesuré.

– Le feu... Là, murmura-t-il, il y avait des hommes, un convoi pour les réguliers de Viera, et l'or...

Ses yeux s'écarquillèrent comme s'ils voyaient de nouveau le terrifiant spectacle de la ville en flammes, des soldats courant en tous sens et des cadavres, partout.

– Vous êtes mon ami, monsieur Lataste, par Dieu, chuchota Gilles. Je vous dis qu'on a tué, tué et tué encore, cette nuit-là.

Ses traits se déformèrent. Il avait aussi brûlé de l'intérieur, les flammes de Caylac l'avaient investi jusqu'au plus profond de son ventre, ravageant ses entrailles comme elles l'avaient fait de la pinède.

– Le feu...

Des larmes coulaient sur ses joues.

– Les juaristes, des centaines d'hommes, et nous, on était bloqués dans ce foutoir, Pablo, moi, mutilés, inutiles, démobilisés... On traînait la misère au Mexique, on allait crever, sûrs qu'on se ferait tuer un jour ou l'autre, et là, derrière un cimetière...

Lucide, soudain capable d'extirper de lui les phrases encombrant sa mémoire, il avait trouvé le regard de Lataste et s'y accrochait comme à la lumière d'un phare.

– L'or, monsieur le docteur, l'or, pour la garnison, quatre hommes pour le garder, des latinos. Pablo ne pouvait pas, alors, je l'ai fait, par Dieu Tout-Puissant, je l'ai fait...

Il se tut. La suite était aisée à deviner, une exécution et la fuite, à marche forcée, de nuit, jusqu'au fleuve-frontière avec la Confédération.

– Au sud, c'était pareil, il y avait le feu partout, et la guerre...

Il s'agitait. Sa peau craquelée, décollée par les bulles de sérum, se détachait par endroits en larges lambeaux blanchâtres, mue hideuse, pelade qui laissait suinter une rosée en gouttes. Lataste ne put s'empêcher de penser à la gemme, chassa cette idée bizarre. Gilles souffrait à nouveau beaucoup. Le médecin le força à boire de l'opium.

– Tuez-moi, implorait Gilles, tuez-moi, maintenant, c'est trop dur de souffrir ainsi.

– Mon ami, mon ami, murmura Lataste, troublé par une telle demande.

Il se redressa, aperçut Linon qui entrait dans la chambre, en pleurs. Le curé avait accepté de se déplacer, mais on ferait vite, tant pour les sacrements que pour l'enterrement, si tant est que l'on voulût celui-ci en terre chrétienne.

– Cela pourrait heurter, comprenez-vous, avait-il expliqué.

Lataste haussa les épaules. Le pardon pour un fauteur de guerre, et de tant d'émoi entre les hameaux de la Grande Lande, la belle affaire ! Ce qui le fascinait, c'étaient les gens nourris de ce désert, dans la peine qu'ils éprouvaient alors à y vivre, revenant pourtant du bout du monde pour y mourir. Quelle chose étrange !

Quant à Linon, Dieu s'occuperait d'elle plus tard. Lui savait par où la petite muette de la Théoulère était passée, avant de commencer à vivre.

Gilles ouvrait les yeux sur son amante, ses mains se tendaient vers elle. La jeune femme les embrassa du bout des lèvres, puis elle demeura debout, immobile, pleurant en silence.

– Que de désordre ! murmura Gilles en perdant connaissance.

Claudiquant, Lancouade s'approcha à son tour avec Catherine, tandis que Jeanne-Marie restait à l'entrée de la chambre. Ainsi se formait, autour du mourant, le cercle réduit de sa famille et ce qui lui restait d'amitié en ce monde. Le curé administra l'extrême-onction et repartit, sans un regard pour Linon. Catherine pria. La nuit se fit, opaque et dense, et Lataste rentra chez lui, croisant devant la maison l'associé de Gilles, que des forestiers livrant la résine à Bordeaux avaient averti, et qui accourait.

Gilles reposait, inconscient. Au milieu de la nuit, son souffle se fit léger, coupé de pauses puis, peu à peu, imperceptible. A l'instant où il trépassait, le maître de Caylac se raidit, serra les poings et souleva la tête. Une larme coula et ce fut fini.

A l'aube, le corps enveloppé dans un drap fut chargé sur une carriole. Arnaud Lancouade conduisait l'attelage, Pablo à côté de lui. Les femmes étaient restées à La Croix. En lisière de la commune de Commensacq, des parcelles annonçant le paysage futur avaient été semées quelques mois auparavant, face à la rase lande. Lancouade arrêta l'attelage à la limite de ces mondes et les deux hommes se mirent à creuser.

Il y avait de l'argile juste sous la terre et de l'eau un peu plus profondément. Lorsque la tombe fut prête, les fossoyeurs y laissèrent glisser le suaire et le recouvrirent, puis ils rebroussèrent chemin et regagnèrent La Croix.

Linon Poyanne quitta le pays quelques heures plus tard. Personne ne l'y revit.

ÉPILOGUE

Fernand Lataste se perdit dans la contemplation des restes de La Croix Nouvelle. Ses conversations avec Gabrielle, et tout ce qui remontait d'images et de bruits du passé, lui avaient donné l'envie de revenir sur la terre de Caylac. Au bout d'une longue promenade, il retrouvait les peurs et les cris de cette nuit de folie.

– Le pays lui réglait son compte, murmura-t-il, songeur.

Le pays tout entier. Ceux qui n'avaient pas assisté à cette curée étaient présents par la pensée ou l'obscur désir de la vengeance. Avec le temps, le médecin se demandait si, en vérité, les frères et beaux-frères, les planteurs de pins, les hobereaux malades du bornage, les forestiers jaloux et tous les médisants qui navraient tant le Mexicain ne couraient pas avec les incendiaires.

– Un meurtre...

Un achèvement : le pays se débarrassait d'un problème et d'un scandale. Gilles aurait dû choisir l'exil à Bordeaux, ou à Paris. Mais il était resté là, comme ses pins, à attendre qu'on y mît le feu.

Les mains croisées derrière le dos, Lataste contempla longuement les restes du désastre et, tout autour, bien visible au loin, la forêt triomphante.

Arrivant de son Béarn, Gabrielle ignorait qu'une telle terre pût exister ailleurs qu'en Afrique ou dans les steppes d'Asie, avec ses deux faces, une qui se dissolvait lentement, et l'autre qui la recouvrait et la digérait. Il y avait là quelque chose de grandiose et de terrifiant, comme la tombe de Gilles, perdue au fond de cette forêt cannibale.

S'étant extrait de sa rêverie, le médecin prit à pas lents le chemin de la Grande Leyre, à travers une caricature de forêt où des herbes folles grimpaient à l'assaut de jeunes pins venus spontanément, à distance de quelques moignons de chênes moussus. Peu à peu, cependant, comme les pierres des maisons reprennent progressivement de la hauteur à distance d'un impact de bombe, l'aire du feu laissait place à la luxuriance préservée des rives. A quelques mètres de la rivière, Lataste se figea brusquement.

Dans un désordre de plumages bleutés et de ventres gris, un vol de palombes s'abattait sur un champ de maïs, sur l'autre rive. A peine les avait-il aperçues que Lataste les perdit de vue.

« A moins de cent mètres, pensa le médecin, et personne pour les tirer... »

Il s'approcha, claqua des mains, provoquant l'envol.

– Les landes, une forêt sans oiseaux. Foutaises ! grommela-t-il en pressant le pas.

La ville bruissait de son marché. Entre les trois rivières qui la traversaient, forains et marchands avaient installé leurs tréteaux que longeait le peuple bavard des chalands. Toute la richesse du pays s'étalait, le cochon en morceaux plus appétissants les uns que les autres, les volailles dodues de Chalosse avec leurs foies dans des bocaux de verre, les étoffes assemblées par les fileuses de la lande, les coiffes, chapeaux, sandales et sabots voisinant avec les empilements du merveilleux ouvrage né des doigts de centaines de couturières.

Plus loin s'essayait l'orchestre clair et joyeux des sonnailles et des outils par dizaines. Discrète, la domesticité se louait ici et là pour le ménage, le jardin ou l'écurie.

Lataste suivit le flot des chalands d'un étal à l'autre, s'arrêtant devant les confits, les ortolans et les bécasses, tâtant, soupesant, reniflant et supputant des faisandages, des temps de cuisson, discutant prix et qualité.

Il aimait cela presque autant que la traversée de son plat pays. Mais il avait cependant à faire, ce matin-là, à distance de l'assemblade montoise. Lataste allait nouer les derniers fils d'une histoire morte, comme l'était le visage exhumé de la terre de Caylac, dans son médaillon, dont la jeunesse radieuse lui faisait depuis une silencieuse compagnie.

Il s'engagea, en bordure du marché, dans une rue étroite et tranquille bordée de maisons à un étage et marcha jusqu'à une lourde porte ovale qu'il frappa de sa canne, avec vigueur.

La religieuse qui présenta son visage lunaire à l'huis eut quelque mal à reconnaître le visiteur. Lataste dut élever la voix pour se faire ouvrir.

– Doux Jésus, c'est vous, docteur !

Elle se dépêcha de le faire entrer en s'excusant. Elle avait la corpulence d'une barrique de résine et aurait sans doute roulé plus facilement qu'elle ne marchait.

– Quel âge avez-vous maintenant, sœur Angèle ? lui demanda le médecin.

– Eh, té, docteur, le même que vous, je crois, répondit-elle, fataliste et malicieuse.

A l'intérieur de l'hospice, un très vieux chêne occupait le centre de la cour que longeaient sur trois côtés des galeries à arcades délimitant des espaces d'ombre et de fraîcheur. Sous les voûtes, des pensionnaires déambulaient, pareillement vêtus de blouses grises sur leurs pantalons de toile rayée. D'autres occupaient des bancs ; la plupart étaient seuls, pénétrés de leur propre méditation, contemplant leurs souliers, le ciel ou le dos de leurs mains. Ils étaient vieux, dangereux en société, suicidaires ou abandonnés, chose rarissime sur Lannegrande, mais qui arrivait pourtant.

Le médecin finit par apercevoir son homme assis au soleil, les doigts crispés sur une canne, le béret enfoncé jusqu'aux sourcils.

– Hé, l'Escource, Jean-Baptiste, de La Croix, dit la religieuse. Voyez, on dirait toujours qu'il attend votre visite.

L'espace d'un instant, Lataste eut le sentiment que cette visite était de trop, qu'il y avait une fascination morbide à venir observer la déchéance physique et mentale d'un assassin qui jamais, devant le tribunal, n'avait évoqué le nom de son frère, de son pays, de sa maison, et répétait inlassablement : « la mère saura dire, elle », pour tout échange avec le monde.

Lataste s'approcha, posa sa main sur l'épaule de Jean-Baptiste.

– Mon ami, dit-il simplement.

L'homme leva son visage vers lui et le considéra longuement, sans paraître le reconnaître. Sa tête était animée de mouvements continus. Sa peau, plissée de partout, laissait à peine deviner deux petits yeux enfoncés dans leurs cavités : l'air d'une extrême vieillesse, chez un homme de soixante-cinq ans seulement.

Lataste prononça quelques paroles en gascon, de son accent chantant. Le berger n'étant plus dangereux pour grand monde, il lui avait obtenu une place à l'hospice. Là, l'incendiaire de Caylac attendait la fin, paisible, comme les autres, sous le carré de ciel de la cour.

Sa démence calme, uniforme et parfaitement mutique depuis plus de trente années, représentait un cas psychiatrique. La bouche entrouverte, l'air absent, Jean-Baptiste continuait à fixer le médecin.

– Cela fait bien du temps, lui dit doucement Lataste.

L'autre hochait toujours la tête. Lataste vit soudain ses lèvres s'entrouvrir, entendit un soupir, qui devint sifflement tandis que le regard s'animait un peu.

– J'ai vu... murmura le vieux berger.

Lataste fronça les sourcils. Des mots sortaient de cette bouche close depuis plus d'un quart de siècle...

– Qu'avez-vous vu, Escource ?

Il jeta un regard circulaire sur la cour et ses pensionnaires, chercha quelqu'un à héler, puis se ravisa. Autant demeurer seul témoin de ce réveil.

Jean-Baptiste voulait se lever. Son regard avait changé, comme au sortir d'un long sommeil. L'homme bavait, les mots paraissaient se bousculer à ses lèvres.

– Gilles et sa Linon, pouta... Ils sont venus...

Il se mit sur ses pieds, leva sa canne, mais il n'avait plus de force et retomba sur sa chaise, soutenu par Lataste.

– Je vous le dis, c'est lui qui revient, le sale *gouyat*, le merdouset de madame Justine.

En quelques secondes, ses traits avaient changé et s'ouvraient au monde, avec des reflets d'émotions humaines. Sidéré, Lataste observait ce changement imprévisible au point d'en paraître surnaturel tandis que le vieux dément, la main levée, poursuivait sa diatribe.

– Elle a ses yeux d'eau qui dort posés sur moi ; l'autre, c'est le diable, le voleur de La Croix, l'assassin de ma pauvre mère. Fous le camp, par Dieu tout-puissant, fous le camp d'ici, démon ! Et tous les deux, là, ne revenez jamais !

Lataste ne bronchait pas.

– Diou biban de diou biban... laissa-t-il échapper.

Ce qu'il vivait vaudrait bien une communication à l'Académie. Un sommeil de trente années cédant ainsi sans prévenir, le temps d'une bouffée de mémoire, et reprenant aussitôt possession de son gîte ! Un coin de ciel entre les nuées de la mélancolie, quelle observation unique !...

Jean-Baptiste se calmait déjà, comme s'il se rendormait au sortir d'un mauvais rêve. Les tremblements de sa tête et de ses mains reprirent, menus tout d'abord, puis de plus en plus forts et réguliers, récupérant en quelques minutes leur rythme et leur intensité.

Le médecin se pencha sur le vieillard. Jean-Baptiste était retourné dans ses limbes.

Lataste lui tapota l'épaule.

– Mon ami, mon ami, lui dit-il à voix basse.

Puis il demeura assis à côté de lui, alluma un cigare et suivit, haut dans le ciel, un long triangle d'oiseaux migrateurs.

Ses certitudes scientifiques en pâtissaient. Il haussa les épaules. Il y avait dans l'air, depuis quelques jours, une aura dont il concevait désormais qu'elle ait pu se répandre loin sur les êtres et sur les choses.

Il guetta quelque temps un possible réveil du vieillard, mais le charme était passé. Il se fit reconduire à l'entrée de l'asile, retrouvant, indifférent, les murmures et les mouvements de la ville. Il avait envie de retourner au désert ou à ce qu'il en restait, à Lannegrande, et ressentait de l'anxiété à l'idée qu'en son absence la terre et la pierre eussent été noyées pour toujours sous les arbres.

Il pressa le pas. Au fond, tout demeurait encore possible, en ce pays semblable à nul autre, que traversaient toujours, entre les champs de maïs et les parcelles de troncs hérissés, les présences aimées d'autrefois, dispersées aux vents têtus de la Grande Lande.

Impression réalisée par

CPI
Brodard & Taupin

54725 – La Flèche (Sarthe), le 30-10-2009
Dépôt légal : janvier 1999
Suite du premier tirage : octobre 2009

POCKET – 12, avenue d'Italie - 75627 Paris cedex 13

Imprimé en France